AF274281

La cancelación de Eva Kitt

1.ª edición: mayo de 2026

Nota de la autora:

Hola, estimada lectora o lector:
¡Aquí estamos otra vez! Salvo que esta sea la primera vez que lees uno de mis libros, en cuyo caso te doy la bienvenida. Aunque esta novela romántica es traviesa, tontorrona y bastante irreverente, ten en cuenta que se tratan los siguientes temas: bifobia interiorizada, acoso laboral, masculinidad tóxica y misoginia interiorizada, duelo tras la pérdida de un ser querido

Como siempre, hago lo que puedo para tratar estos temas con compasión y desde distintos matices, pero haz lo que consideres mejor para ti durante la lectura.

Con todo el cariño, Mazey.

© Del texto: Madison Eddings, 2025
Publicado por acuerdo con St. Martin's Griffin, un sello de St. Martin's Publishing Group, en colaboración con International Editors & Yáñez' Co. Barcelona. Todos los derechos reservados.
© De la traducción: Sara Bueno Carrero
© De esta edición: Fandom Books (Grupo Anaya, S. A.), 2026
C/ Valentín Beato, 21, 28037 Madrid
www.fandombooks.es

Diseño de cubierta: Kerri Resnick
Ilustración de cubierta: Jenifer Prince
© De las imágenes de las páginas 174 y 266: Sadajiwa/iStock/Getty Images.

ISBN: 978-84-19831-67-5
Depósito legal: M-5541-2026
Impreso en España - *Printed in Spain*

PAPEL DE FIBRA
CERTIFICADA

MAZEY EDDINGS

La cancelación de Eva Kitt

FAND★M BOOKS

tía chulísima

1. *f.* Estado en el que es intrascendente el aspecto, la identidad de género y la edad.

2. *f.* Mentalidad situada en la intersección entre empoderamiento, entusiasmo, rabia, libertad, emoción, terquedad y felicidad.

(del diccionario personal de Mazey Eddings)

Para todas las tías chulísimas, sobre todo las que dan la talla cuando hay que bajarles los humos a los hombres.

Y para Megan y Serena, las tías más chulas que conozco.

Capítulo 1

Nunca pensé que mi carrera dependería tanto de las salchichas.

Daba por hecho que algo de salchichas sí que habría, claro (aunque más de las eufemísticas que del alimento en sí), pero mientras me termino el cuarto perrito caliente del día, que me trago acompañado de toda la dignidad y el respeto a mí misma que pude haber tenido, digamos, hace un año, me acuerdo de que las expectativas no pagan las facturas y de que, si tu implacable carrera periodística (léase «trabajucho que solo busca el *clickbait»)* te exige comer perritos calientes con famosillos de segunda (o quinta) fila en vídeos para las redes sociales, no preguntas por qué, sino cuántos.

—¿Cuál es tu queso favorito? —le pregunto a Harry O'Connell, teclista irlandés de un nuevo grupo emergente llamado Tea Time Tantrum.

—Aunque sea bastante básico, diría que el *cheddar.* —Me dirige una sonrisa descarada, con unos ojos tan azules que me sonrojo. Y se me hace raro, porque solo tiene veintiún años y yo soy una mujer demacrada de veintisiete que va por el mundo sin seguro médico ni la menor idea de qué hacer con su vida.

—*Goudame* una alegría: ¿estás soltero o tienes *mozzarella?* —contraataco con la voz inexpresiva y sin alma gracias a la cual tengo este trabajo: el de «fingir» desidia en internet mientras hablo con gente atractiva.

Por desgracia, no pilla mi idiotez de chiste. Ni siquiera podemos convertirlo en el típico clip de «famoso buenorro mira

7

con incredulidad y confusión a Eva Kitt tras su absurda pregunta» que tantas veces se acaba reenviando. En vez de eso, Harry me mira con una expresión que aúna dolor, confusión y vacío, y me quedo pensando si debería hacerme de una religión que crea en la confesión y el arrepentimiento para que me absuelvan del puto patetismo de todo esto.

Tras un reajuste en el que nos cambian los perritos, de los que tenemos que comernos la mitad para que no haya errores de continuidad, le lanzo un:

—Tú y yo haríamos buena pareja. Yo estoy *gorgonzola*.

Harry, que ya se había preparado para el chiste final, no reacciona con naturalidad, pero es buen chico, así que muestra sorpresa y humor a raudales en su cara bonita. Entonces me mira a los ojos y dice:

—No juegues conmigo si no lo dices en serio. Como sea broma, me partes el corazón.

Su actuación es tan convincente que sé que los espectadores se lo van a tragar y los chismes se van a extender como la pólvora.

—Hemos terminado —dice Aida, mi productora/ángel de la guarda/mejor amiga, después de que me haya llevado a la boca lo que quedaba del perrito, que hacía tiempo que se había quedado frío.

Este es el resumen perfecto de mi situación amorosa: salchichas frías bajo los focos, cierto tonteo forzado con chicos demasiado jóvenes para mí y un breve abrazo al final mientras nos decimos mentiras sobre lo bien que nos lo hemos pasado hablando, antes de no volver a vernos en la vida… o hasta que se estanque su carrera y vuelvan a mandármelo para que regresen los chismes sobre el tonteo que nos traemos en la entrevista.

Para sorpresa de nadie, vuelvo sola a casa.

A ver, no sola del todo: Aida me acompaña durante la parte del trayecto que tenemos en común; ella, a Hell's Kitchen, y yo, al Lower East Side.

—Pues yo creo que ha ido muy bien —dice, más para sí misma que para mí, mientras escribe frenéticamente un *e-mail*

8

desde el móvil, responde un mensaje y, no sé cómo, publica un selfi impecable en sus historias tras haber encontrado el único rayo de sol de este horrible día de octubre, que le ilumina la piel tostada y las pecas de la nariz y la hace parecer una especie de criatura etérea. Esta mujer es el arquetipo de curranta, lo que incluye conocer su perfil bueno—. Ha sido un invitado estupendo. Vamos a darle mucho bombo en las redes. Creo que de aquí se pueden sacar bastantes memes.

—Sí, periodismo de investigación del revolucionario —digo con una voz tan oscura como el dudoso charco que piso sin querer al cruzar la calle—. A ver para cuándo me dan el Pulitzer.

Aida pone los ojos en blanco.

—Está muy bien entregarse al periodismo de impacto y a la búsqueda de la verdad cuando vives de los préstamos de estudios, pero te recomiendo que te indignes un poquito menos. Nos pagan por publicar toda esta paja. Y, añado, relativamente bien.

Resoplo, pero lo dejo pasar. Con mi sueldo viviría bastante cómoda en un pueblo del Medio Oeste, pero, en Nueva York, gastarlo en pequeños caprichos (una medida de cuidado personal diario en forma de Coca-Cola Zero y *lattes)* viene acompañado de cierto pánico monetario. Lo justo para darle sabor a la vida.

Las dos pasamos nuestros años universitarios con el ingenuo idealismo que se otorga a los estudiantes, pero la realidad nos dio una bofetada en cuanto supimos cuánto dinero debíamos. Ella lo ha afrontado con mucha más entereza que yo.

Mi apatía debe de ser palpable para Aida, porque me agarra por los hombros junto a su parada de metro y me zarandea ligeramente antes de espachurrarme las mejillas con las dos manos y darme un tosco beso en la frente.

—Tú tranquila —dice, obligándome a mirarla a los ojos mientras me vuelve a zarandear—. Entrevistar de forma satírica a famosillos de poca monta con los perritos calientes como hilo conductor no es el trabajo de tus sueños. ¿Y qué? Al menos estás en el sector que te gusta, aunque sea un rollo distinto.

Quiero rebatirle, pero me corta.

—No hace falta que tu vida sea perfectamente estable. La vida sigue adelante a pesar de tus planes, cielo. Soundbites no es un mal medio de comunicación, y podrías ir ascendiendo para empezar a trabajar en temas que te interesen de verdad. Además, tienes lo de la columna. Va cada vez mejor, ¿no?

Asiento; he decidido no contarle la cruda realidad de mi última aventura creativa. Empecé a publicar una columna de forma periódica en una plataforma llamada Babble después de enterarme de que una veinteañera frenética hizo despegar su carrera como escritora gracias a esa web, en la que publicaba artículos sobre cómo es vivir con TDAH. Básicamente, es una aplicación que ha trasladado los blogs clásicos a la generación Z, combinando lo mejor de Pinterest, Reddit y Twitter (en su época buena). El contenido toca casi todos los palos, desde fotos *aesthetic* hasta noticias de actualidad, pasando por puro *shitposting*.

Publico mi columna, «Desagradable», una vez a la semana, con noticias, en segmentos de fácil lectura, sobre los problemas de la mujer, desde la legislación hasta la cultura popular, pero también con bastante análisis internacional. Aunque la mayoría de las noticias referidas a la mujer últimamente son, cuando menos, desoladoras, si no directamente vergonzosas, intento acabar todos los artículos con un toque optimista: destellos de humor y esperanza siempre que puedo.

Al principio me fue bien y conseguí unos cuatrocientos suscriptores las primeras semanas (es verdad que para muchos es poco, pero fue una sorpresa), y, tonta de mí, empecé a imaginarme hasta dónde podría llegar; por ejemplo, añadir un componente de audio en el que entrevistar a escritoras y activistas. O invitar a cómicas a escribir de vez en cuando hasta llegar a lo más alto en interacciones. O conseguir patrocinios y acuerdos económicos a la vez que escribía como *freelance* para las publicaciones de mis sueños.

Sin embargo, se estancó, y ahora va cuesta abajo. Todas las interacciones que consigo, sobre todo de capturas de pantalla que publico en otras redes sociales, son comentarios de hombres que me conocen por *Hablemos de salchichas* y me piden que me meta hasta el fondo de la garganta un millón de alimentos con forma fálica.

—No vas a tener la oportunidad de hacer realidad tus sueños si aún ni siquiera has podido luchar por ellos —me riñe Aida.

—Deja de ser tan razonable, que me cortas el rollo.

Aida me sonríe y me da una débil bofetada en la mejilla.

—Eva Kitt, vas a ser el próximo Anderson Cooper; lo presiento. Además, casi tienes el pelo igual. —Me ahueca las trenzas, teñidas de rubio platino.

Pongo los ojos en blanco y tuerzo el gesto en una sonrisa amarga. Seré una flipada, pero no tanto.

—Sí, ya.

—¡Esa es la falta de pasión que a mí me gusta! Hasta luego, idiota. —Y baja corriendo las escaleras para coger el tren.

Agacho la cabeza para protegerme de la fría brisa otoñal y continúo andando lo que me queda hasta mi edificio. Subo jadeando los cinco tramos de escaleras hasta mi minúsculo piso, me quito la bufanda y el abrigo y los dejo caer en el suelo mientras enciendo todas las luces.

Mi casa, que a los veintipocos años se me antojaba especial e importante para mí, luce triste y penosa bajo la tibia luz vespertina de octubre. Las paredes de gotelé son de un gris marchito, color que refleja magistralmente mi identidad, y los muebles de segunda mano no son tan pintorescos como antes. Cuando te aproximas a los treinta años, sin el automático chute de confianza que da el estar a gusto con llegar a la treintena, el sofá de terciopelo verde que compraste de segunda mano y que huele a tabaco y a vainilla no es la pieza central hípster y modernista que pensabas.

Técnicamente, llevo viviendo sola en este agobiante piso de un dormitorio desde la universidad, pero ha sido este último año, más o menos, cuando he empezado a sentirme sola de

11

verdad. Los primeros años después de graduarme estuvieron repletos de la esperanza incansable que compartía con mis amistades, que, unas tras otras, se quedaban a dormir en mi sofá durante los meses en los que iban abriéndose camino por la vida hasta encontrar su lugar.

Ni siquiera fingía que me molestaba tener okupas en casa. Me encantaba llegar y encontrarme a Donna tirada sobre la alfombra, con piedras y cartas del tarot a su alrededor, mientras me contaba con entusiasmo que había cambiado la energía o me leía las cartas. O a Ray, que me hablaba de sus trágicos incidentes en Grindr con la boca llena de comida para llevar. Hasta Aida tuvo una fase poco formal de desempleo antes de Soundbites, en la que se turnaba entre limpiarme como una loca el piso y pasarse el día tirada en el sofá. A pesar de su desasosiego, todas las noches de los seis meses que pasó conmigo acababan siendo como una fiesta de pijamas.

Pero Donna se fue a vivir al norte del estado cuando se le limpió la energía, Ray encontró a los hombres de sus sueños y se mudó a Queens con su trieja y varios tarros de masa madre, y Aida ascendió a productora. Una vez allí, me contrató como redactora de la sección de entretenimiento y famoseo (en teoría, de forma temporal), pero, no sé cómo, he acabado introduciéndome alimentos fálicos en la boca y mostrando al mundo entero mi desgracia para hacer reír.

Sin embargo, a pesar de que mis amigos se hicieron adultos y me dejaron atrás, nunca me importó. Siempre tuve una relación, o al menos un rollo, con que llenar mi piso de ruido y compañía.

Lana, con quien empecé a quedar más o menos cuando Aida se mudó a su propio piso, era maravillosa. El amor de mi vida en un universo alternativo. Pero no creía en la monogamia y, aunque hice todo lo que pude durante los ocho meses en los que salimos, mis horribles celos no son compatibles con una relación abierta. Alargamos la ruptura durante meses de encuentros sexuales con mucha carga emocional, hasta que se mudó al

12

oeste y me dejó con el corazón herido y sin polvos que mendigar.

El siguiente fue Cal, un experto en finanzas con el que desperdicié más de un año. Aun así, estaba más cómoda escuchando a un pesado soltar una charla sobre las criptomonedas y sus «ilustraciones» con IA que obligándome a convivir con mis propios pensamientos durante unas cuantas horas.

Luego vinieron Dom, el triste; Tyler, el músico, y Lisa, la diseñadora de moda. Todos fueron fantásticos durante los primeros meses de citas y mensajes, pero lo nuestro se fue apagando a medida que se marchitaba la emoción de la novedad y que la realidad de mi sarcasmo y mi distancia emocional pasaban de ser atractivas a ser agotadoras.

Ahora mis amigos me sacan ventaja en la vida adulta, con sus relaciones y carreras gratificantes, mientras que mi vida amorosa está tan seca como una tostada quemada. Ni siquiera tengo un gato con el que mitigar mi soledad. Para regodearme en mi patetismo, me pongo el chándal, me arropo con un montón de mantas y me sirvo una copa de *prosecco*.

Y otra más.

Uy, y una tercera, porque con esta crisis no puedo desperdiciar un buen espumoso y tengo mucha clase como para mezclar lo que me ha sobrado con zumo de naranja mañana por la mañana.

No hay nada que pegue mejor con un viernes de borrachera en casa que pasarme horas mirando las redes sociales. Llegada a este punto, seguro que las cobayas tienen una mejor resistencia a los estímulos que yo. El algoritmo, que normalmente me enseña *shitposts* desquiciados y recetas de sopas, ha pasado a mostrarme vídeos de hombres que hablan sobre cómo ser una buena pareja, ofreciendo ejemplos prácticos.

Aunque a mí, en un principio, no me gusta ver a hombres inflar su ego aún más (o hablar en general), estos creadores de contenido parecen ofrecer consejos y medidas útiles de verdad para apoyar a la pareja, así que no me dan tanto asco como me suelen dar.

Y, de repente, me doy el susto de mi vida.

Él.

Pelo oscuro y ondulado. Ojos grises y penetrantes, con unas pestañas tan gruesas que ofenden, enmarcados por unas gafas de carey. Una mandíbula que podría tentar a una monja al pecado y una voz grave que no puedes evitar imaginarte entre tus piernas.

Guapísimo, y vaya si lo sabe.

El puto Rylie Cooper.

Llevo años intentando entrenar al algoritmo para que no me enseñe a este gilipollas a pesar de su prevalencia y de que cada vez tiene más fans, pero el universo es un cabrón al que le encanta desestabilizarme.

Rylie Cooper ha montado una plataforma sobre la falacia de que es un profeta que puede ayudar a los hombres a abandonar la masculinidad tóxica. Gracias al éxito de la gran estafa, ha conseguido tener un pódcast con muy buenos patrocinadores y numerosos oyentes, además de más de un millón de seguidores que rinden culto a su falso evangelio.

Su hipocresía no tiene parangón.

Yo siempre he sido de esa clase de personas que se aprietan los moratones y se toquetean con la lengua las caries para ver hasta dónde llega el dolor. Pues ver de forma obsesiva sus vídeos una y otra vez cuando me saltan es exactamente lo mismo; con cada caricia de su voz grave, crece más la rabia en mi interior. En esta ocasión, como en la mayoría, habla de lo que hace que un hombre sea buena pareja, sobre todo en la cama. Como si ese prepucio circuncidado lo supiera.

—Si tu hombre es así —comienza diciendo Cooper con una voz grave y sensual, acercándose un micrófono diminuto y brillante a los labios, perfectamente formados—, no es para ti.

Entonces procede a enumerar una serie de motivos conmovedores (aunque obvios para cualquier mujer que suela salir con hombres) por los que tener cautela con distintas conductas, delante de un croma con una lista sacada de la aplicación de notas. Me hierve la sangre con los tres últimos puntos.

—Si está tan centrado en su hermandad que llama «hermanos» a otros hombres que no son de su familia, huye. —Dirige una mirada demoledora a la cámara, con un destello de humor en los ojos—. Y si has tenido la mala suerte de haber estado en la residencia de dicha hermandad, ve corriendo a un hospital para que te hagan un análisis de posibles infecciones.

Hace una pausa durante medio segundo, la duración perfecta (qué puto asco) a efectos cómicos.

—Si intentas decirle antes del sexo y durante los preliminares lo que te gusta y él no te hace caso porque «ya lo sabe», pero luego ni se acerca, no es tu hombre. No vuelvas a su cama.

Sus labios se curvan con un engreimiento casi imperceptible, como si él nunca hubiera tenido ese problema.

—Y si sientes algo de verdad por él o es él quien dice que siente algo por ti, antes de hacerte *ghosting*, está claro que no es tu hombre. Protégete y borra su número. —Esto lo dice con la pura sinceridad de un buen hombre de verdad que conoce la terrible situación de muchas mujeres.

Y una polla como una olla.

Todo esto lo dice el hombre con el que estuve saliendo unos dos meses en la universidad y con el que tuve una experiencia tan terrible que ha marcado mi vida amorosa para siempre. Es el arquetipo de cabronazo y me revuelve las tripas que haya convencido a todo el mundo de que es el santo patrón de los hombres buenos.

Entonces toman el poder mis dedos borrachos y pulso en «pegar» antes de acordarme de que nunca antes he usado esa función.

El vídeo de Cooper se corta justo cuando está aconsejando a las espectadoras que no vuelvan a acostarse con un hombre torpe, y desde la pantalla me mira mi propio reflejo escéptico, con media sonrisa, una ceja oscura levantada y el pelo de un rubio tan frío como mi actitud cuando pulso el botón de grabar. Mantengo la compostura durante dos décimas de segundo antes de echarme a reír.

15

—Lo siento —digo entre risas—, pero este vídeo es graciosísimo viniendo del mayor golfo que he conocido. —Vuelvo a reírme antes de respirar hondo y echar el aire despacio por la boca—. O Rylie Cooper está haciendo un intento de sátira extremadamente personalizada o sabe que por ser guapo se le va a perdonar que os esté mintiendo a todas. —Me vuelvo a reír—. Folletear es humano y saber la verdad es divino, así que voy a arrojar luz sobre quién es de verdad.

Me alegro más de lo que debería de que el pintalabios rojo que me puse para la grabación haya sobrevivido a las copas de vino, porque, joder, vaya si estoy cómoda dirigiéndole una sonrisa peligrosa a la cámara.

—Este tío —intento acordarme de poner una foto de Cooper en este punto cuando vaya a editar el vídeo— me invitó a salir unas cuantas veces en la universidad; citas llenitas de *red flags*, por cierto. Nuestra «relación» —marco las comillas descaradamente con la mano que tengo libre; las uñas alargadas y pintadas de verde oscuro añaden dramatismo al movimiento— culminó la noche que me dijo que sentía algo por mí, antes de obligarme a verlo jugar al *beer pong* sin camiseta durante horas en la fiesta de su hermandad. Luego, nuestro amigo, el eyaculador precoz, me llevó a su habitación, en la que había un colchón en el suelo (que ni siquiera tenía una mera sábana bajera ni funda de almohada, por cierto), para terminar ejecutando el que podría ser uno de los coitos más toscos de la historia de la humanidad, en unos doce segundos. Qué maravillosa primera vez para mí, de las que se recuerdan toda la vida. Puso fin al cuento de hadas diciéndome que me llamaría, para acabar haciéndome *ghosting* como el cliché que es.

Arde en mi interior el deseo de venganza, mientras hago una pausa antes de dar la estocada final. Transformo mis palabras en una flecha y apunto al blanco.

—Lo peor de todo —digo, mirando a la cámara como si fueran sus ojos arrogantes— es que no me corrí. Coño, es que ni me acerqué. De hecho, probablemente sea la persona más vaga

16

en la cama con la que he tenido la desgracia de compartir colchón.

Exhibo una sonrisa triunfal y deslumbrante al poner el colofón al vídeo.

—Así que, aunque sus advertencias puedan parecer ciertas, Rylie Cooper tampoco es vuestro hombre.

Dejo de grabar, compruebo los subtítulos e inserto unas cuantas pegatinas y una foto suya en el vídeo, disfrutándolo de lo lindo, como si el rencor me embriagase más que el alcohol. Para rematar, añado la canción *Sweet Home Alabama*. Y, como en el fondo de mi corazón no soy más que un trol, pongo la etiqueta #RylieCooperCancelado.

Con una carcajada orgullosa, arrojo el móvil a un lado. Nadie va a ver el vídeo y me da igual. Cada vez que publico, tengo una media de doscientas visualizaciones.

Durante un tiempo me molestaba que a nadie le interesase lo que tenía que decir sin una salchicha en la boca, pero, tras leer algunos de los comentarios más repugnantes de mis vídeos de *Hablemos de salchichas*, casi que prefiero que no me vea nadie en mis cuentas personales. O al menos eso es lo que me digo cuando me enfado y me siento derrotada por el estancamiento de mi carrera.

Dándole otro sorbo orgulloso al *prosecco*, enciendo la tele y echo un ojo a las aplicaciones de *streaming* antes de decidirme por *Expediente X*. El ruido me sosiega y me hace caer en un sopor al que me cuesta llegar en silencio, y me quedo dormida, dejando que la tele me mienta y me convenza de que no estoy sola.

17

Capítulo 2

Me despierto con un dolor de cabeza horrible y con la vibración del teléfono, que lo hace caer de la mesilla. Con los ojos llorosos, dejo caer el brazo por el borde de la cama y tanteo el suelo durante unos instantes en busca del móvil hasta que termino por recuperarlo. Sigue vibrando con un sinfín de notificaciones, y me despabila ese murmullo de ansiedad que una siente cuando algo no va bien. Parpadeo unas cuantas veces y frunzo el ceño al ver la pantalla llena de notificaciones de las redes sociales, muchas de ellas informándome de nuevos seguidores.

No tengo muchos seguidores en las redes... o, al menos, así era hace nueve horas, pero mis miserables cifras se han inflado hasta llegar a una cantidad que hace que se me salgan los ojos de las órbitas, y tengo...

No me jodas.

Me incorporo tan deprisa que me cruje el cuello. Me acerco el móvil a tres centímetros de la nariz, antes de alejármelo todo lo que me permite el brazo. Mi publicación de anoche tiene setecientas cincuenta mil visualizaciones y..., ostras, una proporción de *likes* bastante decente.

Empieza a reproducirse mi vídeo en bucle, y me cala hasta los huesos la profunda humillación de darme cuenta de la cantidad de gente que ahora sabe que me quedé a medias en un colchón en el suelo de una hermandad. Con los dedos temblorosos, pulso en los comentarios, con la vista algo desenfocada mientras los voy pasando por el miedo a lo que podría encontrar.

Los comentarios van desde graciosísimos («la risa malévola de esta mujer me ha dejado la piel perfecta, me ha regado el huerto y me ha bendecido la cosecha») hasta salidos («madre, te lo comería todo»), pasando por tan crueles que dan hasta risa («t lo juro eres una puta ridícula, las mujeres son tan impulsivas y vengativas q m dan vergüenza ajena bro»).

Pero la mayoría de los comentarios, para mi horror más absoluto, etiquetan a Rylie Cooper.

Me noto el pulso en las manos mientras, con el pulgar, rondo su nombre.

¿Habrá comentado algo? ¿Tal vez respondido en un vídeo?

Con unas náuseas como si estuviera llegando a la cima de una montaña rusa, pulso en su perfil y dejo escapar un largo suspiro de alivio al comprobar que no ha publicado ningún vídeo nuevo. Ojeo por encima algunas de las miniaturas y, a medida que voy bajando, frunzo más y más el ceño. Tendría que ser delito que alguien tan estereotipado como él sea tan guapo. Su media sonrisa cubre un espectro que va desde traviesa hasta voraz dependiendo de la publicación, y sus ojos grises te enganchan hasta atraparte. Pero la única constante, aun a través de una pantalla, es que ese hombre parece irradiar felicidad y placer de verdad en lo que hace.

Pulso en una de las miniaturas, en la que salen él y una mujer riéndose. Pero lo hago sin querer, no por una curiosidad obsesiva ni unos celos instantáneos. Lo miro durante unos segundos, preguntándome si acaso esa belleza de mujer será su novia, cuando me interrumpe su voz grave y ronca.

—Para daros las gracias por haber llegado a los ochocientos mil seguidores —dice, con un destello travieso en la mirada—, he invitado a mi hermana pequeña, Katie, a que me ponga a parir sin censura. Katie, todo tuyo.

De inmediato les veo el parecido. Ella es más joven que él, probablemente de dieciocho o diecinueve años, pero tiene en común con él el pelo negro y unas pestañas envidiables. Tiene los labios más carnosos, sin embargo, y luce una sonrisa sincera mientras dice, conteniéndose la risa:

19

—Naciste de nalgas y se nota. Vas de culo desde recién nacido.

Cooper intenta mantener un gesto serio mientras su hermana sigue lanzándole pullas.

—Tus series favoritas son *Euphoria* y *Succession,* y tienes los dientes enormes. No puedes dar más *vibes* de psicópata.

Cooper se echa a reír, y se tuerce sin querer las gafas al intentar esquivarlas para secarse los ojos llorosos. Noto cómo se me arquean las comisuras de los labios al oír su risa.

Ah, no. Ni hablar. Obligo a mi boca a volver a refunfuñar mientras salgo del vídeo y regreso al encabezado de su perfil. No voy a dejar que su contenido provoque en mí ningún tipo de… regocijo.

Estoy a punto de salir de su perfil cuando veo algo que hace que el corazón me dé un vuelco y que se me llene el campo visual de puntitos negros.

Rylie Cooper me sigue.

Hostia.

Vale. A ver. Anoche no era así. Soy una criatura obsesiva y vanidosa y me habría dado cuenta si un perfil verificado hubiera empezado a seguirme. No, esto es nuevo. O sea que se confirma que ha visto mi vídeo.

Me vibra el móvil al recibir una llamada y, con un alarido, lo tiro como si el propio Cooper me hubiese pillado cotilleándole el perfil.

Respiro hondo unas cuantas veces y me fijo en que es de Aida; la cosa no pinta bien. Aida suele escribirme, como las personas normales, o hacerme videollamadas cuando es algo importante, como que su gato esté dormido o ella esté borracha y sentimental. Para todo lo relacionado con *Hablemos de salchichas,* nos escribimos correos o mensajes.

Solo me llama para cosas relacionadas con el trabajo, y siempre para darme malísimas noticias.

Mierda. A ver. No pasa nada. Seguro que no tiene nada que ver con el vídeo. Probablemente quiera… quedar para tomar el *brunch*. O… O…

20

Joder. Seguro que me llama por el vídeo.

Me planteo dejar que le salte el buzón de voz, pero no me extrañaría que se subiese al tren y viniese a aporrearme la puerta si se da cuenta de que la estoy evitando. Respiro hondo y, con mi voz más jocosa, contesto:

—Hola, tía. ¿Qué tal?

—Ni se te ocurra hacerte la loca —espeta Aida—. ¿Anoche gritaste a los cuatro vientos que te has tirado a Rylie Cooper?

—A ver, no te estás enterando de lo que quería comunicar en el vídeo.

—Y tú no te estás enterando de lo que te estoy preguntando.

Intento pensar en qué responder, pero solo me sale un irrisorio gemido mientras mi cerebro resacoso trata de poner en orden los últimos minutos.

—Eva —sisea Aida—, ¿qué coño está pasando?

—No lo sé —gimo, mordisqueándome la uña del dedo pulgar. Se me rompe la punta entre los dientes y aprieto con fuerza el puño—. Ha pasado todo muy deprisa y...

—A ver, vamos por partes: ¿lo que dices es verdad o los abogados de Soundbites van a tener que prepararse para una posible demanda por difamación?

—¿Los abogados? —La ansiedad se apodera de mí—. Lo he publicado en mi cuenta personal.

—Tengo que cubrirme las espaldas, cariño —dice Aida, con un tono carente de paciencia—. ¿Es verdad?

—A ver, sí, ¿no?

—¿Todo?

Sacudo el brazo en un gesto de desesperación y resoplo.

—A ver, igual más de doce segundos sí duró, pero menos de treinta. La idea es la misma.

Aida ni siquiera se ríe por cortesía.

—Eva, no es broma. Landry quiere que hagamos una videollamada lo antes posible. —Dice el nombre de nuestra jefa con terror en la voz. Se me revuelven las tripas del miedo.

21

—¿Para hablar del tema? —pregunto con una voz aguda.

—No, para hablar del tiempo, si te parece. ¡Pues claro que es para hablar del tema!

Landry Doughright, la fundadora y CEO de Soundbites, es inteligente, elegante y todo lo que me gustaría ser en la vida. En su juventud fue una periodista muy respetada, y ahora la alaban por hacer las noticias y la prensa más accesibles y fáciles de digerir para las nuevas generaciones. La admiro muchísimo y, en secreto, siempre he rezado para poder reunirme con ella, cautivarla con mi dinamismo y convencerla de que me dé una oportunidad en temas más serios. Tener que explicarle mis divagaciones virtuales de borracha sobre un chico con el que salí hace seis años no está en lo más alto de la lista de temas de los que querría hablar con ella.

—Tiene que haber algún tipo de protección para que los empleados no tengan que hablar con su jefa sobre su historial sexual —digo, desarropándome y recorriendo de arriba abajo el limitado espacio de mi dormitorio.

—Creo que probablemente tenga más que ver con que eres un rostro reconocible de Soundbites y has originado una enorme polémica con uno de los personajes más queridos de las redes sociales, y no con que sigues picada por no haberte corrido hace seis años. —Dicho así, parece bastante básico—. De hecho, te pido por favor que, en esta reunión, no hagas mención a tu vida sexual. No vuelvas a hablar de eyaculadores precoces que duran quince segundos.

—Doce.

—¡Eva!

—Que sí, que vale. Perdón por decir la verdad.

—Te mando por correo el enlace a la reunión —responde, mientras de fondo, como para dar énfasis, se la oye teclear en el ordenador—. Por favor, pase lo que pase, no empeores las cosas.

—Sabes cómo hacerme sentir mejor cuando estoy en crisis.

—Perdón por dar prioridad a mi trabajo y a mi independencia económica por encima de tus sentimientos. Seguro que es difícil no ser el centro del universo. Ya llorarás más adelante.

22

—Te agradezco que me hayas pedido perdón. Por algo se empieza —digo con toda la falsa sinceridad posible.

Pillo tan por sorpresa a Aida que se le escapa una carcajada, que se torna en un gruñido.

—Mira que eres payasa. Nos vemos ahora. —Y cuelga.

Las mujeres tenemos que apoyarnos entre nosotras, ¿eh?

Vuelvo a caminar de un lado a otro de la habitación mientras el teléfono sigue a reventar de notificaciones, como si llevara una bomba de relojería en la palma de la mano. Pero he sido yo solita la que se ha destrozado la vida.

Con un gemido de vergüenza, me dejo caer al suelo, con la espalda contra el borde de la cama y la cabeza entre las manos mientras intento desenmarañar el lío en el que me he metido. Poco a poco voy recordando, por primera vez en años, la realidad de mi historia con Cooper.

Los dos fuimos a la Universidad de Breslin, un pequeño centro de humanidades en el norte del estado de Nueva York que cada año produce una hornada de pensadores pretenciosos que, inevitablemente, se mudan a la ciudad y convierten Manhattan en el pueblo más concurrido del mundo.

Todo empezó de una forma bastante simple. Cooper iba un curso por delante de mí, pero nos conocimos en una clase de humanidades en su último semestre. El aula no estaba llena, pero la profesora era maja y no nos obligaba a sentarnos en las primeras filas, así que estábamos bastante esparcidos.

Yo me senté casi al fondo, junto a una pared en la que apoyarme mientras tomaba apuntes. Estaba concentrada en la presentación sobre la historia del simbolismo botánico en el arte feminista de la Antigüedad cuando se abrió detrás de mí la puerta del aula y se cerró con un chasquido sonoro y un susurro blasfemo. El alumno tardón se sentó en la fila de detrás de mí, y puse los ojos en blanco mientras él rebuscaba sin miramientos en la mochila, echando pestes una vez más. Segundos después, le chirrió la silla cuando se inclinó hacia mí, y yo apreté los labios, enfurruñada, a sabiendas de que se me iba a volver a molestar.

23

—Me da la sensación de que no me soportas —susurró, lo bastante cerca como para llenarme los pulmones de su olor a menta y viento de enero—, pero ¿podrías prestarme un boli y una hoja?

Me volví con una mueca, dispuesta a hacerlo encogerse de miedo con su fuerza, pero hubo algo en esos ojos grises y sinceros que me atrapó y me vació el cerebro mientras lo contemplaba. Por aquel entonces, Cooper no llevaba gafas, y me di de bruces con su belleza, sin nada que amortiguara el golpe. Había cierta picardía en su postura desgarbada, en las manos apoyadas sin fuerza en el respaldo de mi asiento, en los antebrazos cubiertos con una fina capa de vello, un mapa de venas y puro músculo.

Se le curvaron las comisuras de los labios mientras me observaba, admirándome abiertamente, echando chispas por la mirada. En silencio, le tendí la hoja y el bolígrafo. Desplazó la vista a mi ofrenda por un segundo antes de volver a clavarla en mí, con un centelleo en los ojos cual pedernal contra el acero. Estoy segura de que fue justo entonces cuando supo que ya era suya.

Solo después de que me cogiera las cosas me percaté de que le había entregado mis apuntes y el único instrumento con el que seguir tomándolos. Al final de la clase, cogí la mochila apresurada y confusa, con la necesidad de que me diera el aire para despejarme el cerebro. Pero él, cómo no, me frenó, acariciándome el brazo cuando me dirigía al pasillo.

—Perdón por ser tan directo —dijo Cooper, con el mismo atisbo de humor aún en su sonrisa—, pero ¿querrías acompañarme a que nos dieran un masaje en el centro comercial?

Lo miré boquiabierta.

—¿Un... un masaje?

Se encogió de hombros, despreocupado y con una sonrisa cada vez mayor.

—No he podido evitar fijarme en que tenías los hombros muy tensos durante la clase.

Permanecí un instante en silencio.

24

—¿Quieres que vaya al centro comercial a darme un masaje contigo? —repetí con incredulidad.

Volvió a encogerse de hombros.

—Si quisiéramos ir al aeropuerto, necesitaríamos billetes de avión, pero estoy de acuerdo en que los masajes son mejores allí.

—Qué rarito eres —espeté. Me empezó a arder la cara por haber llamado raro a un chico objetivamente atractivo, pero las cosas como son.

Cooper se echó a reír mientras yo me escabullía y, justo cuando salía a toda velocidad por la puerta, gritó:

—¿La semana que viene, entonces?

Se pasó tres semanas engatusándome hasta que por fin cedí al extraño encanto de Rylie Cooper.

Aún me acuerdo del crujir de la silla del aula cuando se inclinaba hacia delante durante las presentaciones; de la calidez que me inundaba cuando apoyaba los brazos en el respaldo de mi fila vacía; de la sonrisa de su voz y del aliento en mi mejilla cuando hacía algún comentario sarcástico o algún chiste políticamente incorrecto que hacía que se me escapase una carcajada de la garganta, que intentaba disimular haciéndola pasar por tos cuando todos se volvían para mirarme.

Como era de esperar, le di mi número, y escribirme con él era una experiencia igual de disparatada y adictiva. No tardé mucho en despertarme con un mensaje de buenos días y una excéntrica invitación a una cita, que rechacé, con la excusa de que tenía clase y, además, porque no me apetecía salir en un especial informativo por confraternizar con él. Por aquel entonces no tenía mucha experiencia, pero, a pesar de mi juventud y mi inocencia, ya sabía lo mucho que le gustaba a Cooper perseguir a las chicas, y a mí me encantaba la emoción de estar en su punto de mira.

No tardamos en hacernos amigos. Obviamente, de esos amigos que en realidad quieren follar, pero la verdad es que el muy capullo me caía bien. Me pasaba el día esperando sus mensajes. Me gustaba estar con él, y tarde o temprano acabé ablandándome,

25

quedando para tomar un café después de clase y yendo juntos al supermercado a medianoche.

Pero, por divertido y raro que fuera, y por mucho que me deslumbrase su atención, también tenía muchos cambios de humor: podía pasarse días sin dar señales de vida, dejándome en visto y comportándose con la frialdad de una estatua de mármol en clase mientras yo esperaba, conteniendo la respiración, a que me susurrase algo al oído. Llegado marzo, faltaba mucho a clase, y yo me pasaba la hora entera preparada como un resorte, a la espera de oírlo llegar tarde o de que me enviase un mensaje explicándome su ausencia.

Cuanto más se alejaba, más me pillaba por él, de esa forma tan natural como el respirar, propia de la inexperiencia de los veintiún años, cuando es la primera vez que te prestan atención antes de arrebatártela. Temerosa de perder su interés, lo acorralé tras una clase que se había pasado ignorándome.

—Acepto salir contigo —dije, tratando de mantener el tono homogéneo y apático a pesar de que me notaba latir el pulso en todas las articulaciones del cuerpo.

Vi cómo su expresión solemne y contraída se fundía en una sonrisa vibrante que me hizo sentir mariposas en el estómago.

—No te vas a arrepentir —dijo, guiñándome un ojo antes de marcharse tranquilamente. Sentía como si me fuera a estallar el pecho de lo rápido y alegre que me latía el corazón.

Suspiro, dándome golpecitos con la esquina del móvil en la frente mientras me acuerdo de lo banal que es el resto de nuestra historia: el puñado de citas espantosas, las mentiras, la dependencia que aún reconocía y el *ghosting* inmediato hasta la graduación.

Menudo puto chiste.

Recibo otro mensaje de Aida:

CONÉCTATE A LA LLAMADA O TE MATO DE LA FORMA MÁS RETORCIDA POSIBLE.

26

Se me acelera el pulso y un escalofrío me recorre la piel de arriba abajo. Aun así, consigo responderle:

Eres un sol. Gracias♥.

Rebusco en el armario, cojo un jersey que ponerme sin sujetador debajo y me recojo el pelo en lo que espero que sea un moño desenfadado y moderno, y no una maraña grasienta. Cuando enciendo el ordenador y me conecto a la reunión, la cámara me dice que estoy en la segunda categoría.

A pesar de que internet me va como el culo, consigo al fin conectarme, y aparece mi miniatura junto a las demás: Aida en la esquina superior izquierda, Landry en la derecha, y la expresión de desinterés de un hombre al que no conozco a mi lado. ¿Será de Recursos Humanos? Hostias, ¿me van a despedir?

—Me alegro de que hayas podido asistir, Eva —dice Landry, frunciendo muy ligeramente unos labios maquillados a la perfección.

Me remuevo en mi asiento, atusándome el pelo enredado mientras observo la melena corta, negra y lisa de Landry.

—Perdón por el retraso —digo, intentando calmar la voz y hablando en el tono algo más grave que uso en los segmentos de *Hablemos de salchichas*. No quiero que una mujer tan poderosa como Landry huela mi miedo—. Estaba intentando comprender lo mejor posible lo que… eh… está pasando en las redes sociales antes de la reunión.

Aida se estremece, pero Landry me sorprende transformando su perfecta mueca glacial en una sonrisa, sin una sola arruga en su piel impecable.

—Ah, sí. Parece que anoche te lo pasaste bien en internet.

—Es una forma muy indulgente de decirlo —masculla el desconocido, con desdén en cada una de sus palabras.

Se me escapa un gemido de vergüenza mientras busco una respuesta profesional que mitigue la crisis, pero acabo atragantándome yo sola.

27

—Eva, este es mi hijo, William Doughright. Lleva varios años supervisando la parte europea del negocio y ahora se está integrando en la norteamericana.

—Encantada —digo, sin tener claro que sea verdad. Es guapo, de una belleza descarnada: pelo muy corto, pómulos afilados, ojos color carbón y una curva burlona en las cejas. Es joven, probablemente de unos treinta y tantos, pero no hay nada juvenil en sus hombros tensos y en la firme línea de su boca.

Sigue mirándome con frialdad.

—Enhorabuena por la... eh... integración —digo ante la necesidad de rellenar la pausa incómoda.

El silencio se alarga tanto que empieza a picarme la piel. Miro a Aida, pero se está pellizcando el puente de la nariz.

—Eva —dice Landry, con una voz suave pero autoritaria, como un cuchillo cubierto de terciopelo—. ¿Podrías explicar lo que está pasando o prefieres que sigamos perdiendo el tiempo mirándonos?

Ya. Mierda. Me toca.

—Pues, eh, seguro que ya habéis visto el vídeo, teniendo en cuenta que estamos reunidos...

—Un porcentaje nada desdeñable de la población ha visto el vídeo en el que acusas a uno de los usuarios más seguidos en las redes sociales de hacerte daño y de dársele fatal el sexo —me interrumpe William.

Me estremezco.

—Sí. Por desgracia. No tenía... eh... la intención de que se hiciese tan... viral.

—Pues aquí estamos —responde Landry.

Me encorvo y se marchita, avergonzado, mi flojo intento de mostrar seguridad.

Atrae mi atención el vídeo de Aida, y la miro de reojo. Despacio, de una manera casi imperceptible, se yergue en su asiento y deja escapar un suspiro lento y controlado mientras me mira a los ojos. Es como un abrazo virtual, una colleja, una forma de recordarme que me centre de una puñetera vez y finja el aplomo que no tengo.

—Siento mucho que el vídeo se haya asociado por accidente a *Hablemos de salchichas* y Soundbites —digo, con más firmeza en la voz—. No era mi intención. La verdad, no tenía ninguna intención con el vídeo más allá de una sesión de terapia impulsiva durante una borrachera, que de verdad pensaba que no vería nadie.

—Pues la han visto —dice William con su típica voz plana y fría.

—No me digas —contesto, pillándonos por sorpresa a los dos.

William ladea la cabeza y arquea la ceja apenas un milímetro, lo que me anima a continuar, como si mis exabruptos lo intrigaran. Hay algo en su empujoncito de respeto que me alienta.

—Todo lo que digo es verdad —continúo—. A ver, todo lo verdaderos que pueden ser los sentimientos totalmente subjetivos de una persona con respecto a algo ocurrido años atrás. Pero sí que salimos varias veces, nos liamos, fue horrible y me hizo *ghosting*. Sé que os preocupa la posibilidad de difamación, pero no he dicho ninguna mentira. Y eso es todo, en resumidas cuentas. No lo tenía pensado, no quería que llegase a tanta gente y, obviamente, tampoco quería que la empresa para la que trabajo se viera relacionada con todo esto. Repito: no pensaba que nadie fuera a ver mi vídeo ni que a nadie le fuera a importar.

Todos vuelven a quedarse en silencio y Landry me atraviesa con la mirada con tal vehemencia que noto la presión desde el otro lado de la pantalla del ordenador, a la vez que la gélida expresión de su hijo me hace sentir escalofríos.

—Las intenciones que tuvieras para con el vídeo me son indiferentes —dice Landry al fin—. Lo que importa es que has centrado la atención en ti y, por extensión, en tu segmento. En la totalidad de nuestra empresa.

Dejo caer la cabeza. Me va a despedir por hacer el imbécil en internet. ¿Por qué no me sorprende tanto como debería?

—Y estamos encantados de sacar rédito económico.

Levanto la cabeza con tanta fuerza que se me chocan los dientes.

—¿Qué? —graznamos Aida y yo al mismo tiempo. Clavo la mirada en ella, que parece tan perpleja como yo.

—¿Qué palabra no has entendido, cielo? —pregunta con tranquilidad Landry mientras mira hacia un lado, como si estuviese leyendo un correo, hastiada de nuestra ineptitud.

—A ver, me sé la definición de todas por separado —digo—, pero todas juntas en este contexto me han...

—Sorprendido —termina la frase Aida, con la voz entrecortada.

—¿Sorprendido? —La fría fachada de William se desmorona por un segundo, como si le ofendiese esa palabra. Posa la mirada en Aida, e incluso empiezo a sudar de tanta intensidad—. No me sorprende la falta de precaución de la presentadora, pero me imaginaba que una de nuestras jefas de producción tendría una reacción mejor que estar «sorprendida».

La expresión de Aida pasa de la perplejidad al desafío.

—Perdona, pero...

—Lo que pasa es que no dejo de pensar en la palabra «encantados» —la interrumpo, con miedo al baño de sangre que se produciría si Aida terminase su frase sin tener en cuenta que William es nuestro nuevo jefe. Los temas que más indignan a Aida son los enchufados y los hombres, y William lo tiene todo—. Pensaba que ibais a despedirme.

—¿Despedirte? —Ahora es Landry la sorprendida—. Cielo, seríamos tontos si no aprovecháramos la excelente oportunidad que nos has otorgado.

Mi mirada vacilante e inexpresiva no me gana el respeto de Landry, que chasquea la lengua, irritada.

—Eva, eres el rostro de un segmento de entrevistas satíricas a famosos —dice despacio, como si estuviera hablando con una niña muy muy densa. Conmigo. La niña densa soy yo—. El segmento está bien, pero no es tan conocido. No es una mina de suscriptores. Es contenido de relleno gracioso en la pestañita de arriba de la web llamada «Sociedad». ¿Me sigues?

Logro cerrar la boca y asentir.

—Tus invitados son cada vez de menor popularidad y valor debido a que *Hablemos de salchichas* no es más que relleno, lo que perpetúa un estancamiento que no condena tu segmento, pero que, sin duda, no se presta a mucho crecimiento. El valor de tus vídeos se basa en su audiencia —añade William, con la misma cadencia condescendiente de su madre. Qué maravilla.

—De un día para otro —continúa Landry—, no solo has centrado en tu cuenta personal la atención de la audiencia (que babea con el sustancioso cotilleo que destruye por completo el personaje de un popularísimo creador de contenido), sino, por extensión, también en *Hablemos de salchichas*. Desde que se hizo viral, nuestras interacciones han tocado techo. Y vamos a aprovecharlo todo lo que podamos. Porque, cielo, eso es lo que en el ámbito empresarial llamamos *oportunidad*.

—¿Cómo lo vamos a aprovechar? —Me arden las mejillas y tengo la columna vertebral hecha polvo.

William me regala una sonrisa reluciente y llena de dientes, como si estuviera más contento cuanto más me avergüenzo yo.

—En estos momentos, nuestro equipo está en contacto con Rylie Cooper.

—No me jodas. ¿Para qué? —grito, y de inmediato me llevo la mano a la boca al darme cuenta de lo que le acabo de decir a mi jefe. Aida emite un sonido ahogado desde la esquina de la pantalla—. Perdón. Lo siento —me apresuro a espetar—. ¿Por qué?

William no podría regocijarse más.

—Porque vas a entrevistar, en persona y en directo…

No. Dios, no, por favor.

—… a Rylie Cooper.

Capítulo 3

Creo que me está dando una aneurisma. O estoy alucinando. O ayer me atropelló un ciclista mientras volvía a casa y estoy en una especie de círculo del infierno húmedo, frío y oscuro, porque es imposible que lo digan en serio.

—Lo decimos en serio —se pronuncia Landry, como si me leyese los pensamientos. O igual he hablado en voz alta. No sé decir, porque he perdido el control de mi mente, cuerpo y espíritu.

—Pero ¿por qué? —repito, atrapada en la misma pregunta incómoda.

William pone los ojos en blanco, pero Landry se ríe en un ligero tintineo.

—Porque va a ser un contenido fabuloso, cielo, y vamos a ganar dinero.

—Landry, ¿estás...? ¿Estás segura de que es buena idea? —pregunta Aida en voz baja. Me han entrado ganas de darle un beso por hacerme el favor de poner en duda lo que es una idea espantosa.

—Totalmente. —A Landry se le mueve la melenita negra al asentir—. Ha sido idea de William. Estaba buscando nuevas formas de estimular a la audiencia, y esto ha sido un regalo caído del cielo. Vamos con todo el equipo: los perritos calientes, Eva en plan gruñona... Rylie puede traerse el micrófono de brillantes si quiere. Lo más importante es que estén en la misma habitación y nos demos prisa mientras tengamos la atención del público. Va a haber espectáculo y cachondeo mientras los dos hurgan en su insignificante escarceo. A la audiencia le va a encantar.

William luce una expresión tan engreída que se me revuelven las tripas.

—¿No es un poco...? —Cierro la boca de sopetón, por el miedo de poner en duda a una mujer exitosa e inteligente a la que he admirado de siempre.

—¿Un poco qué? —dice William, con una mirada cortante y devoradora.

—De mal gusto —digo en voz baja, deseando en parte que no me oigan. Su silencio indica que, efectivamente, me han oído, y sigo hablando para intentar paliar los daños—. A ver, sé que Soundbites es un medio moderno, el equilibrio perfecto entre los temas de moda y periodismo de impacto, y no quiero desviar la atención de lo segundo.

William amaga responder, pero Landry lo interrumpe.

—Señorita Kitt —dice, con una voz delicada pero incisiva que indica que solo lo va a decir una vez, así que más me vale escucharla de una puta vez—, la prensa no existe si no hay ingresos. Y los ingresos, en la era de internet, no existen sin los anunciantes y sin los consumidores que ven sus anuncios. Has publicado en una red social y has llamado la atención de un enorme segmento de nuestro *target*, que ahora babea como perritos hambrientos esperando más. Sería la peor empresaria del mundo si pensase que existe algo que podríamos monetizar mejor, ya sea un reportaje impactante o un artículo de lo más vulgar sobre sexo. No podemos ponernos tiquismiquis si queremos lograr ese objetivo.

Me da vueltas la cabeza a medida que todo se va escapando más de mi control.

—Tengo que prepararme para la junta de accionistas —dice William—. ¿Te ocupas de cerrarlo tú sola, mamá?

—Claro.

Asintiendo, William se sale de la llamada y nos deja a las tres mirando la pantalla.

—A ver si lo adivino —dice Landry pasado un momento, con la cabeza ladeada mientras me examina—. De niña, soñabas con ser periodista de mayor. Pero periodista de verdad, de las que viajan a zonas en conflicto y denuncian la codicia de las empresas y a los senadores que se aprovechan del sistema. Veías *Las chicas Gilmore* y te sentías identificada con Rory, y descubriste a Christiane Amanpour y quisiste ser como ella para poder hacerte la lista cuando un adulto te preguntase qué querías ser de mayor. Estudiaste en una universidad de prestigio y muy cara, con la esperanza de que todo saliese como tenía que salir: el trabajo, la vida y la exposición a medios que te diesen voz para que pudieses contarle la verdad a la gente.

Me quedo muy quieta, con la vergüenza de saber que me tiene calada.

—No pensabas que tu mayor éxito sería comer salchichas mientras entrevistas a famosillos de medio pelo desesperados por recibir atención, y ahora te plantas porque tú estás por encima de esto.

—Igual deberíamos… —protesta Aida débilmente, y Landry emite una especie de arrullo, como si entendiera que sus palabras duelen, pero que son necesarias. Tal vez sea así. Tal vez necesite que me recuerden lo triste que es mi situación.

—Lo que quiero decir, Eva —continúa, con un gesto de auténtica preocupación en su impecable rostro—, es que al mundo le dan igual los sueños y las esperanzas de los demás, sobre todo de las mujeres. Al universo se la soplan tus planes y tus aspiraciones y lo mucho que te has esforzado por alcanzarlos. El universo es aleatorio y duro y te pone delante lo que le venga en gana, y lo único que puedes hacer tú es jugar las cartas que tienes lo mejor que puedas.

Landry se inclina hacia delante con una mirada tan intensa que parece que estuviera en mi habitación, escudriñando en el interior de mi cráneo y arrancándome de raíz cada sueño aplastado mientras me dice la verdad.

—Y, a veces, cuando juegas lo que crees que son unas cartas de mierda, sucede el milagro. Otra fuerza del universo ve que te has esforzado, que estás doblando el lomo, y tal vez, solo tal vez, conspire para echarte una manita al final. ¿Entiendes lo que te digo, Eva? ¿Entiendes lo que puede que haya al final de esta jugada?

Abro los labios, mientras me da vueltas el cerebro, enredándose con ideas demasiado buenas para ser verdad.

—¿Estás diciendo que…?

—Es una metáfora, cielo; nada más que eso. —Landry levanta las delicadas manos con las palmas hacia delante—. Ah, perdón por cambiar de tema, pero, antes de que se me olvide… Aida.

Aida se yergue atenta, con la mandíbula apretada y una mirada de preocupación.

—¿Sí?

—¿Te has enterado de que Howards, el del grupo de investigación, se marcha el mes que viene? Se ve que ha encontrado trabajo en la CNN.

Aida abre y cierra la boca varias veces.

—Pues… eh… No, no me había enterado.

Landry asiente con remilgo, volviendo a apartar los ojos de la pantalla mientras sus dedos danzan sobre el teclado.

—Vamos a tener que buscarle sustituto. Sé que no tiene nada que ver contigo; es una nota mental para mí. No quería olvidarme de comunicárselo al equipo de producción. Van a cambiar mucho las cosas ahora que William va a tomar el mando, y los empleados que se lo merezcan van a ascender, mientras que nos vamos a deshacer de las cargas. Ya sabes cómo van las cosas. En fin.

Landry vuelve a posar la mirada en mí, fija, centrada y brillante, mientras la sangre me ruge en los oídos. Asiente de una manera casi imperceptible, para confirmar la existencia de la zanahoria con la que me está tentando.

—Soundbites es una familia: una familia que se cuida mutuamente.

Aunque hay pocas cosas más tóxicas que una empresa que habla de sí misma como una familia, contengo mi repulsa y le

35

aguanto la mirada, mientras me da vueltas la cabeza y rechino los dientes con un ansia repentina de aprovechar la oportunidad que se me ha insinuado.

—Y las familias están compuestas por jugadores que trabajan en equipo —continúa Landry—. ¿Tú sabes trabajar en equipo, Eva?

Dejo escapar un gruñido ahogado con la esperanza de que suene a afirmación. No me parece que sea el mejor momento para señalar que son los equipos los que están compuestos por jugadores, mientras que las familias, en el sentido nuclear de la palabra, están formadas por personas con una vinculación genética y muchas cicatrices emocionales que hacen todo lo posible por no arrancarse la cabeza en todo momento.

Logro asentir con tranquilidad y despreocupación.

—Sí.

Landry muestra una sonrisa deslumbrante, con unos dientes tan blancos como las perlas que le rodean el cuello.

—Bien. Pues nos vemos en la entrevista.

Capítulo 4

Dependiendo del día y del entrevistado, una grabación típica de *Hablemos de salchichas* me obliga a comerme entre dos y cinco perritos calientes, que me sientan como un tiro y me dejan los dedos con olor a kétchup y a líquido de salchichas, lo que suele ayudarme a meterme en el papel de persona deprimente que necesito para el segmento.

Sin embargo, nada más llegar a la oficina para entrevistar a Cooper, me doy cuenta de que es muy probable que hoy no me entre ni un mordisco debido a la combinación de nervios y rencor que llevo fermentando tres días. Pero, oye, si le poto en directo durante la emisión en vivo, seguro que tenemos más espectadores, que es lo único que me importa a estas alturas.

Aunque todo se ha organizado con una rapidez milagrosa, los últimos días han sido una especie de tortura lenta y enfermiza: cada hora que pasaba superaba mi propio récord de visualizaciones y comentarios en el vídeo. La publicación ha salido de su público ideal, el de mujeres indignadas por pleno derecho, y ha empezado a cobrar fuerza entre los troles y los ínceles. Aunque de verdad me hace gracia que esos hombres (y algunas mujeres) se crean que pueden hacerme daño con sus comentarios predecibles y poco originales, nunca me habría imaginado que podrían insultarme con tantas versiones de la palabra «zorra» en tan corto espacio de tiempo.

Pero, por cada comentario horrible que intentan dejarme, hay otros cinco desconocidos que saltan con respuestas agudas e indirectas en mi defensa para bajarles bien los humos a los troles.

Cooper, por su parte, ha guardado un silencio sorprendente sobre el asunto. El chico al que conocía hace seis años no tenía ningún tipo de control sobre sus impulsos ni filtro alguno, así que no me cabe duda de que su hermetismo se debe a que su carísima agencia de representación le ha puesto el bozal ahora que penden de un hilo la adoración del público y los acuerdos con marcas que la acompañaban.

He visto publicaciones en las que especulaban sobre patrocinadores que han cortado la relación con su marca, lo que hace que sea bastante evidente el motivo por el que ha aceptado participar en esta absurda pseudoentrevista en directo. Simple y llanamente, es una maniobra publicitaria por su parte.

Franqueo la entrada del edificio y me monto en el ascensor para bajar al sótano, en el que se encuentra el plató de *Hablemos de salchichas*. Cuando el segmento empezó a ganar cierta popularidad en internet, se habló de grabar en un local de perritos calientes de verdad o en uno de los innumerables puestos callejeros de Nueva York, pero las altas esferas decidieron que era más rentable concederme un rincón oscuro de un almacén y decorarlo como si fuera una cafetería de los años cincuenta en la que calentarnos salchichas baratas a petición. Todo de un glamur abrumador.

Dejo (más bien tiro) el bolso en la tambaleante mesita de IKEA que uso para maquillarme y peinarme y me dejo caer sobre la silla plegable mientras contemplo mi reflejo deprimente.

Tengo las bolsas de los ojos casi tan oscuras como los iris castaños, lo que grita a los cuatro vientos que últimamente he dormido poco y me he pasado demasiadas horas en las redes sociales. Llevo los labios apretados en una mueca permanente, y completa el espantoso *look* un precioso cúmulo de granitos en la sien, causados por el estrés.

Así no puedo salir.

Saco el neceser de maquillaje y me pongo con el corrector y la base, concentrada cual artista ante el lienzo, y me hago la raya del ojo cual verdugo al afilar la hoja. Me ahueco el pelo, me pinto los labios y me peino las cejas hasta que la mujer del espejo refleja la mujer que quiero sentirme por dentro: interesante, imperturbable y algo arrogante.

En resumen, una auténtica buenorra.

Podré ser muchas cosas (áspera, sarcástica, nerviosa, irritante, irritada y con cero inteligencia emocional), pero lo que más soy es presumida, y lo reconozco con orgullo, como si llevara una letra escarlata a juego con mis labios rojos.

Pero no siempre ha sido así. La vanidad es un vicio en el que he trabajado y que he cultivado los últimos años. Al ser la hija del medio, tristemente mediocre y con cinco hermanos de éxito, viví la mayor parte de la adolescencia tratando de pasar inadvertida. Mi padre se casó en segundas nupcias cuando yo tenía nueve años, y mi madrastra, Laura, ya tenía tres hijos adolescentes (todos varones) de su primer matrimonio, que se convirtieron al instante en los hijos que mi padre siempre quiso. Su predilección por los deportes y la promesa de becas de estudios en los mejores equipos universitarios del país absorbieron toda su atención y adoración. Cuando yo tenía once años, mi padre y Laura fueron padres juntos, de dos gemelas perfectas desde su nacimiento, y me consideraron lo bastante independiente como para aceptar mi mediocridad mientras ellos cultivaban la belleza y la brillantez de las niñas.

Dejarme de lado pasó a ser una práctica habitual. ¿Cómo podían rivalizar mis recitales obligatorios del coro o mis concursos de arte escolares con las competiciones de atletismo de Derek, los concursos de belleza de las gemelas o los partidos de tenis de Chris y John? Ni siquiera podía darme pena que mi padre y Laura no vinieran, ya que habría sido mucho peor que vieran mi triste mediocridad.

Estudié en la universidad con la misma falta de brillo, agachando la cabeza y rezando para que algún día mis ideas y mis ocurrencias destacasen lo suficiente como para ganarme el reconocimiento y el valor que mis hermanos obtenían con facilidad.

Cuando Cooper me habló en esa clase de tercero, fue la primera vez que sentí que alguien me prestaba atención, y una

39

parte codiciosa de mí se hizo adicta al instante al calor del interés ajeno.

Pero, aun después de que ese rollete se fuera a la mierda, me pasé los veintipocos apagándome, haciéndome lo más tolerable posible para las personas con las que salía con la esperanza de que me aceptasen lo suficiente como para quedarse conmigo.

E igualmente me dejaban.

Al final acabé dándome cuenta (con la ayuda del bombo que me daban constantemente Aida y Ray) de que una no nace siendo una tía chula. De que es una armadura que una tiene que ponerse. Una fortaleza impenetrable de maquillaje o tinte del pelo o uñas postizas o ropa despampanante o perfume caro o cualquier otro adorno que te haga sentir la hostia de bien. Poderosa.

Ser una tía chulísima no depende del aspecto ni del estilo: es comprometerse con aquello que te hace sentir imparable ante las putadas de la vida. Y hoy especialmente no pienso ser otra cosa que no sea la versión más buenorra de mí misma.

El problema es (para mi desgracia) que estoy muerta de los nervios porque voy a volver a ver a Cooper después de muchos años. Ya no es solo que la confesión poscoital de mis sentimientos por Cooper fuera lo más humillante que he hecho en la vida (quitando lo de estos últimos días), sino que, además, no me tomé nada bien lo de que me hiciera *ghosting*.

Podría decir que caí en todos los clichés de mujer despechada con lo… eh… pintorescos mensajes de texto y de voz que le envié, que iban desde la triste fragilidad hasta la furia desquiciada. Solo espero que me tuviera bloqueada y que no los recibiera.

Pero, por si fuera poco con el melodrama unilateral de nuestra no relación, voy seis años después y, borracha, lo pongo verde en internet, y ahora tengo que enfrentarme a él sobria como si todo este tiempo hubiese seguido pensando en él. Soy la primera en reconocer que eso no es muy de chula.

—No me jodas. Estás tremenda —dice Aida, rematando el saludo con un silbido mientras se acerca por detrás de mí. Le hago una humilde reverencia y la miro al reflejo de los ojos en el espejo—. Con la ropa que llevas, vamos a tener que poner un aviso de contenido erótico en el vídeo. —Gesticula con las manos junto a mis tetas, y la espanto antes de recolocarme el escote, que, es verdad, es demasiado atrevido.

Me he puesto una camisa *oversize* de lino rojo por encima de un corpiño de encaje negro que hace maravillas con mi escote, prácticamente inexistente, y lo remato todo con un montón de delicados collares dorados que dirigen la mirada a mi pecho. Completo el *look* con unos pantalones de talle alto y pernera ancha para conseguir un estilo mitad costero, mitad vampiresa sexi.

—Vas a entrar a matar, ¿no? —Aida me mira con recelo la sonrisa de oreja a oreja.

—Landry y William quieren espectadores, y yo no soy más que una idiota que sabe trabajar en familia o lo que sea —digo con dulzura, inclinándome hacia delante para limpiarme los bordes del perfilador de labios con la yema del dedo.

—Bien dicho —contesta Aida con el ceño fruncido—. Voy a pedir a Recursos Humanos que lo añadan al folleto para nuevos empleados.

Mi sonrisa se vuelve aún más retorcida.

—¿No te preocupan los pezones? —pregunta tras unos segundos, dejándome atónita.

—¿Los pezones? ¿Qué les pasa?

—Que igual se te salen y lo enseñas todo en pleno directo.

Mi mirada salta del gesto de preocupación de Aida a mis tetas y viceversa.

—No me preocupaban lo más mínimo mis pezones hasta que has sacado el tema. Gracias. —Me cubro las tetas con un bolsito, como si fuera a protegerme.

Aida se encoge de hombros con escepticismo. Entonces le suena el móvil y frunce el ceño aún más mientras lee el mensaje.

—Rylie está bajando —dice con un suspiro antes de volver a mirarme—. Sé que Landry y William quieren salseo, pero te pido que se lo des de la forma más pacífica posible.

41

—No sé de qué me hablas —digo, contemplándome las uñas. Me las he pintado de negro, a juego con el encaje del sujetador.

Aida agacha la cabeza, obligándome a enfrentarme a su severa expresión.

—Sabes perfectamente de lo que te hablo, follonera. No estamos en una ejecución pública ni en un combate de lucha libre. Tú estás representando a Soundbites y él está intentando salvarse el culo y los patrocinios, así que tiene que ser gracioso, pero civilizado. Haz lo que tengas que hacer y, por el amor de Dios, cíñete al guion.

El «guion» es un esquema de los temas de conversación acordados entre las dos partes. Unas cuantas ocurrencias mías, conversación de coña, más conversación de coña, perritos calientes, conversación de coña y un remate final por todo lo alto, con la chispa justa y dejando abiertas todas las posibilidades para que la gente hable y suplique otro episodio. Cosa que me niego siquiera a plantearme, pero de eso ya me ocuparé llegado el momento.

Es un guion estéril y menoscabado para que, en teoría, no pueda hacerlo llorar usando solo el poder de mi palabra y el arte con el que levanto la ceja en pleno directo, pero no prometo nada.

Abro la boca para decir algo sarcástico y nada tranquilizador cuando se abren las puertas detrás de Aida.

Y entra el puto Rylie Cooper.

Me da un vuelco el corazón y no puedo fijarme en nada que no sea él: en la seguridad traviesa y desenfadada que desprende mientras examina la estancia, absorbiendo toda la energía y propagándola como si fuera el puñetero sol. Sonríe y saluda con un movimiento de la cabeza a la gente que pulula a su alrededor, y entonces clava en mí sus ojos grises, en los que saltan chispas mientras me mantiene la mirada, y su sonrisa torcida le arruga las mejillas para revelar un único hoyuelo.

Para mi absoluto horror, mis ojos cobran vida propia y le recorren todo el cuerpo, empezando desde abajo y subiendo poco a poco. Lleva unos vaqueros oscuros que claramente están enamorados de su culo y sus muslos, que con el paso de los años han desarrollado una musculatura definida, y una sudadera azul marino de cuello redondo en el que se lee MI NIETO ESTUDIA EN YALE. Este se le levanta cuando se lleva una mano al pelo para pasarse los dedos por los mechones perfectamente alborotados, lo que deja ver una franja de piel justo encima de la cinturilla y una fina línea de vello centrada entre los huesos de la cadera.

Se me corta la respiración y noto un calor repentino y frustrante en la piel. Solo cuando se le pronuncia aún más la sonrisa me doy cuenta de que tengo la puñetera boca abierta, así que la cierro, con tanta fuerza que me entra dolor de cabeza.

No, ni hablar. No pienso dejarme descomponer por una sudadera sarcástica y una sonrisa entrañable. Tuerzo el gesto en una mueca rigurosa.

Cooper camina hacia mí con la confianza de un hombre que... La verdad, sobran las metáforas. Camina hacia mí con la confianza de un hombre, y se detiene ante mi persona con las manos en los bolsillos y una sonrisa que se desvanece en un semblante casi tímido mientras me escudriña el rostro. Rezo por no tener las mejillas tan coloradas como creo tenerlas.

—Hola —dice con una voz más suave que en los vídeos, aún grave y ronca, pero sin ese matiz de aspereza—. No me puedo creer que esto esté pasando.

—Cooper —respondo, con un movimiento brusco de la cabeza, colocando ante mí ladrillos y ladrillos de frialdad hasta construir una robusta pared de hielo—. Ojalá pudiera decir que me alegro de verte, pero... —Hago un gesto indefinido.

La comisura de sus labios amaga una sonrisa, pero mi mirada de rencor la obliga a regresar a una línea recta.

Se aclara la garganta y se recoloca las gafas antes de agachar la cabeza y pasarse la mano por la nuca.

—Aunque no sea mutuo —sus ojos grises vuelven a clavarse por un segundo en los míos; en ellos brilla un destello temerario que me pone furiosa—, yo sí me alegro de verte. —Se balancea

43

sobre los talones y deja que se imponga su sonrisa como un resorte.

Me da un vuelco el corazón antes de ponerse a latir a toda marcha. Seguro que es la rabia lo que me acelera el pulso y hace que me arda la piel. Hago como que miro hacia atrás y me levanto de mi asiento para otear tras de él antes de contemplarlo con una expresión anodina.

—Aún no están grabando las cámaras, Cooper. Deja de hacerme la pelota.

Cooper se ríe en una carcajada descarada que vibra en mi interior, y me aferro al respaldo de la silla como si fuera a salir volando si no me agarro a algo.

—No me lo vas a poner fácil, ¿verdad? —dice con un semblante cómico.

—Ni un segundo.

—Vamos empezando —dice William, levantando la voz al entrar en la sala con una autoridad natural. Da varias palmadas, y el equipo, que ya estaba activo antes, acelera aún más el ritmo.

A Cooper le cambia el gesto y se le mueve la mandíbula como si tuviera algo importante que decirme y necesitara saborear las distintas palabras antes de decidirse por las correctas. Aparto la vista y dirijo mi atención a Aida, mi lugar seguro.

—Vamos a ponernos en nuestros puestos y a prepararnos —dice, acompañándonos a la brillante mesa cromada.

Arrastro una de las sillas, cuyas patas en forma de U chirrían contra las baldosas y hacen estremecerse a Cooper. Satisfecha de haberle visto un indicio de punto débil, me acomodo en el asiento tapizado en vinilo, cruzo las piernas y me sitúo sobre el cojín verde brillante.

Aida repasa rápidamente la escaleta y yo me esmero por ignorar a Cooper a pesar de que noto que me está observando. Cuando una ayudante deja los perritos calientes en la mesa, lo miro de soslayo sin querer, y la intensidad de su mirada hace que la respiración me raspe la garganta. Aprieto los labios y vuelvo a

44

apartar la vista con una mueca de aburrimiento radicalmente opuesta al nerviosismo que habita en mi pecho.

—¿Alguna duda, Rylie? —pregunta Aida—. ¿Estás preparado? Seguro que has hecho entrevistas parecidas antes, así que estarás acostumbrado.

Tomo nota mentalmente para luego llamarla traidora por haberle hablado con amabilidad y respeto.

—Todo perfecto, muchas gracias —responde, mostrando el hoyuelo. Saca toda la ira que llevo dentro y hace que me entren ganas de arrancárselo.

—Fenomenal. Todo el mundo a sus puestos —alza la voz Aida.

—Me alegro de que la princesita esté preparada. Yo también estoy bien; gracias por preguntar —refunfuño.

Por lo menos, Aida pone los ojos en blanco en vez de ignorarme. Pero entonces me sorprende la carcajada procedente del otro lado de la mesa.

—¿Me has llamado «princesita»? —pregunta Cooper con una sonrisa perezosa y peligrosa.

—Sí. ¿Te molesta? —pregunto, levantando la voz con esperanza—. ¿O prefieres «niñata»?

Vuelve a echarse a reír, con los ojos arrugados.

—«Princesita» está bien.

Se me curvan los labios, pero los obligo a mostrar una sonrisa acre.

—Como quieras, niñata.

Aida inicia la cuenta atrás al directo, y Cooper se sacude y se pone la careta despreocupada que suele lucir en la mayoría de sus vídeos. Cuando Aida llega al tres, se calla y termina de contar los segundos con los dedos antes de señalarme. Yo también luzco mi propia fachada, una expresión apática no muy distinta a mi verdadero ser, y miro a la cámara como si fuera el pesado de mi hermano pequeño.

—Soy Eva Kitt —digo sin sentimientos ni energía, mi seña de identidad—. Bienvenidos a *Hablemos de salchichas,* donde

45

divertirse es pan comido. El invitado semiespecial que va a ser hoy carne de cañón se llama... —el rótulo luminoso de carne de cañón entra en el encuadre y yo paso de él, mientras hago como que consulto los apuntes, hojeo varias páginas y deslizo el dedo sobre varias líneas— Rylie Cooper. Y es... es... —Despacio y con una estudiada desilusión, hojeo más papeles, dejando que se alargue el silencio.

—Tengo un pódcast sobre cómo deconstruir la masculinidad tóxica y publico vídeos chorras en internet —dice Cooper, con una voz grave y sonriente. Levanto la mirada, que me pesa. Cooper se recoloca las gafas y, a continuación, apoya los codos en la mesa y la barbilla en las manos—. En lo segundo tienes cierta experiencia, ¿no, Eva?

Separo los labios, pues no estaba preparada para la pulla, pero me recompongo de inmediato y arrugo el rostro.

—¿Un pódcast? Ah. ¿Y eres el presentador, dices?

—Sí —responde, con un brillo en los ojos. Se reclina en su asiento, como si se estuviera preparando para divertirse. Está bien, cabronazo. Vamos a jugar.

—¿Y tiene algún oyente? —Estoy entrando en un terreno peligroso, teniendo en cuenta el pésimo número de suscriptores que tienen mis proyectos creativos fuera de este horror de programa, pero tengo que darlo todo.

—Sí. —Se le ensancha la sonrisa, con cierta expresión de desafío en su postura relajada.

Resoplo, levanto las cejas y aparto la mirada.

—Ah. Yo nunca dedicaría mi tiempo libre a escuchar a un hombre, pero será cosa mía.

Cooper estalla en una carcajada, pero Aida se sitúa en mi campo visual, fuera de cámaras, con William justo detrás de ella, y los dos me miran con odio. Buena parte de nuestros espectadores son hombres, y supongo que una grandísima porción del público de Cooper son mujeres interesadas en lo que dice, así que está claro que no estoy contribuyendo al objetivo de audiencia.

46

—En fin. —Vuelvo a mirar los apuntes, como si no hubiera memorizado cada palabra... para usarla en su contra, claro—. Aquí pone que han descrito tu presencia en las redes sociales como un espacio seguro para los hombres que le tienen miedo a Pinterest. ¿Siempre ha sido ese tu objetivo?

Se le curvan los labios como si le hiciera un poco de gracia. Me veo obligada a tener que apartar la vista de sus ojos, ya que se me revuelve el estómago al percibir la calidez que hay en ellos.

—Pues, la verdad, no creo que nadie haya descrito de esa forma mi presencia en las redes sociales.

—Sí, yo —digo, con una voz monótona y una mirada aburrida.

—Ya. Mi objetivo en la vida siempre ha sido crear contenido cercano a Pinterest para los hombres. Si Maslow estuviera vivo, haría un estudio sobre mi autorrealización. ¿Y tu objetivo vital siempre ha sido interrogar a famosillos de tercera mientras coméis perritos y hacer como si fuera una cena de Estado?

—También he entrevistado a famosos de segunda —digo. Se me desmorona la fachada al saltar a defenderme.

—Ay, tienes razón. Barbara Walters[1] se está revolviendo en su tumba de la envidia.

Me zumban los oídos con una nueva oleada de ira; me saca de quicio y lo sabe perfectamente. Estoy jugando en casa. No puedo dejar que tome la delantera y controle la conversación.

Cooper coge su perrito caliente para llevárselo a la boca, pero yo alargo la mano y le agarro la muñeca, deteniéndolo con la boca abierta y los ojos como platos del horror. Hago caso omiso del calor que siento al contacto con su piel; probablemente sea la misma reacción cósmica del agua bendita al abrasar a un demonio.

—¿Seguro que te lo quieres comer? —pregunto, aguantándole la mirada plomiza.

---

[1] Histórica periodista y presentadora de televisión estadounidense. (Nota de la traductora.)

47

Nos ojea alternativamente al perrito y a mí, antes de aclararse la garganta, con un deje de verdadera preocupación en la voz al preguntar:

—¿Por? ¿Lo has envenenado?

—No. Los jefes no me han dejado. —Frunzo el ceño—. Pero quería comprobar que pudieras comerlo.

Cooper levanta una ceja, dubitativo.

—Pareces de esa clase de personas con muchas intolerancias alimentarias.

Deja escapar un sonido ahogado y yo le suelto el brazo.

Entonces se recompone y le da un mordisco tan grande como agresivo a la salchicha, con una expresión como diciendo: «¡Ja! ¡Te vas a enterar!». Pero, después de unos segundos masticando y un intento de tragar, comienza a toser, rociando el plato de miguitas de pan. Evitando el impulso de retroceder ante la lluvia de carne, alargo la mano y le golpeo en la espalda varias veces, con tanta fuerza que se le resbalan las gafas hasta la punta de la nariz.

—Ahí va. ¿Te pica mucho el kétchup? Mira que les dije que te pusieran mayonesa.

Cooper me aparta el brazo, con la cara colorada mientras respira hondo y de forma irregular. Se recoloca las gafas y nos quedamos mirándonos un instante; tiene los ojos entornados y una expresión tensa. Hasta que... ¿se echa a reír?

¿De qué coño se ríe? Tendría que estar llorando.

—Aunque sin duda el kétchup ha puesto a prueba la valentía de mi delicado paladar, está claro que lo más picante aquí eres tú, gatita.

—No me llames así —espeto demasiado rápido, con demasiada intensidad. Ese maldito mote de la universidad me ha dolido de una manera que no quiero analizar.

Por el sentido común de la mente enferma de Rylie Cooper, de Eva Kitt pasó a llamarme «Kit-Kat», luego «gatita mala» y, finalmente, solo «gatita». Hasta entonces nunca había tenido mote: siempre había sido Eva y punto en una familia con muchos hijos, y había algo en la forma juguetona y cariñosa en que

48

lo pronunciaba que hacía que me diera un vuelco el corazón y me ardieran las mejillas. Volverlo a oír ahora, pasados seis años y con una hostilidad como un camión entre nosotros, me pone los pelos de punta y me tensa la mandíbula.

—¿Por qué? —pregunta con un mohín.

—Porque no me llevo bien con los perros.

—Ah, ya volvemos al sentimiento que nos trajo aquí —dice Cooper, inclinando la silla sobre las patas de atrás y moviendo exageradamente el brazo en cuya mano sostiene el perrito caliente a medio comer—. ¿Por fin vamos a hablar del temita en cuestión?

Me noto una pizca de preocupación en el estómago y miro brevemente a cámara, medio segundo, antes de volver a clavar la vista en Cooper. Se supone que no podía sacar el tema de una forma tan directa. Teníamos que hacer tímidas referencias al vídeo y a nuestra lamentable historia, dejar unos cuantos comentarios sin maldad tan sosos como citables y marcharnos sin mirar atrás.

Pero este tío tiene la delicadeza, cuando menos, de un tren de mercancías, así que modero mi preocupación. Ha decidido jugar así y no pienso dejar que me vea pasarlo mal.

—¿Qué temita?

—Tu reseña del Rylie de veintidós años —dice Cooper, con una sonrisa descarada que le hace aparecer el hoyuelo. Lo miro con el ceño fruncido.

—No sé si la cambiaría mucho para el Rylie de veintiocho años —digo, evaluándolo con frialdad—. Igual incluyo lo de que estás perdiendo pelo.

Para mi regocijo, se lleva corriendo la mano al cabello, escandalosamente poblado. Debo de lucir una sonrisa sádica, pues entorna los ojos antes de regalarme una breve sonrisa y asentir de forma casi imperceptible para reconocer que he dado en el blanco.

—Pues eso es lo que quiero cambiar —dice.

—¿Cambiar?

Se está saliendo del guion. No podía salirse del guion. Y menos aún acercarse a mí de esa manera y hablarme con una voz grave y una sonrisa íntima, como si fuera la única que quiere escuchar lo que va a decir a continuación.

—Dices en el vídeo que se te ocurren un puñado de *red flags* aparte de...

—Que seas un egoísta en la cama.

Resopla y se muerde el labio mientras me mira fijamente a los ojos.

—Iba a decir lo de estar en una hermandad, pero, si quieres analizar en detalle mi actuación, será un placer. Acepto tus propuestas y críticas constructivas para futura referencia.

Me arde el cuerpo entero, pero pongo los ojos en blanco.

—Ni en tus sueños.

—En mis sueños sí que te habré visto un par de veces —susurra, ojeándome breve pero intensamente. El deseo patente en sus palabras me deja sin habla, y su sonrisa de satisfacción me indica que eso es justo lo que pretendía—. Quiero una segunda oportunidad —dice, ahora en una voz más alta, de nuevo con esa sonrisa desvergonzada.

—Una... ¿segunda oportunidad?

Tuerzo el gesto como si acabase de oler leche cortada, aunque, por desgracia, lo único que huelo es la colonia, sensual hasta el absurdo, que lleva hoy. Es fresca y tentadora. Sol y pecado. Cojo el perrito y le doy un mordisco agresivo para sustituirla por el olor a kétchup.

—Quiero que me des la oportunidad de conquistarte. De recuperar tu beneplácito —dice tranquilamente, con la mirada fija en mi boca mientras me ve masticar. Me aseguro de hacerlo con la boca abierta.

—Para recuperarlo, primero tendrías que haberlo tenido —refunfuño con la boca llena y un pedazo de pan atascado en la garganta, repentinamente seca.

Cooper se vuelve a reír, y el sonido deja paso a una serie de recuerdos, del tonteo en la universidad, cuando parecía que había ganado un premio cada vez que lo extraía de su boca. No soporto que sea una risa auténtica, a diferencia de las mías en las entrevistas, superficiales y apenas convincentes. Pero siempre que él se ríe parece hacerlo de verdad. Es incapaz de fingir buen humor.

Será cabrón.

—Está bien. Vale. —Entorna los ojos mientras sigue sonriéndome—. Quiero que me des la oportunidad de demostrarte que, a pesar de que todas tus pruebas apuntan a lo contrario, no soy mal tío.

Lo miro atónita.

—Y yo quiero alimentarme solo de pasta con formas graciosas y olvidarme de la existencia de las verduras. ¿Vamos a seguir hablando de deseos en vano?

Cooper me escudriña el rostro.

—Tengo una propuesta —dice con cautela.

No puedo evitar mirar de reojo con terror a las cámaras antes de posar la vista en Aida, que, detrás de ellas, parece igual de confundida.

«Llama a Recursos Humanos», articulo en silencio. Aida vuelve a ponerse en modo trabajo y me lanza una mirada de rencor mientras sacude la mano en un gesto que me ordena que me centre en Cooper.

—Solo te pido que me concedas parte de tu tiempo. Nada más —continúa Cooper, cuya voz atrae bruscamente mi atención. Separo los labios mientras lo observo: la intensidad de su mirada, el ceño ligeramente fruncido, la sinceridad de su sonrisa. Todo genera una presión cada vez mayor en mi pecho—. La oportunidad de demostrarte que no soy el capullo que recuerdas. Dame seis citas para compensarte.

—Que te den por culo —se me escapan las palabras en una carcajada tan repentina y violenta que me llevo una mano a la garganta.

A Cooper le brillan los ojos.

—Como sigas siendo tan encantadora, me voy a enamorar de ti.

—Que te den por culo —repito, esta vez pronunciando las palabras con claridad. Se me ha vuelto a olvidar que estamos en directo. Después de esta, es imposible que no me despidan—. No pienso tener seis citas contigo. No pienso tener ni una sola cita contigo.

—Cinco —contesta, cruzándose de brazos y volviendo a reclinarse en su asiento.

—Cero —replico, imitando su pose.

—¿Por qué? —Por un segundo, se percibe cierto dolor en su expresión—. Quiero compensarte. De verdad que me sabe fatal haberte tratado así y quiero rectificarlo.

—Si tan buen tío eres, ¿por qué necesitas tantas oportunidades? —Levanto una ceja de una forma intimidante para la mayoría de los hombres.

Pero, en vez de intimidarse, Cooper se inclina hacia delante y, con las dos manos sobre la mesa, me mira con su característica media sonrisa.

—Es el número de citas que tuvimos. Es de justicia tener igualdad de oportunidades.

—Tuvimos cuatro —digo sin pensar, antes de armarme de valor para evitar encogerme ante lo sincera y objetiva que acabo de sonar. Es escandaloso lo mucho que Cooper está gozando.

—Llevaste la cuenta. ¿Tan importantes fueron?

—Lo hice para poder contárselo a la psicóloga.

Cooper ladea la cabeza, y la piel en torno a sus ojos y a su boca se arruga al contener la sonrisa. Con una sacudida, me percato de lo cerca que estamos, de que tengo el pecho apoyado en la mesa, la mandíbula apretada y los labios rojos fruncidos a escasos centímetros de su preciosa sonrisa.

—Está bien —dice, escudriñándome el rostro y descansando por un segundo en mi boca antes de volver a mirarme a los ojos—. Lo cierto es que quiero todas las citas que puedas concederme porque te tengo miedo, Eva Kitt. Y sé que voy a necesitar tantas oportunidades como pueda para quitarme los nervios y hacer que te lo pases bien.

A pesar de mi resistencia, me saca una sonrisa, brusca y breve, mientras noto un fuerte calor en el vientre. Me apresuro a

52

dominar mi expresión para que el centelleo de mis dientes muestre resentimiento en vez de una inoportuna alegría.

—¿Y qué gano yo?

—¿No te basta con siete citas de diversión garantizada?

—Lo que garantizas es decepción y punto —mascullo, apartándome de él de una sacudida y hundiéndome en mi asiento, con los brazos cruzados para recalcar mi mal humor. Pero, no sé por qué, su sonrisa no hace sino ensancharse.

—Puede —dice, levantando las manos en un gesto de rendición—. Y entonces tendrás todo el derecho de emprenderla contra mí. Mira, después de cada cita, podemos repasar cómo ha ido en mi programa. En el peor de los casos, vas a tener ocho citas para analizar, desgranar y explicar públicamente el asco que doy con ejemplos actualizados. Voy a darte todo el material.

—Qué caballeroso.

Cooper inclina la cabeza con falsa deferencia y, cuando vuelve a mirarme, le brillan los ojos.

—Pero, en el mejor de los casos, tienes nueve citas con alguien entregado a hacértelo pasar en grande. Y comida gratis.

—¿De la buena?

—La que tú quieras. —Abre los brazos como si fuera el presentador de un concurso de la tele—. Vas a tener diez citas a reventar de comida.

—Deja de aumentar la cifra —espeto—. Me habías dicho que seis.

—Seis citas. Trato hecho.

Me coge la mano y me la estrecha para sellar el acuerdo. Me río, más por la sorpresa que por otra cosa, me suelto y le aparto el brazo con un tortazo.

—¿Y si de verdad me caes mal? —digo, viendo cómo se acaricia los nudillos de la mano derecha con la yema de los dedos de la izquierda. Ese matiz de control en el movimiento me ha secado la boca—. La mayoría de la gente me cae mal.

Le centellean los ojos.

—Me encanta ponerme a prueba.

Vuelvo a mirar a Aida, y me horroriza ver que William está con ella, contemplándome con una fuerza imperiosa. Asiente una sola vez, despacio y con autoridad, exactamente como hizo su madre durante la videollamada. Un leve atisbo de promesa.

Mierda. Quiero ese puesto. Lo necesito. Si esto es lo que tengo que hacer para conseguirlo…

Pero, Dios, Cooper es un imbécil redomado: un imbécil que no es difícil de mirar, pero un imbécil igualmente. Y solo pensar en estar obligada a quedar con él hace que quiera arrancarme los pelos. Y arrancárselos a él.

Debe de notarme flaquear, pues baja la voz hasta un rumor mimoso.

—Venga, Eva. No tienes nada que perder.

—Sí, la dignidad y el respeto a mí misma.

Miro a William y a Aida una vez más, pero la risa de Cooper me vuelve a reclamar.

—Concédeme seis citas para convertir esas *red flags* en *green flags*.

—Que vayas a fingir ser un hombre decente durante un puñado de citas no es el triunfo que quieres hacernos creer —respondo con cautela, tratando de encontrar un resquicio, una vía de escape, mientras me arrincona cada vez más.

—Claro que no —contesta, con una expresión seria—. Y no voy a hacer como que sí lo es. Pero ya no dejo las cosas a medias —dice como si fuera una promesa, y me da un vuelco el corazón en respuesta—. Así que utilízame, Eva. Úsame como ejemplo. Ayúdame a mostrarle a la gente lo que de verdad es esforzarse.

No hay ni rastro de dobles sentidos ni lascivia en su rostro, pero sus palabras me hacen estremecerme y noto un remolino de calor en el vientre, una promesa oscura que me arrasa y hace que me dé vueltas el cerebro de una forma que en ningún caso debería.

—¿Y si no lo consigues? —susurro.

—Pues me imagino que te lo pasarás genial poniéndome a parir por no estar a la altura de tus expectativas. —Su sonrisa es lenta como la miel, y yo soy una mosca.

54

Por un momento, el mundo entero desaparece; adiós a William, a Aida, a las cámaras y a los espectadores. Solo queda la trampa de los ojos de Cooper. Me niego a ser su presa.

¿Quiere jugar con fuego? Pues va a tener una explosión. Va a tener lo peor de mí. Voy a recibir publicidad y voy a conseguir un nuevo trabajo. Voy a obtener material para mi plataforma de Babble y voy a transmitirles lo mediocre y cabrón que es Rylie Cooper a sus propios oyentes en su propio programa, y, de paso, le voy a robar unos cuantos fieles seguidores.

Se va a cagar.

La venganza es un plato que se sirve frío, y yo tengo toda la paciencia del mundo.

—Seis citas —digo lentamente, retándolo con la voz. Me inclino hacia delante y él hace lo propio—. Trato hecho.

—No te vas a arrepentir —dice con una voz segura y firme. Muestra una sonrisa incandescente, pero mi mirada es lo bastante turbulenta como para tapar su luz.

Dejo escapar una fugaz carcajada.

—Uy, cariño, ya me estoy arrepintiendo.

Así, en el momento justo, se oye un chasquido en la sala y todo se detiene por un instante. Me cuesta orientarme, recordar que lo hago por el público, saber qué está pasando. Qué acabo de aceptar.

Entonces alza la voz William:

—Pues hemos terminado.

En ese momento entra en acción el equipo, y me parece oír a Aida decir algo similar a «venga, no me jodas» entre el ruido.

Cooper desvía la atención al vaivén que nos rodea, pero me reconcome la necesidad de respuestas. Alargo la mano y lo agarro de la puñetera sudadera. Entonces me vuelve a mirar, con los ojos como platos y cierto matiz de pavor. Sonrío con voracidad.

—¿Por qué? —pregunto, retorciéndole la tela.

—¿Por qué qué? —Mira alternativamente a mi mano y a lo que estoy segura de que es mi expresión desquiciada.

55

—¿Por qué estás haciendo esto? —siseo. Necesito una respuesta sincera antes de que se lo lleve su equipo o William se vaya o volvamos a estar ante los ojos de los espectadores.

—¿No hemos hablado ya del tema?

Me rodea la muñeca con los dedos, rozando apenas mi piel como si tocarme lo quemase. Lo veo tragar saliva y, entonces, el calor de la palma de su mano se posa en la mía. No la aparta; la deja ahí, presionando ligeramente el pulgar contra mi pulso estruendoso.

—En serio, ¿para qué te esfuerzas tanto? —Me alejo de él y me libero de su delicado agarre. Lo miro con dureza y frialdad, exigiéndole que se deje de tonterías.

Cooper aparta la mirada; una especie de vergüenza le enturbia los rasgos.

—¿Nunca has querido una segunda oportunidad para enmendar un error?

Me paro a pensar, y se me vienen a la mente imágenes de todos mis ex como si fueran páginas de una revista; de todas las noches que me quedé despierta hasta tarde preguntándome por qué todo el mundo me deja y haciendo una lista infinita de las cosas que haría de otra manera si me dieran una pequeña oportunidad.

—No —respondo, ladeando la cabeza con una sonrisa gélida—. Estoy más que satisfecha con todos los errores que he cometido.

Cooper se me queda mirando un instante antes de reírse y pasarse una mano por la cara.

—Eres de lo que no hay.

Se pone en pie y yo me apresuro a hacer lo propio y a interponerme entre la puerta y él.

—Y tú tienes segundas intenciones. —Lo examino detenidamente, tratando de encajar todas las piezas. De reojo, veo que, a nuestro alrededor, el equipo está recogiendo—. Eso es que estás perdiendo más patrocinadores y popularidad de lo que pensaba. Necesitas una maniobra publicitaria para recuperarte.

Cooper levanta los brazos y pone los ojos en blanco.

—Claro que sí, Eva. ¿Eso es lo que quieres oír? ¿Que necesito desesperadamente que la persona más cabezota que he conocido en mi vida me siga el rollo en una compleja trama para conseguir popularidad en las redes sociales? ¿Que mi vida y mi carrera no pueden sobrevivir sin tu colaboración? ¿Quieres que me arrodille para suplicártelo?

Se me viene a la mente la imagen de Cooper arrodillado, con la cabeza entre mis...

Con un escalofrío, aparto la idea de mis pensamientos. A pesar de que tengo pruebas que tiran por tierra sus capacidades, nunca he sido capaz de hacer a un lado la atracción que siento por él, pero preferiría mascar clavos oxidados antes que dejar que ganen los traicioneros pensamientos salidorros. Le escudriño el rostro mientras repaso su declaración. El tono es sarcástico, pero no creo que haya dicho ninguna mentira. Además, actualmente es bastante complicado tener una conversación sin un trasfondo irónico.

—En fin —digo con un deje amargo en la voz—, me parece bien siempre y cuando haya una dinámica de poder muy marcada. Pero, eso sí, me niego a pasármelo bien.

—Te vas a comer tus palabras. —Hay cierta promesa inmoral en su expresión que hace que me acalore.

—Vamos a dejar clara una cosa —digo, torciendo el gesto cuando me enfrento a él cara a cara. Tenemos más o menos la misma altura, así que doy gracias en silencio al ser superior al que se lo deba por no tener que levantar la vista para mirarlo—. En ningún caso me voy a montar en tu Mini Cooper. —Le clavo el dedo en el pecho para dar énfasis.

Cooper ladea la cabeza, fingiendo inocencia.

—Conduzco un PT Cruiser. Te recogeré en él en nuestra primera cita.

—Qué fuerte. No podía ser más humillante.

Vuelvo a clavarle el dedo antes de retroceder. Cooper se frota la palma de la mano contra el esternón como si intentase incrustarse en él mi huella. O borrarla.

Por su propio bien, espero que sea lo segundo.

57

Noto que Aida y William me están mirando, y sé que tengo muchos asuntos que resolver si quiero aprovechar este desmadre para progresar en mi carrera.

—No me llames. Ya te llamaré yo —digo mirando hacia atrás para despedirme mientras me alejo de él.

—Me ha encantado volver a verte —grita Cooper.

Le hago una peineta sin mirar, y no soporto cómo resuena en mi interior su carcajada de después.

Capítulo 5

El infierno sobre la tierra existe y se ha instalado en mi teléfono móvil.

Siempre he estado demasiado orgullosa de lo organizada que tenía mi pantalla principal y de llevar al día las notificaciones: las fotos en carpetas concretas, las aplicaciones bien categorizadas y todos los mensajes respondidos.

Sin embargo, desde el directo de ayer, el móvil no deja de vibrarme sin parar con llamadas, mensajes, etiquetas y correos electrónicos, y todas las aplicaciones muestran un circulito rojo en la esquina superior derecha con el número de notificaciones.

Al parecer, todo el puto internet se muere de ganas por ver cómo transcurre públicamente lo peor que me ha pasado en la vida.

Se ha desatado la histeria en las redes sociales y no doy abasto con las etiquetas. Me he pasado el día entero tirada en la cama actualizando las aplicaciones y viendo subir el contador de visualizaciones. La gente está obsesionada con editar la entrevista y hacer vídeos de Cooper diciendo «como sigas siendo tan encantadora, me voy a enamorar de ti» con canciones de moda de fondo y, a continuación, capturas de pantalla de miradas furtivas como si fuera una gilipollez de película romántica. Me horroriza que tanta gente haya podido captar una sonrisa que no he querido ofrecer, en respuesta a la de Cooper y su hoyuelo.

Pero es que Cooper está echando leña al fuego y a mi ira dándole a «me gusta» en buena parte de estos vídeos. Miro con odio la pantalla mientras repaso los comentarios de uno de los más recientes.

59

Está claro que van a follar
↩ qué dices? Estos ya han follao
↩ por favor que lo hagan en directo

Me la suda todo: que me haga lo que él quiera
↩ y a mí
↩ y a mí
↩ DIOS y a mí

Me encanta que ella parezca que lo va a estrangular mientras que él está en plan 🥺🥺🥺
↩ No es por nada, pero la mejor forma de asfixiarlo sería sentándose en su carita bonita

Este último comentario hace saltar un *flashazo* en mi mente y me sacude el sistema nervioso como si fuera un recuerdo en vez de una sugerencia.

El problema es que, por la forma en que me mira en los vídeos editados, podría creerme que en parte es de verdad. O, al menos, que de verdad quiere acostarse conmigo. Y la parte más confusa de mi cerebro tiene fijación con eso y atenúa el recuerdo de cómo es de verdad estar con Cooper, que con tanto esfuerzo me gané, con una nueva imagen sensual de lo que podría ser.

Si no fuera tan espantoso a nivel celular. Obviamente.

Me salgo de la aplicación y vuelvo a los mensajes. Por enésima vez, empiezo a escribir un borrador dirigido a él. El equipo de Relaciones Públicas de Soundbites me ha enviado un resumen de cómo van a republicar los episodios de su pódcast en las redes de la empresa, y William me ha mandado un *e-mail* en el que me pide de una forma no muy sutil que tenga la primera cita lo antes posible. El equipo ha incluido los datos de contacto de Cooper, pero, como soy una persona lamentable, no los necesito porque en ningún momento desde la universidad he borrado su número. Ni siquiera he cambiado su nombre en los contactos para poner algo gracioso y mezquino, como debería hacer toda mujer que se precie.

60

«Deja de dar *like* a los vídeos que nos *shippean*», escribo antes de borrarlo. No puedo permitir que sepa lo consciente que soy del entusiasmo de la gente. Me muerdo el labio por un segundo. «Vamos a acabar ya con esta farsa de mierda y vamos a quedar para la primera cita», pruebo a escribir. No, suena impaciente.

Me incorporo y miro por la minúscula ventana de mi dormitorio a la oscura noche de otoño. Las luces de la ciudad titilan y yo arrugo el ceño al pensar en su belleza, hasta que me fijo en el reflejo de mi gesto amargo en el cristal. Me quedo mirándome por un instante, con la misma expresión demacrada y el entrecejo fruncido. Los hombros caídos. La cama deshecha.

Nunca me habían prestado tanta atención, pero se me antoja empañada, dirigida a mi yo superficial: una fachada a la que se han agarrado para entretenerse con ella. Es agobiante, confuso y más desagradable de lo que me había imaginado. Noto una punzada sorda y hueca en el pecho, y tardo un instante en darme cuenta de que es... la soledad.

Vuelvo a mirar el móvil, meneando la pierna mientras se afianza cada vez más la sensación, que comienza a tornarse en un dolor más punzante. Con un débil resoplido, escribo: «¿Por qué no me llamaste?».

Ver esas palabras dirigidas a Rylie Cooper es un baldazo de agua fría para mi deplorable autodesprecio, así que yergo los hombros mientras las borro y dejo escapar una frágil risa al pensar en esa brevísima versión lastimosa de mí. No quiero que esté cómoda en esta piel tan dura que me he esforzado por conseguir.

Cuando salgo del contacto de Cooper, me aparece en la pantalla otra videollamada más de Ray, la quinta en dos horas. La rechazo, pero al instante recibo un mensaje suyo.

¿No vas a explicarme qué narices está pasando en las redes?

Dejo escapar un largo suspiro entre los labios fruncidos. Ray es uno de mis mejores amigos, pero no es de los que

61

llaman a la gente para preguntar cómo le va. Además, últimamente ha estado teniendo algunos problemas con la tortuga que tienen de mascota y que ha acaparado toda su atención, así que no me molesté en informarle del asunto de Cooper cuando estaba empezando. Pero se ve que no vive en una burbuja tan grande como pensaba, porque ha visto la entrevista. Le respondo:

> ¿Qué quieres que te explique que no se haya comentado ya en un millón de vídeos?

Pues que te has tirado a un famoso y no se lo has contado a tu mejor amigo.

«No es famoso», escribo mientras aprieto los dientes, tan nerviosa que me levanto de la cama y echo a caminar de un lado a otro.

Estoy harta de pensar en Cooper; harta de que se me venga a la cabeza su cara de mierda. Me noto una presión en el vientre, en la garganta, y, caminando con fuertes pisotones, atravieso el piso y abro el grifo de la ducha lo más caliente posible para poder limpiarme la mugre que me ha incrustado en la piel su presencia.

Como vivo en Nueva York, tengo la ducha en la cocina. No es mucho más grande que el fregadero que está justo enfrente, y me apoyo en la encimera mientras espero a que se caliente el agua. Recibo otro mensaje de Ray.

Es famoso en las redes sociales y eso hoy en día puntúa doble.

> Que no.

Que sí, coño, y lo sabes.

Dejo el móvil en la repisa junto a la ducha y me meto debajo del chorro ardiente. Me tranquiliza por un momento: la neblina atenúa las estridentes imágenes mentales de la sonrisa de Cooper, el agua abrasadora me calma los nervios y el eco de las gotas al caer sobre el suelo de porcelana ahoga los pensamientos intrusivos. Bajo los hombros, que tenía subidos hasta la altura de las orejas. Relajo la mandíbula. La presión que se acumulaba en mi cuerpo suspira aliviada. Estoy en paz. Estoy en un lugar que no me recuerda al puto Rylie Cooper.

Hasta que vuelve a sonarme el móvil.

Y, como buena zombi de la tecnología que soy, abro los ojos de sopetón y acudo a la llamada del teléfono. El agua se me resbala por la nariz y los dedos hasta caer en la pantalla mientras leo el último mensaje de Ray.

> Sé que igual no estoy siendo buen amigo, pero necesito saberlo: ¿tan malo fue? A mí me da la sensación de que la tiene bien gorda.

Pongo los ojos en blanco con tanta fuerza que me lo noto en el cerebro. De inmediato me llega otro mensaje de Ray.

> También me la imagino torcida a la izquierda, no sé por qué. Es un presentimiento. Se le ve de ese rollo.

Este último al menos me hace reír. Pero la gracia no dura mucho, ya que hace resurgir un recuerdo que llevaba mucho tiempo enterrado. Me arde la piel, como si estuviera febril.

Cooper me había acompañado a casa después de nuestra segunda cita de mierda; el frío de aquella noche de primavera me cortaba las mejillas y el cuerpo entero bajo el fino vestido que me había puesto para impresionarlo. Pero no me ofreció el abrigo como me había imaginado en vano que haría por lo que

63

había visto en el cine y en los libros. Se había pasado toda la noche distante, con la cabeza a miles de kilómetros de allí, y nada de lo que dijera era lo bastante ingenioso ni encantador como para hacerlo volver. De niña me había acostumbrado a esa sensación, a no hablar lo bastante alto, a que mis ideas no fueran lo bastante interesantes como para captar la atención de mis padres. Ni de nadie.

—¿En qué piensas? —le pregunté mientras nos acercábamos a mi edificio. Llevaba la cabeza gacha y la mirada fija en la acera.

Se sobresaltó como si se hubiera olvidado de mi presencia, y sus ojos tardaron un segundo en enfocar cuando nos detuvimos frente a mi residencia. Apoyé la espalda contra la áspera pared de ladrillo y lo escudriñé detenidamente. Se me hacía raro verlo con el ceño fruncido, y dejé escapar un suspiro de alivio al ver la sonrisa lenta y sensual que trazaba su boca mientras volvía conmigo. Pero la sonrisa no se le reflejaba en los ojos, en cuyas comisuras se percibía algo complejo y pesado.

—Estoy pensando en mi disfraz para la feria medieval, gatita —dijo, dando un paso hacia mí—. No quiero que me pille el toro.

Resoplé.

—Lo que más te pega es de bufón de la corte.

Le saqué una carcajada de verdad y noté en la piel el brusco calor de su caricia.

—Dios, es verdad. Me estaba complicando demasiado.

—Pues ten cuidado.

Otra risa sorda. Se acercó un paso más, hasta rozarme los pies con los suyos, contemplándome el rostro, con la mirada clavada en mi boca.

—Imagino que tú serás la tabernera.

Puse los ojos en blanco, pero no pude contener la sonrisa mientras el rubor me hacía arder las mejillas.

—Creo que necesitaría un poco más de volumen para rellenar el disfraz. —Me señalé con un gesto de desprecio el pecho plano.

64

Cooper bajó la vista por un instante antes de volver a mirarme a los ojos; no había estado tan presente en toda la noche. Despacio, levantó la mano, me cogió un díscolo mechón de pelo que luchaba contra el viento y me lo colocó detrás de la oreja. Entonces llevó la mano a mi mejilla y bajó hasta la garganta, que cubrió con delicadeza mientras su pulgar me presionaba el pulso errático.

—Pues —dijo, aún mirándome a los ojos— yo creo que eres casi perfecta.

Una bocanada de vaho blanco entre nosotros acentuó lo irregular de mi respiración, y Cooper se percató.

—Tienes frío —dijo, con el ceño de nuevo fruncido mientras observaba la punta rosada de mi nariz. Luego levantó la vista hacia el cielo, como si acabase de darse cuenta del tiempo que hacía y le molestase personalmente el frío.

—Un poquito, sí. —Me recorrió el cuerpo un escalofrío sin que tuviera nada que ver la temperatura. Ya me había nacido un delicado calor en el bajo vientre que empezaba a viajar por las extremidades.

Cooper volvió a centrar su atención en mí, y lo vi fijarse en cada uno de mis movimientos. El de mi pecho al respirar. El rastro de mi garganta al tragar y cómo lo notaba en la mano, aún posada en mi cuello. Su expresión hambrienta estaba a punto de acabar conmigo.

—Yo te caliento, si me dejas —murmuró.

Entonces me besó, girándonos para no aplastarme contra los ladrillos, con una mano en mi cadera y la otra en mi nuca, de modo que fueron sus hombros los que quedaron contra la pared, y todo lo que yo sentía era a él, con su cuerpo encajado contra el mío. El calor de sus brazos que me rodeaban, el ritmo entrecortado de su respiración. La provocación juguetona de su boca contra la mía y el desliz suave de su lengua al recorrer la línea de mis labios. Dejó escapar un sonido hambriento desde el fondo de la garganta cuando le rocé la lengua con la mía.

Cooper intensificó el beso, ahogando mi gemido de placer. Me pesaban las extremidades, lánguidas, y me daba vueltas la

65

cabeza. Me atrapó el labio inferior entre los dientes y lo mordisqueó con suavidad, y el deseo se fue enredando en mí hasta ser lo único que me mantenía entera. Al cabo de unos minutos, noté cómo se le ponía dura entre nuestras respectivas caderas pegadas, y me apreté aún más contra él mientras le pasaba los dedos por el pelo hasta agarrarlo con fuerza, aferrándome como si me fuera la vida en ello.

Finalmente, tuvimos que parar para respirar. Estaba aturdida. Famélica. A punto de invitarlo a subir a mi habitación. Pero, mientras me miraba con las mejillas encendidas, tensó la mandíbula y un músculo empezó a palpitarle.

Lo vi apagarse otra vez, y ni siquiera el fuego que ardía en mí bastó para retenerlo en aquel instante. Me rozó la mejilla con los nudillos antes de agarrarme por los hombros, girarme hacia la puerta y, mientras se alejaba, decirme que se lo había pasado bien.

No me humillé aún más contándole que aquel había sido mi primer beso.

No supe nada de él durante cinco días.

Apago la brasa del recuerdo antes de que prenda un incendio. Ser joven y bondadosa era una puta condena.

Vuelvo a mirar el mensaje de Ray mientras me sigue chorreando agua por el cuerpo. Dejo el móvil en la repisa y me meto otra vez bajo la ducha, cojo el champú y me enjabono el pelo.

Una persona equilibrada y emocionalmente madura no picaría el anzuelo ni se dignaría en contestar.

Pero yo no soy así.

Si hay una oportunidad de meter mierda, la voy a meter. Y, del mismo modo, si hay ocasión de chismorrear hasta quedarme a gusto, voy a contar todos los chismes que se me ocurran. Es una de mis dotes más curradas, tanto que me he llegado a plantear incluirla en el currículum.

—Siri, envía un mensaje a... —me cae una gota de champú en la boca y empiezo a atragantarme— Ra... —Toso con tanta

66

fuerza que me dan arcadas—. Jolines —resoplo—. ¿Ni un minuto de paz tengo?

—¿Qué quieres que diga? —responde la voz robótica de Siri.

—Rylie… —toso, jadeo, respiro— es el anticristo. Punto. —Carraspeo—. Eso sí, tiene un pollón. No la tiene torcida, pero es verdad que se le ve de ese rollo.

Hay un instante de pausa, y veo girar el circulito azul y violeta en la pantalla del móvil entre las gotas de agua que me nublan la vista. Entonces retumba la voz de Siri en las paredes del baño:

—Enviado a Rylie: «Anticristo. Eso sí, tiene un pollón. No la tiene torcida, pero es verdad que se le ve de ese rollo».

Un momento…

No.

No.

¡No, joder!

—¡Siri, desenviar! ¡Siri, no enviar! ¡Siri, desenviar! —grito mientras me abalanzo hacia delante.

Entonces se me resbalan los pies en la ducha mojada, igual que los de un dibujo animado, antes de perder por completo el equilibrio y caer hacia delante: me golpeo la barbilla contra el borde de la repisa y la cadera amortigua el resto de la caída.

—De acuerdo, mensaje reenviado —anuncia la voz serena de Siri.

En un acto reflejo, intento acurrucarme en posición fetal, pero mi ducha es tan pequeña que me quedo ahí encogida como un acordeón, mientras la sangre de la barbilla me corre por el cuerpo y se mezcla con el chorro de la ducha. ¿Cuánto tiempo tendría que quedarme así para ahogarme? Igual desde aquí llego a la tostadora.

Estoy contemplando la posibilidad de que las humedades del techo acaben cediendo y se me caigan encima los demás pisos del edificio, cuando el móvil vibra sobre la repisa al recibir un mensaje.

Estiro el brazo y tanteo la superficie hasta encontrarlo. El agua se me mete en los ojos y salpica la pantalla. Por primera vez en la vida, me joroba que no veas que los móviles de Apple sean resistentes al agua, porque con uno de los antiguos ya habría muerto hace tiempo. Puede que el mío esté defectuoso y se haya estropeado. Soñar es gratis.

Pero la pantalla se ilumina tan ancha y me muestra, orgullosa, un mensaje del puto Rylie Cooper.

> Hala. Cuando dijiste que me escribirías, no me esperaba que el primer mensaje fuera así.

Le sigue otro a continuación:

> Se ve que quieres que me quede claro cómo tiene el rabo el anticristo.

Y me llega el tercero:

> ¿Lo sabes de primera mano? ¿Te has tirado al anticristo? ¿Cuándo te lo has tirado?

Ahí es cuando paso a defenderme. Tecleo como si estuviese clavándole los dedos en sus bonitos ojos grises. Si él me da un golpe bajo, yo se lo doy más bajo todavía.

> Deberías saberlo. Estabas allí.

Los puntos suspensivos parpadean en la esquina inferior izquierda durante un segundo antes de que aparezca su respuesta:

> Me alegro de que te parezca que la tengo enorme 😊

Mierda. No puedo dejar que piense que es un piropo.

No es un piropo.

Estoy viva gracias a la adrenalina, así que no se me puede exigir ser ingeniosa en estos momentos. A continuación, añado:

¿Tú no venías a desintoxicar la masculinidad? Ya sabía yo que eras un superficial.

Y, como no sé dejar un silencio virtual sin rellenar, agrego:

Y, por cierto, el tamaño no implica que sepas usarla.

Sí sé usarla.

Me cago en todo. Me arde el cuerpo de repente. De la rabia, claro.

Me incorporo, cierro el grifo a manotazos y salgo de la ducha a trompicones. Me miro fugazmente en el espejo del fregadero, evitando fijarme en mi mirada calenturienta, y me centro en el pequeño corte de la barbilla, contra el que presiono un montón de pañuelos, aunque ya casi no sangre.

Tecleo, aún chorreando y desnuda en medio de la cocina. Pero no puedo dejar pasar demasiados segundos, no se vaya a pensar que ha ganado.

No era el caso cuando te conocí.

Me seco sin mucho afán, intentando hacer caso omiso de lo sensible que tengo la piel y de cómo el roce del pijama sobre el cuerpo aún húmedo me provoca un escalofrío que se duplica cuando me imagino a Cooper susurrándome al oído «sí sé usarla».

Está claro que la caída me ha descolocado el cerebro.

Me meto en la cama; la cabeza me martillea de puro incordio mientras un grito frustrado me sube por la garganta.

Entonces llega su respuesta:

> Aunque no te lo creas, he aprendido un par o diez de cosas en los seis años que han pasado desde que te conozco.

Me recoloco, intentando aliviar la molesta presión repentina entre los muslos. Será que está a punto de bajarme la regla.

> No estoy de farol cuando hablo de lo vital que es la comunicación en la pareja.

Y, como está empeñado en tener razón y en hacerme perder el tiempo, me manda un tercer mensaje:

> De hecho, tú eres la única que se ha quejado.

Voy a estallar de indignación. Tengo el presentimiento de que no lo dice para hacerme daño. Cooper no es de ir a la yugular, a diferencia de esta servidora. Incluso en la universidad, era buena persona hasta decir basta, y siempre veía lo mejor de la gente y lo decía en voz alta si salía el tema en alguna sesión de cotilleo. Esa era una de las cosas que siempre me atrajeron de él. Incluso en los vídeos que le he estado fisgoneando últimamente demuestran que, por lo que se ve, no es cruel por naturaleza.

Pero, igualmente, su mensaje me hace sentir mal. Rota. Me hurga en la herida oculta y purulenta que dice que el problema de mis relaciones soy yo; que yo tengo la culpa de no correrme con nadie. Que nadie entiende mi cuerpo porque soy complicada de cojones.

Tu mano derecha no cuenta como pareja.

Escribo, espantando las dudas de mi cabeza.

Soy zurdo.

No soporto estar recopilando datos sobre este hombre en contra de mi voluntad.

Tendría que habérmelo imaginarlo. Te pega todo.

INDEPENDIENTEMENTE de cómo quieras pintarme, escucho a mi pareja y me preocupo muchísimo de que termine totalmente satisfecha en cada encuentro.

Me arden las mejillas. El muy capullo me lo está restregando.

Ya veo que sí que llamabas a las que estaban dispuestas a enseñarte. Una pena no haber sido una de las elegidas para chuparle la polla a Cooper.

Una vez más, te pido perdón por cómo te traté. Lo digo de verdad, y siento mucho cómo terminó todo. No quería hacerte daño, Eva.

Cómeme el coño, Cooper.

Lo haré si me lo pides por favor ;)

¡Será cabrón! Arrojo el móvil a un lado con el pulso latiéndome con fuerza y un calor sinuoso desplegándose por todo mi cuerpo. Ah, no. Ni de coña. Me niego a excitarme con ese neandertal.

«Es un imbécil», me digo mientras me froto con las palmas de las manos los pezones duros y me imagino la línea afilada de su mandíbula. «Un capullo integral», grito por dentro mientras rebusco con torpeza en el cajón de la mesilla y deslizo el vibrador bajo la goma de los pantalones del pijama, imaginándome esos ojos entornados que me miran desde abajo mientras hunde la boca entre mis piernas. «No lo soporto», repito una y otra vez mientras me toco, visualizando cómo sus hombros me abren aún más los muslos e imaginándome su cara de las narices, tan bella como irritante, mientras me lame hasta hacerme acabar. «No va a poder conmigo», me prometo entre oleadas temblorosas de placer, viendo mentalmente sus pestañas oscuras rozarle las mejillas mientras saborea cada segundo de mí. «Y lo que acabo de hacer no va a volver a pasar», me juro durante los últimos espasmos.

Mi móvil armoniza con el vibrador y, a regañadientes, miro la pantalla.

> ¿Quedamos el sábado? Puedo pedir más y decirte que me reserves la mañana, pero no creo que me gane puntos.

Respondo, mientras un escalofrío me recorre la espalda.

> Quizá no seas tan inútil como pensaba.

Me contesta mandándome varios *emojis* del bailarín, antes de añadir:

Nos vemos el sábado a las siete y media de la mañana, gatita mala. Hasta entonces, diviértete con el anticristo🖤.

Releo el mensaje una y otra vez, enfurecida.

¿A quién coño en su sano juicio se le ocurre programar una cita a esas horas de la mañana si no es para buscar bronca?

Capítulo 6

—¿Has contratado un chófer? —digo, entornando los ojos hacia el reluciente SUV negro contra el que está apoyado Cooper frente a mi edificio. Distingo la silueta de un conductor en el asiento delantero mientras el sol de primera hora (joder, y tan primera) de la mañana de este sábado se refleja en el cromado formando finas franjas—. ¿Estás de puta coña?

Cooper se mete las manos en los bolsillos de los pantalones de traje (demasiado formales, pero, para mi desgracia, impresionantes) y se encoge de hombros con desgana, mostrando el hoyuelo. Gracias a Dios soy de las que preferirían raparse la cabeza antes que presentarse en cualquier sitio con un atuendo que pudiera considerarse informal, porque está claro que Cooper ha hecho planes que requieren algo más que una sudadera mona y ni siquiera se ha molestado en avisarme del código de vestimenta.

Tras una evaluación rápida, determino que los pantalones negros (que me hacen culazo) y el top lencero que llevo bajo el abrigo marinero *oversize* me sirven para estar más guapa que él, pero por un margen más estrecho del que estoy dispuesta a reconocer.

Tampoco es que me haya puesto guapa para él ni nada de eso.

—Aunque no te lo creas, Eva, capté un par de sutiles indirectas de que quizá no te impresionaba mi PT Cruiser. —Cooper se da unos golpecitos en el lateral de la nariz—. Soy extremadamente perceptivo.

Desvío la mirada de desagrado de su precioso traje al pedazo de coche que tiene detrás.

—La única forma de que esto fuese más ridículo es que hubieses aparecido en un bicibar.

—Me encantan los bicibares —dice con una sonrisa radiante.

—Jesucristo bendito.

Avanzo a zancadas, y Cooper abre la puerta del coche con un gesto grandilocuente. Le lanzo una mirada asesina antes de agacharme para entrar. Veo dos filas de asientos enfrentadas, con una mampara de cristal que nos separa del conductor. Un ramo gigantesco de lirios descansa sobre el cuero suave frente a mí. El olor a flores es tan intenso que me lloran los ojos al instante.

—Para ti —dice Cooper, subiéndose después de mí y cerrando la puerta. Coge el ramo y me lo ofrece.

Su expresión es tan sincera y cálida (se le resbalan las gafas por la nariz y tiene las mejillas teñidas de un rosa suave) que me he quedado sin valor para decirle que soy alérgica a los lirios que sostiene literalmente debajo de mi nariz. Sin embargo, se apodera de mí una serie de estornudos que me sacude el alma. Resisto unos siete antes de reclinarme y alzar la punta del zapato de tacón para empujarle la muñeca y poner distancia entre el ramo y yo.

Con una expresión cariacontecida, Cooper capta la indirecta. Con torpeza, pulsa un botón oculto y baja la mampara.

—Mejor las dejo delante —masculla, lanzando las flores por la ventanilla abierta hacia el asiento del copiloto—. Listos —le dice a continuación al conductor, que asiente.

Cooper vuelve a subir el cristal tintado y, durante un tenso instante de silencio, nuestras miradas, horrorizadas por igual, se cruzan en el reflejo. Luego se gira hacia mí justo cuando el coche cobra vida y se adentra en el tráfico.

Evitamos mirarnos unos segundos, y me pregunto si soy la única que se ha dado cuenta de que es la primera vez que estamos a solas desde hace seis años, cuando estuvimos..., en fin, juntos. Entonces parpadea y el buen humor le transforma la cara.

—¿Quieres una mimosa? —pregunta Cooper, rebuscando en un recoveco oscuro del coche antes de sacar una botella fría de vino espumoso y una jarrita de zumo de naranja.

Me quedo boquiabierta, mirando alternativamente la botella mojada y su sonrisa radiante. Abro la boca para decirle que, aunque, por lo general, me gusta el champán más que a un tonto un lápiz, son las siete y media de la mañana y lo único que me importa ahora mismo es localizar el depósito de café más cercano, pero Cooper no espera a que le responda.

En vez de eso, manosea el corcho hasta que la explosión retumba en el interior del coche. Ese sonido en un espacio tan reducido ralentiza el tiempo y me permite captarlo todo con detalle.

El corcho sale disparado como una bala en mi dirección, se estrella contra la ventanilla y rebota con un estallido. Entonces cambia de trayectoria y me golpea en la garganta con una fuerza sorprendente. El impacto me asusta tanto que levanto los brazos para defenderme, de modo que acabo chocando los puños contra el techo. El ruido que sale de mí no es un gritito mono, sino un alarido de terror prolongado y digno de un asesinato sangriento.

El coche da una sacudida cuando el conductor pisa el freno a fondo, y el cinturón se me clava en el pecho y el vientre y convierte mi grito en un resuello.

El mundo se queda inmóvil medio segundo (tengo el cuerpo desplomado hacia delante como una muñeca de trapo y el pulso acelerado por la descarga brutal de adrenalina después de que casi me asesinara un corcho desbocado) hasta que otro coche nos embiste por detrás y me hace rebotar la cabeza sobre el cuello como si fuera un muñeco cabezón. En medio del caos, mis ojos alcanzan a ver la mirada alarmada de Cooper, con las gafas torcidas y la boca abierta.

Este resume los últimos veinte segundos con bastante precisión al susurrar:

—No me jodas.

76

A partir de ahí, todo se acelera. Se abre la puerta del conductor antes de volver a cerrarse de un portazo; en la calle, la gente empieza a gritarse; Cooper abre la puerta de atrás y se baja del coche con dificultad, antes de volver a meter medio cuerpo y cogerme en brazos con torpeza, como si fuera un cesto a rebosar de ropa sucia.

—Suéltame —mascullo cuando el aire frío de la mañana me golpea las mejillas. Lo empujo y me tambaleo sobre los tacones por un instante cuando Cooper me suelta como si quemara.

A nuestro alrededor reina el caos: un Audi elegantísimo tiene incrustado el morro en el parachoques del SUV, y el dueño y nuestro chófer están gritándose en medio de la calle a escasos centímetros de separación. Cooper y yo los observamos en silencio unos instantes, y a continuación yo miro alrededor, con la esperanza de que aparezca un adulto de verdad para ocuparse de este desastre. Pero me invade la desoladora certeza de que eso no va a pasar.

Alguien amenaza con llamar a la policía y otra persona dice que es un chivato de mierda. Miro a Cooper, preguntándome si va a intervenir y arreglarlo, pero consulta su reloj y se le cae la cara.

—Tenemos que irnos —dice, enderezándose y agarrándome del brazo. Tira de mí como si estuviera poseído.

—No podemos marcharnos como si nada. ¿O sí? —Me suelto y miro hacia atrás para contemplar el desastre.

—Aunque no te lo creas, este es mi primer accidente con un coche de alquiler —dice Cooper, con los labios apretados en una mueca—. Tienen mis datos; mi tarjeta de crédito. Estoy seguro de que me va a tocar pagar los daños al final, pero tenemos una cita a la que llegar.

Entonces me agarra de la mano y vuelve a echar a andar calle abajo.

—Eh... Perdona, ¿qué haces? —Clavo los tacones y le retuerzo la mano con tanta fuerza que casi le desencajo el brazo.

—Llevarte a la cita —dice dándose la vuelta, mientras escudriña con frenesí la calle de arriba abajo.

77

—¿Dónde es?

—No te lo puedo decir. Me cargaría la sorpresa.

Le clavo una mirada penetrante, con un rictus de desafío.

—Ya hemos tenido suficientes sorpresas en los veinte minutos que llevamos juntos. Y, por cierto... —Señalo los tacones, finos como agujas—. Así no voy a llegar muy lejos.

—Eva, tenemos una reserva y hay que llegar a la hora.

—Cooper, es que me da igual —respondo, bajando la voz para imitarlo—. Dentro de tres manzanas, me van a estar latiendo todos los dedos de los pies. Además, es muy probable que haya sufrido una conmoción cerebral por culpa del accidente que has provocado tú, y creo que me has dañado la tráquea con el corcho asesino.

—No creo yo que estuvieras hablando tanto si tuvieras dañada la tráquea.

—Te doy un golpecito de nada en el cuello y vemos cómo te las apañas.

—No tengo tiempo para peleas. Tenemos un horario que cumplir —dice con una voz más aguda de lo habitual.

—¡Uy, nos esperan emociones fuertes! —Igualo su tono mientras planto los pies aún con más fuerza en la acera.

—Qué condescendiente eres. —Me tira de la mano otra vez, como un niño impaciente.

—Me alegro de que lo notes, chaval. Era verdad lo de que eres muy perceptivo. —Le lanzo una mirada sombría—. Pero sigo insistiendo en lo mismo: no me voy a poner a caminar una distancia indefinida solo porque tú lo digas.

Se le tensa la mandíbula mientras me mira, y yo me cruzo de brazos con la barbilla levantada. Negando con la cabeza en un gesto de resignación, masculla «a la mierda» y se acerca al bordillo. Entonces levanta el brazo para parar un taxi. Varios pasan de largo, y siento un placer mezquino al verlo tener que esforzarse.

Por fin uno se detiene, y Cooper se apresura a abrir la puerta.

—Su carroza, princesa —dice entre dientes.

—Gracias, pequeñajo.

Le doy una palmadita en la mejilla mientras me subo al asiento trasero y lo oigo suspirar largamente antes de agacharse para hacer lo propio. No me muevo de inmediato para dejarle hueco, pero la mirada que me lanza Cooper me obliga a correrme hacia un lado.

—¿Adónde, jefe? —pregunta el taxista.

Miro fijamente a Cooper, con una sonrisa victoriosa en los labios. Con una mirada asesina, responde:

—Al Met.

—Marchando. —El conductor pone el intermitente y se incorpora al tráfico.

—El Met no abre tan temprano —protesto, sintiendo un pequeño hipo de emoción en el pecho, que contengo enseguida. Me encanta el Met. Bueno, me encanta el arte en general. Pero además sé que no abre hasta las diez.

—Cállate, Eva.

Cooper se desploma contra el asiento, y observo cómo se le suben las gafas hasta la línea del pelo cuando se frota los ojos con la palma de las manos. Abro la boca para replicar, pero, para mi horror, termino obedeciendo.

Recorremos Manhattan a toda velocidad de camino hacia el norte, y esa semilla de emoción empieza a echar raíces profundas en mi pecho.

Es uno de esos días de otoño tan perfectos que me recuerdan lo perdidamente enamorada que estoy de esta ciudad: el gris del pavimento interrumpido por las hojas del color del fuego y un cielo matutino tan azul que te hace cuestionar la realidad. Nueva York vibra a ritmos y frecuencias distintos según el día y la estación, pero hoy late con un zumbido esperanzador, una despedida radiante del verano y una promesa de cuidar la isla durante los meses más fríos. Me pierdo tanto en mis propios pasillos mentales que tardo en darme cuenta de que el taxi se ha detenido y de que la majestuosidad del museo se alza como un faro a través de la ventanilla de Cooper.

79

Este se incorpora, se saca la cartera del bolsillo trasero y entrega unos billetes al taxista.

—Quédese con el cambio —dice mientras estira las piernas y se baja del coche. Luego se vuelve a agachar y me tiende la mano.

Me quedo mirando su mano extendida y noto el pulso de la adrenalina en el pecho mientras recorro con la mirada su brazo hasta llegar al rostro. Sigue teniendo el gesto tenso, pero empieza a abrirse paso cierta sonrisa.

—No muerdo —murmura—. A menos que me lo pidas por favor. —El muy cabrón me guiña un ojo.

—Cerdo —bufo, obligando al calor delirante que me sube por el pecho a reconvertirse en indignación mientras le tomo la mano. También logro ignorar la chispa que me sube por el brazo al tocarlo. A ver, que tampoco han saltado chispas ni nada. Eso seguro. Simplemente se me han puesto los pelos de punta al tocar a un ser extraterrestre.

—Añádelo a la lista del pódcast —dice con tono lúgubre—. Seguro que ya mide un kilómetro.

—Eres una fuente inagotable de agravios.

Me bajo del coche y le suelto la mano enseguida para hacer como que me limpio la palma en los pantalones.

Cooper me observa, y sus ojos no tienen prisa en recorrer mi cuerpo de abajo arriba antes de dedicarme una sonrisa pícara.

—Siempre igual de encantadora, gatita.

—Como vuelvas a llamarme así, te vas a enterar de a qué saben mis tacones —le respondo con dulzura antes de dejarlo atrás y empezar a subir las escaleras del Met.

Oigo la risa de Cooper, grave y junto a mi oído, mientras me sigue.

—¿No vas a preguntarme qué hacemos aquí?

No pienso darle ese gusto.

—Me he valido de unas cuantas pistas para reducirlo a dos opciones: o vamos a asaltar el museo o vamos a pasarnos dos horas congelados hasta que abra —digo, esforzándome demasiado

80

para que mi voz suene estable y no ahogada mientras subo los últimos escalones.

—Bua, qué aburrida eres. —Cooper pone morritos en un gesto tan adorable que me preocupa; sobre la frente le caen los mechones de cabello oscuro y, tras las gafas, me mira con unos ojos grises de corderito.

Estamos en punto muerto; yo, con la mandíbula tensa e insolente; Cooper, con una expresión francamente entrañable. Pongo los ojos en blanco y resoplo cuando exagera aún más el gesto, pero acabo cediendo. Por puro aburrimiento.

Entrelazo las manos frente al pecho y convierto mi expresión en una máscara desesperada.

—Rylie Cooper, por favor, dime qué vamos a hacer a estas horas intempestivas en la cita para la que prácticamente me has secuestrado por un puñado de *likes*. Me muero por saberlo.

Cooper se vuelve a reír, pero esta vez de forma breve y dudosa. Da un paso hacia mí e inclina la cabeza hasta casi rozarme con su frente.

—Será un placer aliviar tu sufrimiento. —Sus palabras no tendrían por qué acalorarme, pero lo hacen, así que retrocedo, carraspeo y aparto la mirada, rezando para que el viento parezca el causante del rubor de mis mejillas. Cooper me observa demasiado rato, con una sonrisa maliciosa, como si viera el calor que me corre por las venas—. El Met tiene una nueva exposición, «Las emociones según Rodin», con algunas de sus mejores esculturas. Y he conseguido una visita privada. Antes de que abra al público.

—¿Una... visita privada?

Cooper se muerde el labio inferior y asiente.

—Tenemos el museo para nosotros solos.

Casi se me doblan las rodillas. Alargo la mano para agarrarle el brazo y abro la boca mientras intento procesar lo que acaba de decir. La mirada que me lanza Cooper, desde mi cara hasta el punto exacto donde lo toco, me saca del trance. Entonces le suelto el brazo y, exagerando, abro y cierro la mano.

¿Acaso he perdido el puto juicio? Por Dios, tengo que controlarme. No puedo volver a agarrarle así el bíceps, por cierto, sorprendentemente duro. Cooper está delgado, pero se ve que esconde unos buenos músculos debajo de esas sudaderas ridículas. Y de esos trajes a medida.

Mierda.

—Vamos —dice Cooper, señalando la entrada con un movimiento de la cabeza.

Su mano cae sobre mi espalda con un roce apenas perceptible mientras avanzamos, y yo la retiro de inmediato, con decisión, justo cuando nos abren las puertas. Cooper enseña las entradas en el móvil mientras pasamos.

El museo está precioso, tan en silencio que inquieta, mientras nuestra guía, que se presenta como Anya, nos conduce por el gran vestíbulo. Los pasos resuenan en los techos altísimos con un ritmo que acompasa mis latidos mientras atravesamos salas llenas de arte religioso bizantino y medieval. La guía espera con paciencia cuando me detengo ante algunas piezas y añade pequeñas perlas históricas sobre las obras que me atrapan. Las habré visto mínimo cien veces, pero nunca dejan de sorprenderme, de robarme el aliento y de hipnotizarme con su belleza.

—Ya hemos llegado —anuncia Anya con una emoción apenas contenida, deteniéndose ante la puerta de la exposición temporal—. Auguste Rodin es considerado por muchos el padre de la escultura moderna.

—Yo desde luego lo llamaría papi —decimos Cooper y yo a la vez.

Se me desploma la mandíbula al mismo tiempo que mis ojos se clavan en los suyos, con su chiste, nuestro chiste, absurdo y al unísono, aún en el aire. Cooper parpadea un par de veces y después su sonrisa cobra un brillo imposible, arrancándonos a la vez una catarata de risa.

Agacho la cabeza, intentando sofocar las carcajadas que parecen un sacrilegio en un sitio tan hermoso. La mano de Cooper vuelve a mi espalda y describe un círculo tranquilizador mientras

82

él también tiembla intentando, en vano, recuperar la compostura. Su tacto es tan cálido que me atraviesa un latigazo de lucidez, así que enderezo la espalda y me alejo un paso. No puedo dejar que un simple chiste inmaduro tire por tierra mi plan de pasarlo fatal.

Tras respirar hondo, miro a Anya y le dedico una sonrisa tensa a modo de disculpa. La guía aprieta los labios, atrapada entre la risa y el espanto.

—Bien —dice, con una risita incómoda—. Rodin estaba convencido de que el arte debía reflejar la naturaleza tal cual es, y su obra explora las emociones y la psique humana a través de posturas físicas extremas representadas en sus esculturas.

Abre la puerta y nos invita a entrar mientras continúa su explicación sobre Rodin. La sala entera está dedicada a la exposición, dispuesta como si de un lugar sagrado se tratase, y noto unas cosquillitas en la espalda mientras mis ojos, ansiosos, saltan de una escultura a otra.

Anya nos guía con delicadeza por la exposición. Empezamos con *Eva;* nos habla de su devastación, de su instinto desesperado de protegerse. Seguimos hacia *El pensador. La desesperación.* El arco sensual y retorcido del *Torso de Adèle.* La agonía de *El grito.* Anya nos cuenta la historia con un susurro reverente, cargado de asombro y orgullo mientras señala detalles minúsculos: las arrugas alrededor de los ojos, una postura simbólica, la elección del bronce en lugar del mármol. Todo hace que se me forme un nudo en la garganta. Cooper parece igual de impresionado.

Nuestras respectivas miradas se encuentran en el hueco entre dos manos que se buscan con anhelo. Me quedo observándolo un instante, absorbiendo la suave curva de su sonrisa, su respiración superficial, como si tuviera tanto miedo como yo de romper el hechizo.

—Os dejo un rato para que veáis la exposición por vuestra cuenta —dice Anya, retrocediendo hacia la salida—. Vuelvo dentro de una hora para acompañaros hasta la entrada.

Asiento en señal de gratitud, aunque mis ojos siguen anclados en Cooper y me da vueltas la cabeza mientras intento planificar

83

mentalmente todo lo que quiero volver a ver y cuánto tiempo puedo dedicarle al altar de cada estatua sin perderme nada.

Apartar la mirada de él es como si se partiera una goma elástica. Me obligo a reaccionar y miro a mi alrededor. Empiezo por *El beso,* un mármol que muestra a un hombre y una mujer abrazados.

Es devastador: el agarre seductor de las manos del hombre en la cadera desnuda de ella; las yemas de los dedos de mármol hundiéndose en la piel lisa; el brazo de la mujer alrededor del cuello de él, pidiéndole más; el zócalo lleno de hendiduras, que subraya la humanidad carnal del arte y de la belleza.

Me quito los zapatos y me los cuelgo de un dedo, y me quedo descalza mientras la grandeza de la escultura se expande más y más, y mis pensamientos se remansan ante el simple hecho de que exista algo así de hermoso.

Cooper se coloca a mi lado, y me pregunto si él también estará conteniendo la respiración, si nota cómo le cambia el cuerpo al contemplar tan maravillosa creación.

Se inclina un poco, lo justo para que su aliento me roce la mejilla mientras dice:

—Lo siento, pero tenemos que irnos.

Me vuelvo hacia él tan bruscamente que choco la nariz contra la suya, y los dos nos estremecemos.

—¿Cómo? —digo, pellizcándome el puente de la nariz mientras lo miro—. Ha dicho que tenemos una hora.

La expresión de Cooper es un poema, pero aun así echa a andar hacia la salida.

—Lo sé, y de verdad que lo siento; sé que te está encantando, pero tenemos... En fin, tenemos otra reserva a la que llegar.

Lo miro boquiabierta.

—Es broma, ¿no? —Ojeo la sala y todas sus maravillas—. ¿Qué puede ser más importante que esto?

—Mira, lo siento. No podemos perdernos lo siguiente.

—Que no.

—¿No?

84

—No quiero irme —digo con la actitud de una niña malcriada, señalando la escultura que tengo al lado.

Cooper se encorva y su expresión se torna en desesperada.

—Eva, tenemos un horario que cumplir.

—Dios mío, no te pongas histérico.

—¡No estoy histérico! —grita histérico—. Es que... tenemos que llegar a lo siguiente.

Cooper me agarra del brazo y tira de mí hacia la salida. Con una incredulidad absoluta, miro por última vez hacia atrás, desesperada. Me saca del museo, dándole las gracias a nuestra guía mientras yo contemplo la posibilidad de suplicarle que me salve y me deje quedarme a vivir aquí para siempre.

Noto el frío de la acera en los dedos de los pies en cuanto salimos, y Cooper me concede un segundo para que pueda ponerme los zapatos antes de arrastrarme escaleras abajo hasta la calle.

De la mano, atravesamos varias manzanas, y siento cómo se me rompe un poco más el corazón a cada paso que nos alejamos del museo; el choque contra el bullicio del mundo real me duele como mil llagas en la piel.

—De verdad que te va a encantar —dice Cooper como si intentara convencerse a sí mismo.

Acaba empujando las puertas de un edificio altísimo y me conduce directamente a los ascensores.

—Perdón por no haberte dejado más tiempo en el museo —añade mientras esperamos frente a las puertas doradas, en las que se refleja mi expresión adusta—. Pero esto va a ser incluso mejor. Te lo prometo.

Lo miro fijamente, incapaz de reunir la energía para fulminarlo. Suena el timbre del ascensor, se abren las puertas y subimos. Con el estómago encogido y una dolorosa descarga de adrenalina, veo cómo Cooper pulsa el botón del piso sesenta y nueve, el más alto del edificio. El corazón me late tan fuerte en la garganta que ni siquiera soy capaz de pensar un «qué bien».

85

El pulso me palpita en la palma de las manos y en la planta de los pies mientras subimos más y más, y un pitido agudo se me empieza a instalar en la parte trasera del cráneo.

—¿Qué...? ¿Adónde vamos? —le pregunto con la boca seca.

—Va a ser genial —responde Cooper, completamente ajeno al pánico que me inmoviliza las articulaciones y al sudor que me perla el labio superior.

Las paredes parecen inclinarse hacia mí, atrapándome en una jaula dorada que asciende hacia el cielo. Después de una eternidad y, a la vez, demasiado rápido, el ascensor se detiene, se abren las puertas y se disuelve mi reflejo distorsionado.

La planta está vacía: solo hay unas pocas puertas a cada lado y, ocupando la mayor parte del espacio, una escalinata corta que conduce a una puerta con un aura amenazante en lo alto.

Todos mis instintos me suplican que me haga un ovillo en el suelo, pero Cooper me agarra de la mano, fría y sin fuerza, y sonríe mientras habla a la vez que me conduce escaleras arriba. No entiendo ni una sola palabra: solo oigo el zumbido de un pánico que vuelve difícil incluso poner un pie delante del otro.

Y entonces Cooper se convierte en la personificación de mis peores pesadillas y hace lo peor que se me podría hacer: abre la puerta y tira de mí para franquearla.

Para salir a la azotea.

El viento me azota los hombros y el cuello, como si quisiera arrastrarme al borde del edificio, peligrosamente alto. Con los ojos llenos de lágrimas, examino el espacio en las alturas y observo, en el centro de la azotea, una máquina grande, brillante, casi insectoide. Tardo unos segundos en entender, a través del pánico que me nubla la vista, que es un helicóptero.

—¿Preparada para las mejores vistas de la ciudad? —dice Cooper con entusiasmo, aún agarrándome de la muñeca y tirando de mí hacia esa trampa mortal con hélices.

Ay, madre. Así es como voy a morir.

—Ni de puta coña —logro espetar; la voz se me quiebra de forma humillante mientras las lágrimas me empañan la vista. Me suelto de él y, con el mismo brazo del que me agarraba Cooper, me protejo el vientre, y me agacho, de cuclillas, para tratar de reducir las probabilidades de caerme y estamparme contra el asfalto.

—¿Me estás...? ¿Me estás tomando el pelo? —El viento me hace llegar la pregunta de Cooper, con las palabras distorsionadas por el pánico.

Consigo negar con la cabeza. y un mareo violento me revuelve el estómago mientras el miedo sigue inundando mi cuerpo.

—Eva, ¿estás bien? —dice Cooper, suavizando la voz. El viento amaina y una robusta presencia tapa de repente el sol, desagradablemente cerca. Me asomo por encima del brazo y lo veo de cuclillas a mi lado, con el rostro tenso marcado por la confusión y la preocupación—. ¿Qué te pasa, cariño?

Me froto la frente contra las rodillas, respirando hondo; el aire me raspa la garganta mientras las lágrimas me abrasan las mejillas.

—Las... alturas... —balbuceo—. No puedo.

Siento cómo me rodean los brazos de Cooper con firmeza. Suelto un jadeo sorprendido cuando me recoge contra su cuerpo y me ayuda a incorporarme. Me tambaleo un instante, aferrándome a su chaqueta, protegiéndome la cabeza bajo su barbilla, con la nariz hundida contra su pecho. Aspiro su olor y tomo nota mental de enfadarme después, cuando regrese a tierra firme, por lo bien que huele y lo bien que me hace sentir.

Sin soltarme, me guía de vuelta hacia la puerta. Escuchar el chasquido de la cerradura y notar los pies de nuevo en el rellano de la escalera provoca una oleada de alivio en mis músculos que amenaza con desplomarme. El pánico sigue tiñéndome las venas, tatuándome la piel, y se me escapa de la garganta un débil quejido ahogado.

—Lo siento. Lo siento muchísimo —susurra Cooper, con una ternura excesiva en la voz—. Por favor, no llores, Eva. No vamos a montar. —Me toma la cara entre las manos, barriendo con los pulgares las lágrimas que me caen por las mejillas.

—Suéltame —digo, empujándolo.

Encuentro de repente una reserva de fortaleza alimentada por la humillación. Bajo a trompicones las escaleras con las piernas temblorosas, cayéndome de culo en varias ocasiones. Suelto una retahíla de maldiciones mientras Cooper baja corriendo detrás de mí. Me rodea para llegar al final de la escalera, me agarra de los hombros y me ayuda a ponerme en pie.

—Tranquilízate, Eva. No pasa nada. De verdad que lo siento.

—No me pidas que me tranquilice —espeto, indignada. Es la única emoción que tengo más arraigada que el miedo—. Decirle a alguien que se tranquilice nunca ha surtido el efecto deseado.

—Parece que ya te encuentras mejor —dice con una risa amable en la voz mientras su mirada me recorre el rostro y me aparta un mechón despeinado por el viento. Tanta amabilidad me resulta ofensiva.

Me aparto de un tirón y salgo disparada hacia los ascensores. Pulso burdamente el botón varios cientos de veces antes de que por fin se abran las puertas. Cooper se cuela justo cuando están cerrándose, y bajamos en silencio, los dos con la respiración entrecortada, como si acabáramos de correr un kilómetro.

Cuando se abren las puertas, salgo corriendo hacia la salida, pero llevo a Cooper justo detrás. Estoy demasiado desorientada para ubicar la estación de metro más cercana, así que me planto en el bordillo para parar un taxi. Me va a costar un riñón escapar de él.

—Lo siento —repite Cooper, con la derrota en la voz y dibujada en la cara—. No tenía ni idea de que te daban miedo las alturas.

Niego con la cabeza, con el gesto torcido en una mueca acre.

—Ya, porque no sabes nada de mí. —Se detiene un taxi y abro la puerta de un tirón para subirme en él—. Y yo que pensaba que nuestra primera ronda de citas había sido terrible, con eso de pasar por completo de mí e intentar llevarme a la cama, pero es que esto es más espantoso todavía.

88

Agarro la manija de la puerta para cerrarla de un portazo, pero Cooper la frena y la deja abierta, con la mandíbula en tensión y un gesto desafiante.

—Voy a compensártelo, Eva. Te lo prometo.

Respiro hondo y convierto mis facciones descompuestas en una mirada gélida.

—Siempre igual, pero el listón ya estaba por los suelos y parece que quieres enterrarlo.

Vuelvo a tirar de la puerta y, esta vez, se le escapa de la mano. Lo último que veo antes de que arranque el taxi es su expresión destrozada.

Capítulo 7

Sé que es difícil de creer, a la vista de mi temple, de mi conducta imperturbable y de mis respuestas tan maduras ante los mayores golpes de la vida, pero a veces exagero. Muy de vez en cuando, pero ocurre.

Y mientras voy de camino a casa de Cooper para el repaso de nuestro primer encuentro, me planteo que tal vez exagerase un poquitito al final de la cita de hace dos días. Sé que es infantil, pero odio las alturas. Y a Rylie Cooper. Esto último ni hacía falta decirlo.

Siempre me han mareado hasta las menores de las alturas, pero, sobre los diez años, dejé de ser capaz de contener el miedo. Un día de aquel verano, mis tres hermanastros me convencieron de que me subiera al tejado del garaje, asegurándome que era la mejor forma de localizar la furgoneta de los helados que pasaba por el barrio. Reprimí las dudas ante las sonrisas zalameras, deseando con todas mis fuerzas ser una hermana más, formar parte de ese núcleo tan compacto y descubrir qué tenía su compañía para que mi padre la prefiriese a la mía.

Los chicos eran inseparables. Además, el menor ya me llevaba cinco años, así que nuestra escasa relación no me daba muchas esperanzas, teniendo en cuenta que me iba a llevar muchos más años aún con las gemelas que venían en camino.

Vivía a la sombra de su brillo, pero ese día me hicieron sentir que querían compartir conmigo algo de su luz. Estaba tan emocionada de que me incluyeran en una miniaventura de verano que me empeñé en contener el miedo.

Me mandaron subir la primera por la escalera, alegando que era por mi seguridad, para que pudieran cogerme si me caía o me resbalaba. El garaje tampoco era muy alto, quizá tres metros como mucho, pero yo temblaba tanto en cada peldaño que parecía estar escalando el Empire State. Tras lo que me pareció una eternidad, por fin logré subirme a las canaletas y arrastrarme sobre las tejas calientes, y, boca abajo, alargué el cuello para asomarme al borde. Mis hermanastros me dedicaron una sonrisa desde abajo, pero, en vez de consuelo, solo sentí angustia.

Debajo de mí, el mundo era muy grande, y el tejado, muy pequeño; el corazón me latía con fuerza y la cabeza me daba vueltas a toda velocidad.

—¡Quiero bajar! —grité, acurrucándome mientras perdía la visión periférica—. ¡Ayudadme a bajar!

Pero su única respuesta fue echarse a reír, y, entre el aturdimiento provocado por el miedo, tan solo percibí el chirrido de la escalera metálica mientras la retiraban.

—¡No, no, no! —Me arrastré hacia el borde, con la bilis en la garganta y el estómago revuelto por el movimiento repentino.

Mis hermanastros seguían carcajeándose mientras se alejaban.

—¡Disfruta de las vistas, Eva! —gritó uno de ellos.

Chillé hasta desgarrarme la voz, suplicando a quien fuera que viniera a rescatarme. Clavé los dedos en las tejas con tanta fuerza que se me partieron las uñas. A los diez años, estaba convencida de que iba a morir ahí arriba, sola, asustada y ahogándome en mi propio miedo. No sé cuánto tiempo estuve allí (a mí me parecieron horas, aunque seguramente fueran minutos), pero al fin mi padre salió de casa, apoyó la escalera en la pared del garaje y subió hasta asomar los hombros por encima del borde del tejado.

—Eva, ven, anda —dijo con brusquedad, tendiéndome la mano.

Yo seguí llorando, incapaz de hacer nada más. Mascullando unas cuantas palabrotas, alargó el robusto brazo, me rodeó la cintura y me arrastró hacia él. Las tejas me rasparon la piel, quemándome los brazos y la barbilla. Estaba tan aterrada que casi le hice perder el equilibrio, y la escalera se bamboleó. Me aferré a él con una fuerza desesperada mientras trataba de estabilizarnos.

No sé cómo, pero consiguió bajarme sana y salva, y me dejó sobre el césped sin contemplaciones. Intenté volver a acercarme a él, con el deseo de refugiarme en su corpulencia y anclarme a su robustez, pero él mantuvo las distancias, con los labios apretados y el ceño fruncido de frustración.

—Deja de llorar —ordenó, zarandeándome por los hombros—. No tienes ningún motivo para llorar.

Traté de contener las lágrimas, pero salían con tanta fuerza que empecé a atragantarme con una maraña de emociones. Mi padre me volvió a zarandear.

—No puedes tener miedo a las alturas —dijo, clavándome una mirada severa—. ¿Me oyes? Es una estupidez. ¿Entendido?

Me miró tan fijamente que comprendí que estaba esperando una respuesta, y conseguí asentir, con el cuerpo aún tiritándome de miedo. Mi padre negó con la cabeza, decepcionado, y me dedicó una última mirada escéptica antes de soltarme.

—Solo sobreviven los más fuertes, Eva —dijo, sin molestarse en mirarme mientras volvía a casa—. Algún día tendrás que entenderlo.

Me quedé allí plantada, sin poder moverme, hasta que cayó el sol.

Pero Cooper no conoce esta historia. No sabe que sueño que caigo al vacío ni que, al mirar por la ventana en determinados pisos, se me doblan las rodillas y me sudan las manos. Cooper no sabe nada de mí, así que tampoco puedo culparlo del todo por planificar una cita basada en mi peor miedo. Pero si algo me define es el rencor, y fue él quien me metió en esto, así que me aferro a la culpa mientras me bajo del tren en Brooklyn y arrastro los pies hasta su casa adosada de Park Slope. El PT Cruiser plateado con paneles de madera me señala su ubicación.

No me sorprende que el muy capullo se haya agenciado un edificio de inicios de siglo. Seguro que también tiene toma para lavadora y secadora, molduras originales y una cocina que no hace las veces de ducha y salón. Avivando las brasas de mi resentimiento, subo los escalones y pulso el timbre seis veces con toda la mala leche del mundo. Cooper abre la puerta con una sonrisa deslumbrante.

—Hola —dice, con la voz cargada de calidez—. La verdad, pensaba que no vendrías, pero me alegro de que estés aquí.

Me escudriña como si fuera una cerámica valiosa procedente de la otra punta del mundo y estuviera comprobando si tiene algún defecto. ¿Desde cuándo se… preocupa tanto por mí?

—Créeme: si mi trabajo no dependiera de mi participación en este desastre, ahora mismo no estaría en tu puerta.

—¿En serio? —Su expresión cobra tal desolación que me deja sin aliento—. Y yo que pensaba que te había conquistado con un accidente de coche y un ataque de pánico en una misma mañana. No sé en qué momento interpreté mal las señales.

De repente se me escapa una carcajada genuina que nos pilla desprevenidos a los dos. Cooper parece empaparse del sonido, absorberlo con una mirada atónita, y recupera la sonrisa mientras se frota, distraído, el esternón.

—Adelante —dice al cabo de un momento, apartándose y haciéndome un gesto para que entre.

Vacilo, con un revoltijo de nervios y algo parecido no sé si al entusiasmo o a la hostilidad en mi interior. En la universidad, la única intimidad de Cooper que conocí fue la infame hermandad. Y aun así me moría por ver más, deseosa de coleccionar instantáneas suyas en sus momentos más sencillos y mundanos para poder juntarlas en mi propia película y observarlo una y otra vez.

Hay algo muy íntimo y desconcertante en la facilidad con la que ahora me invita a su espacio, cuando entonces era lo único que deseaba; ni rastro de la duda ni de la distancia que surgían en cuanto insinuaba siquiera vernos en su piso. Aún se me hace la boca agua al pensar en aquel viejo antojo.

Pero estoy diciendo tonterías fantasiosas. He venido por trabajo: por su necesidad de guardar las apariencias en internet y la mía de aferrarme al menor salvavidas que pueda mantener mi carrera a flote. Respiro hondo para calmarme y entro.

Solo tengo un segundo para fijarme en el recibidor que da paso a un espacio diáfano (rematado con molduras; lo sabía) cuando dos personas bajan corriendo las escaleras a mi izquierda, mirándome de distinta forma, pero con la misma intensidad.

Uno es un chico alto y fornido, con cuerpo de deportista y una barba sorprendentemente frondosa para rematar el conjunto. Su tamaño sería intimidante si no estuviera dando saltitos sobre sus (gigantescos) pies con un entusiasmo de cachorro y un brillo en los ojos, que se alternan entre Cooper y yo.

—O sea que existe de verdad —le sisea a Cooper, con una sonrisa enorme.

Es la primera vez que veo a Cooper avergonzado, y le dirige una mirada glacial.

—Eva, eh… Estos son mis compañeros de piso —dice despacio, como si temiera detonar una bomba—. Tenía entendido que no estarían en casa durante la grabación.

—No nos la podíamos perder —dice el barbudo, rodeando con un brazo a la chica latina que tiene al lado.

La expresión de esta sigue siendo igual de segura y tranquila. Él es alto y dicharachero, pero ella es menuda y reservada, con un pelo negro azabache que cae en capas perfectas sobre su piel dorada y con una raya del ojo impecable que resalta sus rasgos delicados. Me suena su cara, así que me esfuerzo por ubicarla.

—Encantada —digo, ofreciéndole la mano a ella primero—. Me suenas muchísimo. ¿Estudiaste en Breslin?

—Sí. Creo que coincidimos en la clase de Estadística en primero —responde, estrechándome la mano rápidamente—, con la profesora Shornen. Por aquel entonces me llamaba Liam.

—¡Ostras, es verdad! —exclamo, dándome una palmada en la frente en cuanto recuerdo la clase y a la mujer que tengo delante. También nos conocemos de la asociación LGBTI de la

94

universidad; en una reunión hacia finales de mi último año nos contó que estaba empezando su transición.

—Me llamo Lilith —dice, dejando que se derrita parte de su frialdad y sonriéndome—, como la primera demonia.

—Y yo soy Steve, como mi abuelo Steve —añade el gigantón, levantando un brazo en lo que podría ser un amago de abrazo o una invitación a estrecharle la mano. Hay algo tan jovial en él que hasta yo me sorprendo acercándome para abrazarlo. Me flipan los buenorros mononeuronales, y este hombre desprende ese rollo en el mejor de los sentidos.

Noto la mirada de Cooper clavada en mí, y me ruborizo ante mi instante de debilidad. Me aparto de Steve, me recojo el pelo tras las orejas y me aclaro la garganta.

—No sabía que fuerais amigos en la universidad —digo, señalando a Lilith y Cooper.

—Es que no lo éramos —se apresura a responder Lilith, agitando las manos. Me parto de risa al ver que le resulta una idea horripilante—. No nos conocimos de verdad hasta hace un par de años, cuando me consiguieron una entrevista en el pódcast de Rylie. Soy la fundadora y directora de un grupo de defensa y apoyo para jóvenes LGBTI de la ciudad, que se llama Identidad Eufórica.

Se me cae la mandíbula cuando encajan por fin las últimas piezas de por qué me sonaba.

—Un momento, ¿eres Lilith Flores? Hostias, has hecho un trabajo que te cagas. Soy muy fan tuya.

Hará como un año leí un perfil suyo en la revista *New York,* en un reportaje sobre cinco de los activistas jóvenes más influyentes de la ciudad. En los últimos cinco años, ha creado una red de recursos y programas que ha transformado el panorama para que los jóvenes LGBTI puedan sentirse seguros y queridos. También ha liderado un enorme movimiento de base en defensa de la infancia racializada de la ciudad.

Los labios de Lilith esbozan una curva de satisfacción, pero me hace un gesto para que pare.

95

—No, en serio. —Sé que estoy pisando terreno de *fangirl* nivel cinco, pero no lo puedo evitar. Llevo enamorada de su altruismo desde que supe todo lo que había conseguido—. No sabes cuánto admiro todo lo que haces. Me encantaría hablar contigo sobre tu trabajo. Llevo soñando con entrevistarte desde… siempre.

—¿En lo de los perritos calientes? —pregunta, arrugando la nariz en un gesto de desagrado. Borra la expresión enseguida, pero ya es tarde: me inunda la vergüenza.

—Ah. Eh… No. O sea, sí. Hago… lo de los perritos calientes. Pero, eh, tengo un… —Hago un gesto impreciso, porque llamar «blog» a lo mío suena tan infantil y cutre que me da sarpullidos. Pero decir «plataforma» me convertiría en una petarda engreída y sería inflar muchísimo mi influencia más allá de los alimentos con forma fálica.

—Escribe unos artículos de opinión buenísimos en Babble. Son increíbles, Lil. Te iban a encantar.

Tardo un momento en percatarme de que la recomendación ha salido de Cooper. Me giro hacia él, frunciendo el ceño. Sus ojos grises se clavan en los míos con una mirada dócil.

—¿Has… leído lo que escribo? —pregunto con la voz tensa y ronca de pura sinceridad y con la cara ardiéndome.

—Claro —dice, encogiéndose de un hombro antes de devolverlo a su posición, con una sonrisa tierna y torcida de cuya curva no puedo apartar la mirada.

Parpadeo un par de veces más, con los labios entreabiertos. Su confesión me ha dejado descolocada, lo cual es absurdo. ¿Y qué pasa si me ha leído? O puede que esté mintiendo. O, si no miente y de verdad me ha leído, seguro que era una labor de investigación para encontrar mis puntos débiles y usarlos en mi contra en esta partida absurda a la que está jugando.

Entonces se inclina hacia mí como si fuera a contarme un secreto.

—No te me desmayes, gatita —susurra, guiñándome un ojo con descaro.

96

Se ha roto el embrujo, así que suelto un largo suspiro y vuelvo a torcer el gesto.

—Es que no sabía que supieras leer —respondo con dulzura—. Que tiemble Lea Michele.

La carcajada de Lilith me llena de una satisfacción absurda, y nos lanzamos una mirada cómplice.

—Me cae bien esta chica —anuncia Lilith.

—¡Y a mí! —canturrea Steve—. No la cagues —añade alegremente, dándole una palmada en la espalda a Cooper.

—Solo se está jugando la carrera intentando purgar sus pecados del pasado. —Me encojo de hombros—. Sin presión.

—Vale, ha sido todo tan insoportable como me imaginaba —murmura Cooper—. Así que chao. Gracias.

Hace el gesto de espantarlos con las manos, y Lilith pone los ojos en blanco, alejándose hacia la cocina. Steve la sigue después de regalarme otra sonrisa celestial.

—Perdona. —Cooper se frota la mandíbula, mirando con una mueca en la dirección en la que se marcharon—. Les pedí que no molestaran cuando llegaras para que la situación no fuera tan… incómoda, pero no les gusta que les pongan límites.

—Podría pasarme horas hablando con ellos —digo, restándole importancia con un gesto.

—Pero te ha tocado aguantarme a mí.

—Eso parece —respondo con un tono sombrío.

Devuelve la mirada al pasillo por un segundo, en el que un destello de emociones le cruza el semblante antes de que pueda contenerlo y sonreír. Si no lo conociera, diría que han sido… celos.

—Venga, vamos a grabar en el estudio. —Me guía escaleras arriba y va señalando las habitaciones al pasar—. El cuarto de Steve. El baño de los chicos. El cuarto de Lilith, que tiene baño propio. Y no, no me da envidia ni vivo en un estado permanente de horror por tener que compartir baño con Steve.

—Lilith ya tiene suficiente con tener que convivir con vosotros. Se merece un monumento, no solo una ducha privada.

Cooper entorna los ojos en un amago de fruncir el ceño.

97

—Tienes razón. Mi cuarto. —Señala distraídamente una puerta a la derecha, y me alarma el impulso irracional de echarla abajo de una patada y registrar su dormitorio como una espía que busca información crucial.

Pero me sacudo la idea. Como si hubiera algo interesante. Seguro que huele a una mezcla de maría y ropa sucia y tiene un colchón tirado en una esquina. Las viejas costumbres y eso.

—Y aquí —dice Cooper con un gesto teatral, abriendo la puerta del final del pasillo para revelar una escalerita que sube al desván— es donde se hace la magia. Además de en mi dormitorio, claro. —Me dirige un guiño ridículo y exagerado.

—Eres el equivalente humano de la Comic Sans —contesto, intentando contener la sonrisa que mis labios quieren copiar de los suyos.

Pero Cooper no hace sino sonreír aún más.

—Me alegro de que te hayas dado cuenta de que lo que más valoro en las personas es que sepan demostrarme su amor por medio de la palabra. Tú sí que sabes hacerme sentir bien.

Se me escapa una carcajada contra mi voluntad, y a Cooper le brillan los ojos como si le acabaran de revelar los números ganadores de la lotería.

—Tú primero —dice, señalando las escaleras.

Chasqueo la lengua y pongo los brazos en jarras.

—Sí, claro. Esta peli de terror ya me la conozco. Seguro que en el desván guardas miembros amputados. No voy a ser yo la que entre primero en tu desván del terror.

Cooper pone morritos.

—¿Y vas a dejarme sin la oportunidad de mirarte el culo?

Alzo las cejas y noto el calor en las mejillas cuando se me escapa una risita de sorpresa. Mierda. Enseguida me borro la expresión y la sustituyo por una mueca.

—Bueno, al menos es de valorar tu sinceridad. Sí que tengo un culo estupendo.

—Siempre ha sido de las cosas que más me han gustado de ti —dice Cooper asintiendo como un caballero.

98

Dios mío. Me horroriza lo mucho que me complace oírlo. Subo las escaleras a toda velocidad, intentando quitarme de encima esta nueva locura que me ha poseído desde que he puesto un pie en esta casa tan encantadora como peligrosa.

El desván, para mi sorpresa, ni da miedo ni guarda extremidades amputadas. En realidad, es bastante... acogedor. Un gran tragaluz deja pasar un baño de sol dorado que ilumina una enorme librería repleta de novelas y plantas de un verde vibrante. Junto a ella hay un carrito con un hervidor eléctrico y una pequeña cafetera, además de una colección caótica de tazas muy usadas en la balda inferior. Una alfombra amarilla y mullida cubre casi todo el suelo; en una esquina hay un sofá que parece comodísimo y, en la otra, dos butacas tapizadas alrededor de una mesa redonda.

En la mesa están montados los micros, con botellas de agua al lado, y el resto del equipo de grabación está perfectamente dispuesto en la estancia. Giro sobre mí misma para observarlo todo, justo cuando el sol atraviesa una vidriera que refracta la luz por las paredes y me hace sentir como si estuviera en medio de un caleidoscopio.

Dejo de girar justo cuando estoy frente a Cooper, y mi atención se centra en su sonrisa tímida y en la manera en que juguetea con sus gafas, empujándolas para subírselas por el puente de la nariz.

—¿Qué te parece? —pregunta.

Trago saliva. Entre Bella y yo, no sabría decir quién de las dos está más impresionada con la preciosa biblioteca secreta de su bestia. Un momento. No. Bella se enamora de la Bestia. Y yo detesto al hombre frágil que tengo delante.

—Está bonito —respondo encogiéndome de hombros. Señalo una de las butacas—. ¿Me siento?

—Sí, sí, siéntate. —Con un gesto, me indica que avance, y él se deja caer en la butaca de enfrente.

Guardamos silencio un momento e intento evitar mirar a Cooper a los ojos. No sé por qué, pero me da la impresión de que se me va a reflejar en la cara una humillante expresión de peligrosa ternura.

99

—¿Quieres café? ¿Una infusión? —pregunta de pronto, levantándose de un brinco como si el silencio ejerciera presión sobre él, un muelle incapaz de soportarla.

—Eh… Claro —digo, con la voz un poco ronca—. Me apetece una infusión.

—De menta, ¿verdad?

Traslado la atención a donde está él, junto al hervidor, con una caja de infusión de menta en la mano. Frunzo el ceño y miro alternativamente la caja y su expresión cautelosa.

—¿Cómo…?

—Venga ya, Eva. —Suelta una carcajada áspera—. Te tomabas un termo gigante en cada clase. De tanto oler a menta cuando estabas alrededor, prácticamente me convertí en el perro de Pavlov.

Su sonrisa es tímida, pero instantánea, y tengo que desviar la mirada, pues la emoción me raspa la garganta de una forma dolorosa. Dejo que me caiga el cabello sobre las mejillas ardientes mientras enredo los dedos en el cable que tengo delante.

—Me apetece una infusión, gracias —repito cuando confío en que mi voz suene fría e impasible. El crujido del plástico mientras abre la caja y me prepara la infusión hace que mi cerebro se desboque preguntándose si la compró específicamente para… mí.

No. No. Estoy delirando. Soy una ridícula. Claro que no la compró para mí. Todo el mundo sabe que la menta es buena para la voz. Seguro que la tiene a mano para él y para sus invitados del pódcast. Es mera coincidencia. Coincidencia y una sola cosa que recuerda de mí.

Pero una de las diminutas cámaras de mi corazón late frenéticamente y no deja de repetir: «¿Y si…?».

Cooper coloca con suavidad la taza frente a mí, y observo con exagerada atención la forma en que sus dedos se desprenden del asa roja, las venas marcadas y el ligero vello oscuro que recorre sus antebrazos desnudos. Asciendo con la mirada por el brazo hasta su rostro, y se me encoge el estómago al verlo mirándome.

—Gracias —digo, horrorizada por el susurro que sale de mi boca. Carraspeo, agarro la taza y doy un sorbo que me abrasa la boca. ¿Por qué me tiemblan las manos?

Cooper vuelve a sentarse frente a mí, apoyando las yemas de los dedos en la base de su micrófono mientras lo gira un milímetro hacia la izquierda. Yo jugueteo con la etiqueta que cuelga de la bolsita de té, evitando una vez más el contacto visual.

—Muy bien, Eva. Dispara. ¿Cuáles son tus normas?

La pregunta me pilla completamente desprevenida y clavo la mirada en él.

—¿Mis… normas?

Cooper se inclina hacia delante y señala los micros.

—Sí, tus normas. Como dices siempre, he sido yo el que te ha arrastrado a este plan y ya he jodido monumentalmente una de las citas. Así que quiero evitar seguir cagándola y por eso te hago una pregunta bastante sencilla: ¿cuáles son tus normas?

Dios, ¿por qué…? ¿Por qué tengo tanto calor de repente? Es como si hubieran encendido la calefacción, como si tuviera la cara ardiendo por la fiebre. Seguro que es algún tipo de reacción alérgica leve a su presencia. Lo siguiente será que me salgan ronchas.

Pero, joder, ¿desde cuándo tiene una voz tan masculina? Es verdad que siempre ha tenido una voz grave, pero hay algo en ese timbre bajo y en la forma en que no aparta la vista de mis ojos que hace que más bien parezca que me esté preguntando sobre mis límites en la cama y mi palabra de seguridad.

Doy otro sorbo a la infusión hirviente, que me abrasa el paladar. Frunzo el ceño, observando el líquido parduzco. Seguro que Cooper me ha envenenado. Por eso tengo el cuerpo revolucionado.

—A ver, obviamente no quiero pasarme varias horas de mi vida aquí sentada escuchándote justificar tu comportamiento —digo, ya imaginándome el repertorio de excusas que los hombres parecen tener siempre preparadas—. Sería perder el tiempo.

—De acuerdo.

—Y esto no tendría ni que decirlo, pero no sueltes información demasiado personal sobre mí. No quiero que se me presenten en el portal a las dos de la mañana fanáticos de los perritos calientes disfrazados de salchicha gigante.

—Dalo por hecho —dice Cooper, asintiendo—. Y me apunto pensar en otro regalo de cumpleaños, pero de eso ya me preocuparé más adelante.

Suelto una carcajada que me apresuro a disfrazar de tos, apagando la diminuta chispa de diversión que me prende en el pecho. Lo miro, valorando si atreverme a soltar la idea que lleva rato rondándome la cabeza y que me haría parecer vulnerable. Cooper muestra una expresión abierta y acogedora, con brillo en los ojos. Qué cabrón.

—Y yo diría que la otra norma es... —Suelto un largo suspiro—. Sé que reaccioné fatal al final de la cita y que fui irracional y ridícula con todo el asunto de... —Hago un gesto con la mano, con la esperanza de que me ahorre tener que reconocer mi miedo infantil.

—El asunto de las alturas —dice Cooper con total naturalidad, con una expresión seria pero amable.

Aparto la mirada, con un tembleque en la pierna que hace vibrar la mesa.

—Sí, eso. Fui tonta por descomponerme así por la altura, pero, bueno, está claro que no soy muy fan y que... Eso, que perdí los nervios. Y reconozco que el mal sabor de boca al final de la cita fue en parte culpa mía, y lo asumo, pero lo que intento decirte es... Eh...

—No pienso burlarme de tus miedos, Eva —dice Cooper con una voz afilada como una cuchilla y las cejas fruncidas mientras me mira, como si le ofendiera la simple idea de que pudiera burlarse de mí.

Abro la boca, no sé ni para qué. Probablemente para discutir, restarle importancia a la seriedad de su tono o espantar la densa nube de tensión que flota entre nosotros con alguno de mis dardos. Lo que sea para endurecer los puntos débiles que le estoy mostrando. Pero, en vez de eso, asiento y dejo escapar un «gracias» casi inaudible, más aire que voz.

Transcurren unos segundos en silencio, en los que miro a cualquier parte menos a su cara, mientras recoloco en su sitio mis ladrillos de frialdad.

—¿Y tus normas? —contraataco por fin, echándome hacia atrás y dedicándole una mirada calculadora, intentando recuperar el control mientras siento que me hundo.

Cooper me escudriña el rostro, y una cálida sonrisa le hace aparecer el hoyuelo. Me mira como si supiera que me estoy tirando un farol.

—Pues, mira, no es mentira cuando te digo que quiero que seas sincera. —Se muerde el labio inferior—. Esa es la gracia de todo esto, ¿no? Sacar a la luz los motivos de queja que nos han traído hasta aquí.

—Y que intentes enmendarlos —añado. Pretendía que sonara con mala leche, pero me sale hasta delicado.

La risa de Cooper es autocrítica, y niega con la cabeza.

—«Intentar» es la palabra clave, por lo que parece.

No sé ni qué decir. Seguramente tocaría responder algo ingenioso, mordaz y emocionalmente distante, pero parece tan sincero que, de repente, se me han quitado las ganas. Me limito a encogerme de hombros.

—Así que supongo que mi norma sería una sinceridad incondicional por parte de los dos —continúa, sin apartar la vista de mis ojos.

Tengo la boca seca y la lengua pastosa.

—Me veo capaz.

Su sonrisa brilla tanto que el cielo debería tomar nota de su fulgor.

Al cabo de un momento, recupera la seriedad y se aclara la garganta.

—Creo que hay una cosa más. Te prometo que no lo digo como pulla ni para regañarte por el incidente de los mensajes.

—Ardo por dentro de la vergüenza, alimentada por el combustible que es mi sangre—. Pero intento evitar en el pódcast ese tipo de lenguaje o conversaciones que valoren o critiquen el tamaño y la forma de los genitales; no sé si me entiendes. Lilith me ha hecho ver lo habitual que es cuando se habla de sexo, intimidad o, en general, de género, y estoy intentando ser más consciente. No quiero hacer sentir mal a ningún oyente por algún comentario mío sobre tamaños de polla o tipos de vulva o lo que sea. Así que, eso, estoy haciendo todo lo posible por evitar molestar a la gente. Y tal.

—Cooper resopla, con las mejillas y las orejas teñidas de rosa.

Me quedo mirándolo, cada vez más avergonzada.

—Lo siento —susurro, con los dientes apretados y los puños sobre la mesa—. Tienes razón. Y perdóname si... te incomodaron los mensajes. No estuvo bien por mi parte. Ni siquiera se me ocurrió... No... Lo...

—Venga, déjalo. —Cooper alarga la mano y toma la mía; su palma cálida y ancha envuelve por completo mi puño apretado. Me acaricia con el pulgar el pulso irregular de la muñeca, y los dedos se me aflojan de inmediato—. Lo digo de verdad: no lo he sacado a colación para regañarte. Sería el colmo que yo fuera por ahí sentando cátedra sobre cómo debe hablar la gente. Es que... estoy intentando hacer las cosas bien, ¿sabes? —Señala con un gesto los micros—. O, por lo menos, estoy intentando aprender y mejorar. Sé que era broma y tal y... En fin, me da la sensación de que ese mensaje no iba precisamente dirigido a mí.

Resoplo, con las mejillas ardiendo. La humillación es densa y abrasadora, como arenas movedizas en el estómago. Sé que tiene razón, que he hecho mal. Ray y yo somos unas arpías y ponemos a parir a todo lo que se mueve, pero no me gusta que Cooper piense que soy de esa clase de personas que critica en público el cuerpo de los demás.

—Eva. —Su voz es grave y nítida y atraviesa de lleno mi torbellino de preocupaciones—. No es nada personal. Es una conversación que tengo con todos los invitados. Lo que pasa es que ha pillado en mal momento, por eso de tu último encuentro con el anticristo y su tremendo rabo.

Suelto una carcajada húmeda, negando con la cabeza, y a continuación me muerdo el labio con fuerza.

—Pero, en nombre de la sinceridad incondicional —añade en un murmullo—, quería comentártelo a ti también.

Hostia puta. Rylie Cooper... ¿está mostrando consideración por los demás?

—Lo entiendo —logro decir, ronca—. Y tienes toda la razón. Gracias por sacar el tema.

Cooper sigue mirándome, cada instante marcado por los fuertes latidos de mi corazón. Trago saliva, aparto la mirada y retiro la mano de la suya.

—¿Empezamos?

—¿Me estás preguntando si estoy listo para mi ejecución pública? —dice con un gesto lúgubre antes de sonreír—. Pues claro que sí. Vamos allá.

Pasa a la acción enseguida y se levanta para ajustar la cámara del trípode. Siempre sube las grabaciones completas a YouTube y usa algunos fragmentos para las demás redes sociales, y esta vez ha aceptado que Soundbites tenga acceso al material para publicidad y contenidos propios.

Respiro hondo, recordando por qué estamos aquí y por qué es importante: si lo hago, si le sigo el juego, si demuestro lo útil que les puedo ser a Landry y, por extensión, a William, conseguiré el ascenso. Me zamparé mi último perrito caliente y mandaré a tomar por culo a *Hablemos de salchichas* para pasar a cubrir historias de verdad. Yo puedo con esto.

Tras una rápida prueba de sonido y después de que Cooper me cuente cómo va a ser su introducción, se pone a grabar. Menciona a dos patrocinadores, y trato de captar si suena especialmente desesperado mientras lo hace; no podemos olvidar que él también se la está jugando. Luego hace un breve resumen de los delirantes acontecimientos de la última semana y pico, e incluso me dedica una presentación sorprendentemente amable: «Aunque tal vez conozcáis a Eva Kitt como la presentadora de *Hablemos de salchichas*, también escribe artículos increíbles en su plataforma de Babble. De verdad, recomiendo a todo el mundo que la lea».

Intento apaciguar la creciente satisfacción que siento en el pecho por sus halagos. No necesito que un tío me haga la pelota.

Por fin, Cooper exhala un largo suspiro, como si se hubiera quedado sin aire.

—Lo que nos lleva…

—Hasta aquí —remato yo, con una sonrisa sarcástica mientras señalo a mi alrededor.

—Estoy tentado de imitar el meme de Paul Rudd en *Hot Ones* —dice Cooper, sonriéndome.

—Qué original.

Su sonrisa ni se inmuta.

—Eso es lo que más me gusta de ti, Eva: que eres facilísima de contentar.

—Vaya forma más bonita de prepararme para hablar del desastre de nuestra «cita» —digo, marcando las comillas en el aire.

—¿Para qué retrasar lo inevitable? —Su voz y su lenguaje corporal destilan una seguridad pasmosa. Mierda. ¿Por qué está tan tranquilo?—. ¿Quieres empezar tú o empiezo yo?

—Estás dejando abierta una puerta muy peligrosa —le advierto con una sonrisa indecente—. Pero, si estás listo, entro.

Con un gesto, me insta a empezar; en el rostro se le refleja una combinación deliciosa de miedo y diversión.

—Pues nada, queridos oyentes —digo, inclinándome hacia el micrófono y bajando la voz en una parodia de la suya—. La cita empezó con un accidente de coche.

—No empezó con el accidente —dice Cooper, inclinándose hacia mí.

—Vale, empezó con que te presentaste con un gigantesco SUV de alquiler como si no estuviéramos en plena crisis climática y luego, cinco minutos después, ocurrió el accidente. ¿Te convence más esta línea temporal?

Se produce una pausa densa.

—Sí —murmura a regañadientes.

Narro la escena del corcho en la yugular a las siete de la mañana y la casi muerte por tacones durante el paseo de la vergüenza (por eso de caminar en público a su lado).

—Al menos reconozco que lo del museo estuvo genial.

—Sabía que te iba a gustar —dice Cooper, radiante.

Levanto la mano para callarlo, pero está tan emocionado que me la choca desde el otro lado de la mesa, y yo me aparto de sopetón

—Ni de broma —digo, limpiándome la mano en la falda con una mueca—. No te mereces que choquemos la mano.

Se le tuerce el gesto.

—¿Y eso?

—Porque, aunque fue maravilloso, me metiste muchísima prisa. Casi me arrancas un brazo al tirar de mí hacia la siguiente locura del itinerario (nada más y nada menos, un puñetero viaje en helicóptero) cuando teníamos una hora entera para estar tranquilos en esa pasada de exposición.

Cooper deja escapar un suspiro y se le encorvan los hombros mientras se desinfla.

—Ya. Solo quería que pasaras un día estupendo. Conmigo. Quería que fuera especial; empezar esta gira de redención con un golpe de efecto para que no te arrepintieras de haber aceptado.

—Siempre me voy a arrepentir de haber aceptado, así que no te martirices con misiones imposibles —me burlo. Pero mi voz suena más amable de lo habitual, atravesada por un hilillo de ternura que me llega hasta la leve sonrisa.

Cooper lo percibe y se le iluminan los ojos.

—Pero ese es el problema —continúo, para volver a la carga—. Te empeñaste en diseñar un itinerario que, sobre el papel, sonaba espectacular, pero que inevitablemente nos condenaba a unas expectativas imposibles. Estabas tan centrado en el horario y en los detalles que apenas tuvimos un segundo para respirar, y mucho menos para disfrutar de lo que estábamos haciendo.

—Lo entiendo —dice Cooper en voz baja, y se pasa la mano por la mandíbula mientras me mira.

107

—¿Y un helicóptero, colega? ¿De qué vas? ¿No crees que es un poquito nivel *Cincuenta sombras* para ser una primera cita?

—Ya. —Tamborilea con los dedos sobre la mesa—. ¿Estás diciendo que no me ves capaz de ser tan manipulador como Jamie Dornan?

Me río muy a mi pesar.

—Uy, ni que esa fuera la única diferencia entre Jamie Dornan y tú, cariño.

Cooper se inclina hacia mí, con una sonrisa magnética, y siento la atracción que ejerce sobre mi cuerpo.

—Entiendo lo que pretendías —admito, horrorizada de estar dándole bola a este tío— y reconozco que podría haber sido la receta perfecta para una cita espectacular, pero probablemente para gente que se conozca mejor que nosotros.

—¿O sea que quieres conocerme? —El destello de esperanza en sus ojos es tan dulce que tengo que contener la sonrisa mientras me derrito por dentro.

—No. No, no. No me has entendido. Estaba intentando ser generosa y darte a ti la oportunidad de conocerme a mí. Soy una puta maravilla.

El fulgor de su expresión se suaviza hasta quedar en un brillo tenue, y ladea la cabeza mientras me mira.

—Eso ya lo sabía —dice.

Noto un calor que me sube por el cuello y me enciende las mejillas. Aparto la mirada, recordando de golpe la cámara, los micrófonos y el hecho de que todo esto es un mero espectáculo. Por el bien de los dos. He venido aquí para enfrentarme a él, no para dejarme ablandar por su sonrisa.

—Anda, vete a la mierda. Soy una mala bicha y lo sabes. —Me coloco el pelo detrás de la oreja y suelto una risita despreocupada—. Lo llevo con orgullo; no hace falta que le mientas a tu audiencia.

—Vale, tranquilita, Meredith Brooks —dice, torciendo la boca—. Eres muy guerrera, pero justo por eso es tan divertido.

108

Niego con la cabeza, cada vez más enfadada, aunque mantengo la expresión serena para las cámaras.

—No eres el más indicado para decir algo así.

—¿Por?

—Eh… ¿Igual porque llevamos seis años sin hablar? —Se resquebraja mi fachada imperterrita, se me afila la voz y frunzo el ceño—. ¿Igual porque me hiciste *ghosting* justo después de que te mostrara un mínimo de fragilidad emocional? ¿Igual porque no me conoces, así que no entiendo cómo puedes ir por ahí haciendo como si te encantara estar conmigo?

La mirada de Cooper recorre cada centímetro de mi rostro, con el ceño fruncido y la mandíbula apretada. Entonces se relame los labios.

—No paras de decir que no te conozco, pero hay cosas que sí sé, Eva.

La provocación me chisporrotea en la lengua.

—Ah, ¿sí? ¿Por ejemplo?

Cooper resopla y se sube las gafas por la nariz antes de apoyar los antebrazos en la mesa.

—Sé que tu segundo nombre es Mary y que tu color favorito es el rojo.

Pongo los ojos en blanco.

—Ostras. Enhorabuena por buscar en Google y por saberte los colores —digo, señalándome con un movimiento de la mano la blusa de seda roja y la falda a juego—. ¿Te ha mejorado la vista gracias a las gafitas de buscón que llevas? ¿Por eso en la universidad no veías las *red flags* que llevabas a todos lados?

—¿Crees que mis gafas son de buscón? —pregunta, con una sonrisa enorme y un tono esperanzado.

—Los dos sabemos que tus gafas son de buscón —replico, entornando los ojos—. Los hombres no van por ahí eligiendo monturas de carey como esa si no son un poco putones.

Cooper tarda unos segundos en domar la sonrisa, pero consigue volver a mirarme con seriedad.

109

—Sé que estudiaste Periodismo en la universidad. Que también hiciste un máster. Y sé que tu asignatura favorita, al menos hasta tercero, era Historia del Arte. Te gustaba tanto que te planteaste estudiar más asignaturas sobre el tema.

Me remuevo en el sillón, apartando la mirada. Conque puede que la cita no fuera tan improvisada como pensaba.

—No me sorprendería que hubieras llamado a Breslin y sobornado a secretaría para sonsacar esa información.

—Sé que tu comida favorita es la tailandesa, y que la pides a nivel cinco de picante sin despeinarte siquiera.

Me sobreviene el recuerdo de la única vez que salimos a cenar hace años. Le solté sin pensarlo que me encantaba la comida tailandesa en mitad de una clase, y me dejó sin palabras que se acordara cuando en mi familia jamás se habían molestado en retener ese detalle. Cooper me llevó a mi restaurante preferido cerca del campus en nuestra tercera cita. Intentó pedirse el plato igual de picante que yo y se pasó el resto de la cena tosiendo y sudando. Pero también sonriendo mientras yo le tomaba el pelo. Me acuerdo de lo encantador que me pareció y de lo tremendamente adorable que era. Me hace gracia pensar que, apenas unas semanas después, se pasó las pocas clases que compartíamos sentado en otro sitio, haciendo como si no existiera.

—Sé que eres la hija mediana de seis y que creciste en un barrio residencial a las afueras de Filadelfia. —Hace una pausa, ladea la cabeza y suaviza la mirada, que se vuelve reflexiva mientras me observa con atención—. Sé que escribes algunos de los textos más inteligentes sobre la actualidad y algunas de las críticas más certeras sobre los medios de comunicación y la cultura pop que he leído últimamente.

Esbozo una mueca; quiero gritarle que pare. Quiero decirle que no meta mis artículos en esta pantomima artificial. Soy un noventa y nueve por ciento sarcasmo y una evidente irreverencia, pero lo que escribo es de verdad importante para mí. No quiero que manche mi trabajo con este numerito de buen tío.

—Igual no lo sé todo sobre ti, Eva —continúa Cooper, inclinándose hacia delante—, pero algunas cosas sí sé, y hacen que quiera conocerte mejor. Si me dejas.

La forma en que lo dice me llega hasta los huesos; es una sinceridad tan cruda que parece real. No soporto que el imbécil ansioso de mi corazón me dé un vuelco. Ni que alguien quiera conocerme. Ni que vea mis aristas afiladas y aun así pida más. Pero esto no va así, sobre todo para la gente como yo. Todo es diversión, juegos y recreo hasta que empieza a dar mucho trabajo, hasta que hay demasiadas minas que esquivar en cuanto las cosas se ponen un poco serias.

Rylie Cooper fue el origen del patrón que ha acabado con todas mis relaciones, así que sería idiota si volviera a caer en la misma trampa.

—Se acabó por hoy —digo, quitándome bruscamente los auriculares y tirándolos sobre la mesa antes de forcejear con el interruptor del micrófono.

—Eva...

—Nos vemos en la próxima farsa de cita —lo interrumpo, y salgo disparada hacia la puerta sin mirar atrás.

—Espera —dice Cooper, bajando tras de mí por las escaleras—. ¿Por qué estás tan enfadada?

—¿Que por qué estoy tan enfadada? ¿Me lo preguntas en serio? —escupo, bajando a toda prisa por el pasillo de la segunda planta—. ¿No dices que eres una especie de gurú psíquico que resuelve los sentimientos ajenos?

No soporto cómo se me quiebra la voz ni cómo se me agolpan las emociones en la garganta y me presionan detrás de los ojos. Ser de las que lloran cuando se enfadan es la mayor maldición de este mundo.

Lo que pasa es que, aunque pudiera hablar, ni siquiera sé si podría explicar con palabras por qué estoy tan cabreada, y eso me enfurece aún más. Por fin llego a la planta baja y me peleo con la cerradura de la puerta, hasta que por fin consigo abrirla. Pero Cooper posa la mano sobre la madera y la cierra otra vez.

Me quedo contemplando el pomo dorado, incapaz de mirarlo a él.

—Joder, Eva, ¿me lo quieres contar o qué? —Se percibe fuego en su voz, lo que hace que las lágrimas que amenazan con salir me escuezan todavía más—. Dime qué pasa. Dime qué estás pensando.

Aprieto los dientes y me pellizco el muslo para recuperar el control sobre esta sensación patética y traicionera. Endurezco los rasgos hasta convertirlos en una mueca afilada como una daga y levanto la vista para clavarla en él. Ojalá pudiera hacerlo mil pedacitos.

—No.

—¿No?

Niego con la cabeza y le dedico una sonrisa cruel.

—No. No voy a decirte lo que estoy pensando. ¿Quieres una medallita por acordarte del tipo de comida que me gusta y de un color que llevo constantemente? Pues enhorabuena; seguro que tus fans se ponen a llorar con lo tremendamente sensible y atento que eres. Pero esto no es real. No tienes derecho a conocerme. No puedes acorralarme y exigirme que te cuente cosas sobre mí solo para que puedas sentirte mejor después de haber sido un hijo de puta en la universidad, y luego usarlo en mi contra en un pódcast de mierda para demostrar que eres un buen chico y que te mereces la histeria colectiva que, no sé cómo, has conseguido provocar. Así que quita la puta mano.

Cooper palidece, con los labios entreabiertos, mirándome. Despega la mano de la puerta y la deja caer sobre el costado con un golpe seco.

—Vaya, se ve que sí que sabes escuchar —digo con una mueca antes de salir por la puerta.

Capítulo 8

Debe de ser que todos los planetas están desalineados y que Neptuno le está haciendo una doble penetración a Urano, porque está ocurriendo algo increíble: me lo estoy pasando bien en el trabajo.

He tardado casi una semana en recuperarme del mal sabor de boca que me dejó la grabación del pódcast, pero mi invitada actual en *Hablemos de salchichas* me está levantando muchísimo el ánimo.

—Y luego echas un poquitito de mayonesa, como remate elegante —dice Lizzie Blake, una pastelera erótica de Filadelfia que ha causado sensación en internet, mientras coloca un pegote de mayonesa en la punta del pan y se aparta para evaluar la gloriosa vulgaridad de su obra—. Y ya lo tienes: perrito calentorro —añade con una carcajada.

La miro con corazones en los ojos. Aunque normalmente intentamos traer actores y músicos al programa, tampoco hay mucha diferencia. Tras hacerse viral en numerosas ocasiones por sus creaciones escandalosas, Lizzie ha levantado un pequeño pero imparable imperio con forma de vulva. El poder del espíritu emprendedor y tal.

Después de mendigarle un favor a Aida por haberme prestado a todo lo de Cooper, me ha dejado cambiar un poco la dinámica con Lizzie.

—¿De dónde sacas estas ideas? —digo. Se me resquebraja mi habitual pose inexpresiva mientras sonrío alternando la mirada entre la cara pecosa de Lizzie y los panecillos caseros en forma de tetas, con medias aceitunas como pezones y una salchicha tallada, con el capullo y las venas con todo lujo de detalles, entre los dos senos de pan. Se remata el, ejem, paquete con un chorrito de mayonesa, que hace las veces de corrida, y una guarnición de lechuga picada con tomate para simular el pelo y los huevos.

Es superordinario. Lo adoro con todo mi ser.

—Para todo lo fálico, tomo de modelo a mi pareja —dice señalando hacia atrás.

Abro los ojos como platos y desvío la mirada del perrito caliente de treinta centímetros que tenemos en la mesa al hombre alto del rincón, al que veo sonrojarse desde aquí. Es tan absurdamente guapo que ahora cobra sentido la enorme barriga de embarazada que se está acariciando Lizzie.

Esta se desternilla cuando ve mi cara.

—Es broma. Más o menos. La realidad es que tengo una mente calenturienta y la madurez de una niña de doce años, y he encontrado la forma de canalizarlo para bien. Si tenemos que ganarnos la vida con algo, por lo menos que sea divertido, ¿no?

La miro atónita y una repentina envidia me aprieta la garganta. Jolines. Acaba de resumir todo lo que una vez soñé y que se quedó en nada. Me sacudo la repentina nube negra y sigo bromeando con ella unos minutos más, hasta que cerramos la grabación.

—Creo que esta ha sido una de las mejores entrevistas de mi vida —digo, volviéndome hacia Lizzie.

Esta me sonríe.

—Pues yo iba a decir exactamente lo mismo. La verdad, venía supernerviosa porque eres muy... —agita los brazos, señalándome— guay. Y mira que me suelo poner histérica con estas cosas, pero ha sido la leche.

—¿Quieres ser mi amiga? —suelto de golpe. Me ruborizo, pero no retiro la pregunta. Es un hecho indiscutible que siempre desarrollo una conexión muy intensa (parasocial, incluso) con cualquier mujer que sea divertidísima y que, de forma milagrosa, me considere guay.

114

Lizzie me mira directamente a los ojos.

—Ya somos amigas. Solo falta el trámite del pacto de sangre.

—Voy a por los cuchillos.

Lizzie sigue riéndose cuando se acerca su pareja.

—Este es Rake, el padre de mi criatura y mi musa —dice a modo de presentación—. Rake, esta es mi nueva mejor amiga, Eva.

Le estrecho la mano y él me dedica una cálida sonrisa. Sé que no debería tentar a la suerte y humillarme aún más con mi entusiasmo descontrolado, pero encontrar una conexión tan fuerte a los veintitantos es como una puta droga.

—Como ya hemos dejado claro que estoy algo obsesionada contigo, ¿os apetecería veniros a comer con mi amiga Aida y conmigo? Es la productora del programa. —Señalo hacia el lateral, donde está encorvada sobre un iPad junto a su ayudante.

Lizzie mira hacia donde he señalado y gime de deseo mientras se recuesta sobre Rake.

—Hace seis meses, me habría apuntado de cabeza, pero ahora mismo me da la sensación de que me va a partir por la mitad este ser gigantesco —se acaricia la barriga— gracias a este otro ser gigantesco —señala a Rake— y necesito poner los pies en alto y el cuerpo en horizontal lo antes posible o Rake va a sufrir las consecuencias de mi ira.

Rake le sonríe y le acaricia el pelo antes de darle un beso en la coronilla con tanta ternura que me duelen los dientes.

—¿Es el primero? —pregunto.

—Uy, qué va —responde Rake con una voz ronca. Casi me quedo sin respiración al oír su acento australiano. Joder, qué bien se lo ha montado Lizzie—. Ya tenemos dos niñas en casa.

—Y vienen dos señoritas más en camino —dice Lizzie, pasándose la mano por la enorme barriga.

—Dios, ¿gemelas? —digo, porque, sinceramente, con lo mal que va la economía, ¿cómo se las van a apañar?

—Ya ves —dice Lizzie, encantada—. Mi pequeño ejército de pelirrojas. Por desgracia, vamos a tener que ir al menos a por

115

otra criatura más. No me gustan los números pares, así que no me vale con cuatro.

Rake palidece, y parece como si se le fueran a salir los ojos de las órbitas.

—¿Nos vamos, Eva? —pregunta Aida, librándonos de lo que estuviera a punto de decir.

Lizzie y yo nos despedimos y nos damos el teléfono, y Rake la acompaña hacia la puerta aún con cara de traumatizado.

—Pues ha estado de puta madre —dice Aida mientras salimos del estudio hacia los ascensores.

—De mayor quiero ser como ella. —Aporreo el botón del ascensor varias veces con un suspiro.

—Creo que ella aún no se ha hecho mayor —dice Aida con amabilidad—. Ahí está el secreto.

Abro la boca para responder, pero Aida levanta un dedo y se disculpa con la mirada para atender una llamada.

Me quedo dándole vueltas a lo que ha dicho, con un dolor sorprendentemente agudo en el pecho al darme cuenta de que tiene razón. Joder, es que no soporto ser adulta, si es que puedo atribuirme ese título. La vida solo consiste en políticas populistas, pagar impuestos y que te rompan el corazón todas y cada una de las personas a las que dejas entrar aunque sea un poquito. De niña, solo quería hacerme mayor, salir de aquella casa abarrotada, alejarme de los perfectos de mis hermanos y ser la protagonista de mi propia vida. Jamás imaginé que acabaría convirtiéndome en una adulta tan mediocre como era de niña, tan sola como siempre.

Me está dando un bajón, pero Aida no se da cuenta, concentradísima en la llamada durante todo el camino hacia un local de *brunch* en St. Mark's Place: una antigua tienda de pelucas que luego fue un *sex shop* y que ahora se ha convertido en un bar de tapas con una oferta imbatible de *brunch* con barra libre los jueves por la mañana.

—Hay una cola de hora y media —se queja Ray a modo de saludo desde el atril de la entrada. Aida por fin se guarda el móvil, percibiendo la gravedad que destila su tono—. Le he ofreci-

116

do una mamada a quien hiciera falta para que nos colasen en la lista, pero no ha servido de nada.

Entonces se giran varias personas y se quedan mirando a ese hombre negro altísimo y guapísimo, sin filtro alguno y con el pelo de color rosa chicle cortado a lo militar. Hundo la cara en su pecho cuando me abraza y me río mientras aspiro su característico olor.

—Esta ciudad se ha ido a la mierda.

—Va de mal en peor —asiente, y me aparta con suavidad para poder abrazar también a Aida—. Y no quiero ser un engranaje más de esta máquina capitalista, pero tengo que estar en el trabajo a las cuatro. Lo que no deja mucho margen para mi plan de emborracharme con champán y tener dos horas para despejarme antes del turno.

—¿Qué? ¡No! —protesta Aida con un puchero—. Si toda la gracia de emborracharnos un jueves a media mañana era porque se suponía que librabas hoy.

—Me han llamado a última hora, pero no pasa nada. Dimito.

Suelto una carcajada. Ray hace como si le trajera sin cuidado su trabajo de jefe de partida en un restaurante de moda de Tribeca, pero sé perfectamente lo mucho que le importa. Sueña con, algún día, dirigir su propia cocina, y sé que será el mejor puto restaurante de toda la isla, pero por ahora le toca pringar y acudir cuando lo llaman.

Y yo necesito este *brunch*. Desesperadamente.

Es casi imposible cuadrar a mis dos mejores amigos, y llevo tres puñeteros meses esperando este día, apuntado tanto en mi calendario de Google como en el de Apple. No pienso dejar que pase otro trimestre.

—Igual si la forma de asignar las mesas no fuera tan ridícula, no tendríamos que esperar tanto —dice Aida, estirando el cuello para observar el local, lleno de mesas para seis ocupadas por grupos de dos o tres.

—¿Podemos ir a otro sitio?

117

Ray niega con la cabeza.

—Ya lo he intentado en los locales de al lado y he revisado listas de espera *online*. Está todo hasta arriba. Al parecer hoy empieza una convención friki de tallado de calabazas y está toda la zona igual. Vamos a tener que quedar para otro día.

Ni hablar.

La camarera carraspea.

—Nos han quedado algunos huecos libres en las mesas comunes —dice en voz baja, mirando de reojo a la multitud que se arremolina en torno a su atril—. Creo que una pareja ya ha cogido dos de los asientos, pero, si os dais prisa, quizá podáis pillar sitio.

Ray sale disparado como un rayo, y Aida y yo nos echamos a reír mientras lo seguimos a un paso mucho más normal. Intento no ilusionarme, pero entonces veo a Ray, con los brazos abiertos protegiendo tres plazas de un banco y escudriñando el local como si fuera un depredador alfa atento a cualquier movimiento.

Nos dedica esa sonrisa eléctrica suya mientras nos acercamos, y se me sube el ánimo al verlo tan entusiasmado. Pero, a medida que nos vamos aproximando, percibo un trasfondo malicioso en esa sonrisa. Se me eriza el vello de la nuca cuando abre los ojos con una expresión maniaca.

—Eva —dice en cuanto llego junto a él, con una voz tan aguda que frunzo el ceño por la confusión—. Creo que conoces a nuestros compañeros de mesa.

Con un pavor horrible, aparto muy despacio la vista de Ray, rezando a todas las diosas griegas y romanas que recuerdo para que la persona que vea sea algún famoso buenorro y no el hombre al que quiero evitar el resto de mi vida.

Pero a las diosas les debe de gustar cachondearse de las meras mortales como yo, porque el puto Rylie Cooper me está sonriendo desde el otro lado de la mesa, con Lilith sentada a su lado.

—Igual deberíamos cancelar el *brunch* —espeto.

Noto las miradas atónitas de Aida y Ray, pero lo único que veo es la sonrisa torcida y, para mi espanto, encantadora con la que Cooper me tiene atrapada.

—Muy sutil —responde este con un guiño—. Pero no pienso dejar tirada a Lilith porque no me quieras compartir con nadie más, gatita. Y espero que tú también trates a tus amigos con la misma decencia. —Señala con un gesto hacia Ray y Aida, y ambos se derriten con la preciosa aspereza de su voz. Aida se deja caer sobre el asiento con un suspiro de satisfacción. Será traidora, la muy perra.

Me arde la cara hasta la incomodidad, y rebusco a tientas en mi mente algo ingenioso que soltarle.

Pero nada.

La impresión de verlo (a él y su sudadera color melocotón con un Papá Noel retro que pasea a un perro salchicha y el texto LA SALCHICHA FAVORITA DE PAPÁ NOEL escrito en rojo) me ha dejado el cerebro en blanco.

—Me gusta tu sudadera —consigo decir, con una expresión de desdén.

Sigo de pie junto a la mesa. Por mi altura, estoy acostumbrada a verlo todo siempre desde arriba, pero me doy cuenta, para mi horror, de que eso sitúa mis tetas justo a la altura de los ojos del hombre al que querría negar todo lo placentero y bueno de este mundo. Me dejo caer en mi asiento.

—Gracias, me llegó ayer —dice, estirándosela para mirarla mejor—. Me recordó a ti, de hecho.

Pongo los ojos en blanco, y me horroriza oír cómo Aida y Ray se ríen.

—Me encanta, pero debería ser ilegal llevar ropa navideña a principios de octubre —dice Ray—. Con lo fácil que habría sido alguna referencia a las salchichas del Oktoberfest.

Cooper se queda boquiabierto.

—Toma todo mi dinero.

Agarro del brazo a la camarera que pasa.

—Yo quiero la mimosa en una jarra de cerveza. Y sin zumo de naranja, por favor.

119

La camarera me dedica una mirada de desprecio antes de alejarse.

Ray, Aida y Lilith se presentan entre ellos y se intercambian piropos mientras yo espero mi jarra de champán.

—Así que tú eres el famoso Rylie Cooper —dice Ray, apoyando la barbilla en la mano y sonriendo al objeto de mi desprecio—. Eres un tema destacado en la agenda del *brunch*.

—Seguro que Eva tiene palabras infinitamente amables —responde Cooper, imitando la pose de Ray. No soporto lo adorable que es.

—He buscado cómo provocar una obstrucción intestinal en un muñeco vudú —murmuro, y me atraganto cuando Aida y Ray me propinan sendos codazos.

—¿Eres tan horrible como te pinta Eva? —pregunta Ray, haciendo como que no ha visto mi mirada asesina.

—La versión que conocía de mí, sin duda. —Cooper endereza los hombros. Su expresión seria hace que los tres clavemos la vista en él; se sonroja porque le prestemos tanta atención y se recoloca las gafas antes de carraspear—. Quiero pensar que he madurado un ápice en los últimos seis años.

—Jamás me fiaría de un hombre que usa la palabra «ápice» en este contexto —replico, y recibo otra tanda de codazos. Joder, si tan encantados están con este tío, igual deberían ser ellos quienes se vean obligados a salir con él para disfrute de internet entero.

—Seguro que de ahí se puede sacar un chiste verde —interviene Lilith, que me mira y me guiña un ojo.

Me echo a reír, pero mi risa se mezcla con la de Cooper, así que la corto en seco.

Otra cosa que detesto de Cooper es su risa. Es profunda y llena de matices, como el calor que deja un trago de *whisky*. Se ríe con todo el cuerpo, le tiemblan los hombros, se le arrugan las facciones y se tapa la boca con la yema de los dedos como si medio quisiera contenerla. Me entran unas ganas inquietantes de apartarle la mano y regañarlo por intentar ocultársela al mundo. Está claro que estoy enferma y necesito atención médica.

Tardo unos segundos en darme cuenta de que la mesa se ha quedado en silencio y de que Cooper me está contemplando, sosteniéndome la mirada de una forma amable y tentadora. Los demás observan cómo lo observo, así que recompongo el semblante en una mueca, tratando de no ponerle nombre a la expresión más tierna a la que está sustituyendo.

—¿Se os está haciendo raro? —pregunta Lilith, moviendo el dedo entre Cooper y yo.

—Sí —respondo, pisando el «¿el qué?» despistado de Cooper.

Lilith se vuelve hacia él y pone los ojos en blanco.

—Todo este... no sé muy bien qué —dice, girando la muñeca—, este experimento de quedar, de reconciliaros. Volveros a ver después de tantos años.

—Pues es que esto —señala la mesa— no es una de las citas, sino pura casualidad.

No sé por qué, pero este chalado me mira buscando confirmación, y yo chasqueo la lengua como una abuela decepcionada. Cooper dirige entonces su atención a Ray.

—Eva no oculta lo mucho que le gusta estar conmigo, así que seguro que este encuentro le ha alegrado la semana. En cuanto terminemos, le voy a cambiar el tono de llamada a *Obsessed* de Mariah Carey.

Ray suelta una carcajada desinhibida y se inclina por detrás de mí para mirar a Aida.

—Lo siento, pero este tío me encanta. Se las devuelve tal cual.

—Cuidado con lo que dices u os saco a los dos de mi plan familiar de Spotify.

—No dejes que se meta contigo —dice Cooper, apretando los labios para contener una sonrisa.

—¿Y cómo llamas tú a lo que le dejaste hacer en tu propio pódcast esta semana? —lo pincha Aida.

Cooper se vuelve a reír.

—*Touché*.

—¿Me marcho? —pregunto, poniéndome dramática—. Parece que sobro en esta conversación, ya que solo queréis hablar de mí como si no estuviera.

Ray y Aida ponen los ojos en blanco a la vez, y yo centro mi atención en Lilith, volviendo a su pregunta inicial.

—Sí. Se me hace todo muy raro y molesto. Es como estar metida en un experimento psicológico sin un comité ético que lo supervise.

—Ostras, sí que sabes cómo subirle el ego a un tío. —Cooper enseña el hoyuelo.

Pero paso de él.

—Por el momento, no ha sido más que una cita artificial y prefabricada que después tuve que relatar paso a paso para que todas las fans de Pedro Pascal la analizaran y comentaran. Pero al menos puedo decir que está cumpliendo a rajatabla mis nulas expectativas. Me encanta tener razón.

—Esa última parte describe bastante bien lo que es salir con hombres en general —dice Aida.

La camarera deja escapar una risita mientras deposita una ronda de mimosas, y me mortifica que Cooper y yo le dediquemos sonrisas idénticas.

Él le toca suavemente el brazo antes de que se vaya y se inclina para susurrarle algo al oído. Dios, ya de paso, que le chupe la oreja directamente, de lo cerca que está. No puedo creer que la camarera se esté riendo en vez de salir corriendo. Cuando por fin la libera, la chica asiente y le guiña un ojo, con las mejillas sonrojadas.

Aprieto los dientes y aparto la mirada. Pobrecilla. Debería advertirla. Pero, en vez de eso, le doy un buen trago a mi bebida y dejo que las burbujas se me suban a la cabeza mientras intento pensar en cualquier cosa que no sea cómo los labios de Cooper casi rozaban la piel de la camarera. Y mi querido cerebro aterriza en lo brutal que ha sido todo desde que salió el primer episodio.

He desactivado las notificaciones de las redes sociales, abrumada porque todo el mundo, en todas las aplicaciones, quiera darme su opinión sobre el tema a la vez que me llama «zorra desquiciada» a un ritmo que, aunque no me sorprende, tampoco me hace tanta gracia como pensaba.

Sé que la idea es esa, y ayer William me mandó un correo (frío, sin humor y directo al grano) contándome que el subidón de tráfico de *Hablemos de salchichas* y el cruce de promos con el pódcast de Cooper tienen encantados a los de arriba. Incluso al final del correo volvió a tentarme con la zanahoria del ascenso y me animó a seguir así, como una obediente mona de feria. Joder, si hasta mis publicaciones en Babble han tenido una subida considerable en las interacciones. Sin embargo, la zona más amargada y gritona de mi cerebro no para de recordarme que toda esta atención se debe a la ridícula pantomima de las redes sociales y no a que tenga ningún talento periodístico real.

Querría preguntarle a Cooper si él también lee los comentarios. Querría preguntarle qué se le pasa por la cabeza cuando algún alma caritativa dice que estoy buena o que soy graciosísima. Si se siente legitimado, aunque no diga nada, cuando la mayoría de la gente comenta que soy muy borde y que no me lo merezco. Pero, sobre todo, querría saber qué piensa él, sobre mí, sobre esto, sobre nuestro pasado, sobre el puto tiempo y sobre su tienda favorita para comprar beicon, huevos y queso; y no soporto sentir cada vez más curiosidad desde que volvió a entrar en mi vida.

—Llamadme chapado a la antigua —interviene Ray, salvándome de mi espiral mental—, pero yo prefiero la emoción de ver fracasar una cita en directo. —Lo miramos todos—. A ver, no seáis malpensados: eso del pódcast y tal tiene su gracia —me entran ganas de plantarle un beso a Ray por referirse a la profesión de Cooper como «eso del pódcast y tal»—, pero no existe una obra de arte mejor que presenciar una primera cita espantosa o una ruptura dramática en persona.

Lilith deja escapar una risita ahogada, escondiendo la sonrisa detrás del borde de su copa de champán.

—A ver, no es por llamar la atención…

—Tu único objetivo desde que te levantas cada mañana es llamar la atención —lo interrumpe Aida.

—Pero los de la mesa que tienes justo detrás, a la derecha —señala hacia Cooper con un movimiento de la cabeza—, están a dos minutos de ponerse a chillar a grito pelado.

Con la sutileza de una bola de demolición, Cooper se gira de golpe hacia la derecha justo cuando nos llega el sonido de un sollozo procedente de la mesa en cuestión. Por puro instinto, alargo las manos por encima de la mesa, le agarro la cara y le giro la cabeza para que vuelva a mirarme a mí.

—Te pido por favor que seas discreto —susurro, mirándolo a los ojos. Las pupilas de Cooper se dilatan, casi eclipsando el plateado de sus iris, y se le resbalan las gafas por el puente de la nariz.

Intento no fijarme en la forma en que traga saliva ni en el aliento cálido que acaricia la piel sensible de mis muñecas. Me esfuerzo por ignorar el leve movimiento de sus mejillas bajo mis manos cuando la comisura de su boca se curva en una sonrisa inevitable. No le presto ninguna atención a la forma en que su lengua le roza el labio inferior ni a su voz grave, casi risueña, cuando dice:

—Pues, entonces, explícame paso a paso.

Retiro las manos como si me hubiese quemado, y sus palabras prenden una llama que me sube desde las yemas de los dedos hasta los pómulos. Si Cooper tiene la menor idea de las connotaciones que ha dibujado en mi mente (sus labios entreabiertos; los párpados entornados por el deseo; palabras como «bien», «sí» y «sigue» jadeadas bajo las sábanas revueltas), no lo demuestra en absoluto. En su lugar, arquea una ceja y sonríe con inocencia, primero hacia mí y luego hacia la mesa, esperando que le pongamos al corriente del desastre que se está gestando a su espalda.

—Él está negando con la cabeza, apesadumbrado —susurra Ray, con la mirada fija en la pareja.

124

—Ella está agarrada a los bordes de la mesa con tanta fuerza que se le están poniendo blancos los nudillos —añade Lilith, moviéndose en el asiento de forma que parezca mirar a Cooper, cuando en realidad está espiando lo que sucede a su espalda—. Se está inclinando sobre la mesa. Acaba de pringarse los flecos del fular con yema de huevo.

—¿Fular? Por Dios, ¿en qué año estamos? —murmura Cooper.

Me río tan fuerte que varias personas se giran, así que disimulo con una tos.

—Él ha pasado del arrepentimiento a la indignación —relata Aida sin mover los labios.

—Qué mala estrategia —dice Cooper, con los ojos muy abiertos y una necesidad corporal de darse la vuelta y mirar.

No me doy cuenta de lo mucho que le estoy sonriendo hasta que él me mira, clava la vista en mi boca y se queda en ella más tiempo del que debería. Entonces endurezco los labios en una línea recta.

—Ella le está apuntando con el dedo a la cara —dice Ray, sin aliento—. El tío está rojo como un tomate. Está buscando una salida, como si estuviese en un avión a punto de estrellarse.

—Ahora ha juntado las yemas de los dedos y se las lleva a los labios. Repito: ha juntado las yemas de los dedos —digo, observando cómo el tipo intenta adoptar la expresión imperturbable de un *bro* que posa para un reportaje. El sudor que le corre por las sienes hace que su paz interior resulte poco convincente.

—Dios, ahora ella está… —Ray se interrumpe cuando la mujer se levanta de la mesa y alza tanto la voz que no se le puede culpar a Cooper por girarse a mirar.

—Ah, ¿sí? —brama la mujer, mirando de arriba abajo a su futuro exnovio—. Pues yo me tiré a tu prima el Día de los Caídos, así que supongo que estamos en paz. —Y, con la precisión y el dramatismo de una actriz de telenovela, coge la copa de champán y se lo arroja a la cara al hombre—. Y, para que lo sepas, con ella fue la primera vez en más de un año que no tuve que fingir, vago de mierda.

125

Ahogo un grito, boquiabierta. Cooper gira la cabeza hacia mí, con la misma expresión que tengo yo, y observamos, con una mezcla sana de sorpresa y admiración, cómo la mujer sale del restaurante hecha una furia, murmurando no sé qué de llamar a la prima. Transcurrido un minuto, con un suspiro audible y la cabeza gacha, el hombre saca unos billetes de la cartera, los deja sobre la mesa y corre hacia la salida.

El restaurante entero contiene el aliento en un silencio denso, temeroso de romper la burbuja de dramatismo que acabamos de presenciar.

—Un brindis por la prima —susurra Cooper sin ningún disimulo, reanudando la conversación mientras nuestro grupo estalla en una risa nerviosa.

Levantamos las copas y Cooper y yo nos miramos por encima de estas.

—Nunca había visto algo parecido —dice Aida, negando con la cabeza antes de dar un largo sorbo.

—Queda claro que el *brunch* es el principio y el fin, el alfa y el omega, del ciclo vital de una relación —dice Ray con solemnidad, lo que me hace reír como un cerdito.

Me apresuro a llevarme la mano a la nariz y, no sé por qué, a donde miro primero con timidez es a Cooper. En sus ojos grises saltan chispas al encontrarse con los míos, arrugándose en las comisuras cuando me sonríe. Como si me hubiera oído. Como si le hubiera encantado oírme. Como si estuviera pensando cómo hacerme reír él también de una manera tan desinhibida.

Unos rizos descarados le caen sobre la frente mientras me observa, y siento la urgencia de alargar el brazo por encima de la mesa y pasar los dedos por ellos, apartarle el pelo y sujetarle las mejillas con una ternura muy superior a la de hace unos minutos. Las manos aún me arden con el recuerdo del contacto.

Ray suelta un comentario ingenioso y mordaz, y la conversación se dispara en mil direcciones distintas, impulsada por el melodrama. Me concentro en las gotas frías de mi vaso de agua y contemplo cómo se resbalan hasta la mesa, intentando no pensar en nada más.

Todos narramos las anécdotas más surrealistas que hemos visto en esta peculiar ciudad y, llegado el momento, pedimos la comida y nos lanzamos a devorarla.

—Esta hamburguesa va a ser mi sanación —dice Lilith, dándole un enorme bocado lujurioso. Entonces suelta un gemido de placer, con los ojos cerrados—. Sí. Ha resuelto todos mis problemas.

—La pobre Lil está estresadísima últimamente —dice Cooper, propinándole unas palmaditas en la espalda mientras le da un mordisco a su burrito—. He tenido que obligarla a salir.

—Entonces, ¿usas esa misma táctica para todo el mundo?

Cooper me mira y me guiña un ojo. Se me sonrojan las mejillas y escondo la sonrisa fuera de lugar tras un sorbo de mi bebida.

—¿Cómo es que estás tan estresada, Lilith? —pregunta Aida, siempre dispuesta a compadecerse de los niveles de cortisol de los demás.

Lilith se desploma en la silla y se aparta el pelo de la cara.

—Estoy ultimando los detalles de una macrocampaña benéfica que organiza mi asociación dentro de unas semanas, y que me ha quitado varios años de vida.

—¿Para qué es la campaña?

Pese a su agotamiento palpable, sonríe.

—Estamos empezando una nueva serie en IE en la que traemos a un montón de ponentes y expertos para hablar con los chavales sobre cómo son las relaciones LGBTI sanas, y la queremos financiar con esta campaña de recaudación de fondos. Lleva muchísimo tiempo gestándose y, sinceramente, me tiene exprimida.

—Me encanta —dice Aida, levantando la copa por Lilith.

—Ni te imaginas lo bien que me habría venido a mí algo así —añade Ray, inclinándose hacia ella—. De hecho, también me vendría bien ahora. Hay muy poca representación de relaciones románticas felices y sanas para la gente LGBTI. Tendrías que estar muy orgullosa de lo que estás haciendo. Está cubriendo una necesidad enorme para la juventud del colectivo.

—Gracias —dice Lilith, inclinando la cabeza—. En realidad, fue idea de Rylie.

Miro a Cooper con escepticismo justo cuando se está atragantando con un sorbo de su bebida. Entonces agita las manos frenéticamente.

—No le hagáis caso. Me está dando muchísimo más mérito del que tengo.

—No es verdad.

—Que sí —dice Cooper, dedicándole una mirada severa. Tras un instante, se vuelve hacia nosotros, con la expresión más tranquila—. Estábamos viendo una película y solo comenté que me encantaría que hubiera una especie de resurgimiento de las comedias románticas como las de Meg Ryan, pero con protagonistas LGBTI. Que le vendría muy bien a la gente joven crecer con ese tipo de referencias.

—Ya, pero de ahí nació la idea.

—Lil —dice Cooper, de nuevo con el ceño fruncido.

—Es verdad que le estás dando más mérito del que tiene —dice Ray con cierto tono de burla. Cooper lo señala y asiente—. Pero también es cierto que ha sido una idea preciosa, Rylie.

Para mi sorpresa, me descubro asintiendo también, con los ojos clavados en él mientras mi cerebro intenta reorganizarse para encajar a este Rylie Cooper, que piensa en los jóvenes LGBTI y en las referencias con las que van a crecer, dentro del molde del Rylie Cooper de hace años, ese *bro* que usaba «gay» como insulto cuando estaba de coña con sus colegas de la hermandad. Esa versión antigua empieza a resquebrajarse, a desmoronarse con el paso del tiempo.

—En fin, independientemente de si quieres llevarte el mérito o no, esa buena idea tuya es la culpable de la montaña de estrés que me está aplastando.

—Me encuentro mucho más cómodo siendo el culpable de algo. A partir de ahí, solo se puede mejorar. —Clava la mirada en mí, y yo intento ignorar las repentinas mariposas del estómago.

—El principal problema es que se me ha caído el cáterin —dice Lilith, estirando el cuello—. De hecho, voy ya por el tercero. Para ser una ciudad que cuenta con algunos de los mejores chefs del mundo, desde luego vamos escasos de cocineros de fiar.

—Me ocupo yo —dice Ray sin pestañear, con los ojos muy abiertos y una mirada sincera. De inmediato se recompone, se aclara la garganta y trata de adoptar una expresión un poco menos entusiasta—. Quiero decir, soy cocinero y me encantaría aprovechar la oportunidad, si me la das.

Lilith se anima un poco.

—¿Qué tipo de comida haces?

Ray suelta una risilla.

—Cariño, por una oportunidad como esta, puedo hacer la comida que me pidas.

—¿Y tienes equipo? —pregunta Lilith, apoyando las manos entrelazadas sobre la mesa, en puro modo ejecutiva.

—No voy a soltarte una trola porque de verdad te tengo respeto, a diferencia de la mayoría de la gente para la que he hecho entrevistas, así que no. Ahora mismo no. Pero eso no significa que no pueda hacerme uno. Y de los buenos.

—¿Cómo de bueno?

—La hostia de bueno —dice Ray con una sonrisa deslumbrante.

Lilith lo observa unos segundos y luego asiente.

—Voy a darte mi contacto y me mandas tu currículum para que concertemos una prueba de menú.

Milagrosamente, Ray consigue no pegar un chillido de la emoción, y tengo que hacer un esfuerzo sobrehumano para no soltarlo yo por él. Esta podría ser una grandísima oportunidad para su carrera, y me vibran los huesos de lo mucho que deseo que le salga bien.

Mi vista se desliza sin querer hacia Cooper, y me sorprende ver un entusiasmo real en su expresión cuando cruzamos la mirada. Parece como si de verdad se alegrase de que mi amigo y su amiga puedan ayudarse mutuamente. Entonces, con un vuelco al corazón, me percato de que, si Ray trabaja para Lilith, habría otro hilo más que me atase a Cooper; hilos que cortaré en cuanto me den el ascenso y pueda escapar de este plan de mierda.

Pero el acto benéfico de Lilith es dentro de apenas unas semanas. Seguro que, para entonces, ya habremos puesto fin a esta pantomima. Quizá sea el perfecto regalo de despedida de este quebradero de cabeza. Sí. Eso es. Si tengo que soportar la compañía de Cooper, al menos que sea para que mi amigo pueda añadir este evento a su ya impresionante currículum.

—Siento cortar el rollo, pero deberíamos pedir la cuenta —dice Aida, buscando a la camarera—. Ray, tú entras a las cuatro, ¿no?

A Ray se le apaga la sonrisa y asiente mientras busca la cartera. Se me cae el alma a los pies. No quiero que se acabe el *brunch*... pese a la presencia de Cooper.

—Ya está pagado.

Nos giramos todos hacia Cooper.

—¿Qué? —dice Aida, arrugando las gruesas cejas.

—Invito yo —responde Cooper, encogiéndose de hombros. Seguimos mirándolo fijamente mientras un rubor empieza a colorearle las mejillas. Entonces se recoloca las gafas y se pasa la mano por el pelo—. Eva me ha brindado unas semanas bastante lucrativas con nuestra, ejem, notoriedad y he conseguido nuevos patrocinadores. Es lo mínimo.

Mi gesto de sorpresa se convierte en una mueca agresiva en cuanto comprendo sus palabras.

Ostras. Y yo aquí creyendo que lo hacía para recuperar los patrocinadores que por fin se habían dado cuenta de que era un payaso. Pero no: resulta que he sido un catalizador financiero para la persona que menos soporto en el mundo, mientras yo mendigo como una desgraciada un ascenso para poder dejar de engullir perritos calientes a cambio de un sueldo. Genial.

—Qué detalle. Gracias —dice Aida, sinceramente agradecida.

130

—De verdad, ha estado muy guay. La próxima te invitamos nosotros —añade Ray, estirando la mano para darle un apretón cariñoso en el antebrazo.

Juro por Dios que la única manera de que haya una próxima será si me entierran y vienen todos juntos a mi funeral.

La sonrisa humilde de Cooper hace que me hierva la sangre, y me aparto de la mesa de un empujón.

—Voy al baño —murmuro, intentando no salir corriendo.

Me encierro en el minúsculo cuarto y apoyo la frente en la puerta (seguro que asquerosa y llena de gérmenes) mientras intento recuperar el aliento.

El muy cabrón. El muy cabrón. Yo pensaba que todo esto le estaba perjudicando, que estaba perdiendo patrocinadores y vías de ingresos. Que estábamos en bandos opuestos, pero prácticamente en igualdad de condiciones. Pero, cómo no, a él ya le está dando sus frutos. ¿Cómo no me he dado cuenta de que no lo hacía solo por ganarse el favor del público?

Con la respiración entrecortada, me tambaleo hasta el lavabo, abro el grifo del agua fría y, a regañadientes, me miro a los ojos en el espejo.

«Contrólate, monstruita salidorra y cabreada —grito por dentro, y tenso mis rasgos en una expresión capaz de helar el infierno—. Ese buen tío que crees ver no existe».

Me lavo las manos con agua helada para tranquilizarme. Tengo que salir de aquí lo antes posible y con la poca dignidad que me queda. Le seguiré el juego, haré putos malabares y, al final, tendré el ascenso. Y, de paso, me comeré vivo a Rylie Cooper.

Mi reflejo parece más decidido mientras me seco las manos. Me cuadro de hombros y alzo la barbilla, me ajusto la caída de la blusa de seda blanca y me desabrocho el botón de arriba en un impulso, para dejar ver un poco más del sujetador de encaje negro. La seda forma un escote pronunciado hasta la cintura ceñida de la falda negra. Satisfecha de parecer segura de mí misma, aunque no lo esté, salgo del baño.

Y me encuentro con la sonrisa seductora de Cooper, apoyado en la pared justo enfrente, con las manos en los bolsillos. Se incorpora, y nos quedamos mirándonos unos segundos en silencio, momento suficiente para que sus ojos tracen un recorrido rápido por mi cuerpo. Me obligo a no hacer lo mismo con él.

—Estás muy guapa hoy, Eva —dice. Ladeo la cabeza y levanto una ceja, y él carraspea, con las orejas coloradas—. O sea, estás guapa todos los días. Pero, eh, me gusta tu... eh... camisa.

Cómetelo vivo, Eva.

—Ha estado bien —digo, sacando cadera y apoyando el hombro en una pila de cajas que hay en el pasillo.

—Sí. —Cooper da un tímido pasito hacia mí, como las putas moscas a la miel—. Me lo he pasado genial —añade con una sonrisa perezosa. Los ojos le brillan detrás de las gafas y prenden una chispa en mi pecho, que, aunque apago de inmediato, me deja una idea rondando.

—Suena a tópico que se suelta al final de una cita —respondo con un ronroneo, inclinándome hacia él apenas un centímetro, mientras juego con las puntas de mi pelo.

Cooper se percata del movimiento y observa cómo mis dedos retuercen los mechones antes de deslizarse por mi collar, recorriendo la cadena dorada hasta el colgante de serpiente que descansa justo entre mis pechos, enmarcados por el encaje negro. Veo cómo traga saliva.

—Supongo que sí. —Se inclina hacia mí en un movimiento apenas perceptible, y sonrío; sus ojos se clavan en mi boca, con las pupilas dilatadas.

—En fin... —murmuro. Nos separan menos de dos centímetros, y veo cómo se le dilatan los orificios nasales y se le tensa la mandíbula. Inspiro hondo, consciente de cómo sube mi pecho y se me abre el escote de la blusa para dejar ver el sujetador. Como era previsible, Cooper baja la mirada—. Supongo que, técnicamente, esta ha sido la segunda cita. —Enderezo los hombros y subo el volumen a un tono normal.

132

Cooper parpadea varias veces, con las mejillas encendidas y los labios entreabiertos, y retrocede como si la frialdad de mi voz fuese una ráfaga de viento que lo empuja. Se aclara la garganta, pero su voz sigue tensa.

—Eh... ¿qué?

—La segunda cita no me ha cambiado la vida, pero ha sido de tus mejores actuaciones hasta la fecha —digo, ajustándome los puños de la blusa como haría una ejecutiva—. Me alegro de haberla tachado de la lista.

Cooper tarda unos segundos en reaccionar, sacudiéndose, y vuelve a acercarse; apoya una mano en la pared que tengo detrás y se inclina de nuevo hacia mí.

—Esto no cuenta como cita —dice, con una firmeza a la que no estoy acostumbrada. Reprimo un escalofrío.

—Claro que cuenta. —Alzo la barbilla, sin ceder ni un milímetro de espacio personal—. Hasta donde yo sé, podrías haberlo planificado todo. No me sorprendería que fueras de esos que lo arriesga todo con tal de ganar.

Cooper bufa.

—Sí, Eva. Tienes razón. He planificado cada minuto de mi semana para abarrotar este restaurante y obligarte a sentarte conmigo a tomar el *brunch* mientras nuestros amigos nos miran embobados. No se me ocurren mejores circunstancias para conquistarte.

Dejo escapar una risita aguda mientras rebusco en el bolso y saco mi espejito y el pintalabios rojo. Le rozo el torso con los nudillos cuando subo el maquillaje a la altura de los ojos.

—Qué gracia que lo digas con sarcasmo. Te vendría de maravilla un poquito de autoconciencia. —Abro el espejo, giro el carmín y me pinto los labios de una pasada experta. Entonces pongo morritos, antes de volver a estirar la boca en mi sonrisa más seductora—. Hacemos el repaso este finde, ¿vale? ¿En tu casa otra vez?

Creo que Cooper está intentando decir algo, pero lo único que le sale es un sonido ahogado.

133

Mi reflejo me devuelve una mirada de profunda satisfacción: he recuperado la ventaja. Cierro el espejo de golpe, le guiño un ojo a Cooper y le doy una palmadita rápida en la mejilla.

—Super-Cooper. Intenta no echarme mucho de menos.

Me alejo casi levitando, radiante por haber tenido la última palabra. Estoy a punto de salir del pasillo cuando oigo su voz, sincera y divertida a la vez:

—Demasiado tarde. Ya te echo de menos.

Capítulo 9

Me provoca dolor físico tener que comerme con los ojos a Cooper (antes preferiría pisar clavos ardiendo que sentirme atraída por este tío), pero es imposible no fijarse en que tiene un tremendo culazo mientras me guía escaleras arriba hacia su estudio de grabación, unos días después del *brunch*. Es casi obsceno y ofensivo que un hombre vaya por ahí con ese culamen un domingo por la tarde, así que me obligo a clavar la vista en mis propios pies.

Cooper es todo alegría y parloteo mientras preparamos el estudio, ajeno a mis intentos de helar el ambiente. Se deshace en elogios hacia una pasta increíble que les preparó Steve anoche, mientras deja frente a mí una taza perfecta de infusión de menta, y detesto profundamente que tenga la vida doméstica que yo siempre he deseado, cual huérfana victoriana.

—Enhorabuena por engañar a la gente para que haga cosas por ti, pero ¿podemos ponernos ya con esto? —Señalo los micros y la cámara, ya montados.

Cooper me mira atónito y se le atenúa la sonrisa. Está a punto de darme pena, hasta que se le recompone la expresión y dice:

—Claro. Hay que darle al público lo que quiere. —Se ríe, lo que me recuerda que, para él, esto no es más que un plan y yo soy solo una pieza más en su estrategia para ganar patrocinadores.

Sin más preámbulo, Cooper empieza a grabar y recita con fluidez su introducción.

135

—A ver, recapitulemos —dice con picardía—. La primera cita fue una mierda, con buenas intenciones, pero igualmente una mierda. En la segunda, tomaste tú las riendas y diste lo mejor de ti para seducirme.

—No estaba intentando seducirte —lo interrumpo.

—Perdón. Debería saber que el encanto te sale de manera natural —dice Cooper, guiñándome un ojo de forma coqueta.

Le lanzo una mirada asesina; el rubor chivato que me realza las mejillas no ayuda a calmar mi indignación.

—Debe de ser que habré pasado por debajo de mil escaleras y roto todos los espejos del mundo últimamente, porque solo así se explica la mala suerte de haberme encontrado contigo en el *brunch* —digo al micrófono, intentando esquivar el coqueteo insaciable de Cooper.

Repasamos los puntos principales de la comida para los oyentes y, a continuación, Cooper pregunta:

—¿En qué puesto colocas la experiencia dentro de mi brillante historial?

Aunque no me siento especialmente generosa, me encojo de hombros y opto por ser sincera:

—Ha habido situaciones de grupo en las que has estado mucho peor.

La sonrisa de Cooper se ilumina, y levanta las cejas de la emoción.

—¿O sea que he compensado aquella infame noche en la hermandad, que aún te atormenta?

—Dios, no existe nada peor que esa noche en la hermandad. No sé si la has compensado, pero desde luego has estado mejor que entonces.

—Venga ya, tampoco pudo ser tan terrible. —Cooper extiende las manos y se reclina en el asiento—. Los chavales y yo sabíamos cómo pasárnoslo bien.

—Los chavales y tú rozabais peligrosamente la línea entre pasároslo bien y montar una orgía de borrachos con vasos de plástico y *beer pong*.

Lo recuerdo como si fuera anoche. El denso olor a porro, cerveza y desodorante Axe. La música atronadora y la multitud alborotada. Cooper y sus colegas, todos sin camiseta, en vaqueros y con sombrero de *cowboy*, con el torso sudoroso mientras se daban palmadas en la espalda y se comían con los ojos a las pocas mujeres presentes.

—Como acabo de decir, sabíamos cómo pasárnoslo bien —bromea Cooper, pero noto como si se le hubiera desinflado el ánimo; la sonrisa, melancólica, no le llega a los ojos.

—Nunca había visto una reunión de tíos más homoerótica que en vuestra hermandad, y eso que llevo casi diez años yendo al Orgullo de Nueva York. Hubo numerosos momentos durante aquella noche en que «los chavales» —dibujo unas exageradísimas comillas en el aire para la grabación— y tú gritasteis «¡sin mariconadas!» antes de bajarle los pantalones a alguien o de meteros la lengua hasta la campanilla tras haberos bebido una cerveza entera por un agujero en la lata. Todo en nombre de la hermandad, claro.

Los recuerdos duelen como si me dieran un tortazo en una quemadura: un escozor silencioso y ardiente que aún persiste después de tantos años. La energía húmeda y sofocante de Cooper y sus amigos, su forma tóxica de usar palabras neutras, la punzada de decepción que entonces no sabía ni si tenía derecho a sentir.

Sé que me gustan las personas independientemente de su sexo desde que tuve edad para tener un flechazo, pero crecer sola en una casa llena de gente absorbía toda mi energía: solo podía dedicarme a sobrevivir y a cuidar de mí misma. No tuve margen para etiquetar mi sexualidad hasta que por fin pude respirar libremente en la universidad. Pero hasta mi yo de veintiún años, que pisaba de puntillas alrededor de mi pansexualidad, sin saber si era lo bastante abiertamente LGBTI como para reclamar un hueco en el colectivo, se sentía incómoda con la forma en que actuaban Cooper y sus amigos. Me acuerdo de fijarme en la displicencia con la que desfilaba cual estereotipo de masculinidad,

137

que, a pesar de lo mucho que apestaba, yo fingía que me atraía, mientras me acurrucaba, hecha un ovillo, molesta por estar molesta.

Me sorprende ver un destello de remordimiento en el rostro de Cooper antes de que baje la cabeza.

—Me acuerdo. Pienso mucho en ello, en realidad.

—¿Y estás orgulloso?

Cooper levanta la cabeza de golpe.

—No, la verdad es que me reconcome. Aún me persigue gran parte de aquella época de mi vida.

Abro los labios, preparada por puro instinto para espetarle algo incendiario, pero se me seca la garganta al ver su expresión seria y las arrugas marcadas en el entrecejo fruncido y no alrededor de los ojos, en una sonrisa. Me muerdo el labio y ladeo la cabeza, pidiéndole en silencio que continúe.

Cooper se aparta del micrófono y respira hondo una y dos veces. Percibo sus nervios en cada exhalación, y noto algo en el pecho, un vuelco del corazón, brusco y desconcertante, ante su incomodidad.

Entonces, todo encaja. Intuyo lo que está a punto de decir, por la rigidez defensiva, pero orgullosa, de sus hombros y su mandíbula. Mi expresión se torna abierta y auténtica por primera vez en mucho tiempo con él, y apenas niego con la cabeza, indicándole que no pasa nada, que no tiene por qué seguir.

Cooper se pasa la mano por la cara antes de apoyar la mejilla en ella, tapándose en parte la boca para que no la graben las cámaras. «Tranquila», articula en silencio, y luego me guiña un ojo y me sonríe antes de bajar la mano al regazo.

—Soy bi —dice por fin, pronunciando las palabras con claridad y firmeza mientras se inclina sobre el micrófono—. Tampoco es que esté saliendo del armario ni que sea ningún secreto. Ya lo he insinuado por aquí alguna vez, pero mi sexualidad sigue siendo un tema más bien privado para mí, así que no hablo mucho de ello. Aunque igual es que me frena mi bifobia interiorizada; yo qué sé.

Deja escapar una carcajada ronca y autocrítica y me mira a los ojos. Su sonrisa es lenta, algo tímida. Quiero devolvérsela. Quiero animarlo, en silencio y con ternura, a que siga, pero se me enreda el aire en la boca y no puedo hacer nada más que mirarlo.

Con una sonrisa titubeante, carraspea, y vuelve la timidez.

—En fin, en la universidad aún no había salido del armario. Estaba muy muy encerrado y actuaba constantemente de manera tóxica, perpetuando una idea de heteronormatividad que pensaba que podía salvarme, sobre todo en la hermandad. Pensaba que, si era lo bastante masculino, lo bastante agresivo, si era el que soltaba los chistes más graciosos a costa de un colectivo al que no pertenecía abiertamente, igual podía hacerme pasar por hetero. Y aquella tristemente famosa noche contigo fue una de mis exhibiciones más extremas.

Se alarga el silencio, y tardo en darme cuenta de que me toca llenarlo. Cooper me observa con una expresión valiente y un diminuto brillo en los ojos que indica que está preparado para recibir el golpe que vaya a asestarle.

Pero, en vez de eso, niego con la cabeza, tratando de despejar la niebla.

—¿Y qué…? ¿Qué cambió?

Cooper se sobresalta, como si lo hubiera pillado desprevenido. Aprieta la mandíbula mientras me observa, calibrando cuánto hay de genuino en mi pregunta. Y, fiel a su forma de ser más espontánea, vuelve a sonreír despacio, clavando los ojos en los míos como si nada le hiciera más feliz que sincerarse conmigo.

—Pues… que toqué fondo. Pasé por una época de mierda, muy oscura, en la que me quedé durante un buen tiempo. Pero al final me di cuenta de que, por mucho que me odiase, no iba a cambiar, así que decidí probar a aceptarme —dice en voz baja, casi en un susurro, con la mirada fija en mí—. Aunque, la verdad, también ayudó bastante ir a la psicóloga.

Desde lejos, recuerdo que estamos grabándolo todo, que lo está contando ante un micrófono, y en parte me pregunto si siquiera habrá quedado registrado lo que ha dicho. Pero esa parte de mí más fuerte y delirante quiere apagar todos los micrófonos y las cámaras y agarrar a Rylie Cooper por el cuello de la sudadera, zarandearlo y exigirle que me cuente hasta el último detalle de lo que de verdad ha cambiado en él desde que lo conocí. Suplicarle que me siga contando su verdad. Recoger todas las piezas nuevas mientras intento recomponer su puzle. Obligarlo a decirme si puedo confiar en esta versión suya o si solo estoy añadiendo capas al hombre que está sacando tajada de todo este numerito.

Pero yo no soy la protagonista de este momento. Nunca lo he sido, y tengo que aprender a lidiar con la cruda realidad.

Se vuelve a alargar el silencio, y Cooper se aclara la voz.

—Y eso que esa noche fui un imbécil redomado.

—Es interesante que hables en pasado —digo con mordacidad, pero con bondad a la vez, mientras vuelvo poco a poco a mi papel. Parece reavivarlo, y alarga la mano para acariciarme la barbilla.

—Ya. Seguiré siendo un imbécil, pero de otra forma, mucho más divertida. Sin clichés y menos dañina que ser un homófobo en el armario. Y te agradezco muchísimo que me hayas dado la oportunidad de explicarme. No se suelen tener oportunidades así.

Noto como si me hubieran retirado la silla de golpe, como si me hubieran volcado, me hubiera dado de bruces contra el suelo y el impacto me hubiera dañado el cerebro y desordenado todo lo que creía saber sobre este tío.

Parece... sincero. Como si de verdad estuviera agradecido de pasar tiempo con esta versión mía tan odiosa, empeñado en desmontar cada idea preconcebida que tenía sobre él. La sensación es dulzona y empalagosa, y me duelen los dientes al dejar que se derrita dentro de mí.

El resto de la conversación pasa volando. Debo reaccionar, porque Cooper sigue mirándome a los labios, sonriendo o echándose a reír cada pocos minutos por algo que he dicho. Espero que no sea tan tierno y peligroso como la presión que se me está acumulando en el pecho.

¿Me...? No jorobes. ¿Me está gustando de verdad hablar con Rylie Cooper? ¿No he hecho absolutamente nada para curarme de esta terrible enfermedad en los últimos seis años? Debo de estar más trastornada de lo que creía.

—En fin, estoy seguro de que lo bordaré en la tercera cita —dice Cooper, en ese tono que marca ya el cierre del episodio, con una sonrisa sarcástica y hambrienta.

—No voy a poner la mano en el fuego.

—¿Quieres darme una pista sobre cómo conquistarte? —dice, inclinándose hacia delante; las gafas se le resbalan por el puente de la nariz afilada.

—¿Y estropear la diversión? Paso.

Cooper se ríe.

—Está bien. Lo voy a clavar sin tu ayuda.

Estoy a punto de soltar un chiste verde facilón, pero Cooper levanta la mano.

—Sé lo que vas a decir, y seguro que es lo mismo que estarán pensando nuestros oyentes: «Rylie, hiciste una optativa de estudios feministas en la universidad; ¿por qué necesitas que te dé una pista? ¿No eres un experto en mujeres?».

Pongo los ojos en blanco con tanta fuerza que veo estrellitas.

Con una carcajada, Cooper continúa:

—Pues he venido a dejarlo claro diciendo que sí, soy un experto en mujeres. Pero tú, Eva Kitt, no eres simplemente una mujer. Estás poseída por el mismísimo diablo. Pero no te preocupes, que a él también lo voy a conquistar.

Vuelvo a poner los ojos en blanco, aunque esta vez se me escapa una risita.

—Eres tonto.

—Sí, eso también —dice con una sonrisa torcida.

Noto un calor repentino, y me quito los cascos justo cuando Cooper pone fin al episodio. Respiro hondo para despejarme. Una vez más. Y otra.

141

Pero no sirve de nada. Me estoy agobiando y la necesidad de salir corriendo me tensa los músculos.

En cuanto apaga los equipos de grabación, salto de la butaca, cojo la chaqueta y el bolso y doy un paso hacia la puerta.

—Espera.

Cooper se pone de pie de un salto y se choca las rodillas contra el borde de la mesa, lo que hace que se tambalee el micrófono. La orden, el susurro desesperado en su voz, me deja clavada en el sitio. Cooper se recoloca las gafas, carraspea varias veces y a continuación tose.

—Uf, ¿estás enfermo? —pregunto, torciendo el gesto para poner cara de consternación.

Cooper me mira, atónito, durante un segundo antes de negar con la cabeza y reírse de forma temblorosa.

—No. Por lo menos, resfriado no estoy. —Deja escapar un largo suspiro mientras se pasa una mano por el pelo, pero los mechones no tardan en volver a su sitio inicial—. ¿Quieres que nos tomemos un café?

Lo pregunta tan deprisa que tardo en procesarlo, pero mis hombros se tensan en una postura defensiva, como si me hubiese pedido hacer gárgaras con cianuro.

—Tú eres el encargado de organizar las citas —digo, esforzándome por sonar lo más arisca posible—. Si quieres que la próxima sea un café, tú mismo.

Cooper vuelve a negar con la cabeza.

—No como parte de las citas. —Levanta las manos, listo para bloquear mi protesta—. Lo sé, lo sé. No estás dispuesta a pasar tiempo conmigo voluntariamente fuera del acuerdo; ha quedado clarísimo. Pero, por favor, solo esta vez: ¿me concedes una hora, tomando un café y fingiendo que somos amigos?

Su mirada es tan intensa que tengo que apartar la vista. Recorro la sala con los ojos, buscando algo con lo que ocuparlos, pero no lo consigo: una y otra vez, mis ojos vuelven a él. A su cuerpo delgado y sus manos metidas en los bolsillos, a la ligera curva entre sus hombros y sus orejas, que han tomado un color rosa chillón.

Sé que tengo que rechazarlo, inventarme una excusa rápida o soltar un no rotundo. Demasiadas emociones atroces y confusas que forcejean por instalarse en mi estómago, y tengo que recordar que Cooper está sacando tajada de esto, avanzando en su carrera mientras yo intento sobrevivir entre perritos calientes y locuras varias. El corazón me late en la garganta y me siento inquieta, desnuda, como si la que acabara de abrirse en canal hubiera sido yo y no Cooper. No quiero ni imaginar cómo de vulnerable debe de sentirse él.

Solo cuando se iluminan sus ojos y su rostro dibuja una sonrisa mitad triunfo, mitad incredulidad, me doy cuenta de que estoy asintiendo. Me aclaro la garganta, pero, aun así, la voz me sale ronca:

—Puedo fingir que soy tu amiga durante una hora. Y solo esta vez.

No se cómo, pero se le ve aún más entusiasmado.

—No te vas a arrepentir —dice mientras coge el abrigo y me acompaña hacia la puerta.

Suelto una risita áspera, y espero que suene incrédula en vez de nerviosa. Porque la forma en que se me remueve algo blando en el pecho (un calor que se expande desde el centro y sube, cada vez más ardiente, por la nuca, como si unos filamentos de energía se extendiesen hacia Cooper) me dice que esto es algo de lo que me voy a arrepentir.

143

Capítulo 10

Cooper me lleva, a unas pocas manzanas de su casa, a lo que me ha dicho que es su cafetería favorita del barrio, un local acogedor en un edificio bajo de ladrillo con un millón de plantas en macetas colgando de la ventana.

—Adelante —dice, sujetando la puerta para que pase.

Hay algo en su sonrisa, en lo contento que está de traerme a su lugar favorito, que me impacta de lleno, como si de repente caminara sobre arenas movedizas, y me tropiezo nada más cruzar el umbral.

Pero ahí está Cooper, con una mano en mi brazo y la otra en la parte baja de mi espalda, sujetándome. Me enderezo, y aparta la mano de mi brazo, pero la otra se queda ligeramente apoyada en la base de mi columna; su calidez me hace sentir como si estuviera tomando el sol en verano.

—¿Estás bien? —pregunta con una voz grave que me vibra cerca de la mejilla.

Niego con la cabeza, pero de inmediato paso a asentir.

—Sí, estoy bien —digo, sintiéndome todo menos bien. Y Cooper sigue sin quitar la mano—. Coge una mesa. —Con un movimiento de la cabeza, le señalo la única mesa libre mientras me alejo de su contacto—. Ya pido yo. ¿Qué quieres?

Clava la vista en la pizarra mientras se muerde el labio inferior. El modo en que sus dientes se hunden en la carnosidad rosada me hace arder las mejillas, así que aparto la mirada de inmediato.

—Un *latte* con hielo —dice al volverse hacia mí.

Cometo el error de mirarlo otra vez. Luce esa sonrisa radiante y torcida. Dios, qué asco le tengo.

Asiento, frunzo los labios y le hago un gesto para que se vaya a la mesa.

La cola es larga, pero la camarera se toma la molestia de hablar con cada cliente de una forma tan cercana que desarma. Normal que a Cooper le guste este sitio. La decoración chillona y dispar, el personal que parece preocuparse de verdad por los clientes, la clientela que se saluda con sonrisas cómplices... Ha encontrado la amabilidad del Medio Oeste en esta ciudad despiadada.

Por mucho que intento fijar mi atención en la carta de la pizarra, se me desvía hacia Cooper. No puedo evitar estudiar la forma en que absorbe la energía del local y la refleja: la sonrisa que se le asoma al ver a una niña hacer pompas en su bebida rosa mientras su madre la mira embobada; cómo aguza el oído cuando un trío de amigos estalla en carcajadas tras un chiste; la leve forma en que se le enternece la mirada cuando un anciano alarga la mano para limpiar con el pulgar la comisura de los labios de su acompañante.

Por fin hago el pedido y espero las bebidas al final de la barra. Cooper me pilla mirándolo y agita los brazos de una manera exagerada, como si me hubiese perdido entre una multitud. Se me calientan las mejillas y aparto la vista, y le doy un sorbo abrasador a mi café solo en cuanto lo dejan en la barra.

Respirando hondo para tranquilizarme, me encamino hacia mi perdición..., digo, hacia la mesa.

—*Latte* con hielo y leche de avena, Polly Pocket —le digo, deslizándoselo por la mesa.

—Mi heroína. —Cooper sonríe, le quita el envoltorio a la pajita, la clava en la bebida y le da un sorbo—. Pero ¿por qué leche de avena?

Arrugo el entrecejo.

—¿No eras intolerante a la lactosa?

—¿Qué? No.

Parpadeo varias veces, escudriñándolo.

—Ah. Pues habría jurado que sí. Tienes ese rollo.

145

—¿Tengo rollo de intolerante a la lactosa? —dice Cooper, reclinándose con una expresión avinagrada—. ¿Eso cómo es?

—Pues... eh... —Hago un gesto vago en su dirección, y él baja la mirada hacia su sudadera, con un bordado en que se lee HACIENDO EL GANSO junto a la imagen del animal huyendo de un estanque. Al menos esta lleva capucha—. Yo diría que alguien que puede comer queso sin consecuencias no lo compensaría con un modelito así.

—Esta sudadera demuestra que soy un guerrero —dice Cooper, dándose un golpe en el pecho. Me recuerda a un ganso batiendo las alas y suelto un bufido.

—No sé, tío, es que das esas *vibes* de tuitear que has sobrevivido a un dolor de barriga mucho después de que dejara de tener gracia. Seguro que lo tienes fijado en tu perfil. Parece lógico que la leche pueda acabar contigo.

Cooper se queda callado un momento, con la mandíbula entreabierta mientras parpadea a toda velocidad. Me remuevo, preocupada de que, por algún motivo, justo este comentario haya sido el que le haya hecho daño de verdad.

Entonces se le dibuja una sonrisa en la cara; su risa es contagiosa.

—Qué mala eres.

Intento esconder la sonrisa, pero se me escapa.

—¿Y qué? —murmuro, dándole otro sorbo al café.

Entonces la expresión se le torna en más pensativa y ladea la cabeza mientras me estudia.

—Es inquietante lo mucho que me gusta.

Estoy tragando justo en el momento en que lo dice y, de la sorpresa, el café caliente se me va por el otro lado. Hago todo lo posible por evitar escupírselo en la cara, aunque esto tampoco estaría mal. ¿Quién se cree que es, soltando algo así de repente?

—¿Estás bien, gatita?

Le hago un gesto para que se calle, mientras parpadeo para contener las lágrimas y evito toser con tanta fuerza que podría partirme una costilla.

146

—Perfectamente —jadeo.

Cooper me lanza una mirada escéptica mientras bebe tranquilamente de su vaso y yo intento recomponerme.

—Es verdad que disfruto de pasar tiempo contigo y escuchar todas las formas creativas en las que me maltratas, pero tenía otro motivo para pedirte que tomáramos un café.

—¿Has decidido conservar lo que te queda de dignidad y dar por terminado el acuerdo? —Hablo desde un pedestal muchísimo más alto del que merezco, aún con los ojos llorosos.

—Ni de coña, bonita. Me lo estoy pasando genial, y la dignidad está sobrevalorada —dice, guiñándome un ojo.

No tengo tan buenos reflejos y termino esbozando una sonrisa. Cooper me mira fijamente los labios, con una chispa en los ojos grises, y da la impresión de que está intentando memorizar su forma.

Me aclaro la garganta, y él vuelve un poco en sí, removiéndose en su asiento. Pero sigue callado, jugueteando con el envoltorio de la pajita. El rostro se le ensombrece y retuerce el papel blanco alrededor del dedo tantas veces que se le empieza a poner morada la yema.

Sin querer, alargo la mano para detenerle el movimiento. Con un golpecito de una de mis uñas, bien afiladas, rompo el torniquete de papel y poso la mano sobre sus nudillos.

Los dos nos quedamos mirando el punto de contacto y, con un segundo de retraso, retiro la mano y paso a juguetear con mis anillos mientras murmuro:

—¿Qué te pasa?

Cooper se muerde el labio inferior, observando, fascinado, cómo ahora la que juguetea soy yo.

—Hay cosas que necesito contarte —dice por fin, levantando la mirada de mis manos a mi cara—. Cosas que necesito decirte sin público y sin la presión de intentar conquistarte. Cosas que me he pasado seis años dándoles vueltas hasta que por fin tengo palabras para ellas.

Tengo la garganta en un puño, pero mi rostro debe de reflejar todas las preguntas que me rondan por la cabeza sin que sea capaz de verbalizarlas.

—Te debo una explicación, Eva —dice de golpe, como si se le vaciara el cuerpo—. ¿Me vas a escuchar?

Una voz en mi cabeza susurra, sin aliento: «Por fin». Intento acallarla, gritándole que es una trampa, que hacerme ilusiones con Cooper (y con cualquiera) es una parábola que he repetido tantas veces que ha dejado de ser admisible o siquiera graciosa. Pero, como soy imbécil, noto que estoy asintiendo.

Cooper me mira, me mira de verdad, como si estuviera viendo todas las alarmas que han saltado en mi cerebro; como si estuviera atravesando el lodazal de mi preocupación y mi desasosiego para encontrar algo que me satisfaga.

—Te conocí en uno de los peores momentos de mi vida —dice al fin.

Soy incapaz de no tomármelo como algo personal y noto cómo se me agria el gesto.

Cooper niega con la cabeza, alza las manos y me dedica una mirada suplicante.

—No tiene nada que ver contigo, gatita. Tú eras un rayo de esperanza.

No debería disfrutar del piropo como del sol en pleno invierno, pero lo hago.

—Anda, sigue diciéndome lo fantástica que era y cómo la cagaste —contesto de forma inexpresiva, recomponiendo en el semblante una máscara de indiferencia.

Cooper sonríe como quien lo sabe todo, como si pudiera ver sus palabras brillar dentro de mí, y sus ojos grises se quedan fijos un instante más antes de volver a ponerse serios.

—En la primavera de mi tercer año de carrera, mi hermana pequeña murió en un accidente de coche. —Lo dice sin adornos, con una voz transparente, sin emoción alguna, pero el dolor le cruza la cara y todo su cuerpo se encoge como si las palabras le cortaran al pronunciarlas.

La compasión me atraviesa como una cuchillada y me hiela la sangre. Soy, sencillamente, la mayor gilipollas del mundo, soltando bromitas mientras él se preparaba para contarme algo así.

—No me pongas esa cara, gatita —dice Cooper, con la voz tensa en un intento de quitar hierro al asunto.

—¿Qué cara? —pregunto, sintiendo cómo se me llenan los ojos de lágrimas.

—Esa cara que indica que te sientes culpable por haberme vacilado hace dos segundos.

Abro la boca para protestar, pero él niega con la cabeza y me ofrece una sonrisa forzada mientras alarga la mano y la posa sobre la mía. No se la retiro.

—No podías saberlo, y no querría que te mordieras la lengua por mi culpa.

El mundo se detiene, reduciéndose hasta que solo quedamos él y yo, y esos ojos suyos, del color de la plata, viendo a través de mí. Late un pulso donde se toca nuestra piel, y no sé si es el latido desbocado de mi corazón o el suyo. No creo que importe.

Con un movimiento lento, como si no quisiera asustar a un animal miedoso, giro la muñeca hasta que mi palma queda contra la suya y curvo los dedos alrededor de su piel caliente.

Cooper se queda mirando las manos y se muerde el labio inferior. Carraspea antes de continuar:

—Era un jueves por la noche y un conductor borracho se la llevó por delante cuando volvía a casa de entrenar. Tenía dieciocho años y estaba en el último curso del instituto, con una beca de atletismo para la Universidad de Columbia y una vida de la hostia por delante. —Veo cómo traga saliva, se le tensa la mandíbula y se le marcan las líneas alrededor de los ojos.

Respira haciendo ruido y parece como si me arrancase el aire de los pulmones, como si un instante mío de incomodidad pudiera llegar a compararse con sus años de dolor.

—El mundo se me vino abajo, Eva —continúa, con la voz áspera como papel de lija—. Se me vino abajo de una forma difícil de comprender incluso ahora; imagínate para un veinteañero

149

idiota que no tenía ni idea de la vida. Ya te he dicho que fue el año antes de conocerte, pero, ese año, estaba hecho mierda.

Aunque me haya sentido siempre fuera de lugar entre mis hermanos, perder a cualquiera de ellos me destrozaría. No puedo ni imaginar no volver a ver la sonrisa de Serena ni oír nunca más la risa de Derek. Aprieto con más fuerza la mano de Cooper, obligando a que clave su mirada triste en la mía. No sé qué expresión tengo ahora (seguramente una muestra irrisoria e insuficiente de tristeza), pero no sé qué es lo ocurre para que relaje los hombros y me apriete la mano con relativa fuerza.

—Tenía otra hermana pequeña con la que no podía hablar sin romperme o sin sentir rabia por la hermana que había perdido —dice, en voz baja—. También acabó con el matrimonio de mis padres, que discutían sin parar. Yo bebía, fumaba un montón de marihuana, me odiaba a mí mismo y hacía todo lo posible por ponerme una coraza. Por poder contar un chiste o montar una buena fiesta sin tener que sentir nada real.

Su confesión cae como un peso entre nosotros y carga el ambiente. Siento la necesidad de apartar la mirada, de esconderme tras una fachada de comprensión competente pero distante en lugar de mirar de frente a su cruda vulnerabilidad. De salir corriendo para no sentir el impulso de devolverle algo igual de real.

—Me conociste en mi peor momento, Eva —repite, sin soltarme la mano, aunque la mía se haya aflojado y tenga la palma sudorosa—. Era imbécil y estaba destrozado, y no puedo deshacer lo que hice, pero quiero que tengas el contexto del porqué. No te lo merecías y, aun así, te lo hice.

Lo miro con un nudo carnoso de emociones en la garganta. Se le sonrojan las mejillas y baja la mirada con una timidez repentina.

—¿Ves…? ¿Ves más o menos por qué era como era? —pregunta, con un punto de desesperación en la voz, como si necesitara mi absolución, no sé por qué. Yo solo fui un bache en su cronología de tragedias. Mis sentimientos no deberían importar, igual que no importaron entonces.

—Lo entiendo —consigo decir, con una voz áspera.

Cooper vuelve a mirarme, y me recorre con los ojos el rostro en busca de señales de sinceridad. No sé qué es lo que encuentra que le hace sonreír.

—Me he lucido con esta sesión ligera y alegre de amistad, ¿eh? —dice por fin, soltándome la mano y dándole un sorbo a su *latte*.

Aprieto sin querer el puño, como intentando retener el calor que ha dejado en mi piel, absorberlo. Tengo que hacer un esfuerzo consciente por relajar la mano.

—Sí, se te da genial el palique. —Dejo que una sonrisa ladina me curve los labios, aunque me resulte impostada—. Un auténtico bufón de la corte.

Cooper ríe, y el sonido me recorre el pecho como una corriente eléctrica, y tengo que esforzarme para no llevarme la mano al corazón.

—En la próxima sesión de amistad, veré primero de qué rollo vamos y te dejaré elegir entre «cerveza y tristeza» o «tamales y bisexuales», para que tengas una idea más clara de en qué te vas a meter.

—Te falta la tercera opción —le digo, lanzándole una mirada traviesa. Arquea una ceja y percibo cierta curiosidad en su semblante—. «Tarta y harta», en la que hablamos de nuestros traumas acompañados de tarta de queso y *espresso martinis*.

Cooper se vuelve a reír, y se le marca el hoyuelo en su sonrisa juvenil. De pronto, alarga el brazo, me coge la mano y me la estrecha con un entusiasmo exagerado.

—Eva Kitt, tienes una cita.

Capítulo 11

—No me gusta nada la idea —le digo a Aida por videollamada mientras me preparo para la grabación, que empieza dentro de media hora.

—Gracias. Me he esforzado muchísimo.

Aparto la vista del espejo mientras termino de aplicarme la máscara de pestañas y le dedico una mirada incrédula.

—¿En serio? ¿Eres tú la responsable de la grandísima idea innovadora de reciclar la tendencia, ya pasadísima de moda, de que la gente lea comentarios crueles dirigidos a ellos? ¿No te pagan un pastizal por ser una productora visionaria?

Aida pone los ojos en blanco mientras se recoge el pelo rizado en un moño alto.

—A ver, obviamente mi primera opción no es replicar una idea cuyo pico de popularidad fue en 2013, pero tampoco me pagan lo suficiente como para contradecir una orden que viene de arriba.

—¿Ha sido idea de Landry? —Frunzo tanto el ceño que las pestañas, aún húmedas, me manchan la parte alta de las mejillas—. ¿Ha sido Landry Doughright, premiadísima periodista, la que lidera esta cruzada tan poco original?

—Técnicamente viene del príncipe enchufado, pero Landry ha respondido a la cadena de correos con alabanzas infinitas. Creen que va a ser una buena manera de generar más interacción. Dicen que anima a la gente a seguir comentando si creen que tienen posibilidades de salir en uno de tus vídeos.

No me ha valido de nada rezar por el fin de toda esta atención hacia mi persona, porque no ha hecho sino propagarse como un incendio. Me da la sensación de que estoy a un paso de asfixiarme con el humo.

La gente ha seguido haciendo vídeos dramáticos con fragmentos de nuestras sesiones grabadas, cosa que es normal y de esperar, pero, aun así, se me hace raro ver la realidad de lo que hay entre Cooper y yo distorsionada en una falsa narrativa romántica. Pero esos vídeos no son nada comparados con el mal cuerpo que se me quedó cuando descubrí que habían añadido a la mezcla habitual fotos nuestras yendo a la cafetería o despidiéndonos delante de esta. La invasión de mi privacidad fue instantánea y física, como si pudiera sentir en la piel el aliento caliente y fétido del mirón mientras, tumbada en la cama, ampliaba las fotos sin poder creérmelo del todo.

Llamé a Cooper a las dos de la mañana, en un ataque de pánico disfrazado de ira.

—Hola, gatita. Estaba soñando contigo —dijo al contestar, con voz de dormido.

—Espero que fuera una pesadilla. ¿Tienes algo que ver con esas fotos nuestras?

Se produjo una pausa larga y escuché el sonido de las sábanas al moverse cuando Cooper cambió de postura en la cama. No sé decir por qué, pero me pareció un momento obscenamente íntimo, y me aparté el teléfono de la mejilla ardiente para ponerlo en manos libres.

—¿Qué fotos? —preguntó, algo más despierto.

En lugar de responder, le envié un aluvión de publicaciones: una cuya miniatura era una foto nuestra en mitad de un paso de peatones cerca de su piso, y otra en la que salía entrando en la cafetería mientras él me posaba la mano en la espalda baja.

Se le cortó la respiración, antes de hacerse más profunda mientras revisaba los mensajes.

—No tenía ni idea —dijo al fin—. Pero yo no me preocuparía, Eva.

—¿Que no me preocupe porque haya frikis haciéndome fotos por la calle sin que yo lo sepa y subiéndolas a internet? —Notaba que estaba intentando tranquilizarme, pero yo me negaba a dejarme.

—Seguro que pensaron que eras Florence Pugh y querían hacerle una foto a una famosa y averiguar quién es el buenorro de su nuevo novio.

—En esa foto más bien tienes pinta de asistente personal —dije, sintiendo cómo se me aflojaba un poco el nudo de ansiedad en el estómago, aunque me resistiese.

—¿Un romance entre compañeros de trabajo? Menudo escándalo —bromeó Cooper, sacándome una risa a regañadientes—. Seguro que no es nada, gatita. Intenta dormir.

Curiosamente, me quedé dormida, pero no descansé bien. El tono cantarín con el que había dicho las palabras «romance» y «escándalo» no dejaba de repetírseme en la cabeza como una banda sonora, mientras se reproducían en mi mente imágenes de sus labios ascendiendo por mi vientre y entre mis muslos; de sus manos agarrándome el culo y levantándome para sentarme en una mesa; todo en fragmentos cortos y apasionados mientras me revolvía en la cama.

No he vuelto a dormir bien desde entonces.

—Rylie también tiene que leer comentarios crueles. No eres tú la única —dice Aida, sabiendo perfectamente que no me va a consolar.

—¿No se supone que la idea es que yo sea la que genera los comentarios feos y que él reaccione con pura simpatía y buen humor?

—Le estamos dando al gran público la oportunidad de ser malas personas —dice Aida con total seriedad, mientras claramente lee un correo en vez de prestar atención a mis quejas.

Frunzo el ceño, vuelvo al espejo y termino de maquillarme. Noto cierto cosquilleo en las entrañas, un leve arañazo de posesividad que me dice que yo debería ser la única que puede pinchar a Cooper; que la gente *random* de los comentarios no tiene derecho a soltar pullitas porque no lo conocen como lo conozco yo.

Pero es ridículo.

En realidad, no conozco a Rylie Cooper. Vale que el muy capullo lleva semanas instaladísimo en mi cabeza y que no hay nada de lo que piense que no acabe teniendo algo que ver con él, pero eso no significa que lo conozca. Imagino que, simplemente, estoy siendo muy posesiva en mi derecho a contrariarlo.

—¿Tan malos son? —pregunto, intentando ocultar el temblor de mi voz.

Aida se encoge de hombros.

—Ni idea, la verdad. No los he visto. Los ha recopilado William, o más bien uno de sus becarios. Los veréis directamente en pantalla, por eso del efecto sorpresa.

—Ah, genial. Qué ganitas.

—En fin, vamos a ir empezando.

Aida corta la videollamada sin miramientos. William ha pedido que nos demos prisa en entregar el siguiente vídeo para alimentar el voraz algoritmo, así que vamos a grabarlo a distancia, desde el ordenador. Aunque también influye el que Soundbites no quiera pagar el mísero sueldo de un equipo de rodaje para grabar en persona.

Enciendo el aro de luz y entro a la videollamada, intentando ignorar el vuelco que me da el corazón cuando la primera imagen que me aparece es la sonrisa bobalicona de Cooper.

No lo veía desde el café de la semana pasada, y me molesta que me siga pillando desprevenida su aspecto: la forma en que sus labios esbozan una permanente media sonrisa, como si estuviera listo para echarse a reír en cualquier momento; las arrugas en torno a sus ojos, un tono más claras que el resto de la piel, como si se hubiera pasado los veranos enteros sonriendo y se le hubiera quedado tatuada la felicidad. No hay terapia de exposición que me cure.

Y luego está su puta personalidad.

Cooper ha ido limando mi resistencia a base de mensajes ridículos. Me llegan a cualquier hora del día: preguntas del tipo: «En caso de picadura de medusa, ¿preferirías ser tú la que le hiciera pis encima a alguien o que te hicieran pis a ti?», o: «¿Crees que las abejas gimen un poquito cuando hacen sus cosas encima de las flores?». O vídeos de cachorritos a los que les acarician la tripita al ritmo de una canción pop o memes de gatitos medio dormidos con un gorrito y un fuego *photoshopeado* detrás, con el texto CÓMO TE ATREVES A MIRARME CON ESE TONO CUANDO ESTOY SENSIBLE Y DE MAL HUMOR, acompañado del mensaje: «He tenido el presentimiento de que estabas pensando en mí <3».

Me cabreaba que, en efecto, estuviera pensando en él. Me aseguré de decirle que no. Y, para mi sorpresa, acabé defendiendo la opción de ser yo la que hiciera pis, acusándolo de *voyeur* de abejas y confesándole que nuestro *golden retriever* era mi mejor amigo cuando era niña.

Y Cooper siempre respondía. Y rápido, además. Pasando sin esfuerzo de lo absurdo y trivial a sonsacarme detalles sobre mi día, sobre qué estaba investigando para mi próximo artículo en Babble o qué me estaba pareciendo el libro que estaba leyendo. Y, en este extraño universo alternativo en el que vivo, yo también le preguntaba sobre su día. Sedienta de sus respuestas.

Es todo muy distinto a como era al principio, y sigo esperando que, en cualquier momento, vuelva a desaparecer como hizo antes.

Tardo un rato en darme cuenta de que Cooper me está saludando desde la pantalla. Vuelvo en mí de golpe, y se le ensancha la sonrisa.

—Ah, pues sí que estás ahí. Pensaba que se te había quedado colgado el ordenador mientras me mirabas epatada.

Le dedico una mirada inexpresiva.

—¿Sabes que los libros para bebés y preescolares enseñan tarjetitas y diagramas sobre las emociones? Pues tú has debido de confundir embobamiento con absoluta repugnancia.

—¿O sea que quieres que hagamos cosas repugnantes? —Cooper abre mucho los ojos y mira exageradamente a ambos lados—. A ver, ahora mismo estamos solos, así que, si insistes…

La entrada de Aida me corta a mitad de un insulto, y me horrorizo al ver aparecer también el nombre de William en la pantalla. Por si no fuera suficiente tener que leer comentarios crueles para generar interacción, resulta que tengo que hacerlo delante de un niño rico con la personalidad de una toallita húmeda.

—Rylie, Eva —saluda.

Muevo la mano en un gesto patético, mientras Cooper declara su amor por el pañuelo de seda gris que lleva William en vez de saludarlo.

—Yo también me alegro de verte —dice Aida con frialdad, tomándose fatal que la haya ignorado. William apenas le dedica una mínima mirada.

—Vamos a repasar brevemente el plan —dice, consultando los folios que tiene delante—. Es bastante sencillo: solo queremos que leáis algunos comentarios preseleccionados y nos deis una reacción aprovechable. Vamos a grabaros a los dos a la vez, así que aseguraos de reaccionar también a los comentarios del otro.

Levanto la mano como una niña tímida en clase y William me mira como si pudiera oler mi timidez a través de la pantalla y le pareciera repugnante.

—¿Podemos ver los comentarios antes de empezar? Para, eh, hacernos una idea del tono.

—No. Queremos que sea lo más auténtico posible.

Deslizo la mirada hacia Aida, con todas las alarmas sonándome en la cabeza, pero lleva puesta la careta de profesional.

—Vale. Sí. Por supuesto.

Me flagelo mentalmente por ser tan blandengue y nerviosa. Es un trabajo: mi trabajo. No van a tenderme una trampa para dejarme en ridículo... o al menos no más en ridículo de lo que ya quedo cuando me toca engullir perritos calientes.

William repasa unos cuantos detalles de producción y planes de edición, todos igual de soporíferos, y luego se reclina en la silla, con una leve sonrisa en las comisuras de la boca, como si fuera un emperador a punto de presenciar un combate en el Coliseo. Se me erizan los pelitos de la nuca.

—Seguro que acabo llorando. Qué bien —dice Cooper, y me mira con una sonrisa tranquilizadora. Me relajo un poco. Si me hundo, desde luego pienso arrastrarlo conmigo.

Empieza la cuenta atrás y me apresuro a ajustarme el top y a repasarme con los dedos los bordes del pintalabios antes de obligarme a parar. Aida nos da la señal, y enlazamos las presentaciones sin problema mientras el suspense se me anuda cada vez más en el estómago.

—Vale, empiezo yo —dice Cooper, dando una palmada y frotándose las manos mientras me sonríe—. Pero dudo mucho que la sección de comentarios tenga nada en contra tuya, Eva.

Me muevo el pelo de lado y le dedico una sonrisa siniestra.

Entonces aparece en pantalla el texto, y él se inclina hacia adelante, entornando los ojos para leer.

—«No se lo digáis a Freud, pero yo lo llamaría "papi"». —Se le iluminan los ojos y me mira directamente—. ¿Sabías que «azótame, papi» en neerlandés se dice «geef me een klap, papa»? ¿Te imaginas decirlo en la cama?

Tardo un segundo en procesarlo.

—¿Siempre dices lo primero que se te pasa por la cabeza? —suelto—. Y, por cierto, Freud era austríaco.

—Ya, claro —dice Cooper, restándole importancia con un gesto—. Pero imagínatelo intentando trabajar esa filia con un paciente neerlandés.

Suelto una carcajada que rápidamente disfrazo de tos, intentando esconder la sonrisa de la cámara. Se me relaja un poco la tensión de los hombros. Igual no es tan terrible como pensaba.

Cooper me mantiene la mirada, con un destello en los ojos que dice estamos juntos en esto, y a continuación se aclara la voz para leer el siguiente comentario.

—«Sabes que un hombre tiene demasiado poder cuando no hay nada que te apetezca más que comerle los huevos». Madre

158

mía. Vale. ¿No iban a ser comentarios malos? Porque estos más bien son salidorros.

—Hay que joderse. ¿Los has escrito tú mismo o qué? —Arrugo el gesto, molesta.

Cooper abre los ojos de par en par y niega con la cabeza.

—A pesar de los rumores, nunca me ha apetecido comerle los huevos a nadie.

—Para el próximo vídeo, traemos un polígrafo.

—Ay, gatita, siempre pensando en la próxima vez que vas a verme. Qué maja.

Abro la boca entre la sorpresa y la indignación, pero la risa de Cooper es como un imán que me acerca más a la pantalla. De golpe me enderezo, echo un vistazo rápido a la miniatura de William y vuelvo a mirar a Cooper. Me da un vuelco el corazón cuando veo que William parece satisfecho.

—Vale, el último —dice Cooper, pasándose el dorso de la mano por la frente, como si se secara un sudor inexistente—. «Me da la sensación...». Ay, Dios, que este me va directo a la yugular.

—Léelo, cobarde —le pincho, diciéndole con la mirada que puede confiar en mí.

Cooper finge desfallecer, pero continúa.

—«Me da la sensación de que, si Rylie Cooper se dejara crecer el vello facial, el bigote no se le llegaría a unir con la barba». Este duele de verdad. No digo que sea cierto ni nada..., pero tampoco puedo decir que sea mentira.

—Solo hay una cosa que le siente peor a un hombre que el que comenten sobre su barba: que le critiquen el pelo. —Asiento con solemnidad—. Descanse en paz, amigo.

A Cooper se le ilumina el rostro como a un niño el día de su cumpleaños.

—Eva Kitt, ¿soy tu amigo?

Lo miro atónita, intentando conectar su expresión eufórica con lo que acabo de decir, pero mi cerebro se tropieza consigo mismo.

—No. O sea... ¿Qué? Calla. —Intento recomponer un semblante neutro, pero no dejo de mover la pierna bajo la mesa para intentar expulsar al demonio que me ha poseído, porque, contra toda lógica, sí que es verdad que últimamente Rylie Cooper parece amigo mío.

Lo cual es una soberana tontería.

—Soy tu amigooooooo —canta Cooper como si fuéramos críos en el patio y me estuviera acusando de haberlo besado con lengua—. Dios, Eva, estás obsesionadísima conmigo.

—¿Podemos cortar un segundo? —espeto, y miro alternativamente a Aida y William. La primera sonríe como si estuviera viendo una comedia romántica; el segundo, como un tiburón que acaba de oler sangre.

William frunce el ceño y activa el micrófono.

—¿Por qué cortamos? Estaba siendo un contenido estupendo.

—Es que, eh, necesito un segundo —digo, notando cómo el sudor me corre por la espalda entre el rapapolvo y ese repunte absurdo de buenos sentimientos hacia Cooper.

William niega con la cabeza, y su desaprobación me atenaza la garganta.

—Esto es periodismo, señorita Kitt, y agradecería un poco de profesionalidad. Hay que aprovechar el momento y mostrar la verdad. ¿O no estás a la altura?

Abro la boca, sin saber muy bien cómo expresar con educación que no considero que una llamada por Zoom en la que leemos comentarios de las redes sociales cuente como periodismo, pero su expresión me hace cerrarla de golpe y asentir.

—Claro. Sí. Tienes razón. Es que me he rayado por un momento. Perdona.

—Lo estás haciendo muy bien —dice Cooper, con una ternura tan inesperada en la voz que doy un respingo. Lo miro de reojo; tiene la expresión seria, centrada en mí—. Ha estado bien, pero Eva tiene razón: mejor cortar lo de «amigos». Va contra nuestra dinámica de tira y afloja.

160

—Las decisiones editoriales sobre el contenido de la empresa que dirijo las tomo yo, gracias —dice William con una voz pétrea.

Veo cómo a Aida se le frunce un poco el entrecejo, y me imagino que estará pensando si eso es verdad o si le tocará pasarse la noche editando y subiendo el vídeo ella sola para cumplir los plazos que exige Soundbites.

Cooper levanta las manos y se reclina en su asiento.

—No pretendo pasarme de la raya...

—Ni aunque quisieras podrías —masculло.

Cooper pone los ojos en blanco de buen rollo.

—Pero sí que quiero recordarte que mi contrato establece que tengo voz, y no poca, en el contenido final que se publica —continúa.

Esto sí que no lo sabía, y mi primer impulso es indignarme porque él tenga cierto nivel de protección y control mientras yo voy a donde me lleve la corriente. Pero la mandíbula tensa de Cooper y esa relajación impostada que contradice el brillo protector de sus ojos me hacen darme cuenta de que lo hace por... mí.

Una chispa de indignación e ira se refleja en el rostro de William, pero se apresura a suavizarla en una expresión plácida y una sonrisa condescendiente.

—Por supuesto. Y es algo que se puede discutir por correo en vez de ocupar más tiempo de grabación.

—Claro —dice Cooper con genuina amabilidad, y vuelve a mirarme a mí—. Toca que despedacen a Eva, ¿no?

En su voz hay un punto de burla que me hace cosquillitas en la espalda. Me obligo a tensar los hombros para evitar que se me note.

—Un poquito de mi propia medicina, como lo llamarías tú —respondo, retomando mi personaje apático.

—Para eso tendría que ser lo bastante inteligente. —Su sonrisa, torcida y bobalicona, casi me arranca una carcajada. Aida repite la cuenta atrás para volver a empezar.

—Vamos a ver —digo cuando aparece mi primer comentario. Lo leo rapidísimo, luchando por no fruncir el ceño—. «Da vibras de ser una de esas chicas que huelen a vainilla artificial». —Pongo una sonrisa felina ante la cámara—. En realidad, huelo a perfume caro y a desprecio, pero gracias por pensar que soy así de dulce.

—El aliento siempre te huele a menta, así que tampoco van tan desencaminados —aporta Cooper.

Echo la cabeza hacia atrás.

—¿De qué hablas? Si la vainilla y la menta no se parecen en nada. Y, por cierto, deja de olerme el aliento, enfermo.

Cooper aprieta los labios y se encoge de hombros mientras contiene una sonrisa coqueta. Es un sinvergüenza, y me dan ganas de estrangularlo para sacarle esa insoportable monería suya.

Pero, en vez de eso, me centro en el siguiente comentario.

—«Es como una mofeta, siempre lista para apestar. Tía, relájate, que no hace falta que vayas siempre tan a saco». Y tres *emojis* de la carita llorando. —Miro el comentario atónita, intentando deshacerme el nudo del estómago sin borrar mi sonrisa cruel—. Claro. Porque, en cuanto una mujer responde o suelta un comentario sarcástico, es que está exagerando y siendo demasiado sensible. Por mucho menos, los tíos se lían a puñetazos en un bar, pero la que tiene que relajarse soy yo.

—Que conste que a mí me encanta cuando echas humo —dice Cooper, con más calma que guasa. Y eso me molesta aún más.

—Ay, qué bien. Ya sabes que vivo por complacerte.

La expresión de dolor de Cooper me hace replantearme que igual sí que soy una mofeta.

Me apresuro a leer el siguiente comentario para distraerme.

—«Rezo por Eva. No para que le pase nada bueno, sino para que se caiga en una zanja». —Uf. Ostras, qué… mal. En fin. Puedo remontar a la velocidad de la luz—. Ojalá, tía. Lo que sea por escapar de este infierno poscapitalista, ¿no?

La expresión de Cooper es mucho más seria, y no sé muy bien cómo reaccionar.

William da la orden de cortar.

—No me ha gustado la última parte de tu reacción. Probemos otra toma con un comentario distinto.

—¿En serio?

—Seguro que luego, en edición, se puede arreglar —alega Aida, sin demasiada convicción.

William ni se inmuta.

—Otro comentario.

Tras unos segundos, Aida vuelve a contar hacia atrás. Aprieto los dientes y empiezo a leer.

—«Tiene cara de...». No, esto no lo voy a decir.

—¿Perdona?

—No voy a leer unas palabras tan denigrantes sobre las mujeres prostituidas. Va a tener que ser otro comentario.

William me mira fijamente, con la piel tirante y la mandíbula apretada.

—Está bien. Pero te pido que no nos lo pongas difícil; no es necesario. Todos tenemos cosas importantes que hacer y esta grabación está llevando más tiempo del previsto. Mi madre me aseguró que ibas a ser una profesional, y no me gustaría tener que informarle de lo contrario.

La vergüenza me invade de tal forma que me quedo inmóvil, rezando para que no me empiece a temblar el labio.

—¿Y bien? ¿A qué estamos esperando, Aida? —espeta William, mirándola—. Siguiente comentario.

Aida da un respingo y lleva corriendo las manos al teclado. Del susto, debe de pulsar el botón que no toca, porque empieza a aparecer una ristra de comentarios en la pantalla.

Que alguien haga el favor de ponerle un bozal a esta chica, no la soporto
Es que me da un asco increíble
Oírla hablar me hace pensar que el sufragio femenino fue un error

> Qué vergüenza que les demos una plataforma a chicas que no tienen absolutamente nada más que aportar que ser monillas sin más

Permanecen en la pantalla unos segundos, pero me da la sensación de haberlos leído mil veces, y se convierten al instante en un mantra horrible que se me queda grabado en el alma.

—Mierda. Perdón. —Aida elimina los mensajes como puede.

—Pues... —Niego con la cabeza y cierro los ojos con fuerza. Me siento pequeñísima, tan diminuta que doy vergüenza. Mi propia insignificancia hurga en la herida mientras mi mente repite las peores opiniones que tiene la gente sobre mí.

—Perdón, pero esto me parece de un hijoputismo tremendo.

Tardo un instante en procesar que Cooper ha dicho en voz alta justo lo que yo estaba pensando. Lo miro atónita, con las emociones a punto de desbordarme. Nadie dice nada, y la miniatura de William está tan inmóvil que por un momento pienso que igual se me ha quedado colgado internet.

—¿Qué has dicho? —espeta, con un tono que me hace desear que, efectivamente, se me hubiera quedado colgado internet.

—Que no tiene gracia —declara Cooper, cruzándose de brazos y echándose hacia atrás en la silla—. Es ir a hacerle daño e invalida el objetivo del proyecto.

—¿Y cuál es exactamente el objetivo del proyecto? —dice William con una risita despectiva.

Cooper tuerce el gesto, incrédulo.

—A ver, es bastante evidente, ¿no? La idea es que, desde siempre, los hombres se han ido de rositas cuando han hecho sufrir a las mujeres, y Eva me está dando caña por ello. Pero ponerla a leer comentarios así de crueles es mofarse de nuestro objetivo.

—No me ha hecho sufrir —añado en voz muy baja, engañándome a mí misma.

164

—Tu precioso discurso es bastante redundante teniendo en cuenta que los dos estáis leyendo comentarios que os atacan. La idea es tener sentido del humor.

—Uno de los comentarios de Cooper va sobre lo mucho que esa persona quiere comerle los huevos, mientras que los míos básicamente dicen que soy una zorra superficial de aspecto cuestionable y con el cerebro vacío. Creo que no estamos en el mismo nivel —espeto, espoleada por un arrebato de valentía que se evapora en cuanto William me dirige de nuevo la mirada.

Este deja que se alargue el silencio, moldeándolo en una aguja que me pincha y me araña la piel.

—Lo siento —dice al fin, aunque no parece que lo sienta mucho—. Me daba la impresión de que os tomabais en serio vuestro trabajo y queríais crear contenido de calidad con posibilidades de despegar de verdad, pero ahora mismo lo dudo bastante. Hay cientos de personas que estarían dispuestas a ocupar vuestro lugar sin pensárselo, y preferiría hablar con ellas antes que estar perdiendo el tiempo aquí. —Se desconecta antes de que ninguno pueda decir nada.

—Joder —dice Aida, pasados unos segundos.

—Qué chungo todo —digo con la voz temblorosa—. Me habías dicho que no iba a ser para tanto.

—Te había dicho que no sabía cómo iba a ser —espeta Aida, con el miedo y la preocupación grabados en la cara—. Pero William está muy cabreado. Tengo que hacer control de daños antes de que nos quedemos sin trabajo.

—Ahora mismo me la suda este trabajo de mierda —grito—. Y a ti también debería sudártela después de lo que acaba de pasar.

—Este trabajo de mierda nos paga las facturas. Yo no me puedo permitir el lujo de mandarlo a tomar por culo —sisea Aida—. A mí sí me importa mi carrera. Y, gracias a tu rabieta, ahora tengo que arrastrarme ante nuestro nuevo jefe y su mamá para que no nos quedemos en la calle.

165

Aida se desconecta y me quedo frente a mi propio reflejo, con los labios entreabiertos y los ojos al borde de unas lágrimas que amenazan con desbordarse. ¿Que no me importa? ¿Que no me importa una mierda? Qué golpe tan bajo, y Aida lo sabe de sobra.

Me importa tantísimo mi carrera (poder hacer algo, lo que sea, que valga la pena) que me estoy dejando el alma por intentar ascender. Me humillo día sí y día también porque lo dice William, persiguiendo el indicio de una promesa de algo más.

Y, Dios, Landry. No debería haberle hablado así a su hijo. Admiro a esa mujer más que a nadie, y no me va a traer nada bueno ponerme a su sucesor en contra. La ansiedad me empapa entera como si fuera una nube podrida mientras mi cerebro se recrea, encantado, en imaginarse la peor de las situaciones. No puedo dejar que vuelva a pasar lo mismo; no puedo ser tan patética y reactiva. A partir de ahora, si William me pide que salte, que me siente o que ladre, tendré que hacerlo. Es la única forma de escapar de entre las ruinas de mi trayectoria profesional.

Con un suspiro tembloroso, intento recomponerme, y de repente me percato de que Cooper sigue en la videollamada.

—¿Estás bien, gatita?

—Mejor que nunca —respondo, con la voz quebrada. Me froto los ojos y maldigo las manchas oscuras que el maquillaje corrido me ha dejado en la piel.

Cooper me sostiene la mirada. Hay algo en su manera de mantenerse firme que me provoca una especie de temblor en el pecho, y dejo escapar un suspiro largo y controlado entre los labios fruncidos. Pero no sirve de nada. Solo me entran aún más ganas de llorar.

—No hace falta que hagas como que no ha pasado nada —dice en voz baja—. Puedes reconocer que ha sido brutal e injusto.

—No es por ofender, pero te falta ancho de hombros para que pueda apoyarme en ellos.

Cooper se ríe y pone los ojos en blanco.

—También vale sobrellevarlo gracias al humor.

166

—¿Por qué me aguantas? —pregunto de pronto. Pero me arrepiento nada más hablar, y desearía tragarme mis palabras y taparme la boca a dos manos.

Cooper traga saliva, y yo sigo con la mirada el movimiento de su nuez. Se recoloca las gafas y se pasa la mano por la mandíbula.

—Porque me gustas, Eva.

Aspiro una bocanada de aire.

—¿Te...?

—Me gusta escucharte. Me gusta no saber nunca qué barbaridad vas a soltar a continuación. Me gusta oír tus ideas, tus pensamientos, y luego ver cómo los encajas. Me gusta que seas un poco salvaje y que, a veces, no te importe que me meta contigo.

Cada una de sus palabras se me queda tatuada en la piel, hundiéndose más y más, hasta que siento que me cubre entera su confesión.

—Me gusta que me piques —murmuro, y la confesión me parece íntima de más y, aun así, insuficiente.

La sonrisa de Cooper irradia tanta calidez que la siento en el pecho.

—Pues menos mal, porque contigo no puedo evitarlo.

—Yo pensaba que era tu mecanismo de defensa ante mis ataques —replico, intentando aliviar la tensión que me envuelve el pecho y tira de mí hacia la pantalla.

Cooper aprieta los labios en una línea torcida, aunque no le sirve para contener la risa.

—Bueno, supongo que eso también influye.

Me mira de una forma demasiado tierna, demasiado amable, como si viera más de lo que hay. Y sé que sería una decepción si siguiese mirando.

Carraspeo y me pongo a juguetear con el ratón, buscando la mejor excusa para escabullirme.

—En fin, ha sido... eh... un horror, pero tengo que...

Me corta:

—¿Qué haces mañana a las cuatro?

167

—Quemar un muñeco de Rylie Cooper.

Su sonrisa debería ser ilegal, solo por la oleada de sensaciones que me provoca en el bajo vientre.

—No me gusta tener que interrumpir una tarea tan importante, pero ¿estarías dispuesta a reorganizar tu horario para tener una cita conmigo?

Intento enjaular las mariposas de mi estómago.

—¿Prometes que habrá la misma cantidad de pirotecnia?

—Gatita, ya sabes que sé hacer que salten chispas. —Me guiña un ojo, y me sorprendo sonriendo.

—Vale, mañana puedo. ¿Qué tienes planeado?

—Te va a encantar. Es lo más romántico del mundo.

—¿Vas a tocarme la guitarra mientras me miras fijamente y voy a tener que mover la cabeza como si me estuviera gustando?

Cooper tuerce la boca.

—Vale, lo segundo más romántico del mundo.

Me río, intentando domar la euforia salvaje que me late por dentro. ¿Cómo lo hace? ¿Cómo consigue animarme cuando estoy tan hundida?

—Dímelo ya. No se te puede dejar dar sorpresas.

—Voy a llevarte…

Alarga el momento, con brillo en los ojos; se me acelera el corazón.

—… ¡a terapia de pareja!

Abro tanto la boca que casi se me cae la mandíbula sobre el teclado. ¿Terapia de pareja?

—Cooper, no me jo…

Este se sale de la videollamada y me deja contemplando mi propia expresión de desconcierto.

Capítulo 12

—Sabes que no somos pareja de verdad, ¿no? —digo a modo de saludo cuando Cooper cierra la puerta de su casa y se reúne conmigo en la acera.

—¿Qué? —Pone cara de tragedia mientras se lleva una mano al pecho—. ¿O sea que nada de esto es verdad? ¡Pero si he escrito «Rylie corazón Eva» en mi diario sesenta y nueve veces!

Le propino un puñetazo en el hombro.

—Ja, ja, muy gracioso.

Cooper me coge del puño y procede a balancear los brazos como si fuéramos una parejita de verdad mientras me lleva hasta su horrendo PT Cruiser, cuyos paneles de madera relucen al sol.

—Es que no le veo sentido a ir a terapia de pareja —sigo diciendo mientras me abre la puerta. Lo miro de reojo y lo aparto con un empujón de cadera al subirme. Oigo su risa incluso a través de la puerta cerrada, y me froto los nudillos contra el pecho para intentar calmar el latido desbocado de mi corazón.

Cooper se sube al asiento del conductor con un movimiento demasiado elegante para esta aberración de coche, se pone las gafas de sol y se pasa la mano por el pelo. Entonces se gira hacia mí con una sonrisa lenta, y me doy cuenta de que me había quedado embobada mirándolo. Reacciono con el ceño fruncido mientras me clavo las uñas en la palma de las manos. Me niego a sentir nada remotamente parecido a la excitación en un PT Cruiser.

Como soy una cotilla y estoy nerviosa, abro la guantera y me pongo a rebuscar para distraerme. Me decepciona que no haya nada comprometedor ni ridículo: solo los papeles del coche y un montón de servilletas.

—Dios santo, ¿tanto comes en Arby's?

Cooper me arranca el puñado de servilletas y las vuelve a meter en la guantera antes de cerrarla de golpe.

—A lo que iba —dice resoplando mientras retoma mi pregunta—: a los veintidós años, era un comunicador pésimo. Y, sinceramente, estoy seguro de que sigo siendo bastante mediocre. Pero, por si no te habías dado cuenta por eso de fijarte solo en mis muchos defectos, estoy intentando mejorar. Y también intento animar a los demás a que mejoren.

La sinceridad con la que me mira me provoca cierta presión en el pecho, y desvío la vista, removiéndome en el asiento.

—Joder, tío. Menuda sinceridad de repente, ¿no? Haberme mentido y punto.

Su risa suena a una mezcla áspera de resignación y sorpresa, y niega con la cabeza. Entonces arranca el coche y se adentra en el tráfico.

—Me preocupa de verdad la estabilidad emocional de mi psicóloga cuando acabes de hablar con ella.

—Ha superado tratarte a ti, así que debe de ser bastante fuerte.

Continuamos un rato en silencio, hasta que mis pensamientos empiezan a ser demasiado ruidosos y repetitivos. Aida sigue mosqueada por lo de ayer; anoche respondió a mi avalancha de mensajes diciendo que entiende por qué me enfadé y que siente cómo se desarrolló todo, pero que le ha tocado arrastrarse para tranquilizar a William y salvarnos el cuello. Circulan rumores de que en cualquier momento va a haber otra ronda de despidos, ahora que han empezado las reestructuraciones en Soundbites, y caerle mal al jefazo no augura nada bueno para ninguna de las dos. Y, aunque sé que debería estar arrastrándome yo también ante William y arreglando las cosas con Aida, no me sale pedir perdón. Pero tampoco puedo dejar de darle vueltas. Meterme con Cooper parece la mejor distracción, la verdad.

Escudriño el interior de su coche con ese instinto voraz de descubrir pistas ocultas sobre él, de levantar cada piedra para intentar entender por fin a un hombre al que creía tener bien calado, pero al que, en realidad, no comprendo en absoluto. Me irrita que tenga el coche impecable y no sea un estercolero del que pueda burlarme.

—¿Tu psicóloga está en Long Island o es que me estás secuestrando? —pregunto al ver lo mucho que se está alargando el trayecto.

—En Brighton Beach —responde con una sequedad a la que no estoy acostumbrada. Lo miro de reojo. Tiene la mandíbula tensa y los nudillos blancos de agarrar el volante.

—¿No es un coñazo ir hasta allí todas las semanas? —pregunto con más amabilidad de la que pretendía. Cooper lo nota y me lanza una mirada fugaz, sorprendido, antes de devolver la vista a la carretera.

—Normalmente no me importa. —Acciona el intermitente y cambia de carril—. Me sirve para despejarme antes y para procesarlo todo después.

—¿Y esta semana? —insisto, con la sensación de que Cooper se está arrepintiendo de haberme traído. De que por fin está entrando en razón y viendo que soy más molestia que otra cosa. No sería ni el primero ni el último en llegar a esa conclusión.

Entonces me dedica otra mirada, y su expresión pasa de la tensión a la ternura.

—Esta semana estoy nervioso porque vienes conmigo.

—¿Por qué? —Para mi vergüenza, se me quiebra la voz.

Cooper traga saliva, con la vista fija en la carretera.

—Porque se supone que tengo que conectar con mis sentimientos, pero lo único en lo que puedo pensar es en lo bien que te queda esa falda.

Me quedo boquiabierta justo cuando a él se le dibuja una sonrisa endiablada. Me muerdo el labio con fuerza para contener mi propia sonrisa traicionera, pero, cuando vuelve a mirarme, se me escapa. Me siento como una cría saltando en una cama

171

elástica y girando en el aire con la esperanza que alguien me recoja al caer.

—Eres imbécil —mascullo, apoyando la mejilla ardiente contra la ventanilla mientras mis dedos juguetean, distraídos, con la tela suave de la falda. A pesar de que no tengo ningún interés por el deporte, es una de mis muchas faldas pantalón deportivas: cortita, con vuelo y de un rojo vibrante.

—Quedamos en que seríamos totalmente sinceros —dice a la defensiva.

—Ya, pues, siendo totalmente sincera, igual deberías taparte esos antebrazos de golfo antes de entrar. —Ha cambiado sus horrendas sudaderas por una camisa de lino verde oliva, con las mangas remangadas hasta los codos por culpa de un calor impropio del otoño; el sol que entra por la ventanilla abierta ilumina el fino vello de sus brazos.

—Joder, Eva, por mucho que te ponga, deja de desnudarme con la mirada. —Se lleva la mano al cuello abierto.

Niego con la cabeza y vuelvo a mirar por la ventanilla para recomponerme.

—Te lo digo con todo el amor, la luz y la paz posibles: ¿de qué coño vas?

—¿Hoy o en general?

Gira hacia un aparcamiento, en cuyo centro hay un edificio bajo de hormigón que alberga consultas médicas. Me quedo mirando la entrada, con el corazón igual de acelerado que antes, pero con una nueva ansiedad: la promesa de más sinceridad que espera tras esas puertas hace que me entren ganas de salir corriendo.

—Déjalo —digo, abriendo la puerta del coche—. Seguro que lo que pase ahí dentro me dará las respuestas que necesito.

—Quiero empezar esta sesión —dice Roberta, la psicóloga de Cooper— dejando claro que, dado mi vínculo de años con Rylie, no puedo abordar esta conversación como alguien com-

172

pletamente imparcial ni que desconozco al menos una de las partes de la historia.

Me dedica una sonrisa amable, y yo le devuelvo una tensa, mientras me sube por los músculos la necesidad de escapar. ¿Qué le habrá contado Cooper sobre mí? ¿Cómo lo habrá planteado? ¿Y por qué iba a salir yo en la conversación siquiera? ¿Tanto…? ¿Tanto ha pensado en mí estos años?

Me sacudo la idea. Es absurdo. Seguro que simplemente estas últimas semanas también le han descolocado a él, aunque le vaya mucho mejor que a mí tanto en lo económico como en la opinión pública.

Aparto la mirada del escrutinio de Roberta y observo su consulta: un espacio cálido y acogedor, con las paredes cubiertas de estanterías repletas por igual de libros usados y obras de arte. Roberta está sentada frente a nosotros, en un sillón de terciopelo que parece comodísimo, con las piernas cruzadas y las manos posadas en el vientre.

Me remuevo en el sofá, encajándome todo lo que puedo en la esquina para poner la mayor distancia posible entre mi cadera y la de Cooper, que está sentado a mi lado.

—Aunque estamos en un espacio seguro, pensado para que los dos podáis tener esta conversación —continúa Roberta cuando dejo de moverme—, sería negligente por mi parte no reiterar que él es, ante todo, mi paciente a título individual, no los dos como pareja. Dicho esto, no estoy aquí para ponerme de parte de nadie ni para juzgar ni para hacer otra cosa que no sea facilitar la conversación y ayudaros a profundizar un poco más en vuestras emociones.

—¿Por qué me da la sensación de que estás dando a entender que vas a ser cruel conmigo y a llamarme la atención por ser gilipollas? —pregunto con una seguridad infundada. La sonrisa amable y la mirada penetrante de Roberta me dejan claro que ve a través de mi falsa valentía.

—Uy, tú no te preocupes —interviene Cooper—, que lo va a hacer con los dos por igual.

—Nuestras sesiones consisten, básicamente, en llamar la atención a Rylie por ser gilipollas —añade Roberta, guiñándole un ojo con complicidad.

Se hace un silencio incómodo en la habitación. Roberta sonríe expectante; Cooper tiene el cuerpo orientado hacia mí, y yo estoy prácticamente encima del reposabrazos del sofá, intentando escabullirme de los hilos de ansiosa intimidad que nos unen.

—¿No se supone que la terapia consiste en hablar? —pregunto con desgana, examinándome las uñas.

—Está bien que sea así —responde Roberta—. ¿De qué te gustaría hablar?

—Uy, no. Ha sido él quien me ha arrastrado hasta aquí. —Señalo a Cooper con el pulgar—. Que empiece él.

Cooper exhala una respiración medida y se incorpora un poco.

—Vale. Sí. A ver… —Se pasa una mano por el pelo y echa la cabeza hacia atrás mientras se piensa qué decir—. Imagino que lo que esperaba con esta, eh, sesión era profundizar un poco más en nuestras… mierdas del pasado. Abrir un espacio para airear nuestras quejas y trabajar todo lo que pasó.

—Entonces, lo que estoy entendiendo —prosigue Roberta— es que quieres repasar cómo fue vuestra relación y llegar a una comprensión mutua de lo que ocurrió y, quizá, de por qué hicisteis lo que hicisteis.

—No tuvimos ninguna relación —digo como una cría impertinente. Los dos se vuelven hacia mí. Noto que me arden las mejillas, pero me aclaro la voz—. Fueron como cuatro citas y un polvo pésimo. Me da la impresión de que esto —hago un gesto abarcando la habitación— es exagerar lo que pasó en realidad.

—Entonces, ¿sientes que el tiempo que pasasteis juntos no tuvo mucha repercusión en tu vida?

Me encojo de hombros.

—Me dolió cómo acabó, pero fue hace mil años. Hay que pasar página.

—¿Y pasar página incluye ponerme a caldo en las redes sociales? —pregunta Cooper, con una sonrisa pícara y una ceja arqueada. Lo dice medio en broma, pero me pone a la defensiva.

—Todos decimos y hacemos gilipolleces en internet cuando vamos borrachos y nos aparece en el *feed* la cara de nuestro peor error.

—¿Crees que el tiempo que pasaste con Rylie fue tu peor error? Me parece que es algo de lo que deberías hablar, Eva.

Clavo la vista en Roberta.

—Joder, estaba exagerando. Me... He... —Un pequeño tornado de ansiedad me sube por los brazos y se me instala en el pecho, mientras el sudor me perla la nuca. Me siento desnuda, expuesta. No quiero que vean mis horribles puntos débiles.

Respiro hondo mientras me tiembla la pierna, mirando tan fijamente el sofá que podría hacerle un agujero a la tapicería.

—Lo mío con Cooper fue la primera vez que intenté tener algo romántico con alguien que me gustaba. Fue mi primera cita. Mi primer beso. Mi primer... eh... encuentro sexual. Así que no me hizo gracia que me hiciera *ghosting* la persona con la que tuve tantas primeras veces y me quedé con algo de resentimiento. Pero eso no significa que siga pensando en ello. Lo he superado; no hace falta seguir machacando con el mismo tema ni convertirlo en una tragedia.

«Mentirosa», me susurra una voz al oído. Se parece un poco a la de Cooper.

—No lo sabía —dice Cooper con suavidad, como si estuviera intentando calmar a un animal asustado—. Que yo había sido tu primera vez en todo eso. ¿Por qué no me lo dijiste?

Me río.

—¿Habría cambiado tu forma de tratarme?

—Puede que sí —dice Cooper, con el semblante lleno de sinceridad.

Mi risa es puro veneno.

—Pues no debería. La experiencia o inexperiencia en las relaciones o en el sexo no debería ser un baremo para decidir cómo de mierda puedes ser con esa persona.

175

—Aun así, habría estado bien saberlo.

—Y habría estado bien que lo preguntaras —respondo con condescendencia, levantando las manos—. A nadie le hace gracia reconocer la poca experiencia que tiene cuando es joven y está intentando impresionar a quien le gusta; le hace sentir..., yo qué sé, rara o sobreprotegida, o con retraso respecto a los demás. Yo ya de por sí tenía la impresión de que lo nuestro no era muy estable, así que no iba a espantarte aún más mostrándome frágil y tal. —Ya me daba la sensación de que le estaba dando muchísimo más de lo que me daba él a mí, así que necesitaba protegerme un poco—. Por eso no te lo dije. No te conté mi historia porque no salió el tema. ¿Le di demasiada importancia y valor emocional a todas esas primeras veces? Sí, por supuesto. Era una chica joven desesperada por obtener validación masculina de la forma que fuese. Pero tú tampoco tenías derecho a esa información si no estabas dispuesto a revelar la tuya.

—Eva. —La voz de Roberta es amable, tan tierna que me obliga a mirarla, a mi pesar—. Antes de seguir, creo que es importante corregir una cosa que acabas de decir. Tus emociones y el significado que das a las cosas que te pasan nunca son innecesarios. Ponerles significado y emoción a los acontecimientos es esencial en nuestra vida. Es tu historia. Es tu narrativa, que puedes escribir, reescribir y revisar como tú quieras, pero, al final, es tuya.

—Este tipo de sinceridad está fuera de lugar y es cien por cien innecesaria —replico—. Y este experimento social ridículo que estamos haciendo también es innecesario.

—Entonces, ¿por qué lo haces?

Porque quería una compensación emocional por lo que he sufrido. Porque cada vez que estoy con Cooper me desmonta. Porque en realidad empieza a gustarme estar con él.

—Porque me han obligado en el trabajo y yo no soy más que una marioneta de carne y hueso manejada por el capitalismo —respondo, cruzando las piernas y moviendo el pie.

Roberta parece poco convencida.

—Rylie —dice, dirigiéndose a él sin apartar la mirada de mí—. ¿Y tú por qué lo haces?

—Porque llevo cargando con la culpa como si fuera un brazo extra y quería tener la oportunidad de arreglar las cosas entre nosotros.

Se me va la vista hacia su perfil. Ya lo ha dicho antes, una y otra vez, y me aterra que una parte ingenua de mí empiece a creérselo de verdad.

Cooper me mira, se recoloca las gafas y se aclara la voz.

—Lo entiendo. No confías en mí. Pero por una vez quiero que tengamos una conversación totalmente sincera. Sin tonterías, sin grabaciones y sin dudas de si lo hacemos para los espectadores o para nosotros. Quiero que hablemos, Eva. Quiero escucharte.

Se me cierra la garganta y clavo las uñas en el reposabrazos del sofá. De pronto me entran ganas de llorar. De salir corriendo. De acurrucarme en su regazo y suplicarle que me abrace fuerte. Quiero susurrarle cada pensamiento que tengo encerrado en la cabeza desde que era una cría porque sabía que nadie querría oírlo. Pero ¿cómo voy a confiar en lo que me dice? ¿Cómo voy a confiar en él? Nadie ha dado nunca la cara por mí: ni mis padres ni mis parejas ni siquiera mis jefes. ¿Cómo voy a creerme de repente que Cooper va en serio cuando dice que quiere escucharme?

Carraspeo, parpadeando para espantar el escozor de los ojos.

—En aras de la sinceridad —digo cuando creo que puedo controlar la voz. Error: sigue ronca y horriblemente apocada—, estoy un poco incómoda hablando de mi dolor y de mis emociones respecto a esta situación ahora que sé lo que le pasó a su hermana en aquella época. Hace que mis sentimientos parezcan... extremadamente triviales.

Roberta asiente y se muerde el labio inferior por un instante.

—Puedo entender que te sientas así. No es fácil enterarte del dolor de otra persona y luego tener que explicar el tuyo. Es como estar compitiendo por ver quién está más traumatizado, pero solo hay perdedores. La vida no existe en el vacío, y nuestras

177

acciones tampoco, aunque vengan de nuestras experiencias personales. Está bien reconocer que Rylie estaba pasando por una pérdida enorme y un proceso de duelo, y darle ese espacio. Pero tampoco te hace ningún bien tragarte tus emociones por completo. Te viste atrapada en el torbellino de su duelo y te hizo daño. No te convierte en mala persona reconocer que sufriste con las acciones de alguien que también estaba sufriendo.

Me quedo callada, con el corazón latiéndome como una bomba a punto de estallar.

—¿Crees que es un tema del que puedas hablar? —insiste Roberta cuando le queda claro que no pienso ponérselo fácil.

Me miro las manos, me hago crujir los nudillos con el pulgar y me empujo las cutículas hacia atrás. Aprieto los puños, y las uñas se me clavan en la carne blanda. Cooper tiene la cortesía de mirar al frente en vez de a mí, a diferencia de Roberta, cuyos ojos pesan como una losa.

—Vale, podemos hablar del tema —murmuro al fin.

—Bien —dice Roberta en voz baja—. Pero recuerda que podemos parar cuando quieras. Aquí mandas tú. Puedes decir lo que necesites, pero también guardártelo si no te sientes cómoda.

Asiento lacónicamente, levanto la barbilla y me echo el pelo hacia atrás.

—Claro. Por supuesto.

—¿Por qué crees que vuestra relación no funcionó en el pasado? —pregunta Roberta, arrancando la tirita de golpe y echando sal en la herida mientras lo hace.

Suelto una risa seca, malhumorada

—Como ya he dicho, no tuvimos ninguna relación. Estuve colgada de él unos meses, quedamos de vez en cuando si a él le daba por hacerme caso, mantuvimos cuatro lamentables minutos de relaciones sexuales y luego él me hizo un *ghosting* impecable. Bastante manido todo.

—Bien, tengo que reconocer que estoy al tanto del vídeo que subiste sobre el tema —dice Roberta, dedicándome una sonrisa de disculpa.

—Lo he ido comentando en las sesiones —añade Cooper. Sigo sin ser capaz de mirarlo.

—Gracias por aclararlo —asiente Roberta—. Ha salido el tema. Da la sensación de que, aquella noche, esos cuatro lamentables minutos de relaciones sexuales, como tú los has llamado, son en realidad un punto clave de tu dolor. De que aquella noche provocó un efecto dominó cuyas consecuencias seguimos viendo ahora. Lo despachas con frivolidad, pero me gustaría saber qué detalles se te han quedado grabados, Eva.

Recuerdo todos los detalles. Ese es el problema.

También me acuerdo de la noche anterior.

Habíamos ido a un bar cutre de universitarios donde servían cervezas aguadas y calentorras a un dólar los jueves y donde nunca pedían el carné. La noche terminó antes de las nueve, con Cooper borracho perdido y con los ojos vidriosos, hablando de su ex a un volumen cada vez más alto, y todos se giraban para mirarnos y las chicas se reían de mi cara colorada y de su vocecilla lacrimógena.

Al final pagué yo (una cifra preocupante para lo barato que era todo) y le convencí de que ya era hora de volver a casa. Cooper apoyó el brazo sobre mis hombros y avanzamos tambaleándonos hacia su hermandad. No habíamos recorrido ni treinta metros cuando Cooper se echó a llorar de verdad, balbuceando sobre cuánto echaba de menos a su ex y lo mucho que le gustaría que volvieran. Que de verdad pensaba que lo suyo era amor.

Por entrometida, celosa y cotilla hasta la autodestrucción, le pregunté quién era, pero Cooper no quiso decírmelo; solo negaba con la cabeza como un perro mojado y lloraba aún más. Incluso cuando se dejó caer en el porche de su casa, con los ojos cerrados y la cara colorada, seguí sin saber dejar las cosas en paz e intenté una vez más sonsacarle el nombre.

Quería buscarla en internet, cotillear su vida entera, examinar cada foto borrosa y llena de filtros hasta grabármela en la retina, para después pasarme meses intentando convertirme en alguien como ella: una chica capaz de volver loco a un tío así.

Anhelaba ser objeto de tanto deseo, atraparlo entre las manos, zambullirme en esa necesidad. Pero Cooper se quedó dormido en el porche y yo volví a casa sola, con la cabeza dando vueltas pensando en cómo conseguirlo. Cómo quedármelo.

El sexo parecía la vía más segura. No fue casual que acabara en ese pequeño colchón tirado en el suelo, con el sujetador subido por encima de las tetas, el aliento a cerveza de Cooper en la mejilla y una absoluta insatisfacción en el cuerpo mientras le decía que lo quería.

Humillante hasta niveles insospechados.

—No creo que haya mucho que decir sobre esa noche —miento, y la voz me traiciona quebrándose—. Se pasó toda la fiesta ignorándome hasta que me metió la mano por la camiseta y me besó como si me deseara. De la forma en que yo quería que me deseara. Yo quería acostarme con él, y él quería acostarse conmigo. Lo hicimos sin hablar de lo que significaba para ninguno de los dos y supongo que... Yo qué sé, supongo que en realidad yo no estaba preparada. Le había dado demasiado significado e importancia sin darme cuenta y... Joder, me sentí superdesnuda. Pero no de forma literal. De hecho, llevábamos bastante ropa los dos. —Cooper carraspea, y yo cierro los ojos, apretando los párpados con fuerza—. Pero creo que quería sentirme querida en ese momento y... solté que lo quería.

La estancia queda tan en silencio como aquella noche de hace años, cuando dije esa frase maldita, y las entrañas se me retuercen como un trapo sucio empapado en esa misma vergüenza.

—Y... eso. Cooper no dijo nada. Nos quedamos tumbados en silencio durante lo que pareció una eternidad hasta que se durmió. Me vestí, me fui andando a casa y no supe nada más de él. Y... bueno, creo que me jodió bastante la cabeza. —Con un movimiento impreciso, señalo el desastre en que he convertido todo—. Fue la primera vez que mostré mis sentimientos ante un chico (bueno, ante cualquiera, en realidad), y salió fatal. Y no he vuelto a abrirme así desde entonces. Me sentí tan humillada que

180

reprimo todos los sentimientos en cuanto puedo. No he vuelto a decirle «te quiero» a ninguna pareja desde entonces.

—¿Cuánto hace de eso? —pregunta Roberta con suavidad, ladeando la cabeza.

Miro a Cooper por un segundo antes de apartar la vista.

—Un poco más de seis años, creo.

Roberta asiente.

—Llevas mucho tiempo cargando con algo así.

—Sí —asiento con énfasis—, la verdad. Me ha jodido la vida y me cabrea que sea así. Tengo que superarlo. Cambiar.

—¿Y qué has hecho para trabajar esos sentimientos?

No me esperaba la pregunta.

—¿Perdón?

Roberta se recoloca en la butaca.

—Dices que ese momento cambió drásticamente cómo te relacionas con tus parejas: que no les dices que las quieres por todo el daño que te hizo. Entonces, ¿qué has hecho para trabajarlo?

Solo puedo emitir una serie de ruiditos ahogados y entrecortados.

—Porque a mí me parece —continúa Roberta, sin inmutarse ante mi crisis— que, si bien es verdad que tuviste una experiencia en la que intentaste mostrar tus sentimientos a alguien que te importaba y no salió como querías ni como esperabas ni objetivamente bien, también creo que has usado esa experiencia como excusa para dejar de abrirte con otras personas. Para dejar de buscar intimidad en tus relaciones.

—Me da la sensación de que eres una psicóloga muy borde —exploto, con la espalda tan pegada al sofá que podría fundirme con la tapicería—. No sabía que las psicólogas pudieran ser tan crueles.

Roberta intenta disimular una sonrisa y se encoge de hombros.

—Solo creo que eres lo bastante fuerte como para aguantar ese lado más difícil del amor.

—Eva es de las personas más fuertes que conozco —dice Cooper, recordándome que sigue aquí. Aprieto las muelas mientras una oleada de rabia me recorre los brazos.

Fuerte. Fuerte.

Esa palabra ejerce sobre mí una presión molesta, como un trozo de comida entre los dientes.

Claro que soy fuerte.

Y estoy harta de tener que serlo.

Harta de tener que tragarme mis sentimientos, de apañármelas yo sola. Estoy harta de enfundarme a diario una armadura de cristal para protegerme frente a las pedradas que me lanza la gente en internet y de las grietas que pretenden abrir en mí los que mandan en mi trabajo. Harta de esforzarme por parecer distante solo para no resultar una molestia para mis amigos. Para mi familia.

Me merezco cariño, joder. Me merezco momentos de ternura, de caricias delicadas y de susurros de amor. Merezco que alguien, quien sea, quiera quererme por ser como soy, y no por la dura coraza con la que protejo mi fragilidad.

—Igual el que tú pienses eso forma parte del problema —digo con la respiración temblorosa, reuniendo el valor para mirar a Cooper—. A mí las cosas me duelen igual que a ti. Soy tan humana como tú.

Y, por lo visto, mi cuerpo ha decidido demostrarlo, porque unas cuantas lágrimas calientes me resbalan por las mejillas. Me las seco con rabia y dejo caer las manos sobre el sofá.

La sala se queda en silencio, en otro de esos momentos en los que mis sentimientos desbordados dejan a todo el mundo incómodo y sin palabras.

El repentino contacto piel con piel me desconcierta, y es a la vez un latigazo de consuelo y una necesidad instintiva de encogerme y volverme pequeñita. Miro al punto en que los dedos de Cooper me rodean con suavidad la muñeca, con la presión justa como para servirme de salvavidas mientras me hundo en mis sentimientos.

—Tienes razón —susurra. Alzo la vista hacia su rostro, pero él sigue mirando el punto exacto donde me toca, con el ceño fruncido. La yema de su pulgar dibuja un círculo en la piel sensible del interior de mi muñeca, con la suavidad de las alas de una mariposa—. Que puedas soportarlo no significa que tengas que hacerlo. No deberías tener que estar siempre recuperándote de todo.

No puedo apartar los ojos de él, y el miedo me desgarra el pecho cual animal atrapado mientras noto cómo se me debilitan los brazos y las piernas.

—Gracias —murmuro, rompiendo por fin el contacto visual y retirando la mano. Me aparto el pelo de la cara—. Agradezco el detalle, de verdad, pero, como intento decir, tampoco es para tanto.

Roberta deja escapar un suspiro en el que detecto decepción. Me deja espacio para seguir hablando, pero pasa un minuto y no lo hago.

—¿Y tú, Rylie? —dice, volviéndose hacia él—. ¿Qué opinas de esa noche?

Cooper se aclara la garganta, y noto cómo se remueve en su asiento, aunque yo mantengo la mirada clavada en la alfombra.

—Pienso mucho en ella, en realidad. Con arrepentimiento —añade enseguida—. No puedo decir que, por aquel entonces, sintiese amor por Eva...

—Yo tampoco estaba enamorada de ti —lo interrumpo, muerta de vergüenza mientras le lanzo una mirada horrorizada—. Simplemente era una niñata de veintiún años a la que le entró la llorera después de acostarse contigo. No te quería.

Cooper se estremece, y me entran ganas de flagelarme por el tono tan brusco con el que le he hablado. ¿Por qué lo hago todo mal?

—Con todos mis respetos, Eva, ya has tenido tu turno para hablar —me regaña Roberta con delicadeza—. Y, aunque entiendo tu necesidad de aclarar, en retrospectiva, cómo te sentías, y te prometo que lo entiendo, creo que ya ha quedado bastante claro que era más un capricho que amor. Ahora le toca hablar a Rylie.

Asiente hacia Cooper y este se aclara la voz.

—Ya, bueno. Pues eso, que no sé si lo que sentía podía llamarse amor, pero sí que sentía algo fuerte y real por ti. Me gustabas muchísimo. Estaba emocionado por estar contigo.

—Una forma curiosa de demostrarlo —mascullo. Ambos (con razón) me ignoran.

—Pero, dicho mal y pronto, tenía un montón de mierda encima y lo gestioné fatal.

Trago saliva y bajo la vista. La culpa me revuelve por dentro con tanta fuerza que podría volcar un barco.

—Siento muchísimo lo de tu hermana —susurro, sincera.

Cooper emite un sonido áspero, quebrado, en lo más profundo de la garganta, pero no dice nada. Veo cómo su mano, apoyada entre los dos, se estremece, y, por instinto, la cojo, entrelazo los dedos con los suyos y le doy un apretón suave, un eco del gesto que él tuvo conmigo hace unos minutos. Cooper respira hondo, pero no retira la mano.

En vez de soltarme, aprieta la mía aún más.

—Perder a Hailey fue uno de los peores momentos de mi vida —continúa—. Me cambió la vida en un instante; mi hermana pequeña desapareció sin más. ¿Sabes lo raro de cojones que es perder a alguien? ¿No volver a hablar con esa persona nunca más? No sabía cómo iba a poder existir en un mundo en el que no volviera a oír su voz. En el que no me pidiera el coche en verano. En el que no volviera a ver su sonrisa ni hacerla reír nunca más. —Se le quiebra la voz, y lo miro. Tiene la cabeza echada hacia atrás y los ojos fijos en el techo—. Una parte de mí murió con ella: la versión de mí que tuvo el privilegio de quererla, la versión que la vio crecer y convertirse en alguien muchísimo mejor de lo que yo podría aspirar a ser.

El dolor que hay en su voz me atraviesa el pecho, y se me vienen a la cabeza las caras de mis propios hermanos. Me invade un impulso feroz de abrazar a todos y cada uno de ellos, tanto que tengo que morderme los carrillos para no soltar un gemido.

—Es imposible estar preparado para perder a alguien así de especial —dice Cooper—. Pero tampoco se está preparado para todo lo demás que se pierde. Mi familia entera se vino abajo. Mi hermana pequeña, Katie, dejó de hablar. Dejó de comer. Se pasó meses sin salir de su habitación. Mis padres dejaron de dirigirse la palabra. Nos movíamos por la casa como fantasmas, como si eso fuese lo único que podíamos ser, porque era lo único que quedaba de Hailey. —Se le vuelve a quebrar la voz, y veo cómo las lágrimas le caen por las mejillas. Con la mano libre se sube las gafas y se frota los ojos. La otra sigue aferrada a la mía—. Y yo me sentía culpable —masculla, presionándose los nudillos contra los párpados—. Pero, cuando acabó el verano, no veía la hora de volver a la universidad. Quería largarme lo más lejos posible de mi familia y de esa tristeza que nos estaba pudriendo por dentro. Quería estar con gente que no supiera lo que era perder a la mejor persona del mundo. Quería beber, colocarme y follarme a medio campus para no pensar en lo mucho que echaba de menos a mi hermana. Y eso hice: volví a Breslin, bebí todas las noches, salí de fiesta sin parar y pasé de mi futuro porque no podía imaginármelo sin Hailey.

Cooper aprieta los dientes mientras mira fijamente las baldosas blancas del techo. Con un movimiento lento, baja la barbilla y gira la cabeza hacia mí. Sus ojos plateados se clavan en los míos y, por un instante, me pregunto cómo voy a poder volver a mirar otra cosa.

—A poco de comenzar el semestre de otoño, me enrollé con un chico de la hermandad —dice—. Los dos estábamos metidísimos en el armario. Desde el primer año de universidad ya andábamos tonteando, pero nunca cruzamos esa línea. Hasta el último año. Nos liábamos a escondidas, avergonzados, normalmente borrachos o colocados o las dos cosas, en rincones oscuros o saliendo a hurtadillas al pasillo como si nos fuera la vida en que los chirridos del suelo no nos delataran. Mientras lo hacíamos, me decía lo mucho que me deseaba, lo mucho que le gustaba, y justo después

185

me trataba como una mierda, como si fuera lo más repugnante que había visto en su vida. Me jodió la cabeza. O igual yo ya la tenía jodida. Imagino que pueden ser las dos cosas.

Por el rabillo del ojo veo a Roberta asentir. Me enfado al recordar su presencia, como si este momento fuese un regalo de Cooper para mí y ella estuviese entrometiéndose en algo sagrado. Entonces me acuerdo de que es su psicóloga, su vía de escape. La intrusa soy yo.

—Se echó novia justo antes de las vacaciones de Navidad —dice Cooper, con una voz monótona—. Se suponía que yo iba a irme con él a pasar las fiestas, pero estaba tan paranoico pensando que podría contárselo a su familia o a su novia que me desinvitó. Empezó a hacer como si ni me conociese. No era lo mismo, pero la sensación era como de haber vuelto a perder a alguien, y me dejó destrozado, cabreado y dolido. Pero no sabía qué hacer con todos esos sentimientos. Así que volví a casa con mi familia triste, y vi beber a mi padre triste y apagarse a mi madre triste, y vi a mi hermana triste y ojerosa, perdida no solo en su propio dolor, sino también en el de las personas que debían cuidarla.

»Ver así a Katie fue lo que por fin me espabiló, al menos un poco. Solo tenía doce años; era una niña. Era muy pequeña. Y por eso quise cambiar. Quería volver a sentirme humano para poder ser alguien real y estable para ella. Quería dejar de perseguir a quien me hacía sentir una mierda porque me gustase. Quería seguir fingiendo que no era bi. Solo... solo quería ser un chico normal de veintidós años que no tuviera una vida vacía.

Cooper traga saliva y, por su expresión destrozada, parece como si le doliera. Me inclino hacia él. Quiero alargar las manos para sujetarle la cara, abrazar su cuerpo contra el mío, absorber su dolor bajo la piel. Pero me da miedo, un miedo atroz a hacerlo mal. Así que me limito a sostenerle la mirada, apretarle la mano y gritarle en silencio que estoy aquí, que lo veo.

—Y entonces te conocí a ti, Eva —dice en voz baja—. Te conocí y me gustaste, y yo no estaba ni de lejos preparado para hacer algo al respecto, pero me hiciste sentir bien en un momento en el que todo lo que sentía era horrible. Así que fingí estar bien. Fingí estar entero y ser normal, y pensé que con eso bastaba.

Respira hondo, tembloroso, y noto la onda expansiva en mi propio pecho.

—Me gustabas mucho, Eva —añade, bajando la mirada. No se me escapa que está hablando en pasado, pero no debería dolerme como me duele—. Pero también me sentía culpable por estar feliz. Me sentía culpable por pasármelo bien contigo cuando sabía que lo que quedaba de mi familia estaba haciéndose trizas. Seguía enganchado a un tío que me hacía sentir como una mierda, porque sentirme así se había convertido en mi estado natural.

Cooper me suelta los dedos, se frota los ojos y se remueve en el asiento hasta quedar medio de espaldas a mí. No sé por qué me fijo en eso.

—Eva —dice, mirando más o menos hacia Roberta—, sé lo horrible que es confesarle tus sentimientos a alguien y que no te diga que siente lo mismo, sobre todo después de acostarte con esa persona. Sé lo vergonzoso, lo doloroso y lo devastador que puede ser un momento así, y siento muchísimo habértelo hecho pasar. No fue porque no quisiera estar contigo, sino porque no creía que tuviera derecho a tenerte.

Se alarga un silencio cargado de peso y me doy cuenta de que estoy conteniendo la respiración.

—Y a veces me pregunto —susurra, sin llegar a mirarme— si tú habrías cambiado algo. Si habrías deseado no haberme conocido. Sé que es egoísta, pero yo no me arrepiento de haberte conocido.

El silencio se alarga, insistente, como un mosquito que me zumba en la oreja, y tengo la cabeza embotada y el corazón me late tan fuerte que me duelen los dientes.

Roberta se aclara la garganta, en un sonido fuerte y espantoso como el salto de un CD, que rompe el flujo natural de los acontecimientos.

—Lo siento —dice, y sé que lo siente de verdad—, pero se nos ha acabado el tiempo por hoy.

Capítulo 13

Salimos del despacho de Roberta aturdidos, con el silencio pegado a nosotros como un perfume denso. El sol se ha escondido tras unas nubes que solo dejan pasar unos pocos rayos débiles. Aun así, parece brillar demasiado, y los dos nos sentimos desnudos y expuestos. Sin mirarnos, nos apoyamos en el capó de su coche horrendo, contemplando el asfalto, sin estar preparados para volver a compartir un espacio tan pequeño e íntimo.

Las palabras de Cooper resuenan en bucle en mi cabeza: «Me pregunto si tú habrías cambiado algo».

Qué idiotez de pregunta. Habría cambiado todo y nada a la vez. Habría elegido otra universidad y me habría sentado exactamente en el mismo sitio de esa misma aula. No le habría dado mi número y me habría vuelto a enamorar perdidamente de él. Incluso con el dolor que arrastro del final, a veces me cuesta arrepentirme de lo ilusionada que estaba por estar con él.

Cooper me roza el brazo y me sobresalto, esperando que solo sea un movimiento involuntario. Pero deja el bíceps apoyado contra mí. No me queda energía para apartarme. Tras una pausa, su mano avanza despacio hacia la mía, la cubre y me da un apretón suave allí donde mis dedos descansan sobre el metal sucio de su coche.

—¿Quieres cenar conmigo? —murmura.

Lo miro con una expresión que debe de ser una mezcla demencial de alegría y terror. Posa por un instante la vista en mi boca antes de devolverla a mis ojos, y un débil gesto de satisfacción asoma en la comisura de sus labios.

Se me seca la garganta, tengo el pulso desbocado y mis terminaciones nerviosas solo pueden concentrarse en el contacto de su piel con la mía.

—Eres mi chófer: estoy un poco a merced de tus deseos.

Cooper suelta una carcajada, ronca y grave.

—Esta probablemente sea la única oportunidad que tendré en la vida de que pase algo así, así que más me vale aprovecharla.

Me sorprende soltándome la mano para pasarme un brazo por los hombros y acercarme hacia él. Dejo escapar un gritito nervioso cuando me aprieta contra su pecho, acomodando mi cabeza bajo su barbilla mientras me abraza. Estoy tan sorprendida que no puedo moverme, ni siquiera respirar; los latidos de su corazón contra mi mejilla siguen el mismo ritmo frenético que los míos y me empujan a salir corriendo.

Pero está tan calentito, huele tan bien y me siento tan a salvo que exhalo un suspiro y me derrito contra él, rodeándole la cintura y devolviéndole el abrazo. Nos quedamos así un momento, mientras Cooper nos balancea con suavidad y el viento de otoño hace bailar las hojas secas a nuestros pies.

Demasiado pronto, se separa para mirarme desde arriba con una sonrisa; las gafas se le resbalan un centímetro por la nariz.

Si me besara ahora mismo, no me apartaría.

El pensamiento es súbito y cortante, un fogonazo en plena noche, tinta roja disolviéndose en agua. Me aparto de su contacto de un tirón y me recoloco el pelo detrás de las orejas con brusquedad.

¿Qué es esto? ¿Anhelo? ¿Por qué quiero instalarme de forma permanente en ese pliegue entre sus cejas? ¿Por qué tengo la necesidad de aspirar el aroma de su piel hasta desmayarme? Me doy asco.

—¿Te gustan las tortitas? Hay una cafetería buenísima a unas manzanas —dice, apartándose del capó y mirando calle abajo, ajeno al absoluto desastre emocional que me hierve en la

189

cabeza—. Podemos ir andando. Aunque las nubes no tienen muy buena pinta.

Me sacudo, inspiro hondo para calmarme (aunque casi acabo hiperventilando) y me coloco a su lado, adoptando mi voz más apática.

—¿Por qué insistes en hacerme perder el tiempo con preguntas cuya respuesta es obvia?

Cooper me sujeta la barbilla entre el pulgar y el índice, obligándome a presenciar lo mucho que pone los ojos en blanco. Me aparto y aprieto los labios para contener una sonrisa.

—Con lo dulce que eres siempre, gatita, no sé si podrías soportar más azúcares añadidos.

—Puaj. Creo que me duele la espalda del *cringe.* —Con un resoplido arrogante, me arriesgo y echo a andar por la acera hacia la izquierda.

—No eres la primera persona que me dice algo así —responde Cooper, dejándome llegar hasta la esquina antes de engancharme del brazo y girarme en la dirección contraria.

Me trago la vergüenza como puedo, intentando escucharlo mientras mantiene un monólogo constante en vez de concentrarme en que su brazo sigue entrelazado con el mío. Caminamos hacia el muelle y me señala un puesto de helados que, según él, tiene el mejor sabor a nueces pecanas del mundo, una tienda de recuerdos hortera con camisetas aerografiadas de la máxima calidad y una galería donde una vez expusieron la colección de cerámicas de su compañero de piso, Steve.

—Seguro que tú serías de los que compran obras de arte en un crucero —digo cuando se produce una pausa y noto que está esperando a que contribuya a la conversación, en lugar de protagonizar una crisis física porque se están rozando nuestros respectivos antebrazos.

—Ah —dice Cooper, frunciendo el ceño—. ¿Gracias?

—Lo decía en el sentido más despectivo posible.

—Ya hemos llegado —dice Cooper con un suspiro, sujetándome la puerta—. Tú primero, pedazo de ñorda.

190

Me quedo clavada, boquiabierta. Cooper se me adelanta entre risitas.

—¿Acabas de llamarme ñorda? —siseo, siguiéndole hasta una mesa—. Nadie me llamaba ñorda desde que tenía, no sé, doce años.

—Pues eso sí que me sorprende de verdad. —Me dirige una sonrisa triunfal. No soporto hacer yo lo propio—. Voy al baño. Procura no hacer llorar a nadie mientras yo no estoy.

—No te prometo nada —le lanzo a la espalda.

Unos segundos después aparece la camarera.

—¿Qué vais a beber? —pregunta, y hace estallar el chicle mientras nos deja las cartas en la mesa.

Frunzo los labios mientras repaso la parte trasera de la hoja plastificada.

—Yo quiero un té con hielo —digo. Y me viene la inspiración—. Y para él, un vaso de leche desnatada. —Señalo el asiento vacío de Cooper.

La camarera arquea las cejas, pero no comenta nada; lo apunta y se marcha. Cooper vuelve al minuto y se sienta.

—¿Me has echado de menos? —pregunto con sorna.

Su sonrisa es apenas un tic rápido, casi tímido, y no levanta la vista de la carta. Veo cómo le sube el color a las mejillas y, no sé por qué, siento el mismo calor en las mías. Se aclara la garganta y me mira, dispuesto a decir algo, pero la camarera regresa con las bebidas.

—Té con hielo —dice la camarera, dejándolo delante de mí—. Y… eh… leche desnatada.

Coloca delante de Cooper un vaso lleno hasta arriba, cremoso y decorado con un único cubito de hielo y una pajita flexible de rayas. Cooper frunce el entrecejo, boquiabierto.

—Os dejo que sigáis mirando la carta —añade la camarera antes de alejarse.

—¿Leche desnatada? —gruñe Cooper, inclinándose sobre la mesa—. ¿Por qué narices me has pedido leche desnatada?

—Por el drama que montaste con la leche de avena.

191

—¿Y la solución era un vaso de leche desnatada?

—Contigo no hay manera. —Niego con la cabeza, sin levantar la vista de la carta para ocultar lo mucho que me estoy divirtiendo. Cooper lo pilla al instante.

—Eres la mujer más maquiavélica que he conocido.

—Gracias. —Le lanzo un beso—. Igual tienes más encanto del que pensaba.

—No era un piropo —murmura—. Me das miedo.

Me da un vuelco el corazón, como si me hubiera dicho que soy la chica más guapa del mundo, pero mantengo el semblante impasible.

—¿Qué vais a tomar? —pregunta la camarera, reapareciendo junto a la mesa.

—Las tortitas —dice Cooper, sonriente, inclinando el menú hacia ella—. Para acompañar la leche.

La camarera tarda demasiado en reaccionar.

—¿Y tú? —me pregunta, mirándome fijamente.

—Lo mismo —digo con un suspiro de resignación—. Pero sin la leche desnatada, por favor.

La camarera se marcha con una expresión de sufrimiento, y me hago la promesa mental de dejarle el doble de propina.

—Eres de lo que no hay —dice Cooper en voz baja.

Lo miro, esperando encontrar dureza en su expresión (cabreo, resignación, desdén; algo parecido a las reacciones que provoco en los demás cuando los llevo al límite de su paciencia), pero me está mirando con una expresión bobalicona. Casi estupefacta.

—¿Qué cojones quieres decir?

El rostro de Cooper permanece sereno.

—Dime tú qué crees.

—No eres ni de lejos tan atractivo como Roberta. No pienso abrirme en canal. —Desmenuzo mi servilleta mientras él sigue mirándome fijamente.

Cooper pone los ojos en blanco, pero, no sé por qué, se me antoja un gesto tierno e íntimo.

192

—¿Puedo decirte lo que quiero que creas?

—Si te digo que no, ¿te vas a callar?

—Probablemente no.

Le hago un gesto para que continúe.

—En los seis años que hace desde que te conozco —dice, apoyando las manos sobre la mesa, a dos centímetros de las mías—, no he vuelto a conocer a nadie como tú.

—Cuidado. Te estás acercando peligrosamente a un «no eres como las demás» —replico de manera inexpresiva, retirando las manos un milímetro mientras vibran con el deseo de acercarse a las suyas—. Pero sí, soy excepcionalmente ingeniosa y brillante. Minusvalorarme es un mecanismo de defensa. No puedo dejar que me infle a base de palabras bonitas cuando sé que, tarde o temprano, todo el mundo acaba pinchando el globo.

Él sonríe, indulgente, con la mirada clavada en mis manos.

—Y nadie me ha desafiado como tú lo haces —dice, acercando los dedos hasta rozar apenas los míos. Muy despacio, como si intentara atraer a un gato salvaje que rebusca en la basura, gira las muñecas hasta dejar las palmas hacia arriba.

—En fin. Enhorabuena por ser un hombre blanco en Estados Unidos —contesto, horrorizada al descubrirme reduciendo el mínimo espacio que nos separa, y me recorre un zumbido eléctrico cuando poso las manos sobre las suyas. ¿Qué me está pasando?

Es por la terapia. Estoy a la intemperie. Expuesta. Soy una criatura frágil y patética que necesita mimos. Me tiemblan las manos intentando volver a mi regazo, pero parece como si nos mantuvieran unidos unos hilos invisibles.

—¿Puedo preguntarte una cosa? —Su pulgar dibuja el borde de mi meñique.

Suelto un bufido, aunque me sale más delicado que arrogante, que es lo que pretendía.

—Si no te queda más remedio…

—Sí… Dios, estoy haciendo el ridículo. —Un rubor le sube del cuello a las mejillas. Las gafas se le escurren un poco, pero no me suelta las manos para recolocárselas.

—Eso nunca te ha frenado —digo, y me tiembla tanto la pierna que se le forman olas en la leche. Cooper al fin me mira a los ojos, y me da un vuelco el corazón.

Esboza una expresión que no termino de entender, con la mandíbula tensa y un músculo que le late en la mejilla.

—Si aquella noche no la hubiera cagado como la cagué, ¿crees que…? —Se aclara la voz—. ¿Crees que habríamos acabado juntos?

El mundo se detiene y, como una Polaroid, nos capta mirándonos. La imagen cambia, y somos nosotros hace seis años, jóvenes y con dolor en las mejillas de tanto reír. Cambia otra vez: sonrisas y brillo en los ojos mientras celebramos un cumpleaños con copas. Otra más: narices chamuscadas un cuatro de julio, jerséis horteras en Navidad, un beso en Nochevieja.

Veo todas esas preciosas instantáneas de lo que podríamos haber sido como si hojease un álbum de recortes hecho con mimo: la manera en que nuestros respectivos cuerpos se atraen, la intimidad fácil, el brillo juguetón en nuestros ojos mientras damos por hecha otra noche excitante en una cafetería cutre. La idea se me graba en la mente como si fuera un recuerdo, pero me arde cuando me percato de que no lo es.

Duele mucho quedarme atrapada en fantasías volátiles, cortándome los dedos con los bordes afilados de todas esas fotos de mentira y páginas en blanco.

—No —digo, negando con la cabeza y apartando las manos.

A Cooper se le tuerce el gesto, pero sigo adelante, poniéndome la máscara más frívola que tengo para crear la distancia con la que todo el mundo parece cómodo a mi alrededor. No tiene derecho a marcharse y luego volver para jugar al «qué habría pasado si…» sobre la lápida de mi corazón encallecido.

—Somos muy distintos. Por ejemplo, tú le das mucha importancia al contacto físico, y yo, a los macarrones con queso. Lo nuestro no habría funcionado.

—Eva —dice, en un suspiro a medio camino entre la risa y la frustración—. Venga ya.

—No —repito, cada vez más furiosa—. Venga ya tú. ¿Cómo puedes tener tanto morro para hacerme una pregunta así? Haz el favor de ser realista por una puta vez.

Cooper abre la boca, pero lo interrumpo.

—No soy tu experimento social. No puedes largarte el tiempo suficiente para que me cicatricen las llagas y luego reaparecer para ponerte nostálgico y reabrirme la herida.

Esto no formaba parte del trato. No podía ser una relación real ni sincera ni importante. En ningún caso debía desarmarme, ir limando mi coraza hasta dejarme en carne viva delante de él.

—Eva, lo siento…

—Me largo.

Con las manos temblorosas rebusco en la cartera, dejo caer todo el dinero que encuentro sobre la mesa y salgo disparada hacia la puerta. Una vez en la calle, furiosa, tardo unos diez segundos en darme cuenta de que está lloviendo. Lo que faltaba.

Miro a mi alrededor, intentando orientarme entre la cortina de agua que cae en todas las direcciones. No conozco mucho Brighton Beach, así que saco el móvil e intento localizar la parada de metro más cercana para emprender lo que me imagino que será un comodísimo trayecto de dos horas de vuelta a Manhattan.

—Pero ¿qué coño haces? —grita Cooper por encima del viento. Doy un salto al darme cuenta de lo cerca que está, y se me resbala de las manos el móvil, que cae en un charco.

—Pues qué bien —digo, apartándome el pelo empapado de la cara y fulminándolo con la mirada—. Mira lo que has hecho.

—No empieces —dice entre dientes, dándome unas ganas tremendas de empezar de verdad.

Se agacha para recogerme el móvil, pero le doy un empujón con el hombro para apartarlo y lo recojo yo. No necesito que se haga el héroe. Elijo una dirección al azar y echo a andar, intentando que la pantalla reaccione a mis dedos y no a las gotas de lluvia. Casi lloro de alivio cuando veo que la línea Q está a solo tres manzanas y que voy en la dirección correcta.

—¿Adónde vas? —pregunta Cooper, siguiéndome.

—A coger el tren para irme a casa —respondo, ignorando el agua que me entra en los ojos mientras mantengo la barbilla alta y el paso firme. Pero Cooper es más rápido. Me agarra del brazo y me hace girar.

—No digas tonterías. Vas a tardar la vida. Ya te llevo yo.

—No quiero ir a ninguna parte contigo —digo, soltándome de un tirón. Sé que sueno como una niña malcriada, pero me da igual.

Su expresión es tormentosa, y se pasa las manos por el pelo empapado.

—¿Quieres dejarte de cosas absurdas? ¿Por qué no me permites que te ayude en nada?

—¿Por qué no me llamaste? —grito. Los dos nos quedamos igual de sorprendidos.

Cooper se me queda mirando mientras le resbala el agua por las mejillas; las gotas se le acumulan en los cristales de las gafas, lo que me dificulta leer su expresión.

—¿Por qué? —repito en un susurro, con la voz quebrada.

Me inunda la vergüenza, pero sigo ahí plantada, esperando una respuesta. Es una vieja herida patética, pero con los años no ha hecho sino infectarse, hacerse cada vez más profunda mientras veo a más y más gente avanzar en su vida sin mí, dejándome atrás como a una muñeca usada de la que se han cansado.

—Ya te lo he dicho —responde Cooper con una voz tan baja que apenas lo oigo a través de la lluvia—. Me equivoqué y me arrepiento.

—Pero ¿por qué? —insisto, incapaz de dejarlo estar—. ¿Por qué tomaste esa decisión? ¿Por qué me conquistaste? ¿Por qué me perseguiste si ya sabías cómo iba a acabar?

¿Por qué fui tan fácil de dejar? ¿Qué hay en mí que sea tan sencillo de olvidar? Actuaciones, reuniones de padres y fechas importantes en las que me quedé sola, en la calle, con el corazón en la mano, deseando desesperadamente que alguien pensara que merecía la pena recordarme.

Cooper deja escapar un ruido áspero y se frota la cara.

—Porque era un desastre de persona, Eva —dice, dejando caer los brazos con un chasquido húmedo contra los vaqueros—. Y quiero que me hagas caso cuando te lo digo, porque es la maldita verdad. —Me mira fijamente, con una expresión dura y la mandíbula tensa—. No lograba superar la muerte de mi hermana. Estaba a punto de graduarme sin trabajo a la vista. Me estaba acostando a escondidas con un tío por el que sentía algo, pero los dos teníamos tanta mierda interiorizada que nunca dijimos la verdad, y eso me destrozó. Había tocado fondo. Y entonces te conocí a ti, y también la cagué contigo. Me gustabas mucho, y me acojonaba, porque mi vida era tan desastrosa que no podía ni mirarme al espejo; ¿cómo iba a empezar una relación con una tía tan genial y divertida, que tenía la vida encaminada y unos sueños maravillosos que sabía que lograría con solo chasquear los dedos? Es lamentable, pero, para un imbécil de veintidós años, tratar de encajar en esa situación era muy intimidante.

Cooper da un paso hacia mí y me agarra por los hombros, obligándome a mirarlo.

—No puedo cambiar el pasado —dice, apretando los dedos sobre mi piel—. No tienes ni puta idea de cuánto me gustaría. De cuántas noches he pasado en vela por pura frustración. Lo haría sin pensarlo. Volvería atrás en el tiempo, me daría un tortazo y le diría a ese idiota que espabilara y que no le hiciera daño a esa chica maravillosa que de verdad parecía preocuparse por él, por patético que fuese.

Un escalofrío me recorre entera y se me forma un nudo de emociones en la garganta. No sé si lo que me cae por las mejillas es lluvia o lágrimas.

—Te llamaría, Eva —dice, zarandeándome levemente—. Te diría que me gustas. Te diría que soy un desastre y te pediría paciencia mientras lo arreglo. Pero no puedo. Ni tú ni yo somos las mismas personas, y no puedo deshacer el daño ni apartarme del camino. Pero, ahora mismo, lo estoy intentando, Eva. Joder, lo estoy intentando de verdad. ¿Puedes poner tú también de tu parte?

Abro la boca y la vuelvo a cerrar, intentando decir algo. Lo que sea.

No, mentira: hay cosas muy concretas que necesito decirle. Necesito decirle que no. Necesito pedirle que se largue. Necesito decirle que todo esto es mentira, mentira, ¡mentira! Aprieto los dientes y se me cierra la garganta en torno a las palabras que tengo que decir para protegerme de otra decepción.

Las manos de Cooper me suben por los hombros y el cuello hasta enmarcarme la mandíbula. Saltan chispas en el espacio que nos separa, y tiran de nosotros hilos de electricidad que hacen más fuertes las centellas que se oponen a los últimos restos de contención. Nos acercamos, incapaces de resistir la atracción.

—Por favor —susurra, con la cara marcada por la angustia.

Me acaricia la piel y me roza los labios con el pulgar. Los separo, soltando el aire, y su uña me raspa suavemente la piel sensible. Intento buscar un pensamiento racional, agarrarlo con las dos manos y metérmelo en la boca; decir las palabras que tengo que decir en lugar de las que quiero.

El miedo es demasiado real, demasiado crudo.

Lo que me pide suena precioso. Suena suave y tierno, como una nube en la que me gustaría tumbarme y dejarme llevar hacia el cielo. Pero va a volver a hacerme daño. Igual que todo el mundo.

Cooper se inclina hacia mí, mirándome a los ojos, con el cuerpo pegado al mío. Está muy cerca, muy cálido. Sus labios están ahí mismo, diciéndome lo que hacía años quería oír.

—Di que sí, Eva —susurra, y sus palabras me acarician la boca y me envían un escalofrío de deseo. El pulso me late como un martillo contra un yunque, y siento una necesidad tan abrumadora de notar cada centímetro de él contra cada centímetro de mí que me estoy mareando. La palabra me aflora en la garganta y se curva en mi lengua. Abro la boca para decirla, para rendirme.

Entonces estalla un trueno sobre nosotros, sacudiéndome los huesos y sobresaltándonos. Explota la burbuja y regresamos al mundo real, con su lluvia helada y su viento cruel. Los dos respiramos como si acabáramos de correr una maratón, con los ojos muy abiertos y feroces.

Cooper es el primero en hablar.

—Eva…

Pero soy yo la que se mueve. Rauda como el trueno, me doy la vuelta y echo a correr, intentando dejar atrás las emociones que me quieren arrastrar de vuelta a los brazos de Cooper.

Capítulo 14

L a lluvia salpica la ventana del metro y convierte la ciudad en un gris espejo de feria mientras intento concentrarme en lo que pasa fuera y no en mi reflejo de payasa. Si no fuese por las marcas de grasa que se distinguen perfectamente en el cristal, me daría de cabezazos contra él de pura frustración.

«¿Puedes poner tú también de tu parte?».

La voz de Cooper es una letanía en mi cabeza que ni el estruendo del tren consigue apagar.

«Por favor».

Una pareja se sienta frente a mí en un vagón por lo demás vacío. Están achispados y felices; la mujer apoya la cabeza en el pecho del hombre, quien le pasa el brazo por los hombros mientras juega con las puntas de su melena corta y negra. La exhibición de cariño no ayuda a aflojar el puño que me aprieta el corazón, y reprimo un quejido.

—¿Por qué lloras? —me pregunta de repente la mujer, con una voz ligeramente pastosa, aún acurrucada contra su pareja.

—Harper —murmura él con dulzura, un poco menos borracho que ella. Me dedica una sonrisa amable de disculpa.

Harper se incorpora, con los ojos muy abiertos y fijos en él, y una mano apoyada en su muslo como si no pudiera evitar seguir tocándolo.

—¿Qué? —protesta—. Esta chica tan maja lo está pasando mal. Quiero asegurarme de que está bien. Eres guapísima, por cierto —añade, volviéndose hacia mí con esa bondad de borracha que solo suele encontrarse en los baños de los bares—. Tienes algo. Se te ve muy tierna como para estar sufriendo así.

Me estremezco y se me entreabren los labios de la sorpresa. Es la primera vez que me llaman «tierna» sin la intención de hacerme daño.

Incluso con la cogorza, la mirada de Harper es penetrante mientras escudriña mi cara, y una leve sonrisa le curva los labios como si mi sorpresa le resultase familiar.

—¿Qué te pasa? —intenta sonsacarme.

Poso la mirada en su pareja, pero él la está observando con una expresión de absoluta fascinación. Inspiro hondo, temblorosa; los ladrillos de mis muros se estremecen y empiezan a desmoronarse. No tengo nada que perder por contarle mis miserias a una desconocida.

—Es por un tío.

—Siempre es por amor, ¿verdad? —dice Harper con una risita cómplice y la mirada aún fija en mí, pero aún más inclinada hacia su pareja.

—No es amor —suelto atropellada.

—Sí, seguro —dice con una convicción que ninguna de las dos comparte.

—Estoy bien —digo, sorbiéndome la nariz de una manera que deja claro que soy una mentirosa de mierda.

—Pues no parece que estés bien.

Abro la boca para replicar, pero me encojo de hombros. Estoy empapada y abatida en el metro: los hechos no juegan a mi favor.

Harper me observa en silencio un momento, pensativa, y su pareja nos mira alternativamente a la una y la otra.

—Estuve a punto de dejar escapar a Dan —dice por fin, acomodándose de nuevo entre sus brazos—. Pero fui detrás de él. —Le da unas palmaditas en el pecho y alza la cabeza para dirigirse mutuamente una sonrisa indulgente—. Y ahora estamos celebrando nuestro segundo aniversario de boda.

201

—Me alegro por vosotros —consigo decir con la garganta medio cerrada. Aún más lágrimas me ruedan por las mejillas mientras contemplo su intimidad, esa cercanía para la que yo no estoy hecha—. Enhorabuena.

El tren se detiene y mi cuerpo se balancea con el movimiento.

—Séptima Avenida con Park Slope —crepita la voz robótica por los altavoces.

Park Slope: la parada de Cooper. Mi corazón se dobla sobre sí mismo y fuerzo los ojos a mirar por la ventana oscura, como si no estuviéramos bajo tierra y pudiera ver mágicamente su casa, a cuatro manzanas.

«Lo estoy intentando, Eva».

—A veces tienes que apartarte a ti misma del camino y arriesgarte —dice Harper mientras los dos se ponen en pie, apoyándose el uno en el otro mientras avanzan tambaleándose hacia la puerta—. Puede que, al final, no consigas la felicidad que buscas, pero vale la pena intentarlo.

Los observo alejarse, y el mundo se mueve a cámara lenta. Su voz, la de Cooper y la mía propia, que había enterrado bien hondo, resuenan en mi cabeza, al principio borrosas, pero ganando cada vez más fuerza mientras me dicen: «¡Corre, imbécil, corre!».

Me pongo de pie de un salto, como si me acabara de electrocutar con el asiento, al tiempo que sentía el corazón martillear contra mis costillas. El tiempo recupera su velocidad normal, y mi paso hacia la puerta es demasiado rápido, demasiado largo, pero consigue llevarme al espacio que separa la seguridad de este tren y lo desconocido del andén.

No sé si ver a Cooper ahora mismo va a hacerme feliz. De hecho, la voz pesimista que guía la mayoría de mis decisiones me dice que va a tener justo el efecto contrario. Intento racionalizar lo que está pasando, pero mi cerebro no logra seguirles el ritmo a mis pies, que me sacan del vagón a toda prisa, sin frenar siquiera cuando casi me parten en dos las puertas al cerrarse.

Subo corriendo las escaleras de la estación hasta la acera, y miro a mi alrededor con desesperación para orientarme, ignorando la fría lluvia sobre la piel ya empapada. Localizo una placa de la calle y cruzo a toda velocidad la intersección, ganándome un par de bocinazos. Respondo con un gesto desquiciado y sigo corriendo. Giro a la izquierda y luego a la derecha, y, cuando por fin llego a su manzana, me falta el aire.

Reduzco el paso (más por pura necesidad cardiovascular que por decisión consciente) al llegar a su edificio y subo los escalones hasta la puerta. Me quedo allí un instante, intentando recuperar el aliento y poner algo de orden en mis pensamientos caóticos. Pero lo único que sé es que Rylie Cooper está al otro lado de esa puerta y yo quiero verlo.

Levanto el puño para llamar, pero un relámpago ilumina el cielo, y el trueno llega justo después para detener mi movimiento.

Es una amenaza. Una reprimenda. Una advertencia de que debo alejarme de su umbral, volver arrastrando los pies a la estación de metro y regresar de verdad a mi piso solitario y encerrarme en él hasta que se me afloje el nudo doloroso del pecho y pueda volver a pensar con claridad.

Bajo el brazo, y el corazón me late con fuerza entre la alarma y el deseo. Me giro despacio, contemplando la calle oscura y brillante por la lluvia, intentando obligar a mis pies a dar los tres pasos necesarios para bajar del rellano. Pero su voz me atraviesa la cabeza.

«No puedo cambiar el pasado. No tienes ni puta idea de cuánto me gustaría».

La criatura hambrienta y desesperada que llevo dentro aúlla y toma el control. Me doy la vuelta de golpe, armo el puño y aporreo la puerta como si pudiera atravesarla a golpes.

Oigo sus raudos pasos al otro lado, pero no dejo de llamar hasta que abre la puerta de un tirón y yo me balanceo hacia él como una marinera borracha. «Borracha» es una buena palabra para describir cómo me siento: acalorada, frenética y

203

consciente de mis pensamientos, pero completamente incapaz de controlarlos.

El silencio se cierne entre nosotros, y su peso me abre la mandíbula, tira de mis cuerdas vocales y me hace susurrar «Rylie» en un suspiro áspero y quebrado.

Rylie me mira fijamente, con las gafas un poco torcidas y el pelo hecho un desastre, como si llevara horas pasándose las manos por él. Se ha cambiado la ropa mojada por una camiseta blanca y unos pantalones de chándal grises que le marcan de una forma bastante impresionante el...

Aparto la vista de inmediato y la devuelvo a su rostro porque me queda un solo hilillo de autocontrol y, si me fijo demasiado en lo poco que esos pantalones dejan a la imaginación, igual acabo haciéndole una felación aquí mismo. Y eso sí que sería patético.

—¿Qué haces aquí? —pregunta Rylie en voz baja, y me acerco un poco para oírle por encima del estruendo de la lluvia.

—No lo sé —respondo con total sinceridad.

Traga saliva, y sus ojos recorren mi cuerpo de arriba abajo en un rápido circuito. Observo, hipnotizada, cómo el rubor le sube por las mejillas. Se pasa los nudillos por los labios y me clava una mirada implacable mientras tensa la mandíbula. Entonces cruza el cielo otro relámpago.

—No tendrías que haber venido —susurra a modo de advertencia. La aspereza de su voz se me cuela dentro, serpentea por mi columna, baila entre mis costillas y se instala en mi pecho.

—Ya sé que no tendría que haber venido. —Es lo último que pienso racionalmente antes de lanzarme de cabeza a lo que siento.

Reduzco el espacio que nos separa y le rodeo el cuello con los brazos. Lo noto tomar aire justo cuando sello mi boca contra la suya para besarlo con pasión.

Todo lo demás desaparece. Solo existe el calor de la boca de Rylie, la sorpresa inicial y el hambre inmediata. Una mano grande que me sujeta la mandíbula, incitándome a abrirla para él. El calor sedoso de su lengua cuando se encuentra con la mía. El gruñido que sale del fondo de su garganta cuando acerca su cuerpo al mío. Su otra mano baja hasta la parte inferior de mi espalda, se cuela bajo mi camiseta mojada y me ciñe contra él.

Como una salvaje, lo agarro del pelo y le abrazo la cadera con el muslo, y amenazo con empujarlo contra el suelo ahí mismo, en el rellano. Rylie tiene la desfachatez de reírse, en un sonido de deleite y engreimiento, y estoy a punto de poner reparos a su disfrute, pero ya está dándose la vuelta y arrastrándome hacia dentro, y cierra la puerta de un puntapié tras de sí. No hay parte de mi cuerpo que no esté en contacto con él: los labios en mi cuello; los dientes en mi clavícula; la mano bajo mi falda, apretándome el culo; y yo jadeo en respiraciones entrecortadas, con la cabeza dándome vueltas.

—¿Y esto? —dice, más para sí mismo que para mí. Tiene la expresión aturdida, y sus ojos trazan un recorrido salvaje por mi cuerpo. Me agarra el bajo de la camiseta y tira de la tela empapada hacia arriba para quitármela—. ¿Qué está pasando?

—A la cama —jadeo contra su boca, separándome solo lo justo para quitarle la camiseta—. Llévame a tu cama.

Durante un segundo fugaz, espero que sus compañeros de piso no estén en casa o que, al menos, estén encerrados en sus respectivas habitaciones, pero entonces las manos de Rylie se posan en mi cintura y me guían con firmeza hacia las escaleras, y me doy cuenta de que, en realidad, me da igual quién esté. Tiene los ojos encendidos, las mejillas sonrojadas y los labios entreabiertos mientras me mira como un hombre famélico. Como si quisiera devorarme.

—¿Qué está pasando? —vuelve a preguntar, esta vez con la voz más firme, aunque sigue llevándome escaleras arriba; los dos, torpes y desesperados, tropezando más de lo que avanzamos.

—Una noche —consigo decir sin aliento cuando Rylie decide tomar cartas en el asunto y me levanta, me coloca las piernas alrededor de su cintura y carga conmigo los últimos escalones.

205

Soy alta, y muchas veces me han negado el pequeño lujo de sentirme delicada en brazos de alguien, pero Rylie me sostiene contra su cuerpo como si fuera algo frágil que se alegra de tener.

—¿Una noche? —repite, soltándome con delicadeza cuando llegamos a su planta. Me sujeta la cara con las manos y me besa con más fuerza.

—Solo una —insisto, no sé cómo, pues se me forma un nudo de protesta en la garganta—. Más te vale que sea buena.

Avanzamos a trompicones por el pasillo, chocándonos con las paredes y torciendo los marcos de fotos mientras nos aferramos el uno al otro, sin separar en ningún momento la boca, los dientes ni la lengua. Irrumpimos en su dormitorio y ya no existe nada más que sus manos en mi pelo, en mi cuello; mis dedos, que tiran de sus pantalones de chándal; mis zapatos, que vuelan hacia la cama; el…

—¿Qué coño es eso que tienes en la cama? —jadeo, apartándome de golpe. Mi movimiento inesperado hace que Rylie pierda el equilibrio y su cara acabe contra mi pecho con un gemido. Tarda más de lo necesario en levantar la cabeza, frotando la mejilla de un lado a otro. Le tiro del pelo con brusquedad—. Es coña, ¿no?

Incluso con la luz tenue, destaca el rubor de Rylie. Este se endereza y se recoloca las gafas torcidas mientras sigue mi mirada horrorizada hacia la… cosa que cubre la cama.

—El edredón vaquero.

—¿Edredón vaquero? —Me acerco con cautela, pero también con una curiosidad morbosa. Cubre el colchón lo que podría considerarse un edredón enorme de color azul marino. Con un jadeo horrorizado me doy cuenta de que está hecho de tela vaquera: un gigantesco bolsillo ocupa casi toda la superficie, con trabillas a lo largo del borde superior. Está cosido con hilo dorado.

—Es un edredón que parece unos vaqueros —repite Rylie, llevándose una mano a la nuca—. Un edredón vaquero.

—¿Por qué cojones lo tienes en la cama?

206

—Porque, la verdad, me parece bastante gracioso —dice, arrugando la nariz y con la respiración aún agitada—. Aunque entiendo que quizá no sea la ropa de cama más, eh, seductora para este momento.

La hostia. No me puedo creer que esté a punto de follar sobre un edredón vaquero.

—¿Haces la cucharita dentro del bolsillo? —pregunto, incapaz de evitarlo.

La risa de Rylie es áspera y luminosa.

—La hice una vez, sí.

Sigo mirando esa monstruosidad, preguntándome qué me ha pasado para que algo así me resulte tan entrañable y haga a Rylie aún más atractivo.

—Quería que las visitas supieran desde el primer momento que soy un fiera en la cama —susurra, colocándose detrás de mí y llevando las manos a mi cintura y la sonrisa a mi cuello.

—Deja de hablar de una puta vez —gruño, girándome entre sus brazos y permitiendo que me haga retroceder hasta que se me chocan los muslos con el borde de ese espanto de cama—. No vuelvas a hablar nunca más, te lo suplico.

—Dentro de unos minutos vas a suplicarme muchas otras cosas.

—Más te vale cumplirlo.

Le brillan los ojos, desafiantes, mientras engancha los dedos en la cinturilla elástica de mi falda. Me lanza una mirada interrogante y yo asiento, ayudándolo a bajármela por las caderas mientras vuelve a besarme. Aspira con fuerza cuando sus manos me rodean el culo desnudo. Entonces, abre los ojos, sorprendido, y aparta la cabeza.

—Es... eh... una de esas faldas que llevan la ropa interior incorporada —explico, sintiéndome más que satisfecha al ver su expresión febril.

—El mejor puto invento del mundo —murmura, y vuelve a besarme el cuello mientras me agarra y me manosea las curvas del culo.

207

Con una brusquedad que me sorprende y me excita, Rylie me empuja sobre la cama y se queda mirándome un instante. Veo cómo le recorre un pequeño temblor y niega con la cabeza, como si no pudiera creer que de verdad esté allí. Con un gesto rápido se quita las gafas y las deja a un lado; luego, apoya una rodilla en el colchón, entre mis piernas, lo que hace que mi peso se deslice hacia ella.

Por instinto me muevo, buscando la fricción contra su muslo, pero enseguida tenso los músculos y me obligo a estar quieta.

—Ni se te ocurra —dice Rylie, con cierta maldad en la voz. Se inclina sobre mí, apoyando las palmas a ambos lados de mi cabeza, aprisionándome.

El corazón me late con fuerza al contemplar el rubor salvaje de sus mejillas, su atención ardiente, la forma en que se relame el labio inferior como si tuviera tantas ganas de comerme que no pudiera soportarlo más. Nunca había estado tan encantada de estar atrapada.

—Ni se te ocurra contenerte, Eva. Úsame, joder.

Algo dentro de mí se desata: sus palabras son la chispa que prende un incendio, y mis inhibiciones arden hasta desaparecer. Alzo la cabeza y estrello los labios contra los suyos, mientras froto la pelvis contra el algodón áspero que le cubre el muslo. No reconozco esta sensación voraz e incontrolable que me hace desear estar tan cerca de él que me entran ganas de gritar si no siento todo su peso encima de mí.

Pero ahí está Cooper, que con una mano me sostiene la nuca; las yemas de los dedos se hunden con la presión justa. Me besa como espero que me folle: profundo, sucio y absorbente. Noto su erección contra el hueso de mi cadera y la tensión de sus músculos cuando arrastro las uñas por su pecho y su abdomen.

Rylie gime.

—Dios, Eva. Eres tan…

No me deja oír el final. Hundiendo la cara contra mi pecho, sus palabras vibran sobre mi piel. Nos quedamos quietos un momento. Bueno, todo lo quietos que podemos, moviendo las caderas en pequeños empujes desesperados, agarrándonos y manoseándonos. Inspira mi aroma con fuerza, tembloroso, como si el olor de mi piel fuera más necesario que el oxígeno. Entonces vuelve a levantar la cabeza.

—No me puedo creer que esté pasando.

Rylie se recoloca, me rodea la cintura con una mano y me sube un poco más en la cama. Luego se arrodilla por completo sobre el colchón, entre mis piernas abiertas. Estoy aturdida y me pesan las extremidades, que laten de deseo mientras dejo que mueva mi cuerpo como él quiera.

—¿Puedo quitártelo? —pregunta con aspereza, haciendo chasquear uno de los tirantes del sujetador. El latigazo me hace dar un respingo, y me recorre una oleada caliente de placer.

—Joder. Por favor.

Se mueve con fluidez buscando el cierre a mi espalda, pero noto un leve temblor en sus dedos al desabrocharlo y deslizar con cuidado los tirantes por mis brazos. Es muy distinto a como fue hace años: la ternura de sus caricias, la forma en que me saborea en lugar de apresurarse hacia el final. Se detiene otra vez, con la mandíbula tensa, recorriéndome con la mirada desde los pechos descubiertos hasta el vientre, y de ahí a mi cara sonrojada.

Acaricia con las yemas de los dedos desde mi ombligo hasta el centro de mi cuerpo, y siento como si algo dentro de mí se estuviera abriendo, descosiendo.

Rylie vuelve a llevarme la mano al cuello, y me lo sujeta, con la palma en la nuca y el pulgar en la garganta, con una presión que es a la vez reverencia y exigencia, y, por alguna razón absurda, sé que ahora mismo le daría todo lo que me pidiera.

—Vas a disfrutar de la hostia —dice, antes de inclinarse para besarme, esta vez sin prisas. La naturalidad con la que me toca, como si tuviera toda una vida para memorizar cada centímetro pero aun así no quisiera perder ni un segundo, hace que me retuerza contra él, pidiendo más y queriendo esconderme al mismo tiempo.

—Lo… lo hacemos solo por lo que ya sabemos, ¿no? —jadeo contra su boca.

Sus caderas me embisten con más fuerza.

—¿Cómo?

Gime cuando le muerdo fuertemente el labio inferior.

—Para compensarme por lo capullo que has sido.

Rylie se separa, y su mirada, al otro lado de la neblina del deseo, se torna seria de repente.

—Puede ser como tú quieras que sea.

Me entra el pánico cuando me sobreviene un pensamiento: que quiero que signifique algo más. Lo expulso antes de que pueda echar raíces y salgo corriendo mentalmente en la dirección contraria. Incluso en medio del delirio, consigo dedicarle una sonrisa lenta y perversa.

—Quiero que me folles como si te arrepintieras de lo mal que fue la primera vez.

Rylie gruñe, hunde la boca en mi cuello, succiona hasta que arqueo el cuerpo y luego muerde ahí mismo, para arrancarme un jadeo.

—Eso ya estaba implícito.

Sus manos bajan por mi torso, me sujetan las caderas y me ciñen con más firmeza contra él. Me mueve arriba y abajo, frotándome el coño contra la dura cumbre de su erección.

—Dime cómo te gusta —exige. Suplica.

Echo la cabeza atrás y cierro los ojos para concentrarme en las sensaciones. Me recorre una oleada de placer, tobillos, muslos, pelvis, pecho, cabeza, hasta que parece que voy a levitar. Pero no es suficiente. Aprieto los ojos con más fuerza, luchando contra la vergüenza que intenta arrebatarme del momento.

—Como va a ser solo una vez y no tengo nada que perder —suelto atropelladamente, con la esperanza de que piense que se me quiebra la voz por deseo y no por los nervios—, mejor te aviso de que estoy tomando antidepresivos, así que puede que tarde mucho o que incluso no llegue nunca, y sé lo frustrante que puede ser para la otra persona, y no quiero que te enfades ni…

Rylie devuelve una mano al ángulo de mi mandíbula y me cubre los labios con el pulgar. Abro los ojos de golpe y los clavo en los suyos. Entonces desliza los dedos desde mi boca hasta mi garganta y vuelve a rodearme el cuello con una presión firme.

—Eva, solo por esta vez, te ordeno que te calles.

Resoplo, indignada, intentando incorporarme para replicarle, pero no me suelta. Su expresión de acero hace que las palabras se me mueran en la lengua.

—En esta habitación nadie se va a enfadar con lo que estamos a punto de hacer —dice, con la voz baja y dentada como el filo de un cuchillo de sierra—. Voy a follarte como tú quieras. A cualquier ritmo y en cualquier postura. Voy a pasarme toda la puta noche comiéndote el coño si hace falta para que te corras, y lo voy a hacer con una sonrisa todo el rato. ¿Me entiendes?

No digo nada, con los labios entreabiertos y la respiración entrecortada. Entonces me zarandea suavemente.

—Te he hecho una pregunta.

Asiento.

Su sonrisa es perversa y muestra un deleite escandaloso. Se humedece los labios y deja que sus ojos me recorran el cuerpo con calma antes de volver a los míos.

—Bien. Ahora dime qué te gusta.

«Me gustas tú», susurra mi parte más desesperada y delirante, pero me sacudo la idea para apartarla.

—No lo sé —digo en su lugar.

Rylie frunce el ceño.

—¿Cómo?

Está confuso de verdad, sin juzgarme, y aun así me dan ganas de desaparecer. En mis publicaciones hablo mucho de sexo y de la brecha del orgasmo, pero en mi vida sexual soy, si acaso, una tímida hipócrita. Defiendo que la gente pida lo que quiere en la cama, pero siempre he estado tan obsesionada con complacer a la otra persona que ni siquiera sé qué pediría yo. No sé qué necesito para llegar al orgasmo con otra persona. Nunca me he permitido abrirme tanto como para descubrirlo.

—Creo… creo que me gustaría un poco brusco —consigo decir, mirando el movimiento de su nuez cuando traga saliva. Me clava los dedos en los muslos y su respiración se vuelve irregular.

—¿Cómo de brusco? —pregunta con un rumor grave antes de darme un mordisco rápido en el pecho.

—Así —jadeo.

—¿Algo más?

Como no respondo de inmediato, vuelve a morderme y luego calma la zona lamiéndome lentamente, lo que me arranca otro jadeo.

—No… O sea… Esto no… Nunca he…

Lleva los dientes hasta mi pezón y me lo mordisquea con suavidad antes de succionarlo con toda la boca. Se me está nublando la vista.

—¿Nunca has hecho qué, gatita? —susurra.

Gimo en respuesta, me acerco aún más a él, le sujeto la cabeza contra mi pecho y le suplico en silencio que lo repita.

Pero, en vez de eso, Rylie se aparta; tiene las mejillas sonrojadas y la boca entreabierta y húmeda.

—O hablas o paro.

Se me escapa un sonido tan patético que querría derretirme en el colchón, pero Rylie sonríe y hunde la cabeza en mi cuello con una risa contenida. Lo apartaría para conservar un poco de dignidad si no estuviera tan a gusto con todo su peso sobre mí, así que, en vez de eso, lo abrazo más fuerte.

—Nunca le había pedido a nadie que fuera brusco, así que no sé qué me gusta ni cuánto —digo a toda prisa. Sigo hablando, porque si paro terminaré no confesando nada—. Todas mis relaciones sexuales han sido sosas y aburridas, y estoy tan centrada en preocuparme por que la otra persona lo disfrute que nunca me he molestado en pedir lo que quiero yo.

En todas las relaciones que he tenido, mi prioridad ha sido siempre complacer al otro como fuera, también en la cama. De adolescente y con veintipocos, devoraba todos los artículos de las revistas de estilo sobre qué movimientos les gustaban más a los hombres. Mi desesperación por gustarle lo suficiente a alguien como para que se quedara conmigo era mi único deseo tangible. ¿Para qué iba a esforzarme en averiguar mis propias necesidades si estaba demasiado ocupada pensando en cómo hacerlo bien para la otra persona?

Rylie tira un poco hacia atrás, como queriendo mirarme, pero lo mantengo pegado a mí. Es más fácil decírselo al techo que a sus ojos sinceros y hambrientos.

—Pero, si solo tenemos esta noche, al menos voy a asegurarme de que no la cagues.

Rylie se ríe, y la pequeña bocanada de aire caliente contra mi piel hace que me recorra un escalofrío.

—Cuéntame más de lo que crees que quieres —intenta sonsacarme, girando la cabeza para acurrucar la mejilla contra mi pecho; la barba incipiente me hace arquearme hacia él—. Dímelo todo.

Sus dedos trazan un camino perezoso por mis costillas, me cruzan el vientre, me bajan por el muslo hasta la parte de atrás de la rodilla, y desandan el recorrido. Es una caricia suave, no desesperada ni abiertamente sexual, pero me pone a mil, y las piernas se me abren un poquito más.

—Quiero que sigas tocándome —consigo decir con la voz ahogada.

Rylie se vuelve a reír.

—Eso está garantizado, cariño. Me gusta tanto que no puedo parar.

Se me escapa un gemido roto, el cuerpo se me arquea bajo el suyo y me muerdo el labio.

Rylie se aparta, me recorre con los ojos hasta que le brillan de complicidad y se le marca el hoyuelo al sonreír.

—¿Te gusta, Eva? ¿Te gusta que te diga lo perfectísima que eres?

Otro jadeo me traiciona; cada célula de mi cuerpo cobra vida con el ronroneo áspero de sus palabras.

La sonrisa de Rylie es directamente pecaminosa, y el corazón me aporrea el pecho cuando se me acerca al oído, rozándome las mejillas con los labios al pasar.

—Sí que te gusta. Te encanta. Sé igual de buena como hasta ahora y dime lo brusco que quieres que sea con este cuerpo la hostia de bonito. Te daré todo lo que quieras; solo tienes que pedírmelo.

Me muerde el lóbulo de la oreja y se me arquea la espalda.

—Por el amor de Dios, tócame ya de una puta vez —casi grito, agarrándole la mano delicada y errante y llevándomela entre las piernas.

La presión me calma un segundo, solo uno, porque Rylie retira la mano de golpe y me agarra la cadera. Rápido como una bala, se pone de rodillas y las usa para separarme más las piernas, mientras con la otra mano me sujeta el muslo por dentro y luego por detrás de la rodilla, para abrirme para él.

Se queda mirando un instante y, a continuación, se humedece los labios y recorre mi cuerpo con la mirada hasta clavarla en mis ojos.

—Me muero de hambre, cariño. Déjame probarte.

Balbuceo algo parecido a un «por favor» y dejo caer la cabeza hacia atrás. Rylie alarga la mano por encima de mí y coge una almohada de la cabecera.

—Levanta la cadera, preciosa —ordena con voz ronca, y ya me la está levantando mientras coloca la almohada debajo.

Encuentro fuerzas en mi cuerpo descontrolado para apoyarme en los codos y mirarlo mientras se recoloca entre mis piernas.

—Dios, eres una puta preciosidad —gruñe mientras se inclina hacia delante y apoya mis muslos sobre sus hombros—. Empapada, ansiosa y suave. Llevo años soñando contigo, pero ninguno de mis recuerdos te hacía justicia.

Antes de que pueda reaccionar, tengo su boca sobre mí, y su lengua me lame el clítoris de forma obscena y desesperada. Me estremezco y gimo ante la sacudida que me atraviesa: una sensación tan intensa que mis muslos intentan cerrarse en torno a él. Pero mi desesperación no le desconcierta: vuelve a pasar la lengua con calma. Y otra vez. Se toma su tiempo, recorriéndome entera, rodeando la entrada y hundiéndose con deleite hasta subir al clítoris.

—Estás aún más rica de lo que imaginaba —dice sin levantar la cabeza, en lo que es más vibración que voz.

Respira casi con violencia, y la caja torácica se le ensancha contra mis muslos con cada inhalación. Se centra en mi clítoris, mirándome a los ojos por encima de mi cuerpo mientras se fija en cada reacción: la presión que me hace retorcerme y arañar las sábanas, la succión que me arranca un grito mientras me tiemblan los muslos contra su rostro, el ritmo implacable de su lengua que me tiene balbuceando su nombre en una súplica desesperada, mientras se me acumulan las lágrimas en los ojos a medida que el placer se me va concentrando en la pelvis. Rylie se aparta un segundo para tomar aire y me introduce los dedos de una forma que me hace gemir.

—Eso es. Mira lo mucho que te gusta. Eres perfecta —dice con la voz amortiguada mientras, desesperada, froto contra él el coño—. Que yo me entere de cuánto lo quieres.

Vuelve a hundir la boca en mí, moviendo la cabeza de lado a lado para que la barba me raspe la piel sensible de los muslos, y de mi garganta salen palabras incoherentes. Mi voz se torna en un grito cuando la necesidad se apodera de mí, incapaz de pensar en nada más y desesperada por correrme. Rylie emite un sonido triunfal entre mis piernas y me recompensa con más movimientos rítmicos de los dedos.

Nunca había sentido nada parecido. Es la primera vez que me retuerzo, que grito, que me muero de ganas de correrme, sin dedicar ni un segundo a pensar si él lo está disfrutando, porque, joder, sé que lo está. Jadea de placer mientras me come, tensa los músculos de los hombros entre mis piernas y embiste con las caderas el colchón porque él también está fuera de sí.

Cada vez estoy más cerca, se me quiebran los gemidos y aprieto los muslos alrededor de su cabeza mientras me da placer. El cuerpo entero me tiembla con tanta fuerza que el cabecero no deja de golpear la pared mientras una sensación casi dolorosa me atraviesa de arriba abajo.

—Joder. Joder. No pares. Me corro. No pares.

Y no para. Mantiene ese mismo ritmo perfecto, ese movimiento acompasado de los dedos, esos sonidos de placer mientras me lleva al orgasmo. Siento oleada tras oleada, y sigo temblando mientras se me resbalan las lágrimas por las mejillas durante el interminable éxtasis.

Le tiro del pelo cuando está tan sensible que no lo soporto más, y él se aparta, con la boca brillante y los ojos vidriosos. Me besa los muslos como si no pudiera apartar los labios de mí, y gimo ante la caricia suave.

Aún tengo la respiración ligeramente entrecortada cuando habla, mirándome a los ojos por encima del vientre.

—¿Me regalas otro, preciosa? —me pregunta, con una voz persuasiva y ansia en los dedos, que me introduce en el mejor puto ángulo posible.

Las caderas me dan una sacudida, y se me escapa una sarta de maldiciones ante la sensación.

—No sé si voy a poder —jadeo. Necesito que tenga piedad. Necesito que siga.

—Seguro que sí. —Su voz rebosa confianza.

Dice mucho de lo bueno que ha sido el orgasmo que no lo esté asfixiando con los muslos ahora mismo de pura exasperación.

Pero entonces compensa su chulería (o, más bien, demuestra que tiene motivos para ella) y vuelve a llevar la lengua sobre mí, esta vez más suave, casi delicado. Casi.

Hay algo obsceno y delicioso en la forma en que me devora. Gruñe elogios entre mis muslos («qué rico», «qué ganas», «qué puta maravilla») y no tardo mucho en volver a estar a punto, sudando, soltando tacos y suplicándole a Rylie que me deje correrme en su boca.

—Me cago en la hostia —es lo único coherente que consigo balbucear mientras Rylie me besa el cuerpo de abajo arriba; aún

216

me tiemblan los músculos por las réplicas—. La última vez no sabías hacer estas cosas.

Se ríe mientras se estira a mi lado. No sé muy bien cómo, saco fuerzas para girar la cabeza y mirarlo.

—Creo firmemente en el desarrollo de los personajes —dice, alargando la mano para apartarme un mechón húmedo de pelo de la cara—. Y, pese al aviso innecesario de antes, me lo has puesto muy fácil.

Algo se recoloca en mi pecho, y sus palabras se me derriten por dentro. Quiero esconderme de esa amabilidad, de la ternura de sus ojos, así que lo beso, saboreándome en su lengua y disfrutando de recordar cuánto le ha gustado. Cuánto le he gustado.

Rylie me rodea la cintura con un brazo y me acerca más a él, hasta que se rozan nuestros respectivos torsos sudorosos. Me doy cuenta, con disgusto, de que aún lleva los pantalones puestos, y mis manos codiciosas se lanzan a la cinturilla para intentar bajárselos. Rylie vuelve a reírse y me detiene los dedos impacientes.

—No sé qué te hace tanta gracia —gruño junto a su boca, apartándole las manos.

Él responde con un manotazo juguetón y luego me agarra de las muñecas y me da la vuelta para que quede boca arriba en la cama, con las manos sujetas a la altura de la cabeza mientras se cierne sobre mí.

—No soy un trozo de carne, Eva —dice, con una sonrisa satisfecha. No me puedo creer que me guste verlo tan contento—. Quiero que me digas lo que quieres.

—Quiero correrme contigo dentro —digo, abandonando cualquier pudor que pudiera tener por pedir demasiado. Si Rylie quiere oírlo, vaya si se lo voy a decir—. Quiero que me folles fuerte y hasta el fondo y que vuelvas a decirme lo guapa que estoy mientras lo haces. Quiero correrme otra vez, y haré lo que me digas para que así sea.

Rylie se queda quieto un segundo, con los labios entreabiertos y la mirada eléctrica.

—Joder, me encanta cuando me suplicas.

Ojalá pudiera hacerme la interesante, aunque fuera un segundo, pero tengo la sonrisa y el cuerpo radiantes por sus elogios. Antes de que pueda rescatar la palabra adecuada de mi cerebro confuso, Rylie ya está abriendo el cajón de la mesilla y sacando un preservativo. Se recuesta contra el cabecero, se quita los pantalones de chándal y abre el envoltorio plateado. Se sujeta la base de la polla para colocarlo y yo le arrebato el condón, dominada por la necesidad de tocarlo, de sentirlo en mis manos. Deslizo el látex por el pene, alternando la mirada entre su expresión aturdida mientras observa mis movimientos y la forma en que se le endurece aún más en mi mano.

—Demuéstrame cuánto lo quieres —susurra Rylie, agarrándome del muslo y desplazándome para que me siente a horcajadas sobre sus caderas.

Me coloco sobre él, y la punta de su polla me roza la entrada, empapada. Empiezo a mover las caderas, metiéndome solo la puntita, y aprieto con fuerza, deseando que me llene del todo. Rylie sisea entre dientes. Desciendo despacio por su grueso miembro, deleitándome en el trayecto y en cada nuevo centímetro, más delicioso que el anterior. Le observo el rostro mientras lo torturo: la agonía concentrada en su mandíbula, el aleteo de la nariz, las pupilas negras y dilatadas mientras me mira.

Cuando ya no puedo más, termino de sentarme sobre él, encajada contra su pelvis. A Rylie se le escapa un gemido de necesidad de la garganta, desesperado, hambriento y preparado. Contrae el abdomen al incorporarse para atrapar uno de mis pezones con la boca y presiona con insistencia; el movimiento lo empuja aún más adentro y la sensación me atraviesa en dos, haciéndome gritar mientras le agarro el pelo y me aferro a él con más fuerza. Aunque sea yo la que esté encima, no hay duda de quién manda aquí.

Rylie se deja caer contra las sábanas y yo apoyo las manos en su pecho para mantener el equilibrio, clavándole las uñas en la piel.

—Qué a gusto estoy dentro de ti, Eva —dice, con una voz casi fantasmal, pastosa, con la mirada velada y fija en el punto de nuestra unión.

Sus manos me agarran las caderas, hundiendo las yemas de los dedos en mi culo mientras me mece adelante y atrás, en un movimiento mínimo que subraya lo llena que estoy. Aprieto en torno a su miembro.

—Joder —gruñe Rylie, con una expresión confundida—. ¿Cómo puedes estar tan apretadita? Me da la impresión de que me voy a correr ya de lo bien que lo estás haciendo.

Gimo ante la necesidad de fricción, a segundos de romper a sollozar si no siento ya mismo cómo se desliza en mi interior.

—Muévete, preciosa —dice Rylie, leyéndome el pensamiento y el cuerpo—. Dámelo todo.

Me muerdo con fuerza el labio inferior y hago justo lo que me pide. Tenso los muslos y elevo las caderas a lo largo de su grueso miembro, y, ya lamentándome por la retirada, gimoteo para que vuelva a llenarme. Las manos de Rylie, posesivas, se aferran a mis caderas cuando le llego a la punta, y sus ojos enloquecidos de deseo se clavan en los míos durante un instante largo e intenso. Entonces sonríe, de una forma penetrante y perversa, y ahí sé que estoy perdida.

Tira de mí contra él, empujando al mismo tiempo, y da justo con un punto tan dentro de mí que me hace ver las estrellas mientras grito. Lo hace una vez más. Y otra. Le clavo las uñas con más fuerza en el pecho, con los brazos tensos y la espalda arqueada mientras me folla, y su voz me llega entre jadeos rotos mientras nos conduce a los dos hacia el éxtasis. «Me encanta», «qué bien lo haces», «me putoalucinas», me gruñe mientras se mueve, y los piropos se me enroscan por dentro hasta apretarse en un nudo palpitante de placer bajo el vientre.

—Tócate, Eva —dice, agarrándome una muñeca y llevándome la mano al clítoris. Nuestros dedos se enredan un momento mientras intento obedecerlo, temblorosa. Rylie sonríe al verme encontrar el ritmo—. Eso es. Que yo lo vea, preciosa.

Llego al clímax en un santiamén, y encojo el cuerpo entero en torno a Rylie en espasmos frenéticos mientras intento tomar aire. Las manos se me escurren de su pecho y me desplomo sobre él, aún sufriendo los efectos de una oleada tras otra. Intento incorporarme, pero no me quedan fuerzas, y se me escapan pequeños sollozos de la garganta.

—Eso es, cariño —me dice Rylie al oído, sin dejar de embestir desde abajo—. Lo has hecho de puto lujo.

Vuelvo a apretar en torno a él, y Rylie me muerde el hombro con un grito, pierde el ritmo, me agarra de las caderas y me mantiene pegada a él mientras se corre. Oigo los latidos de mi corazón en los oídos, los noto hasta en los dedos de los pies y en cada centímetro de mi cuerpo. Siento también los latidos de Rylie, raudos y fuertes contra la mejilla; mi cuerpo no es más que un peso muerto sobre el suyo.

Pero no parece importarle. Y durante un momento, mientras intentamos recuperar el aliento, con los torsos chocando a destiempo, a mí tampoco me importa.

Entonces va Rylie y la caga.

Con un levísimo roce de los labios en la cabeza, me da un beso. Es demasiado tierno. Demasiado cariñoso. Un abrazo y un beso en la frente no es forma de terminar un polvo de una noche. Me aparto de él a toda prisa y Rylie sisea cuando me la saca sin miramientos.

—Me vas a matar —dice, con la voz aún embotada.

Se me escapa una carcajada desquiciada, tan áspera como un cristal roto, y abre los ojos como platos. Entonces se ríe él también. Su rostro afable y el placer desinhibido que se le dibuja en las facciones me devuelven de golpe a la realidad. Cooper se da cuenta, cómo no; ¡será intuitivo, el muy cabrón! Veo que intenta leerme el semblante. Me pongo boca arriba, mirando al techo, y un instante después noto que se mueve y hace lo mismo.

—Ha sido… —Deja la frase en el aire, y sé que los dos estamos jugando mentalmente al ahorcado para ver qué palabra encaja en ese hueco.

«Increíble». «Una sorpresa». «Un antes y un después». «Posiblemente el mejor polvo de mi vida». «Algo puntual». «Un error».

La última se me clava en el pecho, y me apresuro a romper el silencio antes de que Cooper pueda asestarme el golpe.

—Raro.

Dios santo, ¿en serio he dicho «raro»?

Cooper gira la cabeza despacio para mirarme, con los ojos entornados pero inexpresivos.

—Raro —repite.

Abro la boca, pero de inmediato la cierro. Me muerdo el labio inferior y me encojo de hombros. Todo lo relacionado con Rylie Cooper se me hace raro. Primero, porque él es raro de por sí, y segundo, porque no sé qué le hace a mi cerebro que me deja completamente descolocada.

Vuelve a girarse hacia mí, apoyándose en el codo y descansando la cabeza en la mano.

—Acabo de ofrecer, probablemente, el mejor sexo oral de mi vida y la crítica lo califica de raro.

—Esa parte no ha sido…

—¿Rara? —sugiere, imperturbable.

Asiento.

—Esa parte ha sido… eh… muy buena.

Su sonrisa es tan arrogante que me entran ganas de morderlo.

—Entonces lo raro ha sido cuando he… —Hace un gesto hacia su entrepierna con la mano libre, y yo le agarro la muñeca.

—No —protesto, retorciéndole la piel en direcciones opuestas con las dos manos para hacerle daño. Pero se libera con facilidad y me aparta de un manotazo—. Esa parte también ha sido… eh… excepcional.

—¿Excepcional? —chilla, con una ceja arqueada y una media sonrisa.

—Aceptable —corrijo con la garganta seca y la cara ardiéndome.

221

—Excepcional —confirma él, asintiendo y alargando el brazo para rodearme la cintura y atraerme hacia sí.

Me acurruco contra el vello de su pecho, sintiendo el calor de su piel contra la mía. Estoy a gusto, tranquila, segura y... bien. Una llamarada de pánico me estalla en el pecho. Porque eso no puede ser. Así no era como debía salir la cosa.

Era un rollo de una sola noche, una parada privada en su gira pública de redención por haber hecho daño a mis preciados sentimientos hace años. No voy a volver a caer como una idiota. No voy a buscar emociones donde no las hay solo porque me sienta vulnerable y desprotegida después del sexo. Otra vez. Me cago en todo.

Me zafo de su abrazo, me incorporo y me envuelvo el cuerpo con la sábana. Me aseguro de darle una patada al edredón horroroso para mandarlo al pie de la cama.

—Supongo que he dicho «raro» porque todo esto lo es —balbuceo—. A ver, pasamos de no hablarnos a hacer públicas nuestras citas en las redes, seguido de una bronca acalorada después de una falsa terapia de pareja, como si sirviera de algo para cualquiera de los dos, cuando sabemos que no.

Veo a Cooper por el rabillo del ojo y lo observo mirarme atónito mientras se le tuerce el gesto. Siento un pinchazo en el estómago y me entran ganas de retirar lo que acabo de decir. Pero ¿para qué? No voy a engañarme solo porque esté hasta arriba de hormonas poscoitales. Noto la intensidad de su mirada, una expresión expectante, como a la espera de que me ría y diga que estoy de broma.

Pero no lo hago. En lugar de eso, me abrazo las rodillas y apoyo la barbilla sobre ellas.

Tras unos segundos, Cooper también se incorpora, se levanta de la cama y se ocupa del preservativo antes de coger los pantalones que había tirado. No me fijo en la tensión marcada de los músculos de su espalda ni en lo perfecto que tiene el culo mientras se los pone.

—Me voy al baño —murmura a modo de explicación mientras se dirige a la puerta—. No tardo.

Sé que debería esperar mi turno para ir al baño, quedarme allí un ratito para recomponerme y manejar la situación como una adulta. Debería disculparme por haber sido tan dura y asegurarme de que estamos en la misma onda.

Pero el haber oído a Cooper coincidir conmigo en que esto ha sido un rollete de una noche hace que un latigazo me recorra la espalda, y me levanto de la cama, agarro la ropa a toda prisa y me pongo la falda y el sujetador del revés. La voz de mi conciencia, trastornada y regañona, me dice que una infección de orina sería el castigo merecido por la estupidez que estoy a punto de cometer, pero nunca me he caracterizado por comportarme como una adulta, así que ¿por qué voy a empezar ahora?

Oigo la cisterna y el agua del lavabo, y acelero los movimientos. Por fin recuerdo que me había dejado la camiseta en el puto recibidor y, tras una última mirada a la puerta del baño, salgo de puntillas de su habitación y bajo las escaleras a toda velocidad, y me pongo la camiseta de cualquier manera antes de desaparecer en la noche.

Capítulo 15

Ray no para en toda la mañana de intentar hablar conmigo por videollamada. Aida también, lo cual es una pésima señal, porque todavía no he arreglado las cosas del trabajo con ella.

Pero, como se me da fenomenal afrontar los problemas directamente, vuelvo a rechazar la llamada de Ray. Así que se pasa al chat de grupo.

Ray

eeeeeeeeh tía más te vale cogérmelo porque tienes que darme muchas explicaciones

Adjunta un enlace a una publicación de las redes sociales. La miniatura de la vista previa hace que me dé un vuelco el corazón: una falda roja con la cinturilla torcida, una camiseta blanca arrugada y un bolso de mano agarrado como si fuera un arma. Entro en el enlace y me llevo una mano a la boca, horrorizada. Es un carrusel de tres fotos mías saliendo por patas de casa de Cooper anoche, como si acabara de cometer un delito grave. No puedo evitar leer la descripción de debajo:

Vivo en el mismo barrio que Rylie Cooper y anoche, cuando saqué al perro, no es que pillara a Eva Kitt saliendo de su casa después de follar: la pillé huyendo.

> ⚡ el único que debería huir es el rabo de rylie por caer tan bajo
>
> ⚡ SABÍA QUE ESTABAN LIADOS. UNA QUÍMICA ASÍ NO SE PUEDE FINGIR
>
> ⚡ la verdad mataría por ver un vídeo de ella comiéndole la salchicha
>
> ⚡ lo que dicen es cierto: a los hombres les encantan las más petardas (o al menos follárselas)

Sigo leyendo hasta que se me nubla la vista, aturdida y desorientada mientras intento procesar las implicaciones de todo esto. Todo el mundo sabe que me he acostado con Cooper.

No, no es verdad. Es lo que ellos creen. No tienen pruebas. Esas fotos borrosas mías no son una prueba... porque en internet la gente siempre da más valor a las pruebas legítimas que a las conjeturas maliciosas.

Mierda.

Me aterra que mi primer impulso, además de querer hacerme un ovillo y morirme, sea llamar a Rylie, refugiarme en su voz, en lo fácil que le resulta hacerme reír incluso cuando me encuentro fatal. Me siento tan desprotegida, tan irrevocablemente observada, que me gustaría salirme de mi propio cuerpo.

Vale. Igual tiene arreglo. Vuelvo a mirar la publicación. Solo tiene unos pocos miles de visualizaciones y bastantes menos *likes*. Aún no se ha viralizado. Repaso los comentarios y denuncio algunos de los más asquerosos, seguidos del propio vídeo. Tengo que hacer algo para recuperar aunque sea una pizca de control en mi vida, que se me está escapando de las manos.

Llaman al telefonillo; se me ponen los nervios de punta y, por culpa de mis manos sudorosas, casi lanzo volando el móvil por la habitación. Vuelven a llamar, como si estuvieran apretando el botón sin parar.

—¿Quién es? —siseo al altavoz, sin molestarme en ser educada con alguien tan impaciente.

—Soy yo.

Conozco esa voz. No soporto lo bien que la conozco. A pesar de su dureza, me recorre un escalofrío por la espalda cuando los recuerdos de anoche empiezan a arremolinárseme en la cabeza.

—¿Quién? —chillo, intentando ganar algo de tiempo mientras me aterra pensar que Cooper está en mi portal.

—Rylie —dice, dejando claro que no va a seguirme el juego—. Déjame subir.

—¿Cómo sabes dónde vivo, acosador? —digo al interfono, con mariposas en el estómago.

—Vine a recogerte para nuestra primera cita, cabeza loca. Anda, déjame subir. —Habla en voz más alta, y la aspereza de su frustración me hace dar un paso atrás. Se produce una pausa y, a continuación, un largo suspiro atraviesa el altavoz metálico—. Te he traído comida. Por favor, déjame subir.

¿Comida? ¿Qué clase de comida?

Cual animal que olisquea los bordes de una trampa, corro hasta la ventana que da a la entrada del edificio. Me agacho y asomo apenas la coronilla por encima del alféizar para ver si lo dice en serio.

Rylie Cooper me está mirando fijamente desde la calle, con los labios fruncidos. Su mirada me mantiene clavada y, al cabo de un momento, levanta dos grandes bolsas marrones de lo que parece comida para llevar, como si me estuviera haciendo un gesto obsceno con las manos.

Me tiemblan un poco las piernas.

No debería dejarlo subir. Está claro que este tío es masoquista y saca lo peor de mí; me afila las espinas. Miro el móvil, tirado en el suelo y vibrando con otra avalancha de notificaciones, y siento una punzada repentina de soledad al pensar en el desastre que me espera. La soledad es tan inmensa, aterradora y vacía que el pánico me atraviesa el pecho como una lanza, y me apresuro a volver a mirar a Rylie por la ventana. Por mucho que me cueste

226

reconocerlo, es la única persona con la que puedo sentirme identificada en este momento. Con un suspiro de derrota, arrastro los pies hasta la entrada y le abro. Un minuto después, llama al timbre.

Entreabro la puerta y Rylie me lanza una mirada burlona de incredulidad a través de la rendija.

—Abre la puta puerta, Eva. Déjame pasar. —La empuja con el hombro y yo retrocedo, sin darle exactamente la bienvenida a mi casa, pero sin fuerzas ya para echarlo.

—¿Qué haces aquí? —Tengo los labios entumecidos y la sangre me escuece en las venas.

—He visto la publicación.

Pasa a mi lado y deja las bolsas de comida en la mesita de la cocina. Recorre mi piso con la mirada, deteniéndose unos segundos de más en los cuadros de las paredes, los libros de la mesita de centro y el peluche gigante y bastante horrendo de pez borrón que tengo en el sofá. Sus labios esbozan una muy leve sonrisa.

—Así que, naturalmente, se te ha ocurrido recrear el momento y darles más carnaza intentando echar mi puerta abajo —digo en un tono insulso mientras me examino las uñas.

—No. —En su voz no hay ni rastro de ternura. Ni del buen humor ni de la chispa habituales.

Me arriesgo a mirarlo de reojo, pero tengo que volver a mirarlo. Rylie me está observando como si estuviera fuera de sí. Poseído por la rabia, por el fastidio, por el deseo… No sé muy bien por qué. Tiene las mejillas encendidas y la respiración rápida y superficial. Da un paso hacia mí y, por instinto, me entran ganas de retroceder, pero me mantengo en mi sitio.

—No —repite, avanzando otro paso—. Verás, Eva, no estoy recreando lo de anoche. Porque estoy aquí. He venido. Tú, en cambio, te fuiste.

—¿Y qué? —le espeto, con una hostilidad que me quema por dentro y las manos temblorosas por la necesidad de empujarlo o de atraerlo hacia mí—. ¿Quieres que te dé la enhorabue-

227

na por aprender a usar el metro y presentarte en mi puerta? ¿O has venido en ese coche tan horrible que tienes?

—¡Deja de meterte con mi coche!

—¡Pues no haberte comprado un coche tan fácil de criticar!

Rylie me mira con tanta intensidad que tengo que contener las ganas de retorcerme. La energía que hay entre nosotros cambia, se vuelve eléctrica, cargada de tensión. Rylie da otro paso hacia mí.

—He venido a ver cómo estabas, bruja contestataria. He venido a comprobar si estás bien.

—¡Pues no estoy bien! —grito, avanzando hacia él hasta que nos quedamos cara a cara, sin espacio entre nosotros—. No estoy bien desde que volviste a mi vida con este montaje absurdo. No llevo bien ni un puñetero segundo de esta mentira prefabricada que mostramos en internet como si fuera un trozo de carne para perros rabiosos. No estoy bien porque me estás haciendo sentir cosas y no lo soporto, ¡joder! Así que para. Deja ya de fingir. Deja de preocuparte por mí. Para de una vez y déjame volver a ser desdichada en paz.

Nuestros respectivos torsos se rozan al respirar, en inspiraciones ásperas e irregulares que rayan en jadeos. Rylie me mira con ojos de loco y las gafas empañadas por los bordes por toda la tensión acumulada entre nosotros. Con un esfuerzo evidente, suelta el aire despacio, y yo quiero apartar ese frescor que me acaricia las mejillas.

Levanta las manos y no sé si va a sostenerme la cara o a estrangularme. Al ver mi expresión, las deja caer a los lados.

—Escúchame —dice, con la voz grave y sin dejar margen para una réplica—. Por una vez en tu puta vida, escúchame. Para mí, nunca ha sido un montaje, Eva. —Los ojos le centellean de rabia—. Nunca. Tú nunca has sido un montaje. ¿Por qué no te entra en esa cabeza dura que tienes que me gustas, cojones? No en pasado. En presente. Me gustabas entonces y, a pesar de que mi cordura me suplica lo contrario y de todos y cada uno de tus intentos por alejarme, me gustas ahora. Estoy

228

haciendo todo esto porque quiero conocerte, estar contigo. Porque la cagué una vez y he tenido una segunda oportunidad. Porque ahora estoy tan metido de lleno que me arrastraría por el infierno de rodillas sobre cristales rotos antes de dejarte marchar otra vez.

Me pitan los oídos en el silencio posterior, y la cabeza me da vueltas mientras intento asimilar la bomba que acaba de soltar.

—Así que he venido —continúa despacio, sin apartar la mirada de la mía— a ver cómo estás. He venido, aunque esté cabreado de cojones contigo por haberte ido como te fuiste anoche, porque estaba preocupado por ti. Quería asegurarme de que estabas bien. Y, de no ser así, quería ver qué podía hacer para arreglarlo.

Mi cuerpo es un caos: tengo el estómago revuelto y el corazón desbocado, y estoy aterrada. Pero me quedo inmóvil como una estatua, con los ojos muy abiertos y los labios apretados, sin dejar de mirarlo.

Rylie me sostiene la mirada unos segundos más antes de suspirar; la tensión abandona su cuerpo. Se acerca a la mesa y empieza a sacar las cosas de las bolsas, amontonando varios táperes llenos de distintos tipos de pasta.

—¿Te gusto? —pregunto, con una voz que suena a la vez acusadora y terriblemente tierna.

Rylie esboza una sonrisa burlona y no levanta la vista de lo que está haciendo.

—Sí. Mucho.

—¿Y estabas preocupado por mí? —La idea me resulta tan ajena que no consigo encajarla. ¿Alguien ha hecho algo así por mí alguna vez? ¿Venir expresamente a comprobar cómo estaba?

Rylie se detiene y deja caer un paquete de queso. Me mira como si no diera crédito.

—Pues claro que sí, gatita. ¿Cómo no iba a estar preocupado?

—Y... ¿me has traído comida? —digo, logrando apartar la mirada de su expresión sincera para fijarme en la enorme cantidad de recipientes. Se me llenan los ojos de lágrimas y, sin poder evitarlo, vuelvo a mirar a Rylie.

229

Su expresión se suaviza como la miel caliente, y me dedica una sonrisa descarada mientras me contempla. Luego se encoge de hombros.

—Me dijiste que les dabas mucha importancia a los macarrones con queso. Iba a preparártelos, pero no sabía qué marca de pasta era tu favorita, así que...

Antes de pensármelo dos veces, me lanzo hacia él, le rodeo el cuello con los brazos y estrello los labios contra los suyos. Oigo de lejos el ruido de una silla de la cocina al caer cuando Rylie tropieza con ella, pero enseguida nos estabiliza, sujetándome de la cadera.

Me recorre una necesidad aterradora, y me aferro a él con más fuerza. Una de sus manos se posa entre mis omóplatos, y la otra, en la curva de mi espalda baja, y me atraen hacia él como si también me necesitara. Su beso es como la luz del sol: me deslumbra, me calienta, me inunda por dentro. Sube la mano hasta mi nuca y me la sujeta con suavidad, acariciándome hasta que se me escapa un gemido de lo mucho que me gusta que me toque así. Soy consciente de que es un poco patético que unos simples paquetes de pasta me hayan dejado así de desarmada, pero nunca he dicho que tenga el listón muy alto.

—No he terminado de hablar contigo —dice junto a mi boca; arrastra los labios hasta mi cuello y va bajando despacio hasta la clavícula.

Yo le enredo los dedos en el pelo, reteniéndolo contra mí.

—¿No podemos hablar luego? ¿Mañana, por ejemplo? Bastante hablamos ya de normal.

Apoyo la boca en su sien y le mordisqueo el lóbulo de la oreja. Se le escapa un gemido hambriento y hunde la cara contra mi pecho. Cierra las manos en torno a mis caderas y aprieta los dedos con fuerza. Ojalá me deje marca.

Pero, con un sonido angustiado, me aparta, estirando los brazos para mantenerme erguida mientras me tambaleo hacia él.

—Es importante —dice, con los labios hinchados y el pelo alborotado. En un acto reflejo vuelve a atraerme hacia él, pero

230

enseguida deja caer las manos y retrocede unos pasos—. Anoche, antes de que salieras huyendo como pollo sin cabeza...

—Creo que un poco más de tacto y dignidad sí que tuve.

—Qué va. Dijiste que no había significado nada para ninguno de los dos. Que no nos importaba. —Clava sus ojos de acero en los míos y me atrapa, me mantiene cautiva.

Intento tragar saliva con la garganta seca y me encojo de hombros.

—Ya. ¿Y?

—Que a mí sí me importa, joder —dice, golpeándose el pecho con la mano—. Me importa más de lo que soy capaz de explicar. Me importas tú. Me importa cómo te sientes. Qué piensas. Lo que te gusta y lo que no. Cómo te ha ido el día. De qué forma nueva y absurda me vas a torturar. Claro que me importa.

Lo miro boquiabierta, y el corazón me late con tanta fuerza contra las costillas que estoy segura de que puede verlo, sentirlo, pues las vibraciones deben de desplazarse entre nuestros respectivos cuerpos como ondas en el agua.

—Para mí sí significa algo —continúa—. Tú significas algo. Antes y ahora. He sido demasiado cobarde para decirte una verdad tan sencilla, pero no voy a dejar que pases ni un día más creyendo otra cosa que no sea la realidad. Me gustas. Me importas. Me he vuelto loco por ti, Eva, y te lo pienso repetir todas las veces que haga falta hasta que te lo creas. Hasta que me creas.

Parpadeo con fuerza, respirando en pequeñas bocanadas entrecortadas. Su expresión es sincera y desprende necesidad; entre nosotros chisporrotean oleadas de calor. Su atención se enrosca a mi alrededor, me envuelve y me deja expuesta de una forma aterradora. Tiene los hombros tensos, como si se estuviera preparando para que vuelva a rechazarlo y eso fuera a provocarle dolor físico.

La confesión se me queda pegada a la lengua. Quiero decirlo, subirme con él a la cuerda floja, sincerarme aunque solo sea un instante. Pero me da pánico caer desde tanta altura. ¿De qué me sirve esconderme? Ya estoy hecha un desastre, así que más vale decirle la verdad. Este hombre tan raro ha atravesado mis defensas y me ha llegado a lo más hondo, instalándose de forma permanente en mi corazón. Me enfadaría muchísimo si no lo adorara tanto.

Dejo que todas las emociones se reflejen en mi cara, normalmente imperturbable. Veo cómo Rylie las capta todas, cada parte de mi persona, y separa los labios al dar un paso hacia mí. Alarga la mano, me aparta un mechón de pelo detrás de la oreja y apoya la fría palma en mi mejilla ruborizada. Se me escapa un suspiro tembloroso de puro alivio.

—Para mí… también eres importante —susurro, con la voz áspera en el ambiente cargado que nos separa.

Me mira como si le hubiera arrancado el corazón del pecho y, al mismo tiempo, como si no pudiera ser más feliz de que sea yo quien lo tenga.

—En realidad, me importas muchísimo —añado, cogiendo impulso aunque se me quiebre la voz—. Creo que ese es el problema: que siempre has sido una persona importante para mí.

Sus ojos son como de mercurio, derritiéndose por los bordes. Lleva la otra mano hasta mi mandíbula y me sostiene la cara.

—Pero tengo miedo —reconozco, casi sin voz—. Miedo de que me vuelvan a hacer daño. Miedo de cagarla. La mayoría de las veces, ni siquiera me caigo bien a mí misma; ¿cómo va a haber otra persona a la que le guste lo suficiente como para quedarse?

—A mí me gustas más que de sobra para quedarme —dice Rylie—. Déjame entrar en tu vida, Eva. Déjame demostrártelo.

—Discutimos mucho —digo, intentando pinchar todos los globos que me están elevando cada vez más alto—. Tú mismo lo has dicho: soy una cabezota y una contestataria, y no sé cuánto lo voy a poder cambiar.

La sonrisa de Rylie es tan luminosa que se me llenan los ojos de lágrimas. Me resbalan por las mejillas, y él suelta una risita mientras me las seca con los pulgares.

—Gatita, prefiero pasarme la vida discutiendo contigo por costumbre que estar aburrido y acomodado con cualquier otra persona.

—También soy bastante borde —insisto, esta vez con más firmeza. Necesito que lo sepa todo, cada defecto. Necesito que no me deje sentir tanto por él para luego marcharse cuando se dé cuenta de que no voy a cambiar—. No aporto gran cosa más allá de mala leche y un estilazo impecable.

—No te infravalores —dice, con una sonrisa cada vez más amplia—. Tus tetas están tranquilamente en mi top cinco de cosas favoritas.

Me tiembla la barbilla y se me escapa un sonido a medio camino entre la risa y un bufido indignado. Intento apartarme, pero Rylie me estrecha aún más contra él y me roza el labio inferior con la yema del pulgar, provocándome. Entreabro la boca con un suspiro.

—También me encanta tu garra; no quiero que seas blanda conmigo.

Vale, ahora sí que está diciendo tonterías.

—Pues la verdad es que...

Rylie me interrumpe con un beso ardiente que me roba el aire de los pulmones mientras se adueña de mi boca. Su lengua se enreda con la mía entre pequeños mordiscos, como si intentara calmarme hasta dejarme sin palabras. Y puede que funcione.

Cuando respirar se vuelve peligrosamente necesario, los dos nos separamos. Rylie tiene las gafas torcidas, pero no me suelta; en lugar de eso, me dedica esa sonrisa aniñada suya.

—Eva, soy un imbécil con una preocupante colección de sudaderas graciosas y un edredón vaquero. Literalmente no hay nada que puedas decir que te baje a mi nivel. Quiero que sigas siendo contestataria y complicada y que me hagas estar siempre alerta. Quiero tus días de mala leche tanto como los alegres. No te estoy pidiendo que cambies. Insúltame tanto como quieras, mientras seas mía.

Ahora mismo estoy llorando de verdad: se me sacuden los hombros entre sollozos y me sorbo los mocos como si fuera a servirle de algo a mi nariz. Soy un desastre total.

Pero Rylie me mira como si fuera lo más bonito que ha visto en la vida.

233

—Vale —susurro.

—¿Vale? —repite él, animando la voz.

Asiento, con sus manos aún sujetándome las mejillas manchadas.

—Has presentado un argumento bastante convincente con lo del edredón.

Mi jadeo se mezcla con la carcajada de Rylie cuando lleva su sonrisa junto a mis labios y vuelve a besarme.

Al principio vamos despacio, reverentes, con una ternura cautelosa, como si estuviéramos comprobando que todo lo que acabamos de decir es real. Cada roce de sus labios contra los míos parece una promesa, una declaración de adoración. Devuelvo cada juramento, y mis defensas se vienen abajo cuanto más tiramos uno del otro, cuanta más fuerza imprimimos a nuestros besos, hasta que la energía cambia y se vuelve algo más crudo, más urgente.

—Te necesito —le susurro al oído antes de recorrerle la oreja con la lengua.

El gemido de Rylie es grave y denso, y me prende una llama en el vientre.

Sigo en pijama, un conjunto negro de satén con camisa y *shorts* vaporosos. Él forcejea con los botoncitos de perlas, pero yo no tengo paciencia para su delicadeza y le aparto las manos de un tortazo antes de tirar de los bordes de la camisa. Los botones caen al suelo al tiempo que se le marca el hoyuelo mientras me mira, con la vista clavada en mi pecho desnudo.

Rylie niega despacio con la cabeza, pasándose los nudillos por los labios.

—Dios, eres increíble. Eres preciosísima.

Mi sonrisa es obscena, y se me enciende todo el cuerpo con su elogio. Me lanzo de nuevo sobre él, besándolo como si me fuera la vida en ello.

Nos hago retroceder, con sus manos cubriéndome los senos y mis dedos agarrados a su camiseta.

—A la cama —gimo contra sus labios antes de morderle el inferior.

Pero solo llegamos hasta el sofá; el mundo se detiene y me da un vuelco el corazón cuando se deja caer conmigo sobre este. Tiro de su ropa, convertida en un animal salvaje y necesitado cuyo único objetivo es sentir su piel contra la mía. Rylie se apoya en una mano y con la otra me agarra ambas muñecas, inmovilizándolas por encima de mi cabeza. Me coloca los dedos alrededor de la fría barra metálica de la mesita auxiliar.

—Agárrate ahí, cariño —me susurra al oído, con voz de terciopelo, y yo me aferro a la barra con todas mis fuerzas.

Rylie intenta contener la risa y yo lo fulmino con la mirada, pero su sonrisa no se desvanece. Se echa hacia atrás, se quita la camiseta y la tira al suelo. Mis brazos se estremecen de las ganas de tocarlo, pero me lanza una mirada de advertencia y sube la vista de mi cara sonrojada a mis manos.

—Eso es.

Con una seguridad perezosa, se recoloca de rodillas entre mis piernas, con mi cuerpo tendido bajo el suyo, y se desabrocha los botones de los vaqueros. Se los baja hasta los muslos, se saca la polla y se la agarra, antes de darse unas cuantas pasadas lentas mientras me recorre con la mirada. Rylie nunca ha sido de esa clase de personas a las que describiría como serenas, pero ahora mismo es un hombre deshecho: el pelo revuelto, las gafas torcidas, las marcas de mis mordiscos en el cuello, la expresión deliciosamente descompuesta.

Verlo así me provoca una oleada de deseo, y me contraigo ante el vacío doloroso entre mis piernas, alzando las caderas hacia él. Rylie me sujeta el muslo antes de aferrarse a la tela de mis *shorts* y tirar de ella hacia arriba, entre los labios de mi coño. Crea apenas un roce, lo justo para arrancarme un gemido, mientras muevo la pelvis con más desesperación en busca de alivio.

Rylie deja escapar un gruñido, acelerando el ritmo con el que se masturba. No puedo dejar de mirar cómo se toca, y se me hace la boca agua con las ganas de saborearlo, mientras el cuerpo me palpita por la necesidad de que me llene.

235

—Mira lo que me has hecho —dice, obligándome a alzar la vista hacia su rostro—. Mira lo que has hecho conmigo, Eva.

Dejo escapar un gemido roto y me retuerzo, intentando juntar los muslos, desesperada por cualquier tipo de alivio.

Su sonrisa es despiadada. En un segundo me agarra por la cintura y me recoloca más arriba en el sofá, con las manos aún aferradas a la mesita. Me levanta las piernas, me baja los *shorts* de un tirón y los arroja a un lado, antes de abrirse paso entre mis muslos y bajar la cabeza hasta mi vientre. Me recorre el ombligo con la punta de la lengua y luego la arrastra, plana, hacia abajo.

—Creo que es de justicia hacer lo mismo contigo —susurra entre mis piernas antes de llevar la boca a mi zona más dolorida.

Grito, retorciéndome al sentir la succión caliente y húmeda de su boca, y cierro los ojos mientras el placer me atraviesa con violencia. No tiene piedad: me abre las piernas aún más, se centra en mi clítoris y alterna succiones con rápidos toques de la lengua. Estoy tan tensa que siento como si se me fueran a partir los músculos en cualquier momento. Repito su nombre una y otra vez.

—Estoy a punto —jadeo, arqueando el torso mientras contemplo su cabeza entre mis piernas.

Rylie emite un zumbido contra mi clítoris hipersensible y gimo cuando prende la primera chispa del orgasmo. De repente, con una brusquedad que me hace soltar una sarta de maldiciones, se aparta para restregar la cara contra el interior de mi muslo y besar el pliegue de mi pelvis.

—¿Qué coño haces? —consigo balbucear, sudando, sin aliento, intentando recordar cómo mover las manos para soltar la barra y estrangularlo.

Su sonrisa es pura inocencia, con un leve gesto interrogante.

—¿Qué te pasa, gatita?

Lo miro con tanta rabia que casi me quedo bizca. Entonces hunde la sonrisa contra mi pierna, pero noto la vibración de su risa.

—Sigue —digo entre dientes, temblando por la necesidad que ha creado en mí.

Tengo la piel ardiendo, febril; me castañetean los dientes y me duelen los músculos. Rylie no tiene prisa en levantar la cabeza y repasarme el cuerpo con calma hasta que nuestros ojos se encuentran.

—Si quieres correrte —dice, deteniéndose para arrastrar los dientes por el hueso de mi cadera y arrancarme un gemido—, tendrás que demostrarme cuánto.

Vuelve a bajar la cabeza hasta mi clítoris y estoy dividida entre ahogarlo con los muslos o suplicarle sin pudor que termine lo que ha empezado. Me tortura sin descanso, dejándome al borde antes de parar, y todos los músculos de mi cuerpo se tensan como la cuerda de un arco. Intento no dejar que gane, plantarle cara, pero es una batalla perdida.

Rylie me introduce un dedo, y luego otro, mientras sus labios y su lengua continúan con mi clítoris. Mueve el cuerpo entero a la vez que me folla con la boca. Hay algo en el brillo de sus ojos, en la seguridad tranquila con la que me vuelve loca, que se me antoja desafiante.

Aspiro el aire con dificultad cuando encuentra una cadencia pausada que me hace buscar su lengua para llegar a más. Luchando por mantener el ritmo, me aclaro la garganta.

—Anoche no te lo pude decir…

Rylie se detiene y levanta la cabeza para mirarme con condescendencia.

—¿Porque te escapaste como si tuvieras una alergia letal a los sentimientos?

Le empujo la cabeza hacia abajo con las piernas; así le doy a su boca algo mejor que hacer que sacarme de quicio.

—Pero me fastidia que, encima, se te dé bastante bien —digo, intentando sonar indiferente, aunque un jadeo traicionero me delata.

Rylie tenía los ojos cerrados momentáneamente, y las larguísimas pestañas le rozaban las mejillas, pero los abre y me recorre el cuerpo con la mirada. Tras otra lamida, se aparta, alzando la cabeza y sonriendo como el diablo.

237

—Ah, ¿sí? —Su voz es suave y burlona, mientras sigue metiéndome y sacándome los dedos.

Asiento y abro la boca para soltarle una réplica ingeniosa, pero entonces presiona un punto que hace que se sacuda todo mi cuerpo y cierre el coño a su alrededor mientras gimo.

Rylie saca los dedos y se los lleva directamente a la boca para chuparlos despacio. Su mueca burlona se convierte en una sonrisa mientras me observa jadear.

—Porque algo me dice que en realidad te encanta, gatita.

Quiero rebatírselo, decir algo mordaz. Lo que sea con tal de recuperar un mínimo de control. Pero vuelve a estar dentro de mí, y veo las estrellas y se me queda el oxígeno atrapado en la garganta mientras, desesperada, intento respirar.

—Y a mí también me encanta —gruñe. Y vuelve a la carga.

Por fin, cuando estoy suplicando, llorando, apretándole la cabeza con los muslos hasta que no le queda otra opción, Rylie me deja que me corra, y los espasmos me sacuden el cuerpo durante lo que parecen varios minutos.

No me da ni un segundo para recuperar el aliento: se abalanza sobre mi cuerpo y me besa; su lengua se enreda con la mía mientras me saboreo en él. Estoy sin fuerzas, deshecha, y por fin suelto la mesita, intentando agarrarme a su espalda. Pero los brazos me caen inertes junto a los costados.

—Dame más, preciosa —me persuade Rylie junto a la boca. Intento negar con la cabeza, pero no me quedan fuerzas ni para eso. Me mira desde arriba—. Sé que eres capaz, joder.

Consigo arquearme hacia él, susurrándole un «sí» junto a su boca; la necesidad de sentirlo dentro pesa más que la calma que debería venir después del orgasmo. Rylie se echa hacia atrás sobre las rodillas, buscando a tientas los vaqueros que se quitó hace ya rato. Se saca un preservativo de la cartera y se lo pone con las manos temblorosas y lo bastante rápido como para que me quede claro que no está tan tranquilo como finge.

—Qué presuntuoso —digo, alzando una ceja mientras le miro la polla.

238

—Más bien optimista —me corrige, y me lo demuestra con la forma en que me besa. Sin juegos ni delicadeza: solo deseo.

Sin dejar de besarme, se acomoda el miembro junto a la entrada de mi vagina. Desliza la punta arriba y abajo, recreándose en lo mojada que estoy entre los muslos. Empiezo a removerme, reclamando más, queriendo sentirlo entero.

—No te muevas, cielo —ordena junto a mi boca.

Mi cuerpo se tensa mientras lo intento, pero los fuertes latidos de mi corazón hacen que me estremezca.

—Me encanta verte esforzarte tanto por portarte bien —me elogia en un murmullo grave, y me recompensa con una embestida profunda de la cadera.

Echo la cabeza atrás, clavándole las uñas en el pecho y soltando una maldición cuando da en el punto justo. Con un gruñido pesado, Rylie se retira solo para volver a llenarme con una embestida exigente. Mi cuerpo se va desplazando centímetro a centímetro por el sofá mientras me folla y, sin perder el ritmo implacable, me sostiene la cabeza con la mano para impedir que me golpee contra el reposabrazos. Se toma medio segundo para recolocarme y me levanta los hombros para incorporarme muy ligeramente. Me abruma contemplar su cuerpo sobre mí, dentro de mí. La tensión de sus brazos, en los que se apoya; la mandíbula apretada; el roce de su pecho contra el mío cada vez que sale de dentro de mí.

Rylie respira de forma irregular y tiene los labios húmedos y entreabiertos y las mejillas sonrojadas. Me mira a los ojos durante un segundo, y esa intensidad, ese deseo, hace que me cierre con fuerza a su alrededor. Sus pupilas se dilatan hasta eclipsarle el iris y se le ensanchan los orificios nasales. Me lleva la mano a la cara y va bajando los dedos por la mejilla hasta sujetarme suavemente la barbilla. Entonces me inclina la cabeza con cuidado para que pueda contemplar el punto en que estamos unidos.

—Mira, cariño —dice—. Mira lo bien que entra.

A partir de ahí, estoy perdida: ver cómo se mueve su cuerpo, la pasión desesperada y contenida en sus músculos mientras se

239

abre paso dentro de mí, lo cerca que me siento de este hombre mientras me reduce a puro placer.

Me corro con él dentro, gritando su nombre antes de morderle el hombro y marcarle la espalda con las uñas. Rylie aguanta apenas un segundo más, jadeando contra mi cuello mientras se retuerce dentro de mí, y los dos temblamos, sudorosos. Toda su fuerza se esfuma de golpe y acaba con la cabeza sobre mi pecho y las extremidades enredadas con las mías. El corazón me late tan rápido que veo el ritmo en mi pecho, y las mejillas de Cooper absorben cada latido. Con un esfuerzo visible, se mueve ligeramente, me besa el esternón y, a continuación, me sonríe.

Nos turnamos para ir al baño y, por fin, nos metemos en la cama. Rylie me acoge entre sus brazos y me estrecha contra él, y yo apoyo la cabeza entre su hombro y su pecho mientras sus dedos dibujan relajantes trazos sobre mi piel.

Por absurdo que parezca, me siento muy satisfecha y a salvo entre sus brazos. Suelto un suspiro tembloroso, reuniendo todo el valor que me queda.

—¿Te quieres quedar? —susurro junto a su piel.

Rylie se ríe bajito, y la vibración contra mi mejilla me llena de calor.

—Gatita —dice, sujetándome la mandíbula y alzándome la cara con el pulgar. Me sonríe: está guapísimo, y con ese maldito hoyuelo—. A mí solamente vas a tener que pedirme que me vaya.

Capítulo 16

Fiel a su palabra, Rylie no se separa de mí en toda la semana siguiente, salvo cuando lo aparto a la fuerza (a menudo empujándolo de la cama cuando suelta algún comentario fuera de lugar y absurdo), y lo echo de menos tanto y tan de inmediato que, a los pocos segundos, ya estoy estirando los brazos hacia él como si fuera una niña pequeña.

Vamos alternando entre nuestras respectivas casas, disfrutando de la intimidad acogedora de la lata de sardinas que es mi piso y de la energía de su casa adosada compartida, mientras procuramos pasar desapercibidos e intentamos no llamar la atención de nadie en la calle.

No me canso de su cercanía: le rodeo la cintura y lo abrazo por la espalda mientras me cocina infinitas variantes de macarrones con queso; me subo a su regazo y le arranco la camiseta con ansias de que me penetre cuando se sienta a trabajar; jugueteo distraída con sus dedos mientras vemos la tele; él me pasa el brazo por los hombros en el metro y nos miramos reflejados en el cristal sucio de las ventanas, orgullosos de lo felices que estamos juntos.

Sigo esperando a que ocurra lo peor: a que se me escape algo demasiado sincero y él salga corriendo, a que se le refleje en la mirada ese sutil velo de aburrimiento cuando hablamos, pero no deja de mirarme como si fuera un cometa al que lleva años persiguiendo.

Ayuda a alimentar la obsesión que nos tenemos el que no estemos prestando atención a las redes sociales, como si dentro

241

de nuestra pequeña burbuja no hubiera cobertura. Llegamos a la conclusión de que no podríamos avanzar si seguíamos siendo monos de feria en internet. Después de haber pasado los últimos seis años analizándonos a nosotros mismos y al otro hasta casi destruirnos, lo que menos necesitamos es la opinión de desconocidos. Además, Rylie está volcando todos sus esfuerzos en promocionar el acto benéfico de Lilith del próximo fin de semana, así que ha invitado al pódcast a ella y a parte de su equipo.

Por otro lado, *Hablemos de salchichas* siempre ha funcionado con un ritmo bastante irregular: encadenar varias grabaciones, seguidas de largas pausas mientras editamos y aguardamos a que famosos y personajes públicos estén lo bastante desesperados y a que los representantes nos confirmen los detalles. Yo me he pasado la última semana centrada en tareas administrativas absurdas y en buscar posibles invitados, optando por trabajar desde casa pese a lo poco que le gusta a Soundbites el modelo híbrido. No me cabe ninguna duda de que acabarán eliminando la opción más pronto que tarde: es más fácil controlarnos si estamos allí físicamente.

No acudir a la oficina también me facilita evitar a William. Sus correos lo muestran cada vez más nervioso: en todos pone «urgente» en el asunto, y el contenido básicamente consiste en preguntar cuándo narices vamos a volver Rylie y yo al plató y a crear más contenido para echar leña al fuego. Las fotos de mi salida de casa de Rylie la primera vez que nos liamos alimentaron los rumores en las redes, y los correos de William me han dejado claro que se han sumado más anunciantes y patrocinadores.

Aunque estoy cumpliendo con mi trabajo y esforzándome más por buscar algo que atraiga la atención de la audiencia y me gane puntos en la empresa, desde luego no estoy haciendo nada por seguir siendo el centro de atención, y William ha dejado muy claro que eso no le hace ninguna gracia.

Rylie finge estar enfermo y también elude los correos de William diciendo que no puede grabar nada porque ha pillado un virus estomacal. Esto último fue idea mía. Me pidió que revisara uno de sus primeros correos a William para asegurarme de que no me fuera a dar problemas en la empresa, y yo añadí una sutilísima oración sobre la diarrea explosiva de Rylie y sus frecuentes ataques de gases antes de darle a enviar.

Fue también en ese momento cuando me di cuenta de que, en realidad, igual sí que me estoy pasando un poco con Rylie, aunque comérmelo a abrazos y besos hasta que se rinde con un suspiro y una sonrisa es la forma más rápida de conseguir que vuelva a adorarme.

—¿Sabías que Ray va a encargarse del cáterin de la gala de Lilith? —pregunta Rylie, iluminando la mañana gris de sábado al traerme el café a la cama. Podría echarme a llorar o devorarle la polla como si fuera Kirby aquí y ahora—. Tiene pinta de que va a ser un evento importantísimo. De etiqueta y esas cosas.

—¿En serio? ¡Qué pasada!

Oculto mi pequeño sobresalto emocional detrás de un trago de café. Esta última semana no he sido precisamente una buena amiga, demasiado absorbida por esta neblina mental de color rosa chicle. En mi defensa, los mensajes de Aida se han pasado un pelín de pasivo-agresivos para mi gusto, girando en torno a la frustración constante de William por la falta de contenido que no estamos sacando Rylie y yo. Me ha parecido más fácil alejarme momentáneamente tanto de ella como de Ray que abrir ese melón, sabiendo que cualquier cosa que le contara a Ray acabaría llegando a oídos de Aida.

Casi me he terminado el café cuando me doy cuenta de lo inquietantemente callado que se ha quedado Rylie, y lo miro. Está contemplando fijamente su taza, con un leve rubor en las mejillas.

—¿En qué estás pensando? —Le aprieto ese punto sensible justo encima de la rodilla para hacerle cosquillas, pero él me aparta la mano, concentrado en no derramar el café. Dejo la taza y me recuesto contra las almohadas con una expresión expectante.

Rylie abre la boca para decir algo, pero la cierra de golpe y niega con la cabeza.

243

—No es asunto tuyo.

Esta vez le hago cosquillas con el dedo del pie en el costado, y él me agarra el tobillo, deja el café de cualquier manera en la mesilla y tira de mí hacia él. Chillo, arañando las sábanas con las uñas.

Entonces me inmoviliza mientras se inclina sobre mí con una sonrisa tímida.

—Vale. Tú ganas.

—Como siempre.

Me da un mordisquito en la clavícula antes de continuar:

—Estaba pensando de qué forma pedirte que me acompañases a la gala benéfica, doña malaleche. Te has cargado la sorpresa. ¿Contenta?

—Un poco —ronroneo antes de rodearle el cuello con los brazos e inclinarme para besarlo.

—Eres una enemiga del estado —dice junto a mi boca.

—¿De qué estado?

—Del estado de mi salud mental.

—Ay, criatura, eso ya lo tenías bien jodido mucho antes de que yo apareciera.

Rylie se ríe y baja la cabeza para besarme de nuevo. El ambiente se caldea y la piel me resplandece a medida que sus besos se van haciendo más profundos y me mete la mano debajo de la camiseta. Le noto la erección contra mi vientre y cómo mueve con pereza la cadera contra la mía. Le paso las manos por el pelo y le doy otro largo beso antes de separarme. Tiene los labios entreabiertos y los ojos vidriosos, como si estuviera medio dormido. Se inclina para besarme otra vez.

—Necesito más café antes de seguir —digo, sonriendo junto a su boca.

Rylie gime y separa los labios de los míos mientras deja caer la cabeza.

—Y supongo que me toca a mí solucionar el problema, ¿no?

Hago como que miro alrededor, rozándole la frente con la nariz.

244

—No veo a nadie más a quien podamos subcontratar.

Rylie vuelve a protestar, pero esta vez se incorpora y me mira con la sonrisa de quien no puede ni quiere negarme nada.

—Ahora vuelvo —dice, incapaz de evitar inclinarse para darme un beso más antes de levantarse y salir de la habitación.

Me hundo un poco más en el colchón, sonriendo al techo. Cojo una almohada, la muerdo mientras suelto un chillido y doy unas patadas de felicidad, por si fuera poco.

Me vibra el móvil y lo cojo, medio esperando que sea Rylie enviándome alguna tontería desde la cocina. Pero se me cae el alma a los pies cuando veo que es un correo de Landry, con el asunto: «Urgente. Léelo, por favor».

Todos los instintos de mi cuerpo me dicen que tire el móvil por la ventana en vez de abrir ese mensaje, pero ya me siento culpable por no estar siendo todo lo productiva que, en teoría, podría ser, y no puedo permitirme hacer nada más que ponga en riesgo mi trabajo. Lo abro, entornando los ojos hasta que todo se vuelve un poco borroso mientras intento controlar la oleada de ansiedad que me recorre. Respiro hondo, me incorporo y empiezo a leer.

Estimada Eva:

Con una gran decepción, me veo en la obligación de escribir este correo. Como sabrás, llevo más de veinte años al frente de Soundbites y siempre me he enorgullecido de contratar a profesionales motivados, que rara vez requieren supervisión y, mucho menos, mi intervención directa. Por desgracia, los informes sobre tu comportamiento reciente me han llevado a dudar de tu profesionalidad y de tu compromiso con esta empresa. Por cortesía, me estoy dirigiendo primero a ti antes de involucrar a Recursos Humanos y a otros miembros disciplinarios de la empresa, incluida la nueva dirección, con el fin de intentar llegar a un entendimiento. Hablando con franqueza: estoy intentando hacerte entrar en razón.

Veo potencial en ti, Eva. Mucho potencial. Veo a una mujer con el empuje necesario para hacer lo que haga falta y labrarse una carrera profesional. Veo a alguien

245

capaz de aferrarse con fuerza a las oportunidades de ascenso y no dejar que se le escapen de las manos. Sin embargo, que hayas evitado las responsabilidades relacionadas con la colaboración con Rylie Cooper me hace cuestionar lo que creía saber sobre tu carácter.

Eres la representante de la marca Soundbites en esta colaboración con el señor Cooper, y tu negligencia a la hora de cumplir con tu trabajo está dejando en mal lugar no solo a la empresa, sino también a mí como tu superior. Una empresa no puede funcionar a base de caprichos y ocurrencias, especialmente a la hora de generar ingresos publicitarios con contenido nuevo. Llevas más de una semana sin entregar nada nuevo con el señor Cooper.

Quiero preguntártelo de forma directa: ¿te importa tu carrera? ¿Quieres ser periodista? ¿Tienes la determinación necesaria para ir más allá y llegar lejos en tu carrera?

Como he dicho antes, veo en ti rasgos que me recuerdan a mí de joven, Eva. Pero puedo asegurarte que yo jamás habría puesto mi carrera en riesgo por un hombre; ni yo ni ninguna mujer con la que yo decidiera colaborar y a la que quisiera promocionar en esta industria tan competitiva. Quiero que examines con detenimiento las decisiones que estás tomando y que valores si reflejan los principios que quieres defender en tu prometedora carrera profesional. Demuéstrame que eres la mujer que creo que eres. No quiero que este asunto de rendimiento insatisfactorio tenga consecuencias.

Atentamente,
Landry

Leo el correo una y otra vez; la voz de Landry empieza siendo un zumbido agudo en mi oído y va creciendo hasta convertirse en un rugido. Vuelvo al principio, pero ya no soy capaz de enfocar las palabras, y entonces me doy cuenta de lo mucho que me tiemblan las manos y de que se me acumulan las lágrimas en los ojos. Lanzo el móvil a un lado, me tapo la cara y trato de respirar a través del avispero que tengo en la garganta.

Mierda, mierda, mierda.

Soy idiota. ¿En qué estaba pensando? ¿Qué me esperaba, jugando al escondite con una jefa que no pasa ni una? Que me confirmen que soy un desastre tan monumental como siempre he temido me da ganas de encogerme y desaparecer.

—Tranquila —me susurro en las palmas de las manos, aunque no me lo crea ni por un segundo—. Todo va a salir bien.

Tengo que arreglarlo. No puedo perder la oportunidad para ascender, para hacer por fin realidad este sueño absurdo. Saco el portátil del bolso que he dejado en el suelo y suelto un gruñido de frustración al darme cuenta de que no tiene batería. Me entra el impulso repentino e irracional de echarle la culpa a Rylie, a sus sudaderas absurdas, a su coche ridículo y a un pollón tan bueno que me ha hecho priorizar el sexo sobre mi trabajo, pero descarto la idea a tiempo.

Es solo culpa mía. Mía, de mi trabajo de mierda y de mi absurdo empeño en intentar hacer algo de provecho cuando es evidente que no estoy a la altura.

Me abrazo las rodillas contra el pecho e intento pensar cómo responder, cómo volver a caerle en gracia, pero mis pensamientos se hunden en la autocompasión. O sigo exhibiendo mi relación con Rylie para el consumo público, o me despido del ascenso que me llevaría al trabajo que siempre he querido. Tengo todas las de perder.

Rylie entra con los cafés en la mano y me esfuerzo por recomponer el gesto en algo que no sea pánico y derrota, pero se le borra la sonrisa. El muy cabrón me lee como un libro abierto.

—¿Estás bien, gatita? —pregunta, dejando las tazas y subiéndose a la cama.

No soporto esa pregunta. No hay nada que me haga ponerme más nerviosa que esa pregunta. No, no estoy bien, y reconocerlo solo hará que esté aún peor.

—Sí —consigo decir, con un hilillo de voz.

—¿Seguro? Tienes cara de…

Me lanzo sobre él, le paso una pierna por encima de la cadera y le rodeo el cuello con los brazos mientras lo beso: desordenada, apasionada y desesperada por huir de la ansiedad que me araña por dentro, de las preguntas que no quiero hacerme. Rylie se aparta un segundo, frunciendo el ceño con desconcierto, pero yo fuerzo mi sonrisa más seductora, se la dejo ver apenas un instante y, a continuación, le bajo las gafas por la nariz para dejarlas en la mesilla. Entonces lo vuelvo a besar.

Rylie se derrite cuando lo toco; sus manos se cuelan bajo mi camiseta y se deslizan hasta mis costillas, rozándome con los pulgares la piel sensible a los lados de mis senos. Suelto un gemido exagerado contra su boca y me ciño aún más contra él, contra el hombre que puede hacerme sentir tan bien que casi olvido que es posible sentirse mal.

A Rylie no tarda en ponérsele dura; nos restregamos las caderas y los torsos en movimientos cortos, y la fricción de los pijamas es enloquecedora. Rylie nos recoloca, haciéndome rodar debajo de él, y sus manos se encargan a toda prisa de quitarnos las camisetas, primero la mía antes que la suya.

—Impresionante —susurra, con una expresión aturdida, mientras me mira como si fuera la primera vez.

Un pinchazo de cariño me atraviesa el pecho, y tiro de él hacia mí otra vez.

Quiero escapar de todo.

Rylie me besa el cuello y me recorre la clavícula con la lengua. Me toca de todas las formas que sabe que me gustan mientras me susurra palabras de ánimo al oído. Y yo intento perderme en ellas, pero las emociones se me enquistan en el pecho, me cierran la garganta y me hacen sentir que no puedo respirar. La cabeza se me llena de una tensión pesada, como una nube de gas que hace que la habitación me dé vueltas de una manera nada placentera. Me cubro la cara con el brazo y gimo contra el pliegue del codo, esperando que así consiga engañarlo.

Rylie juguetea con los dedos entre mis piernas y nota cómo la humedad va en aumento; con un gesto lento, se la lleva a los labios. Se coloca en mi entrada y prescinde del preservativo, como venimos haciendo desde que confirmamos que las pruebas recientes salieron negativas.

Se hunde en mí con delicadeza, y yo le rodeo las caderas con las piernas como si pudiera retenerlo ahí para siempre. Rylie marca un ritmo lento y perezoso, saboreando el roce de cada centímetro contra mí.

Gimo, casi llorando por la mezcla de lo mucho que me gusta, de la ternura con la que me ama y del terror que me da haber echado a perder todo por lo que he trabajado. Mis movimientos son bruscos y desacompasados, y tengo los nervios tan a flor de piel que, en lugar de disfrutar de su contacto, me estremezco con cada caricia.

Rylie capta la tensión de mis músculos y se detiene para alzarse sobre mí. Me mira un momento, con las mejillas teñidas de rubor y la respiración entrecortada. La niebla del deseo empieza a despejarse de sus ojos, y su mandíbula, antes relajada, se tensa en un gesto preocupado.

—Cariño, ¿qué te pasa? —susurra, sosteniéndome la cara.

Es tan cariñoso, tan atento, que me entran ganas de romper a llorar como una niña pequeña. Y eso, a su vez, me da ganas de salir corriendo. Escondo la cara en su pecho.

—Fóllame, Cooper —lo apremio, clavándole las uñas en la espalda.

Lo noto estremecerse, restregar el cuerpo contra el mío de forma involuntaria antes de recuperar el control. Intento tomar las riendas, alzando las caderas en movimientos frenéticos, como si pudiera hacer desaparecer los problemas a base de polvos.

—No —dice con firmeza, deshaciendo el abrazo y sujetándome las muñecas contra el colchón.

Se me corta la respiración ante la intensidad de su mirada e intento apartar los ojos. Trato de contener el llanto mientras se me escapan las lágrimas y me resbalan por las sienes.

—Dime qué pasa —me pide con suavidad, secándome las lágrimas.

—Estoy bien —respondo entre dientes, apartándome de su mano—. ¿Puedes dejar de preocuparte de una puta vez y limitarte a follarme? Porque esta conversación está empezando a ser un coñazo y yo me aburro con facilidad.

Rylie se queda inmóvil, y su expresión pasa de la sorpresa a algo muy cercano al enfado. Con un movimiento deliberadamente lento, me agarra la mandíbula y me obliga a alzar la mirada hasta que me pierdo en la oscuridad salvaje de sus pupilas dilatadas. Su tacto es firme, pero no brusco, con la presión justa para dejarme claro que no piensa jugar.

—Escúchame bien, diablilla —dice, con la voz cargada de ternura—. Ahí fuera puedes ser todo lo dura y hermética que te apetezca, pero aquí —subraya la cama con un empujón contundente de caderas— me vas a mostrar a la Eva de verdad. Lo que tenemos tú y yo no es una simple distracción, Eva. Lo nuestro es más importante.

Lo miro, parpadeando a toda velocidad, intentando que no se me quiebre la expresión. Pero no sirve de nada: mi cuerpo entero suelta la tensión que llevaba reteniendo, me hundo en el colchón, se me abren los labios en un sollozo y las lágrimas brotan sin freno.

—Lo siento —susurro, intentando darme la vuelta.

Pero Rylie intercepta el movimiento y lo contrarresta, haciéndonos girar hasta que quedamos de lado, frente a frente. Me saca la polla, que, aún erecta, queda apoyada contra mi cadera, y yo solo quiero estar cerca de él, tenerlo dentro, pero Rylie desliza una mano bajo la curva de mi culo y me sube un poco más en la cama para que podamos mirarnos a la misma altura, desnivelados en todo lo demás.

—¿Qué te ocurre? —pregunta de nuevo, pasándome los dedos por el pelo y posando a continuación la mano en mi mejilla—. Dímelo, Eva.

Entre sollozos incontrolables, se lo cuento todo: el ascenso con el que me ha tentado Landry, mi creencia absurda de que quizá sí merecía un trabajo así y su correo confirmando que por supuesto que no. Rylie me sostiene todo el tiempo, emitiendo sonidos tranquilizantes cuando se me atascan las palabras en la garganta.

Es despiadadamente dulce e irracionalmente tierno, y me protege mientras confieso las inseguridades que me devoran. Tarde o temprano acabo quedándome sin fuerzas y me desplomo, exhausta e inerte, contra su pecho, y mis gimoteos son la única señal de vida.

—¿Puedo darte mi punto de vista, gatita? —me susurra al oído. Asiento contra su pecho y otro temblor me recorre el cuerpo al inspirar. Rylie me abraza aún con más fuerza—. Por si no fuera evidente, estoy dispuesto a besar el suelo que pisas si con eso te hago sonreír. Así de maravillosa eres.

Intento apartarlo con un bufido incrédulo, pero él me sujeta con más fuerza.

—Ponme a prueba. Lo digo en serio.

El corazón se me sube a la garganta; todo en mí quiere discutirle. «No valgo la pena». «No soy especial». «Si crees lo contrario, el raro eres tú». Pero Rylie me besa, robándome toda capacidad de protesta.

—Independientemente de lo colado que estoy por ti —continúa, frotando la mejilla contra mi pelo—, objetivamente eres maravillosa.

Ahora sí que me enfado de verdad. Pero tiene una extraña fuerza en ese cuerpo fibroso suyo, así que opto por girar la cara en un ángulo incómodo y hundirla en la almohada.

—La timidez no te pega, gatita —me susurra al cuello—. Escóndete todo lo que quieras, pero sabes que es verdad. Eres inteligente. Tienes ingenio. Dices cosas preciosas que muchísima gente se muere por escuchar. Eres un activo de la hostia para cualquier empresa que te contrate, y, si Landry o William quieren ponerlo en duda, adelante: demuéstrales que son unos fracasados.

Protesto de incredulidad.

—Eres maravillosa —repite, con una risa amable en la voz—. Y, no es por nada, pero sigues teniendo trabajo. No te ha despedido y, por lo que veo, has estado currando, buscando nuevas vías para mantener el interés en el segmento, solo que no sobre el tema que ellos preferirían. Al parecer, el de la diarrea fulminante soy yo. Es solo una amenaza.

—Explosiva —le corrijo—. Diarrea explosiva.

Noto cómo pone los ojos en blanco.

—Es verdad. Explosiva. Por supuesto.

Despacio, como una muñeca siniestra de peli de terror, giro la cabeza para mirarlo.

—¿De verdad crees que soy inteligente? —susurro, con la voz tímida.

Rylie ladea la cabeza y me dedica una sonrisa burlona.

—Estás en el top cinco de las personas más inteligentes que he conocido, sin duda.

—¿Y quiénes son las otras cuatro?

Rylie se ríe tan fuerte que tiembla la cama, y un escalofrío delicioso me recorre la espalda.

—La Eva borde, la Eva sarcástica, la Eva dulce y la Eva sincera —dice, rozándome la nariz con la suya—. La Eva sexi es la sexta, porque suele quedarse sin palabras ante mis extraordinarias dotes amatorias.

—Se me acaba de subir el vómito a la boca.

—Cada vez que hablamos en la cama, me da un subidón de autoestima...

Me río y le clavo los dientes en el hombro en un mordisquito cariñoso.

—¿De verdad te parezco ingeniosa? —pregunto, sintiéndome tonta y cohibida por necesitar tanto sus halagos, pero, aun así, sedienta de ellos.

Rylie me pasa los dedos por el pelo y tira de él con suavidad para ladearme la cara y que mire hacia él.

—Podría pasarme la vida piropeándote, pero este en concreto es tan evidente que resulta redundante. —Lo miro sin esconder el brillo de emoción en los ojos. Su sonrisa se suaviza y se ensancha—. Gatita, eres tan rápida que no consigo seguirte. Me dejas sin aliento intentando estar a tu altura.

Una explosión de calor me estalla en el pecho y me aprieto aún más contra él. Le doy un beso lento y ligero en la base del cuello, y él ronronea, satisfecho. Voy subiéndole por el cuello y la mandíbula con besos íntimos, y le recorro la cara hasta quedarme suspendida sobre su boca.

—Yo también estoy un poco colada por ti —susurro junto a sus labios.

Los entreabre para mí y lo beso con pasión, saboreándolos, acariciándole la lengua. Rylie besa con todo el cuerpo: sus piernas se enredan con las mías, pelvis y vientre pegados, una mano en mi pelo y la otra en mi mejilla.

—Y yo también creo que eres maravilloso —añado en el breve instante en el que nos separamos para tomar aire.

Siento su sonrisa contra la sien.

—Igual luego te pido que me lo repitas con un micrófono delante.

—Vas a tener que currártelo mucho para conseguirlo —bromeo, empujando la cadera contra la suya.

—Uf, qué sacrificio —responde con sequedad, reaccionando al instante al chispazo que he prendido y rozándose conmigo con suavidad.

Me atraviesa una oleada de ternura mientras me toca; con una mano, me recorre la columna en un camino tan delicioso como tortuoso hasta agarrarme el culo y pegarme a él, y yo jadeo contra su boca mientras mezo las caderas al mismo ritmo que las suyas.

A Rylie ha vuelto a ponérsele dura entre mis piernas, y lo deseo tanto que me duelen los dientes. Le empujo el hombro para que se tumbe boca arriba y subirme yo encima, pero se resiste, sujetándome la cara hasta que lo miro. Me clava esos ojos grises que me deshacen por completo.

—Eres una puta preciosidad, Eva —dice, antes de sellar su boca con la mía.

Y siento esa palabra, «preciosidad», en cada segundo de su beso apasionado y sensual. La siento en cómo me sujeta, en cómo me acaricia, en el gemido hambriento que se le escapa cuando me aferro a él, desesperada por cualquier pedazo de sí que pueda darme. Me va deshaciendo, costura a costura, hasta que no soy más que un montón de hilos sueltos y bordes deshilachados, y aun así me venera como si fuera sagrada.

Gimo contra su boca, moviendo las caderas con más fuerza, y Rylie se apiada de mí. Engancha una mano bajo mi rodilla y me sube la pierna por encima de su cadera, abriéndome para él mientras va penetrándome con embestidas cortas y sin prisa. Su ritmo constante crea la fricción justa para que vuelva a morderle el hombro, esta vez con más fuerza, suplicando en silencio todo lo que esté dispuesto a darme.

Los músculos de mis muslos se tensan a su alrededor, acercándolo aún más a mí, y él entra hasta el fondo, llenándome por completo mientras deja escapar un sonido áspero de placer. Su mano me recorre el muslo, se curva sobre la redondez de mi cadera, me sube por la espalda y vuelve a bajar. Me calma. Me electriza. Me hace querer enredarme en él y ver qué pueden hacer con nosotros sus manos suaves.

Estoy llorando mientras me hace el amor: la delicada posesión de sus movimientos, los elogios que gruñe contra mi piel cuando las embestidas se vuelven frenéticas, la forma en que entrelaza los dedos con los míos y me mira a los ojos cuando los dos alcanzamos ese clímax terriblemente maravilloso.

Después nos quedamos abrazados, sudorosos y saciados, con su cuerpo aún dentro del mío, mientras los corazones marcan el compás de ese pequeño milagro que es estar juntos.

Cuando ya no podemos aplazarlo más, por fin nos desenredamos y vamos al baño. Burbujea dentro de mí una alegría soñadora y le echo una carrera a Rylie para ver quién llega antes a la cama, lo empujo a un lado y me lanzo al nido de sábanas y almohadas. Entre risas, Rylie se abalanza sobre mí y me zarandea como a una muñeca de trapo pese a que medimos casi lo mismo. Me inmoviliza, me hace una pedorreta en el pecho y me arrastra

254

la barba incipiente por el cuello, haciéndome chillar y reír como si fuera una cría.

El estallido de energía dura poco y no tardamos en volver a hacernos arrumacos: Rylie, incorporado sobre las almohadas, con mi cabeza sobre su pecho mientras juega con mi pelo, enroscando los mechones en los dedos; y vemos una peli de terror cutre, sonriendo como dos imbéciles enamorados.

La ansiedad y la preocupación por el trabajo asoman de vez en cuando desde los rincones más desguarnecidos de mi mente, pero el calor de la piel de Rylie y la sencilla devoción de sus caricias me mantienen presente.

—¿Qué le respondo a Landry? —pregunto, intentando que la voz me salga serena y controlada.

Noto la respiración honda de Rylie junto a mi mejilla mientras piensa. Con ternura, me aparta el pelo de la cara y me besa la coronilla.

—Yo sería sincero con ella. Le diría lo mucho que te importa tu carrera, pero también cómo quieres que sea. Le diría que estás haciendo tu trabajo, pero que vales para mucho más que para leer comentarios crueles para el entretenimiento de la audiencia.

Jugueteo con el vello de su pecho, dándoles vueltas a sus palabras mientras él vuelve a prestar atención a la película. Es una idea bonita, pero no sé si soy lo bastante valiente como para sincerarme tanto con Landry; me da miedo levantar aún más ampollas. Pero encierro esa preocupación bajo llave durante lo que queda de día. No va a estropear la paz que siento entre los brazos de Rylie.

No dejo de fijarme en nuevos detalles de él, de catalogar hasta el más minúsculo: que tiene el pelo de las piernas un poquito más claro que las ondas castañas del de la cabeza; el grupito de seis pecas cerca del pliegue del codo izquierdo; la diminuta cicatriz blanca en la barbilla que desaparece con su sonrisa deslumbrante. Me da la impresión de que podría pasarme la vida entera mirándolo y, aun así, no descubriría todas sus facetas maravillosas. Rylie bosteza y me abraza con más fuerza; su respiración se vuelve profunda y regular mientras empieza a reproducirse otra película.

—Ooooh —digo, rompiendo su silencio somnoliento. Quiero mantenerlo despierto, hacerlo reír, provocarlo para que me pique como solo él sabe.

Rylie inclina la cabeza para mirarme.

—¿Te está tocando la fibra sensible un *slasher*? —pregunta, clavando la mirada en la escena especialmente sangrienta que se está viendo en ese preciso momento en la tele.

Me río.

—No, no es por eso.

—¿Entonces?

—Nada… —respondo con aire melancólico, dedicándole una sonrisa coqueta.

—Dímelo —dice, bajando la cabeza y mordisqueándome el cuello. Cuando murmuro de gusto, arrastra la barba por la zona y me arranca un jadeo. En el siguiente roce, se me endurecen los pezones.

—Es que son muy monos —digo, retorciéndome contra él. No sé si quiero que siga raspándome o todo lo contrario.

Rylie se aparta con gesto confuso, aunque sigue sonriendo.

—¿El qué?

—Tus pies —respondo, tan tranquila.

A Rylie se le va desvaneciendo la sonrisa y tuerce el gesto como si le acabara de pedir que resolviera una operación matemática.

—¿Mis… pies?

—Son pequeñitos y delicados. Son entrañables —arrullo, acurrucándome contra él y apretando la sonrisa contra su ceño fruncido a la vez que le rozo los pies con los míos.

Él se incorpora, y yo voy bajando por su torso hasta apoyarle la cabeza en el regazo, mientras me echo a reír en silencio.

—¿Entrañables? —chilla—. ¿Entrañables? Mis pies no son…

—¿Entrañables? —lo interrumpo.

256

Rylie capta la risita en mi voz. Refunfuña y me agarra las caderas con fuerza. Con un movimiento fluido, me recoloca de modo que mi espalda queda contra el colchón, y sus caderas, encajadas entre mis muslos abiertos. Su peso me inmoviliza.

—Qué cabronceta eres, Eva.

—¿Qué tiene de malo llamarte entrañable? —digo entre carcajadas mientras él me fulmina con la mirada. Pese a sus esfuerzos por mostrarse enfadado, se le empieza a dibujar una media sonrisa—. ¿No decías que querías desintoxicar la masculinidad?

—Para —refunfuña—. Puede ser que tenga una sonrisa entrañable. —Se marca una versión lobuna, hoyuelo incluido—. ¿Mi personalidad? Entrañable, sin duda. Joder, tengo unas orejas con una forma literalmente perfecta y ni te has dado cuenta, e incluso a ellas también podrías haberlas llamado entrañables. Pero ¿mis pies?

Me río aún más.

—A ver si lo entiendo, pies de Barbie: ¿estás enfadado porque he piropeado justo la parte de tu cuerpo que no querías?

—Mira que me esfuerzo para que me piropees por muchas cosas; pues mis pies no son una de ellas —dice con afectación.

Rylie desliza la mano por debajo de mi rodilla y me sube la pierna, dejándome el tobillo cerca de su cadera y presionando el muslo contra mi vientre. Siento mariposas en el estómago, y cada aleteo aviva ese fuego repentino. Me recorre el cuerpo con la mirada hasta detenerse en mi sonrisa. Entonces se inclina para dejar los labios suspendidos sobre los míos; una mano sigue sujetándome la cadera contra el colchón y la otra traza la curva de mi pantorrilla.

Y entonces empieza a hacerme cosquillas en el pie. Grito y me retuerzo intentando zafarme, pero me mantiene bien amarrada.

—Siento tener que recurrir a la fuerza bruta —dice Rylie, que no parece en absoluto arrepentido mientras sigue arremetiendo contra mí—, pero no me ha servido de nada intentar razonar contigo.

Empiezo a chillar, a soltar tacos y a dar bandazos como un pez fuera del agua, y la carcajada grave de Rylie se mezcla con la mía. Por fin consigo desenganchar la pierna y, sin querer queriendo, le doy una patada en el hombro. Rylie acusa el golpe con todo el dramatismo posible, me agarra y, rodando, nos hace caer de la cama, sobre el montón de almohadas y sábanas del suelo. Me inunda la euforia y busco venganza: le devuelvo la tortura multiplicada por diez, haciendo bailar mis dedos por su barbilla, sus axilas, su vientre.

Entonces una de las manos de Rylie me sostiene la nuca y me atrae hacia él. Con la otra mano posada sobre los latidos de mi corazón, me besa de una forma que apaga de golpe las risas, y ya no le hago más cosquillas, sino que lo estrecho contra mí, acariciándole la cálida extensión de su pecho.

—Tú sí que eres entrañable, Eva —dice Rylie, con la voz áspera y raudo como una cerilla al prender.

Sus manos se enredan en mi pelo, y se me nubla la vista mientras dentro de mí crece un deseo agudo y doloroso.

—No me has respondido a la pregunta de antes —me susurra al oído antes de morderme el lóbulo. Me quedo mirándolo largo rato, atontada. Entonces se aclara la garganta, mientras el rubor le sube por las mejillas—. ¿Me acompañas al acto benéfico? Como mi... eh... pareja.

La pregunta me obliga a detenerme; la evidente fragilidad de su voz ante algo tan poco trascendental me comprime el corazón, que me late a toda velocidad. Me lo pregunta como si tuviera la necesidad de que aceptara. Creo que es la primera vez que alguien actúa como si de verdad me necesitara.

—Si dices que sí, por la mañana te compenso —me tienta, confundiendo mi estupor con duda. Capto el hilo de inseguridad en su voz.

—Ah, ¿sí? —Me acurruco contra su cuello, intentando no salir volando en la nube en la que me encuentro.

—Me gusta llamarlo *brunch* con barra libre, pero en realidad consiste en quedarnos desnudos en la cama toda la mañana y beber champán directamente de la botella.

Me río antes de dejar escapar un suspiro cansado.

—Supongo que puedo hacerle hueco en la agenda.

Siento en la mejilla cómo a Rylie le da un vuelco el corazón, y me abraza con fuerza.

—Agradezco el sacrificio.

«Por ti haría lo que fuera», susurro de forma imperceptible contra su piel, sin atreverme aún a dejarle ver hasta qué punto lo digo en serio.

Capítulo 17

—La verdad es que venía con miedo, pero no ha sido ni de lejos tan terrible como pensaba. De hecho, me lo he pasado muy bien —me dice Rhys Stillwell, actor infantil venido a menos, mientras grabamos con los perritos calientes, que hace tiempo que se han quedado fríos. Al parecer está intentando relanzar su imagen, que está por los suelos, y, claro, comerse unas salchichas conmigo era el mejor punto de partida.

—¿Tan bien que te vas a ir a casa con la salchicha más gorda? —pregunto con la voz plana habitual en *Hablemos de salchichas*. Rhys casi se atraganta con las connotaciones.

—¡Serás pervertida! —dice entre risas, como si este tío no tuviera fama de haberse acostado con todo Hollywood y buena parte de Broadway.

Damos por terminada la grabación y a Rhys se lo llevan sus representantes a toda prisa, lo que me ahorra el posible tonteo baboso de después.

Me dejo caer en la silla y me pongo a mirar el móvil, sonriendo al ver un mensaje de Rylie.

Que tengas un buen día, gatita🖤

Resoplo mientras contesto:

No me digas lo que tengo que hacer🖤

260

Me envía una ristra de emojis con los ojos en blanco, seguida de uno lanzándome un beso. No sé cómo he tenido tanta suerte.

—Excelente entrevista, Eva. —La voz de William a mi espalda me pega tal susto que doy un bote de la silla y el móvil sale volando directo al neceser de maquillaje.

—Hola, William —digo, llevándome una mano al pecho e intentando ignorar el pico de pánico que llega tras el sobresalto—. ¿Qué haces aquí?

Me dedica una mirada fría y calculadora, antes de echar una ojeada a toda la estancia.

—Es lo que tiene llevar las riendas, Eva —dice, clavando de nuevo la vista en mí—. Que lo vigilas todo de cerca.

Asiento, luchando contra las ganas de escapar.

—Claro. Sí. Y es evidente que se te da muy bien —añado, intentando hacerle la pelota todo lo humanamente posible.

Pero su expresión no se inmuta.

—Pues sí, eso es verdad.

Nos quedamos en silencio un instante y rezo para que no note los cercos de sudor que empiezan a asomarme en las axilas.

Intenté aplicar parte de los consejos de Rylie en la respuesta a Landry: le dejé claro lo en serio que me tomo el trabajo y enumeré nuevas iniciativas e ideas que he estado moviendo para ir un paso por delante. No me ha contestado, pero tampoco me despidieron el lunes, así que, aunque prudente, mantengo cierto optimismo en que lo hice bien.

—He recibido tu correo —dice por fin William, invadiendo mi espacio para ocupar la silla que he dejado libre. Esa era la segunda parte de mi plan para recuperar puntos: escribirle directamente a William, poniendo en copia a Landry y Aida, claro, y echarle la culpa de la falta de contenido a Rylie.

William se cruza de piernas y se ajusta el carísimo reloj, esperando mi respuesta.

Me aclaro la garganta, cambiando el peso de un pie a otro.

—Ah, ya. Sí, como decía, estoy igual de molesta que tú con todo esto. Pero te juro que estoy haciendo todo lo que puedo.

Es mentira y estoy segura de que lo sabe, y no me gusta tener que dejar mal a Rylie, pero fue idea suya. Incluso me propuso decirle a William que me había vuelto a hacer *ghosting*. Inicialmente me resistí (ya había hecho todo lo posible por acabar con su imagen al principio), pero me cortó la retahíla de protestas con un beso lleno de ternura.

—Prefiero que le mientas a tu jefe diciendo que paso de ti antes de que tengamos que grabar contenido para internet mintiendo sobre nuestros sentimientos —me dijo Rylie—. Te prometo que Soundbites no busca contenido sobre lo mucho que nos gustamos.

A eso no pude decirle que no. Así que, con su beneplácito, le envié un correo a William diciendo que no sabía nada de Rylie desde la última grabación y que estaba cabreadísima, pero que estaba haciendo todo lo posible por seguir adelante. Luego insistí en lo comprometida que estoy con mi carrera y con la posibilidad de ampliar los temas que trato, e incluso le propuse algunas ideas. Pero no se dignó en responder.

De tal palo, tal astilla, supongo.

Las cosas con Aida no han ido mucho mejor. Después de que yo evitara el conflicto tras la llamada de Zoom, ha sacado la carta de cambio de sentido en el Uno y ahora es ella la que me está ignorando a mí. Además, anda desbordada produciendo nuevos proyectos, así que intento no tomarme su silencio demasiado a pecho.

Los ojos negros como el carbón de William me examinan con atención.

—Sí, las fotos tuyas que están circulando por internet demuestran perfectamente lo mucho que estás trabajando. —Hace una pausa lo bastante larga como para esbozar una mueca de desprecio—. ¿No te han enseñado la regla de oro de este negocio, Eva?

Se me revuelve el estómago y noto cómo me sube el ácido por la garganta. Como una idiota, niego con la cabeza.

William se inclina hacia mí, con una sonrisa a medio camino entre la complicidad y la amenaza.

—Nunca te acuestes con el famoso. —Y un segundo después añade—: O, si lo haces, al menos que no se te note tanto.

El pulso me golpea con fuerza las venas, y balbuceo, humillada. William me observa con una paciencia tensa, como si fuera una niña maleducada.

—Esas fotos no son mías —consigo decir al final, con todo el cuerpo ardiendo y la piel erizada. William levanta una ceja—. Quiero decir… Sí, las fotos son mías, pero no… No estaba… Rylie y yo no… Fue un lío de una noche. Un desastre. Tuve que salir corriendo. Tú me entiendes.

William me mira como si no me entendiera lo más mínimo.

—Tenía una sábana a modo de cortina —añado en voz baja, sin saber por qué tengo la necesidad casi física de darle todos los detalles escabrosos (además de falsos).

—Entiendo —dice William tras un silencio horrible. Se sacude una pelusilla inexistente de sus impecables pantalones de traje—. Una pena lo del señor Cooper. Podrías haber llegado a algo importante si hubiera seguido participando.

No sé si quiero que me trague la tierra o explotarle en la cara. Fuerzo una sonrisa.

—Me cuesta creer que llegar a algo importante dependa de un hombre —digo, sorprendida de poder mantener la voz serena y amable—. Y creo que, con nuevas oportunidades, puedo encontrar mi sitio.

William se encoge de hombros muy ligeramente, ya distraído.

—Las oportunidades vienen respaldadas por datos que avalen su probabilidad de éxito. —Suspira—. Vivimos en un mundo obsesionado con los datos. A veces uno se pregunta si no era todo mejor antes, cuando para trepar solo había que acostarse con el jefe.

Mi cara debe de ser un poema, porque William me mira y se echa a reír.

—Es broma, Eva. Por Dios, ¿qué clase de persona crees que soy? ¿Dónde está tu sentido del humor?

Suelto una risa forzada que suena como un disco rayado.

—Perdón —digo, sin tener muy claro por qué me estoy disculpando, pero me da la sensación de que debo hacerlo.

William se me queda mirando, y los labios se le curvan en una sonrisa condescendiente. Entonces mira el reloj, se levanta y se alisa las líneas impolutas del traje.

—Seguro que encuentras la forma de que todo encaje. Yo tengo que irme. Tengo una reunión con inversores.

—Suerte —murmuro, luchando contra las ganas de llorar.

—En esto no influye la suerte. —Clava en mí sus ojos fríos. Entonces se vuelve y camina hacia la puerta, antes de mirar hacia atrás y añadir—: Si ves al señor Cooper, dile que nuestro equipo jurídico se pondrá en contacto con él.

—¿Equipo jurídico? —chillo por quincuagésima vez mientras me paseo de un lado a otro del dormitorio de Rylie.

Él está sentado en el borde de la cama, siguiéndome con la mirada, con una sonrisa en la cara.

—¿De qué vas? —le digo, girándome hacia él—. ¿Por qué sonríes, pedazo de imbécil?

Rylie me agarra de la muñeca y tira de mí hasta que caigo en su regazo.

—Me gusta verte tan preocupada por mí —dice, dándome un besito en la mejilla.

Me revuelvo como gato panza arriba, pero él me abraza aún con más fuerza, hundiendo la cara en mi cuello.

—¿Me estás escuchando? William está amenazando con acciones legales. La cosa es grave, ¿y tú estás conmovido porque me preocupe? —me agito todavía más.

Rylie me tumba en la cama y me inmoviliza las caderas entre sus muslos mientras yo sacudo la cabeza de un lado a otro contra su horrible edredón vaquero.

—Eva, para. —Rylie me toma la cara entre las manos, clavándome los ojos de acero en los míos—. No te preocupes.

—¿Que no me preocupe? ¿Que no me preocupe? Dime, Cooper, ¿en toda la historia de la humanidad eso ha servido alguna vez para que alguien deje de preocuparse? ¿Sobre todo estando contigo? Tú pondrías nervioso hasta a un monje.

—Mira quién fue a hablar, que te mueves más que un garbanzo en la boca de un viejo —responde riéndose cuando vuelvo a revolverme, con esa sonrisa suya de niño—. Pero, si me escucharas medio segundo en vez de montarte la película del siglo, entenderías que no me preocupan sus amenazas de pacotilla porque, aunque no te lo creas, sé un poquito sobre mi trabajo.

Me quedo quieta, respirando con dificultad mientras lo fulmino con la mirada.

—Continúa.

Rylie se ríe otra vez y baja la cabeza para besarme en la frente.

—Ya he firmado acuerdos de colaboración con empresas antes. —Cambia de posición para apoyarse en las rodillas, con la cadera a la altura de la mía. Me coge de la mano, que tengo cerrada, y procede a masajearme los nudillos con calma hasta que aflojo el puño—. Hace tiempo descubrí lo importante que es que un buen abogado lo revise todo, y siempre, siempre, me aseguro de incluir una cláusula de rescisión unilateral si dejo de estar de acuerdo con el mensaje de la colaboración.

Me besa la palma de la mano y luego la deja con cuidado sobre mi pecho, antes de tomarme la otra y repetir el gesto, arrullándome hasta sumirme en una especie de trance.

—Acepté la entrevista inicial en *Hablemos de salchichas* y la promoción cruzada entre mi pódcast y el programa con reparto de beneficios por patrocinadores y anunciantes. No acepté una cantidad fija de contenidos que entregar, y por eso no me preocupa lo que ha dicho William. A mi abogado tampoco le preocupa lo que ha dicho William. Así que a ti tampoco debería preocuparte lo que ha dicho William. Está dando palos de ciego, y por eso te amenazó primero a ti. Blanco y en botella.

—¿No tengo nada de lo que preocuparme? —Parece una trampa—. Si no resuelvo todos sus problemas, ¿para qué sirvo?

—No tienes nada de lo que preocuparte —repite Rylie, apartándose de mis caderas y estirándose a mi lado. Me atrae hacia él—. Lo tengo todo controlado, cariño.

Abro la boca para discutir, buscando a la desesperada alguna forma de demostrar mi utilidad, pero me interrumpe con un beso.

—Pero agradezco muchísimo que te importe tanto —susurra junto a mis labios—. Significa más para mí de lo que imaginas.

La tensión se va alejando como una marea perezosa y dejo que Rylie me bese un poco más y me lleve a un estado de tranquilidad. ¿Es posible que... no haga falta nada más? ¿Le vale con que me importe y que él lo sepa?

Rylie se separa y me mira con una intensidad sobrecogedora.

—Me vale eso y todo lo demás —dice, enredándome los dedos en el pelo. Así es como me doy cuenta de que he pensado en voz alta—. Todo —repite. Y a continuación me demuestra cómo de en serio lo dice.

Capítulo 18

—Haz fuerza con la espalda —le aconsejo a Rylie desde mi posición, apoyada en la fachada de mi edificio, alzando la cara hacia el sol de otoño mientras doy un sorbo al café. Rylie me dedica una ristra de tacos mientras se pelea con una de mis maletas gigantes.

—¿Qué has metido aquí? ¿Los cadáveres de tus enemigos?

—Zapatos —respondo con un tono que deja claro que la respuesta es evidente.

Rylie deja caer la maleta junto al bordillo, con el gesto torcido por la incredulidad.

—¿Zapatos? ¿En plural?

—No voy a llevar un solo zapato, Rylie. No pienso ir medio descalza por muy benéfica que sea la gala.

Se pasa una mano por la cara y niega despacio con la cabeza.

—Me refiero a si has metido varios pares de zapatos.

—Pues claro.

—¡Vamos a estar fuera solo una noche! ¿Llevas tres maletas y una es solo para zapatos?

Le sonrío, pero entrecierro los ojos.

—Veo que ahora mismo estás saturado de emociones, pero ten en cuenta que no deberías pagarlo conmigo.

—¡No estoy saturado de emociones! —dice, con un tono que indica claramente que está saturadísimo de emociones—. Tengo una sola emoción, y es que existes únicamente para torturarme.

Hago como que miro a mi alrededor.

—¿Bajo qué piedra has estado viviendo, campeón?

—Ayúdame a levantarla.

—Ojalá pudiera, pero acabo de hacerme la manicura. Imposible. —Señalo con un gesto difuso todas mis cosas, más los trastos que Lilith le ha pedido a Rylie que lleve hasta el local, situado a las afueras. Puede que sea la primera persona en descubrir la utilidad de un PT Cruiser.

Rylie me sorprendió reservándonos una habitación en el hotel en el que se celebra la gala benéfica, y yo expresé mi entusiasmo metiendo ropa suficiente para dos semanas. Como reza el dicho popular, haz lo necesario para obtener la estación que quieres, no la que te dan.

Cuando está a punto de terminar de cargar mi gigantesco equipaje en el maletero, me acerco con paso tranquilo y le doy una palmada de ánimo en el culo. Rylie mira hacia atrás y finge fruncir el ceño, pero enseguida se le escapa una sonrisa.

—¡Mecachis! —digo cuando mira para otro lado, y me agacho como si se me hubiera caído el pintalabios del bolso. A toda prisa, despego el papel protector de una pegatina enorme y la planto en el parachoques del PT Cruiser, antes de reincorporarme con total naturalidad.

Lo hago todo con tanta rapidez y eficiencia (Rylie me dedica una sonrisa radiante al cerrar el maletero y se toma un segundo para cogerme la cara entre las manos y rozarme los labios con un beso suave) que creo que me he salido con la mía. Con un último beso, me suelta y se dirige a la puerta del conductor.

—Se me ha desatado el cordón —murmura, deteniéndose en seco, y apoya el pie en la parte trasera del coche. Al inclinarse para atarse la zapatilla, queda a la altura exacta de la pegatina holográfica rosa chillón que proclama, en letras rojas gigantes: Paciencia, niña a bordo.

Se le resbala el pie y se apoya con las manos, acercando aún más la cara al glorioso lema. Se queda mirándolo un segundo, seguido de otro más. Refunfuñando, intenta despegar una esquina, pero la muy puñetera está bien adherida y lo único que consigue es un sonido horrible y grimoso.

—Eres un puto grano en el culo —dice Rylie, incorporándose. Me rodea la cintura con un brazo y me atrae contra sí. Clavándome la mirada, me enreda la mano en el pelo con firmeza y me levanta la barbilla para darme un beso largo y ardiente. Yo ronroneo de satisfacción, con las manos apoyadas en su torso—. No sé por qué te aguanto —susurra contra mis labios.

—¿En serio?

—Sí.

—Luego te lo recuerdo, cuando estés jadeándome en la boca y diciéndome lo bien que lo hago.

El gruñido de Rylie se queda a medio camino entre la risa y el gemido.

—Vale, ya me he acordado. Al coche.

Con el cinturón puesto y emocionados como pioneros rumbo al Oeste, arrancamos hacia las afueras de la ciudad. Aunque el trayecto sea de apenas doce kilómetros, por culpa del tráfico no vamos a llegar hasta dentro de al menos ochenta y dos minutos. Con las piernas apoyadas en el salpicadero y la mano cálida de Rylie sobre el muslo, empiezo a pensar que el atasco quizá sea un bonito regalo que no sabemos apreciar.

—¿Pongo música? —pregunta Rylie, trasteando con el móvil con la mano libre cuando entramos en el quinto minuto sin movernos ni un milímetro.

—No. Mejor nos quedamos en silencio para reflexionar sobre nuestros momentos más humillantes.

Me aprieta el muslo en lo que se supone que debería ser una advertencia, pero que lo único que consigue es provocarme un escalofrío delicioso. Le quito el móvil de las manos y le doy al modo aleatorio, antes de inclinarme para besarle la mejilla. Casi le doy un cabezazo cuando empieza a sonar *Monster Mash* a todo volumen justo cuando por fin empieza a avanzar el tráfico. Durante los primeros treinta segundos de la canción, lo miro de reojo, a la espera de que dé alguna señal de haberse dado cuenta de que no es una canción normal para tener en favoritos.

269

—¿Esta es la lista que pones para hacer el amor? —pregunto con total naturalidad.

Rylie arruga el gesto, con una expresión de repugnancia cuando me mira, antes de devolver la vista a la carretera.

—Eva, por favor, no digas tonterías. —Hace una pausa pensativa mientras cambia de carril—. Todo el mundo sabe que esta es la mejor canción para los preliminares. Es la introducción perfecta para mi lista «Sexo duro y bien cerdo».

No debería alentarlo, pero suelto una carcajada sonora. A Rylie le tiembla la comisura de los labios, aunque mantiene el gesto serio.

—Obviamente, *This Is Halloween* también está en mi lista para hacer el amor.

Le paso la mano por el pelo ondulado y luego le tiro suavemente del lóbulo de la oreja. Este hombre es un morboso y me gusta tanto que me duele el pecho.

—¿Puedo hacerte una pregunta? —digo cuando ya han sonado unas cuantas canciones normales y volvemos a estar totalmente parados.

—¿Va a acabar sutilmente con mi autoestima? —pregunta Rylie, dedicándome una sonrisa de anuncio.

—Vale, entonces no es buen momento para preguntarte de qué modo ha afectado a tu vida ser tan bajito. Entendido.

—¡Pero si mido uno ochenta!

—Claro que sí, cielo.

Rylie me pincha debajo de las costillas y suelto un chillido.

—¿Qué ibas a preguntarme, engendro del demonio?

—¿Cuál fue la causa del renacer de Rylie Cooper?

—¿El qué? —Por primera vez desde que lo conozco, parece horrorizado de verdad. Y estamos hablando del hombre que lleva una sudadera de color mostaza en la que sale Piolín fumando un cigarro y la frase ME HE LEVANTADO DE LA CAMA; ¿QUÉ MÁS QUIERES?

—Tu... yo qué sé —hago un gesto en su dirección—, proceso de reforma para dejar de ser un golfo. Sé que con la psicóloga dijiste que habías tocado fondo, pero supongo que... no lo he entendido muy bien. ¿Qué te ayudó a salir de ahí?

Rylie tensa las manos alrededor del volante, y un músculo le palpita en la mejilla. Guarda silencio tanto rato, con el ceño fruncido, que empiezo a pensar que va a hacer como si no me hubiera oído. Me entra un pánico repentino: ¿se habrá enfadado? ¿Me habré pasado metiéndome donde no me llaman? Solo quiero conocerlo de verdad, a fondo. Quiero juntar todas sus piezas del pasado como si pudiera guardarlas en una caja de recuerdos y aprendérmelas de memoria.

—Perdón. No tendría que haber... No...

Rylie me calla apoyándome la mano en la nuca y masajeándome con delicadeza los músculos crispados. Su sonrisa es tensa pero sincera cuando me mira.

—No me pidas perdón, gatita. No me has molestado. Es que es una pregunta difícil de responder en pocas palabras.

Asiento y me inclino hacia su caricia, deseosa de derretirme con la dulzura de su voz. Todo esto es nuevo para mí, esta sinceridad compartida. Es como cuando estás aprendiendo un idioma y te mueres de vergüenza al intentar decir una frase. Me preocupa pasarme años equivocándome con el vocabulario y la gramática. Pero hay algo en la paciencia obstinada de Rylie que me da valor para seguir intentándolo.

—Creo que fue más o menos un año después de graduarme —dice, y bajo la música para no perderme ni una palabra—. La verdad es que nunca fui precisamente un alumno de matrícula antes de perder a mi hermana, pero en el último año saqué unas notas espantosas. Seguro que me dieron el título por pena.

—Eso no es verdad —murmuro, sorprendida por estar defendiéndolo—. Eres muy inteligente.

La sonrisa de Rylie es tan radiante que me roba el aire.

—Puede que sea lo más bonito que me has dicho nunca.

—Pues no te acostumbres.

—Ni se me ocurriría. —Rylie se queda callado un rato más, consultando las indicaciones del móvil. Entonces suspira—. Y, aunque agradezco que creas en mí, el Rylie universitario no se lo merecía. Ni siquiera intenté buscar trabajo después de graduarme. Volví a casa y me aproveché de lo amable que es la gente contigo cuando se te muere un ser querido. Me pasaba el día durmiendo, me comía todo lo que compraba mi madre y dejaba la cocina hecha un asco. Trabajé algunos turnos en el Wendy's del pueblo para tener dinero para maría y alcohol. Era un despojo humano sin el menor interés en cambiar nada.

—No es tan descabellado después de haber perdido a una hermana —susurro, apoyándole la mano en el muslo.

Rylie se muerde el labio inferior mientras piensa y, a continuación, se encoge de hombros.

—Puede. Pero sé que a Hailey le habría horrorizado la persona en la que me convertí en su nombre. —Me coge de la mano, la levanta y me roza los nudillos con los labios—. Probablemente habría seguido así de no ser por Katie. Era muy joven y estaba atrapada entre los escombros de una familia que se venía abajo. Una noche llegué tarde a casa después de trabajar y me la encontré hecha un ovillo en el sofá, llorando a moco tendido. Tendría trece o catorce años, pero, cuando me miró... Hostia puta. Parecía mucho mayor. Cansada, sola, rota, como si la vida le hubiera dado todo tipo de palos. Fue eso lo que me hizo cambiar de golpe; no sé si me explico.

Asiento, animándolo a continuar.

—Esa noche se abrió conmigo; creo que llevaba tiempo intentándolo, pero yo no estaba en condiciones de escuchar. Me habló de lo sola y lo asustada que se sentía. De que pensaba que perder a Hailey sería lo peor que le podía pasar, pero que durante ese año había sentido que me había perdido a mí y también a nuestros padres, cuyo matrimonio se estaba desmoronando. Probablemente esa última parte fue la más desconcertante. Yo estaba tan ajeno a todo que no tenía ni idea de que mis padres estuvieran mal. Imagino que... En fin, igual fui demasiado ingenuo, pero di por hecho que una tragedia así los uniría más. Que los haría indestructibles.

»Pero, después de hablar con Katie y de que empezara a prestar atención, me di cuenta de lo mal que estaban las cosas. Vi que mi padre no estaba a la altura, que no era el compañero que necesitaba mi madre. Era devastador ver cómo esa mujer acudía a él día tras día para pedir algo tan simple como un abrazo, una palabra de apoyo o incluso una mirada de su marido, y no recibía nada.

A Rylie se le quiebra la voz, así que se aclara la garganta.

—No sabía cómo procesarlo —continúa—. Darse cuenta de que tus padres son humanos es devastador. Yo siempre había admirado a mi padre como un hombre modélico, el tipo de persona que quería ser. Pero todo cambió, y eso me dejó la cabeza hecha un lío. Ya no sabía qué significaba ser un hombre, ni mucho menos ser pareja de alguien.

Nos detenemos en un semáforo en rojo y Rylie echa la cabeza hacia atrás y estira el cuello mientras busca las palabras.

—Después de eso empecé a recomponerme. Poco a poco, pero lo conseguí. Empecé a ayudar a mi madre en casa, a hablar con mi hermana todos los días, a sacarla por ahí y a intentar devolverle algo de alegría a su vida. Antes del segundo aniversario de la muerte de Hailey, mi madre pidió el divorcio, y probablemente fue una de las mejores decisiones que ha tomado en la vida.

»Sé que va a sonarte raro —dice Rylie, mirándome de reojo antes de apartar la vista—, pero, en medio de todo eso, encontré una especie de... belleza en el duelo. En la forma en que mi madre, mi hermana y yo nos unimos. En cómo el dolor era el mismo y, a la vez, completamente distinto para cada uno de nosotros. Me obsesioné un poco con eso, con los sentimientos, por decirlo de alguna manera. —Suelta una carcajada áspera y me dedica una sonrisa irónica—. Supongo que fue porque, por primera vez, estaba sintiendo muchas emociones.

Le devuelvo la sonrisa y le acaricio la mejilla, con un nudo de sentimientos en mi interior.

—Y necesitaba encontrar un propósito. A Katie le iba genial en el instituto y mi madre estaba empezando a disfrutar de una nueva vida. Me di cuenta de que yo quería hacer lo mismo. Así que cogí todos esos sentimientos y mi fascinación por ellos y pedí plaza en un máster de orientación psicológica. Y me encantó. Me flipaba estudiar la naturaleza humana e intentar entender cómo nos moldean las cosas horribles y maravillosas que nos pasan. Luego empecé a compartir lo que iba aprendiendo en internet, en vídeos graciosos o lo que fuera. Y, por lo que se ve, le llegó a la gente. Ahora puedo ganarme la vida haciendo vídeos absurdos y un pódcast, y seguir aprendiendo sobre las personas. Es bastante increíble, la verdad.

Accedemos al aparcamiento del hotel y un botones se dirige hacia nosotros. En cuanto Rylie apaga el motor, me lanzo por encima de la consola central, le sujeto la cara entre las manos y lo beso con toda mi alma.

—Es increíble —le digo junto a los labios, notando su sonrisa. Le beso la nariz. Los párpados. La frente. Y de nuevo la boca—. Gracias por contarme esa parte de tu historia.

Rylie apoya la frente en la mía, y se entremezclan nuestras respectivas respiraciones cortas.

—Gatita —dice, deslizándome la mano desde el cuello hasta la espalda—. Te ofrezco todo de mí, si lo aceptas.

Capítulo 19

—¿Tengo bien el pelo o parezco un *shih tzu* con mala leche? —pregunto, saliendo del baño del hotel envuelta en una nube de perfume caro y laca.

Rylie está tumbado en la cama. Alza despacio la vista del libro que le he prestado y la posa en el caos de mechones que llevo en lo alto de la cabeza.

—¿No pueden ser las dos cosas a la vez?

Hago una mueca y le dedico una peineta mientras intento domarme el pelo. Su risa es cálida como el ámbar, se me mete por dentro y cristaliza dentro de mis venas, con un brillo delicado. Rylie estira las extremidades larguiruchas y se levanta de la cama para examinarme de arriba abajo sin ninguna prisa. Cuando se detiene frente a mí, ladea la sonrisa, juguetea con un mechón suelto y deja que sus dedos me bajen por el cuello hasta el tirante de seda del top. Me estremezco con el leve roce de sus uñas, y sonríe mientras su gesto se vuelve más atrevido cuando su mano me recorre el costado hasta la cadera y me acerca a él.

—Estás... —dice, inclinándose para rozarme la sien con los labios; su aliento me hace cosquillitas en la oreja— espectacular.

Se me escapa un suspiro tembloroso, me flojean las piernas y me siento un poco tonta, pero también absurdamente feliz por la sinceridad con la que lo dice.

¿Cómo lo hace? ¿Cómo logra hacerme sentir así una y otra vez, como si hubiera pasado la vida entera mirando obras de arte y, aun así, yo fuera lo más bonito que ha visto nunca?

—Y el pelo te ha quedado genial. Más *yorkshire* que un *shih tzu* de ojos saltones, desde luego. —Se echa hacia atrás para sonreírme.

Se ha pinchado la burbuja romántica, pero queda una purpurina en el aire que lo hace todo aún mejor.

Me encanta picarme con él, esa necesidad constante y feroz de hacer reír al otro, de provocarlo, de que no sepa lo que va a suceder a continuación. Me encanta...

Me escapo de su abrazo.

—A ver qué tal tú.

Doy una vuelta lenta a su alrededor, examinándole el traje como un perito al valorar una propiedad. Rylie endereza los hombros y separa las manos a los lados, con la barbilla ligeramente alzada.

Está guapo de cojones, tanto que ni siquiera encuentro nada con lo que fingir que me burlo de él.

Los pantalones del traje le quedan impecables, y se le ajustan al culo y a los muslos de una forma que me entran ganas de empezar a ladrar. Son de un tono teja tostado que en otro hombre menos seguro de sí mismo podría quedar ridículo, pero él lo luce como si ese color se hubiera inventado para él. Los combina con una impecable camisa verde oscuro, con los dos primeros botones abiertos, por lo que no puedo evitar recorrer con la mirada la línea de su garganta y la nuez que se le mueve al sonreír. Me planto frente a él, con los brazos en jarras.

—¿Y esta es tu elección definitiva de vestuario? —pregunto con una voz exageradamente delicada.

Rylie entorna los ojos con una sonrisa.

—Sí. ¿Por?

—¿Conoces al búho de Duolingo?

—Sí, ¿por?

Le lanzo una mirada significativa de arriba abajo y me encojo de hombros.

—No, por nada. —Me estoy ahogando de deseo, pero ni de broma voy a ponérselo fácil.

Rylie me mira fijamente y niega con la cabeza, y en la voz se le nota que está reprimiendo una carcajada.

—Eres una tocapelotas.

—Era solo un comentario —me quejo, rodeándole la cintura con los brazos.

Rylie finge apartarme, pero me agarro más fuerte, mientras la aspereza grave de su risa me vibra en la mejilla. Al final se rinde y me abraza.

—Igual debería descargarme la aplicación —dice, dándome una palmada en el culo—. Y así aprendo a decir «Eva Kitt necesita un exorcismo» en varios idiomas.

Me separo, mordiéndome el labio mientras me encojo de hombros.

—Ya le has robado el *look*. Pues róbale también las frases.

—O «socorro, creo que mi novia debería ir con más cuidado por la vida». —Rylie se ríe a carcajadas de su propio chiste, y me suelta para llevarse las manos al vientre.

Se me sube el corazón a la garganta antes de darme un vuelco, y noto una oleada de calor que me chisporrotea en la piel. Abro los labios, pero me falta el aire, y siento como si se me fueran a romper las costillas ante la presión que me llena el pecho.

Rylie se percata de mi silencio, y su risa se apaga al ver mi expresión atónita.

—¿Qué pasa, gatita?

—¿Acabas de... llamarme tu novia?

Le cambia el semblante y se le suaviza la sonrisa mientras me recorre con una mirada hambrienta.

—Sí. ¿Qué...? ¿Qué te ha parecido?

¿Que qué me ha parecido? ¿Que qué me ha parecido? Me ha parecido como si me hubiera salido de mi eje. Como si la Tierra se hubiera dado la vuelta y tuviera la cabeza en las nubes y el corazón en sus manos. Como si tuviera estrellas fugaces burbujeándome por la sangre y los bolsillos llenos de sol, porque el puto Rylie Cooper acaba de llamarme su novia y puede que sea la mejor sensación del mundo.

Me abalanzo sobre él, tambaleándome sobre los tacones de aguja mientras le rodeo el cuello con los brazos. Pero él está ahí, sujetándome. Con las manos en mi cintura, me sube una por la espalda y me baja otra por las caderas. Sus labios se encuentran con los míos y se abren, nuestras lenguas se tocan y el cuerpo se me enciende, y creo que nunca más voy a volver a necesitar oxígeno porque este beso satisface todas mis necesidades.

—Con palabras, por favor —murmura contra mi boca.

Lo ignoro medio segundo y lo beso un instante más.

—Me gusta ser tu novia —susurro cuando ya me es imprescindible coger aire—. Casi tanto como me gusta que tú seas mi novio.

La sonrisa de Rylie es devastadora. Me sujeta la cabeza entre las manos y se toma un momento para mirarme, recorriéndome la cara centímetro a centímetro con los ojos. Niega con la cabeza, incrédulo, y se inclina para posarme un beso suave en la frente. Me acurruco contra él y vuelvo a abrazarlo. Nunca he sido especialmente cariñosa, pero hay algo en Rylie que hace que esté siempre buscándolo, como si yo fuera una planta, y él, el sol.

—Vamos bajando, anda —digo al ver la hora de reojo.

Rylie suspira y, a regañadientes, me suelta después de darme un último beso en la coronilla. Me retoco el maquillaje y cojo el bolso mientras él se pone la americana. Con la mano apoyada en la parte baja de mi espalda, me guía hacia la puerta.

—¿Debería preocuparme por que nos vean juntos? —pregunto mientras avanzamos por el pasillo.

—Joder, no paras, ¿eh?

Me río por lo bajo.

—A ver, como estamos con todo el rollo de pasar desapercibidos y tú has ignorado a Soundbites por los dos, no sé hasta qué punto tenemos que disimular esta noche en público.

Rylie reflexiona sobre la pregunta hasta que llegamos a los ascensores y pulsa el botón.

—¿Tú cómo lo ves? —Apoya el hombro en la pared y me mira de arriba abajo—. Entiendo que estés preocupada, pero también creo que la gente que venga hoy estará más pendiente de la gala que de si voy contigo del brazo.

Inclino la cabeza de un lado a otro.

—Ya, la gente rica y estirada con el estatus suficiente para que la inviten a un acto tan pijo como este no entra dentro del arquetipo de nuestros espectadores más parasociales.

Se abren las puertas doradas y entro yo primero.

—Además, siendo egoísta, me apetece que me vean contigo del brazo —me susurra Rylie al oído, agarrándome de la cadera y girándome hacia él cuando se cierran las puertas. Me arrincona contra una esquina, me levanta un poco para sentarme sobre la barandilla, lleva la mano hasta mi muslo y me engancha la pierna a su cadera—. Quiero presumir de ti y sonreír mientras todo el mundo nos mira con envidia.

Me mareo al escucharlo, al pensar en la emoción impía que parece sentir por estar conmigo. Suelto una risita jadeante junto a sus labios y él acorta la distancia para acabar besándome durante todo el trayecto hasta dejarme excitada, jadeante y aferrada a él.

Ding.

Se abren las puertas y Rylie se aparta, sonriendo al ver cómo me tambaleo hacia él. Me toma de la mano y me saca del ascensor hasta un rincón discreto del vestíbulo, protegido por grandes plantas en macetas.

Con una risita satisfecha, alarga la mano y, con el pulgar, me limpia los bordes del pintalabios corrido. Luego me sujeta por las caderas y se ocupa de recolocarme la falda. Yo intento sacudirme esa sensación lánguida y embriagadora que me ha dejado en las piernas.

—Puedes cogerme de la cintura —digo con remilgo y la esperanza de recuperar aunque sea una mínima parte del control mientras también le recoloco la ropa—. Pero nada más.

Le paso la mano por el ligero bulto de los pantalones mientras le aliso la camisa, y él suspira casi con un siseo. Aprieta la mandíbula y yo le sonrío con dulzura.

279

—O podemos olvidarnos de todo y volver a la habitación para que te pases toda la noche sentado en mi cara —propone, muy tranquilo.

De repente me arde todo el cuerpo y me recorren pequeñas descargas de placer. No sé cómo consigo mantener una expresión impasible.

—Pero hay que pensar en la juventud —digo, señalando hacia el murmullo del evento.

Rylie frunce la nariz.

—¿De verdad?

Asiento con solemnidad, alisándome el top de seda.

—Pero te propongo un trato —susurro—. Si te portas bien esta noche, luego te dejo que me supliques para que puedas metérmela.

Le doy una palmadita en la mejilla e intento rodearlo para dirigirme al salón.

Pero Rylie me agarra de la muñeca y me hace girar de nuevo hacia él.

—Muy amable, gatita, pero los dos sabemos quién va a acabar suplicando esta noche.

Me da un beso casto en la sien, recompone el rostro sonrojado en una sonrisa irresistible y me conduce, aturdida y ruborizada, al interior de la fiesta.

Capítulo 20

Di por hecho que el acto benéfico sería elegante por el lugar en el que se celebra, pero no estaba preparada para este nivel de lujo. El gran salón reluce bajo las lámparas de cristal, y el brillo de la impecable cubertería y de los elaborados centros de mesa le da al ambiente un aire casi mágico, como si todo estuviera cubierto de oro. En el escenario principal se proyecta una presentación con imágenes de jóvenes LGBTI a los que ha ayudado y acompañado Identidad Eufórica, y por toda la sala hay fotos de Lilith y del equipo en plena acción. El ambiente es dinámico: un evento que tenía todas las papeletas para resultar pijo y estirado, no sé cómo, ha acabado siendo un hervidero de asistentes entusiasmados.

—Lilith, qué pasada —digo cuando por fin damos con la anfitriona—. No me cabe en la cabeza.

—Estoy muy orgulloso de ti, Lil. —Rylie le da un abrazo.

—Gracias —responde ella, con brillo en los ojos y las mejillas sonrosadas. Se balancea suavemente de un lado a otro, y su falda de color azul pálido, bordada con cuentas, atrapa la luz y centellea—. A ver, está claro que esto no tendría este nivel si no fuera porque hay una panda de señores gais de buena familia empeñados en gastarse los millones en algo bueno y decidiendo ser nuestros benefactores, pero, oye, lo que sea por los chavales.

Chocamos las copas.

—Y la comida de Ray es nivel dios —añade Lilith, cogiendo de la bandeja que le ofrece un camarero una rebanada de pan crujiente con queso y chimichurri—. ¿Cómo sabía que me encanta la provoleta?

Rylie y yo nos sonreímos con complicidad mientras nos encogemos de hombros. Ray quería rendir homenaje a las raíces argentinas de Lilith en el diseño del menú, y Rylie lo ayudó mucho señalando cuáles eran sus platos predilectos.

—La gente está encantada —dice ella con un gemidito satisfecho al terminar el bocado.

—Ray es el secreto mejor guardado de esta ciudad —digo, llena de orgullo por mi amigo—. Te juro que dentro de unos años tendrá uno de los mejores restaurantes del mundo.

—Por la reacción casi salvaje de estos ricachones pidiéndome su contacto, yo diría que va a ser dentro de meses, no de años. —Se oye cómo llaman a Lilith, y ella dirige la atención hacia un grupo junto a la barra que la saluda con la mano—. Voy a tener que hacer una ronda —dice, indicándoles que ahora va—. Por cierto, Rylie, hay unas cuantas personas a las que me gustaría presentarte. Eva, ¿te importa...?

Les hago un gesto para que se vayan.

—Por favor, ni lo dudes. Además, acabo de ver a Aida —digo, señalando con un movimiento de la cabeza en la dirección contraria—. Vosotros, a lo vuestro.

Me acerco a Aida sonriendo y saludándola cuando me ve. Está espectacular con un vestido de cóctel verde oscuro que se ajusta a sus curvas. La melena larga y rizada le cae sobre un hombro y enmarca un maquillaje impecable. Llevamos sin hablar de verdad desde el vídeo de los comentarios, pero me he estado convenciendo de que no existe tal animadversión y de que está todo en mi cabeza. Ninguna de las dos se perdería el gran debut de Ray, y confío en que esta noche nos dé la oportunidad de aclararlo todo.

—Hola, pibonazo —le digo, acercándome y envolviéndola en un gran abrazo. Noto la tensión en sus músculos—. ¿Te lo puedes creer?

—No se me ocurre un sitio en el que peguemos menos —contesta, contemplando la sala con los ojos muy abiertos—. Esta gente se suena los mocos con billetes.

Se instala entre nosotras un silencio largo y tirante que no es nada natural, y me remuevo incómoda, carraspeando un par de veces.

—¿Estás bien? —pregunto.

Pero Aida pasa de responderme.

—¿Has visto ya a Ray?

Como si lo hubiéramos invocado, Ray irrumpe por las puertas de la cocina justo enfrente de nosotras, resplandeciente con su chaquetilla de chef impoluta. Varios invitados lo rodean al instante, y él estrecha manos y acepta tarjetas de visita. Se mueve con la soltura y la seguridad de un chef consagrado, sin dejar entrever que esta noche puede ser el verdadero inicio de una carrera por la que ha trabajado incansablemente. Al final consigue escabullirse y se acerca a nosotras, y casi lo tiramos al suelo en un abrazo colectivo, eufóricas de orgullo.

—¡Pero bueno! —canturreo.

—La gente está flipando contigo —añade Aida.

—Como estaba escrito en mi destino —responde Ray, encogiéndose de hombros con falsa modestia—. ¿Vosotras dos habéis hablado ya? —pregunta, con ese tono que le reconozco al instante en cuanto detecta el más mínimo tufillo a drama.

Frunzo el ceño al mirar a Aida, pero ella evita mi mirada, con los ojos clavados en el suelo y cada vez más ruborizada. Vale, conque igual no me lo había imaginado todo.

—Ay, por Dios —bufa Ray—. ¿Podemos quitárnoslo de encima de una vez, por favor?

—No quería desviar la atención de tu noche —replica Aida, y los dos se miran en silencio, manteniendo una conversación muda pero acalorada.

—¿Qué está pasando?

Ray le da un pequeño empujón en el hombro a Aida, y ella le devuelve una mirada asesina. Con cierto pavor, alargo el brazo y le aprieto la mano a Aida para tranquilizarla, pero ella la deja flácida.

—Últimamente me he sentido muy frustrada contigo —masculla, sin levantar la vista del suelo.

Me encojo.

—¿Conmigo?

Por fin me mira, con los ojos entornados, molesta.

—Me has dejado bastante mal en el trabajo. William lleva furioso desde lo del puñetero vídeo de los comentarios, y yo he estado apagando fuegos para intentar que no nos despidan a las dos. Quiso despedirte después de tu numerito y, para colmo, no ha ayudado precisamente que luego desaparecieras de todo lo relacionado con Rylie Cooper. Es agotador.

—No fue ningún numerito, Aida —digo, indignada—. Aquella situación sobrepasó un montón de límites y él lo sabe. Ese tío es gilipollas.

—Lo sé —dice Aida, dejando caer los hombros—. Pero es el gilipollas que ahora firma nuestras nóminas.

—No creo que yo fuera la mala por cómo reaccioné.

—¡Claro que no! —Varias personas se giran al oírla levantar la voz, y Aida se aclara la garganta y se inclina hacia mí—. Claro que no eras la mala. Tenías toda la razón para estar cabreada, y me sentí fatal por ser tu productora y permitir que pasara algo así, y lo siento. Pero tampoco me gustó no saber nada de ti después y quedarme sola arreglando el desaguisado. Sobre todo, cuando no sé qué está pasando de verdad con lo de Rylie. —Se expresa con tanta sinceridad que me inunda de culpa—. Eres mi mejor amiga, Eva. Intento defenderte y protegerte, pero es difícil cuando te cierras tanto que no me entero de lo que está pasando.

Bajo la mirada, y me escuecen la nariz y los ojos por las ganas repentinas de llorar. Joder, ¿desde cuándo soy tan sensible?

Aida me aprieta la mano y baja la cabeza para mirarme a los ojos.

—Te echo de menos, idiota. Solo quiero que me contestes a los mensajes.

—Lo mismo digo —interviene Ray, con una curva amable en la boca—. No soporto enterarme de vuestras cosas por las redes. Prefiero los detalles en persona y, a ser posible, con todo lujo de detalles.

284

Aida y yo soltamos una risita, y tengo que echar la cabeza hacia atrás y parpadear con cuidado para que no se me escape ninguna lágrima y me estropee el maquillaje.

—Lo siento —susurro—. Es que… mi vida ha sido un caos últimamente.

—No me digas.

Frunzo el ceño al mirarla.

—Ese es el tema, digamos. Siempre ha sido un caos. O estoy en una relación que se va a pique, o tengo problemas con mis compañeros de piso, o estoy quejándome de mi trabajo de mierda. Es… yo qué sé. Una vergüenza, supongo. Me da la sensación de que vosotros habéis triunfado y yo soy una mala hierba que hay que arrancar. Tenéis planes y objetivos y los estáis cumpliendo, mientras que yo me gano la vida comiendo perritos calientes y quejándome de que quiero que me tomen en serio.

—Cariño. —Ray me agarra de los hombros y me obliga a mirarlo—. No quiero estropearte el drama, pero nada de lo que acabas de decir es especial. —Lo dice con tanta delicadeza que se me escapa una risa—. En serio. Entre los veinte y los treinta años, casi el único objetivo vital es sentirse inútil y sin rumbo y pensar que no estás a la altura. Todo es una mierda todo el tiempo y lo único que podemos hacer es apoyarnos los unos en los otros, no pasarnos la vida comparándonos.

—¿Qué eres ahora? ¿Mr. Wonderful? —digo, con la garganta seca. Ray sonríe.

—Nadie sabe lo que va a ser de nosotros —dice Aida, acariciándome la espalda en círculos para tranquilizarme—. Y no pasa nada. Pero no nos ignores y nos lo pongas todo aún más difícil.

—No me he alejado a propósito —digo, mirándolos alternativamente—. Las cosas se… complicaron con Rylie, y sé que eso afecta a tu trabajo, Aida, y William no dejaba de acosarme, así que al final me pareció más fácil cerrarme en banda que tener que ir haciendo malabarismos para explicar todos los detalles.

285

—No me hagas hablar del puto William —protesta Aida, poniendo los ojos en blanco—. Ese hombre me va a provocar una úlcera. Está obsesionado hasta un punto enfermizo.

—Pero ¿por qué está tan obsesionado? Tendrá otras cosas de las que preocuparse.

Aida me dedica una mirada ligeramente condescendiente.

—Creo que subestimas la cantidad de tráfico y de dinero que ha traído todo este circo. Las visualizaciones se disparan cada vez que sale algo nuevo sobre vosotros dos; los ingresos por publicidad van camino de convertir este trimestre en uno de los mejores. Está asumiendo el poder justo en un momento en el que va a sacar muchísimo partido de la atención que generáis, y eso lo hará parecer una especie de dios de los negocios. A estas alturas, solo podría distraerlo algo con aún más potencial económico.

Se me revuelve el estómago y me sube la bilis por la garganta.

—No puedo seguir así. La situación con Rylie… No me parece bien ni correcto seguir con este numerito.

—Vale, sí, perdona, pero doy por hecho que os estáis acostando, ¿no? —pregunta Ray con toda la delicadeza del mundo. Aida le da un pellizco y él la mira con incredulidad—. Uy, perdona. ¿He herido tu sensibilidad? ¿Cómo propones que vaya al meollo del asunto?

—Con un poco más de tacto, quizá —espeta Aida. Se produce una pausa y los dos me miran de reojo, expectantes.

Se me calientan las mejillas y se me escapa una sonrisa mientras intento parecer indiferente.

—Eh… bueno. A ver. Aunque sí que estamos… —Hago un gesto vago con la mano.

—Follando —apunta Ray.

Suelto un resoplido.

—Sí. Eso. Pero también estamos… digamos… saliendo. —La última palabra se me escapa en un chillido tan agudo que sería un milagro que lo oyera alguien que no sea un perro.

—¿Que estáis qué? —chilla Aida, con la misma cara de *shock* que Ray—. ¿En plan que vais en serio?

—Dios, ¿qué tenemos, quince años?

—Contesta a la pregunta.

—Sí, vamos en serio —digo, frunciendo el ceño—. Y por eso he estado evitando tanto lo de Soundbites. Si solo estuviéramos liados, sería distinto, pero… me gusta de verdad. Y quiero ver qué pasa sin que tengamos que ser los monos de feria de nadie.

—Ray, perdona que te interrumpa, pero hay un pequeño problema con el repostero —dice una mujer con el uniforme del cáterin, que acaba de aparecer como por arte de magia a su lado—. Te necesitamos.

Ray nos mira alternativamente a mí y a la trabajadora, y suelta un gemido de frustración.

—Mierda. A ver, esta conversación no ha terminado —dice, señalándome mientras camina hacia atrás en dirección a la cocina—. Necesito más información. De hecho, las dos tenéis oficialmente prohibido hablaros hasta que vuelva y estemos en un lugar seguro con una botella fría de vino rosado, porque me niego a ser el último en enterarme de los detalles.

—Lo que tú digas. —Le hago el saludo militar.

—Cuéntamelo todo —me exige Aida en cuanto Ray nos da la espalda.

Me entra la risa tonta, como una colegiala, mientras pienso en cómo condensar todo lo que siento por Rylie en algo que tenga sentido. Abro la boca, pero a Aida se le tuerce el gesto y abre bien los ojos cual animal acorralado.

—¿Qué pasa?

—William —susurra Aida.

—¿William? —Alguien me da un toquecito en el hombro y me giro de golpe. El cerebro me da un salto mortal cuando me topo cara a cara con mi jefe—. William —grazno—. ¿Qué haces tú aquí?

William arquea una ceja, negra y gruesa, ante los malos modales de mi saludo, pero, por lo demás, no reacciona y se toma un momento para regodearse en mi sufrimiento.

287

—Soundbites es un importante donante a la causa —dice como si fuera evidente—. Así los *zillenials* no nos dan tanto la brasa sobre nuestras vías de financiación menos respetables. Conviene dejarse ver en eventos así. Mi madre también ha venido. —Da un sorbo al vino color sangre y, con un gesto de la cabeza, señala, al otro lado de la copa de vino, hacia Landry, que se acerca. Espera a que llegue a nuestra altura para preguntar—. ¿Y qué hace usted aquí, señorita Kitt? —Por su tono queda claro que sabe perfectamente qué hago aquí.

—Pues... eh...

—Nuestro mejor amigo se ocupa del cáterin —interviene Aida—. Ray Williams. Es su primer gran evento en solitario, así que hemos comprado entradas para venir a apoyarlo. ¿A que está riquísima la comida?

—Bastante —dice Landry, frunciendo los labios mientras contempla la bandeja de aperitivos que pasa junto a nosotros—. Un poquito pesada para mi gusto, pero imagino que su público tendrá.

Sigo demasiado sorprendida por su presencia como para articular palabra, y Aida vuelve a rescatarme.

—Además, a la mente pensante de Eva se le ha ocurrido que igual sería una buena oportunidad para tener a Rylie a tiro. Es muy amigo de la fundadora de IE, Lilith Flores. La tuvo hace poco en su pódcast.

Aida me pisa sutilmente con el tacón; me enderezo y me apresuro a asentir.

—Sí. Exacto. Estoy a ver si lo encuentro. Esto está lleno de gente.

William emite un sonido grave antes de darle otro sorbo al vino.

—¿No es el hombre que está acercándose con dos copas de champán?

—Madre mía, qué espanto de traje —murmura Landry, con una evidente expresión de desagrado en el rostro.

Se me pone la carne de gallina y me entran ganas de lanzarme a su cuello por siquiera insinuar que no está guapísimo. Me

288

giro y me da un vuelco el corazón al ver a Rylie acercarse. Me dedica una amplísima sonrisa que me llega al corazón, y mi cuerpo no sabe si entrar en pánico o derretirse. Al percatarse de mi expresión, su sonrisa se apaga y frunce el ceño. Pero ya es tarde cuando repara en Landry y William, que están justo detrás de mí, demasiado cerca como para huir a un territorio más seguro.

Noto perfectamente que está pensando, intentando calcular cómo jugar esta baza, qué se ha dicho ya. Le lanzo una mirada desesperada que resume mi único pensamiento: creo que estamos jodidos.

Rylie ya está a mi lado, y estoy tan acostumbrada a su rostro (me he pasado tantas noches últimamente estudiando cada movimiento y cada emoción) que no se me escapa su postura protectora; las líneas de su sonrisa deslumbrante, a un paso de transformarse en una mueca; la rapidez con la que sus ojos plateados evalúan a William como si fuera un general enemigo, listo para entrar en batalla en cualquier momento.

—Señor Cooper —dice Landry, regalándole una sonrisa beatífica que no le llega a los ojos—. Veo que han remitido sus graves problemas digestivos.

—Un milagro de la medicina —masculla William.

—¿A quién no le va a gustar una limpieza intestinal improvisada? —replica Rylie con jovialidad—. Me alegro de volver a verlos. Eva, Aida. —Nos saluda con un gesto de la cabeza—. Estáis guapísimas esta noche.

William pone los ojos en blanco y da otro sorbo al vino mientras le damos las gracias a Rylie en un murmullo.

—Genial, seguimos con la farsa. ¿Necesitas un momento para inventarte la razón por la que estás aquí? ¿Una buena explicación para la copa de más?

La boca de Rylie se endurece en una línea recta.

—No me parecía bien que se quedaran sin bebida cuando el vino es tan bueno y la causa tan noble.

Nos entrega una copa a cada una. La mía casi se me resbala de entre los dedos temblorosos.

289

—Seguro —responde William con una voz cortante—. Y ahora viene la parte en la que intentas convencerme de tus buenos motivos para incumplir el contrato. Eva, puedes añadir tú los tuyos, si quieres. No tenemos ninguna intención de silenciar a nuestra compasiva feminista, que está poniendo en peligro su carrera por defender a un *influencer* de tercera fila.

—Que te calles. —Me sobresalta darme cuenta de que he sido yo la que lo ha dicho, y en voz muy alta. Apenas oigo nada por encima de los latidos de mi propio corazón en los oídos.

William me mira con cierta sorpresa, entornando los ojos fríos.

—¿Perdona?

—Es que... eh...

La madre que me parió. Es mi jefe. Mi trabajo. No puedo soltarle eso al hombre que tiene mi futuro en la palma de la mano, y menos aún delante de su madre, mi otra puñetera jefa.

Miro a Rylie con desesperación, esperando encontrar mi pánico reflejado en el suyo. Pero está tranquilo: es una presencia firme y calmante que me asegura que no va a moverse de mi lado diga lo que diga. Está seguro de lo nuestro. Y, me cago en todo, yo también.

—Perdón por levantar la voz —digo, mirando primero a William y luego a Landry. La expresión de esta última es algo más dulce, así que me centro en ella—. Y siento haber mentido, pero tienes razón: Rylie y yo hemos hablado desde la última grabación y no queremos seguir adelante con las fechas y grabaciones restantes.

—¿Lo ves, mamá? —se queja William—. Te dije que nos estaba engañando. Tienes que...

—Calla. —A Landry le brillan los ojos mientras fulmina a su hijo con la mirada, con una expresión pétrea. Luego me mira a mí, ya sin la dulzura de hace un momento—. ¿Vas a darnos detalles o prefieres que me los imagine yo?

Me escuece la piel por el sudor mientras me mira fijamente. Soy como un ciervo deslumbrado por los faros de un coche y me

290

noto la lengua hinchada, como si fuera a asfixiarme antes de poder reunir el valor para decirle la verdad.

—No te me pongas ahora mojigata ni tímida, Eva —dice Landry, con una voz suave, pero atravesada por un hilo de autoridad—. Me aburres.

—No... no soy nada de eso —digo, encogiéndome de hombros como una idiota—. Pero es que...

—«Es que» es como empiezan las excusas, cielo. Deberías saberlo.

Rylie abre la boca para hablar, pero le tiro suavemente de la manga de la americana y doy un paso al frente, tragándome el miedo como si fuera una brasa.

—Lo nuestro está empezando a ir en serio. Entre Rylie y yo. Es q... Y no pensamos seguir con las grabaciones porque estamos saliendo y a los dos nos gustaría proteger la primera etapa de nuestra relación frente al estrés de la mirada del público y de las opiniones ajenas.

No me puedo creer la tranquilidad con la que estoy hablando, el control que se cuela en cada palabra mientras me tiemblan las rodillas como si fueran a fallarme. Landry y William podrían acabar conmigo aquí y ahora, y les acabo de dar todo un arsenal para hacerlo.

Pero me sorprenden con el silencio. William hierve por dentro, mientras que la expresión de Landry pasa de hiriente a curiosa.

Me aclaro la garganta, ya sin nada que perder.

—Ha sido más difícil de lo que esperaba manejar este nivel de atención. Estoy segura de que ya sabéis lo complicado que es sentir que estás bajo una lupa, con todo el mundo analizando cada movimiento y criticando cada cosa que haces.

—Nos dan igual tus excusas —espeta William—. Has...

Landry hace callar a su hijo posándole una mano en el brazo y cruza con él una mirada cargada de significado. Tras un instante, inclina la cabeza hacia mí.

—Vivir todo en el contexto de una relación no era algo para lo que estuviera preparada —digo, con la voz quebradiza—. Y para proteger mi salud mental y la fragilidad de nuestra relación, necesito dar un paso atrás y no mostrarla en internet. —Me siento desnuda, terriblemente desprotegida, en esta sala preciosa llena de gente preciosa, reconociendo que no soy lo bastante fuerte para aguantarlo, y no estoy segura de que me importe.

Rylie me da la mano; el calor de su piel me recorre por dentro, trepando como una enredadera por mi brazo, cruzándome el pecho, echando raíces en mi vientre y bajándome hasta los dedos de los pies. Noto un dolor en el pecho, que se expande como una flor que abre sus pétalos al sol.

Landry me observa durante tanto tiempo que empiezo a preguntarme si me he perdido algún momento y debería largarme con el rabo entre las piernas y la cabeza gacha.

—Me has dado mucho en lo que pensar, Eva —dice por fin, con una cautela reflexiva en la mirada. Su voz carece de la crueldad que yo esperaba, y hasta William se gira sorprendido.

Me muerdo los carrillos para ahogar un pequeño jadeo, sin querer arriesgarme a espantar este lado más tierno de mi jefa.

—¿De... de verdad?

Asiente, curvando los labios en lo que creo que pretende ser una sonrisa tranquilizadora.

—Quedemos el lunes por la mañana, los tres. —Nos señala a William y a mí—. A ver qué podemos hacer con este embrollo. Mi asistente os enviará una invitación.

—Vale —consigo decir, medio ahogada.

Landry lanza una brevísima mirada a Rylie, se despide de Aida con un movimiento de la cabeza y se aleja con la barbilla alta y una postura impecable. William niega con la cabeza, asqueado; su mirada se demora mucho más que la de su madre tanto en mí como en Aida. Deja la copa vacía con un golpe seco y se marcha tras ella.

—Su puta madre —susurro, casi sin voz—. ¿Ha salido... bien?

Rylie, Aida y yo nos miramos atónitos hasta que Rylie suelta un gritito de celebración y me envuelve en un abrazo.

—Me has puesto hasta cachondo —murmura junto a mis labios antes de atraparlos en un beso apasionado.

Me río, mareada, agotada y un poco borracha de sus besos.

—No me puedo creer que William no haya explotado —dice Aida, aún rígida en su expresión, con el ceño fruncido mientras mira hacia la dirección en la que se han marchado—. Y Landry tampoco, si te soy sincera. Es más equilibrada que su hijo, pero no es precisamente amable y cariñosa. Yo ya me veía en la calle.

—A lo mejor la mujer de hojalata sí que tiene corazón —digo, apartando las manos toconas de Rylie. Él me dedica una sonrisa infantil y me roba otro beso torpe antes de que consiga apartarlo de una vez por todas.

Rylie me mira con una chispa en esos ojos suyos, que prenden fuego a mi pecho y me hacen arder las mejillas. Parece que quisiera tocarme más, acorralarme contra la pared y besarme hasta que pierda el sentido; que quisiera sacarme de esta fiesta y llevarme a la habitación y no dejarme salir hasta que cada parte de mí quede reducida a cenizas. Y, Dios, espero que mi mirada le transmita lo mucho que lo desearía.

—Rylie, aquí estás —dice Lilith, que aparece de repente a su lado, haciéndonos dar un respingo—. Aida, me alegro de verte —añade al reconocer a mi amiga.

Se abrazan, y Aida se deshace en una serie de felicitaciones a las que Lilith resta importancia.

—Gracias, gracias. Es debido al esfuerzo de mucha gente.

—Que aceptes el puñetero halago, Lil —la regaña Rylie.

Ella le pellizca el brazo y le arranca una carcajada.

—Estoy hasta el moño de hacer de la anfitriona perfecta —le dice a Aida—. Así que, sintiéndolo mucho, Eva, necesito volver a robarte a Rylie para que encandile a la gente y me suelten mucho dinero.

—Por favor, no hace falta que te disculpes. Me alegro de que haya alguien que por fin le saque partido. Aprovecha. Corred, corred. —Los despido con la mano.

Rylie mira hacia atrás y me lanza una sonrisa entre arrepentida y prometedora mientras Lilith se lo lleva entre la multitud.

Aida y yo nos miramos, aún aturdidas por un enfrentamiento que no nos ha destruido.

—¿Te apetece que nos emborrachemos y vayamos a la caza de *sugar daddies?* —pregunta, siguiendo con la mirada a un hombre atractivo, de pelo canoso, con traje de tres piezas y un reloj que cuesta más que un año de alquiler.

—Yo te hago de celestina —digo, guiñándole un ojo.

Aida niega con la cabeza.

—Alucino con que Rylie Cooper te haya hecho sentar la cabeza.

—Yo estoy igual de espantada que tú —respondo con una sonrisa, alzando la copa de champán para brindar.

Capítulo 21

Las horas siguientes se pasan volando. Aida y yo damos varias vueltas por el salón, imaginándonos elaboradísimas biografías de los asistentes mientras aprovechamos a conciencia la increíble comida de Ray y la barra libre.

Rylie no deja de volver a mí como atraído por un imán, posando la mano en la curva de mi espalda y llevando los labios junto a mi oído para susurrarme apelativos cariñosos o bromas subidas de tono. Me arrastró a un par de charlas de compromiso orquestadas por Lilith, pero, en cuanto se dio cuenta de que prefería mil veces estar de cachondeo con Aida que fingiendo interés por el peloteo social, me mandó de vuelta con ella con una sonrisa y la promesa de buscarme en cuanto Lilith estuviera un poco menos nerviosa.

Con los pies doloridos por unos zapatos tan preciosos como implacables, me siento a una mesa al fondo del salón, alternando entre observar a la gente y espiar cómo Aida hace buenas migas con un tipo que trabaja para IE unas mesas más allá.

—Disculpadme un momento —resuena la voz de Lilith por un micrófono, y el grupo que está tocando en directo baja el volumen de la música—. En nombre de Identidad Eufórica, quiero daros las gracias a todos por estar aquí esta noche. Vuestro apoyo y vuestra defensa de la juventud LGBTI están ayudando a toda una generación de jóvenes de esta ciudad, especialmente de minorías que tantas veces han sido ignoradas y desatendidas de forma desproporcionada. No estaríamos teniendo esta repercusión sin vuestra generosidad y filantropía constantes. Dicho esto, ha llegado el momento del gran acontecimiento de la noche. La subasta va a comenzar en breve y se van a servir los platos principales, así que, si tomáis asiento, comenzaremos enseguida. —Sale del escenario con una ovación.

Aplaudo estirando el cuello, intentando localizar a Rylie para sentarme con él a cenar. Pero entonces me vibra el móvil al recibir un mensaje.

> ¿Te apetece una vuelta por el cementerio esta noche, mi reina?

Me tapo la boca con la mano para ahogar un grito cuando me llega un enlace a una lista titulada «F0llando como m0n$truos». La única canción es *Monster Mash*… repetida sesenta y nueve veces.

Tengo que morderme fuerte la lengua para no llamar la atención con la risa que me sacude todo el cuerpo. Me apresuro a buscar en Google la letra (porque soy una persona normal y no me la sé de memoria) y le respondo con un:

> Puedes venir al dormitorio principal, donde los vampiros se dan un festín [de mi coño].

La respuesta de Rylie llega a una velocidad insultante:

> Eva, por Dios. Estamos en una gala benéfica en favor de la infancia. Te has pasado.

Unos segundos después me llega otro mensaje:

> Nos vemos en los ascensores dentro de treinta segundos o habrá consecuencias *monstruosas*.

Me parto de risa como una idiota mientras ya corro hacia la salida y respondo:

> Por el amor de Dios, tenemos
> que dejar ya la bromita.

Paso junto a la silla de Aida, me busco una excusa rápida y le doy un beso en la cabeza. Está tan metida en la conversación con el chico con el que está hablando que prácticamente me aparta de un empujón.

Me quito los zapatos y corro descalza por el suelo de mármol brillante hacia los ascensores, mientras la temeridad me corre por las venas.

Me detengo en el punto de encuentro y caigo en la cuenta de que he llegado antes que él. En un intento inútil de recomponerme, me arreglo el pelo y trato de controlar la respiración. Pero no sirve de nada: creo que llevo sin respirar bien desde que este hombre tan absurdo entró en mi vida.

Unos segundos después, Rylie dobla la esquina. Se para a unos metros de mí, con las mejillas ruborizadas y los ojos ya entornados mientras me examina durante una décima de segundo. Percibo un mínimo amago de su característica sonrisa antes de que se me eche encima en tres largas zancadas, junte la boca con la mía, me sostenga con las manos la mandíbula y me hunda los dedos en el cabello. Mi espalda choca contra la pared y, con una mano, tanteo el botón del ascensor mientras con la otra le golpeo en la espalda con los zapatos, le rodeo el cuello con el brazo y lo beso aún con más intensidad.

Se produce una breve pausa hasta que se abren las puertas del ascensor, y Rylie me lleva las manos a la cintura para guiarme hacia dentro. Una combinación salvaje de diversión y deseo inunda mi cuerpo hipersensible al verlo pelearse, impaciente, con la tarjeta de la habitación y el botón de nuestro piso. Le tiemblan las manos y no deja de devolver la mirada hacia mí cada medio segundo, como si no poder tocarme lo estuviera matando.

Por fin arranca el ascensor, y me da un vuelco el corazón cuando vuelve a posar las manos en mí. Podrían haber pasado

297

dos segundos o veinte minutos, pero ya estamos saliendo a trompicones por las puertas y recorriendo el pasillo, enredados y borrachos de deseo. Gruñendo de frustración por lo lento que avanzamos hacia la habitación, Rylie me levanta, subiéndome la falda larga por los muslos, y le rodeo la cintura con las piernas. Me hunde la nariz en la base del cuello mientras inspira mi aroma y me lleva a la habitación. Con mucha más destreza con la tarjeta que en el ascensor, entramos y cierra la puerta tras de sí con el pie.

Apenas llegamos hasta el baño. Rylie va bajándome poco a poco, deslizándome por su cuerpo hasta que quedo apoyada contra el marco de la puerta, con uno de sus muslos encajado entre los míos, y mis caderas buscan la fricción al instante.

Y no sé por qué, pero nos entra la risa. Luego jadeamos y nos tocamos con tanta premura que me da vueltas la cabeza. Todo con Rylie se desdibuja como un destello de energía dorada que crea un calor insoportable en mi pecho.

—Estoy cabreada porque te haya salido bien lo de *Monster Mash* —jadeo mientras baja la cabeza hasta mis senos. Me lame con un calor húmedo la seda blanca del top hasta empaparla y hacerme gemir pidiendo más.

—Ah, ¿sí? —dice, apartándose con la vista fija en mis pezones duros y ansiosos, cuya forma se marca a través de la tela. Los roza con los pulgares y me recorre entera un pequeño escalofrío. Sus ojos se clavan en los míos cuando pellizca la dura cúspide y me arranca un jadeo. Entonces esboza una sonrisa perezosa—. Porque yo no podría estar más contento.

Vuelve a inclinarse a devorarme los pechos, mordiéndolos, chupándolos y murmurando lo mucho que le encanta mientras sigo retorciéndome contra su muslo, agarrándolo del pelo, tirando de él para acercarlo más, pues necesito arrasar hasta con la última molécula de espacio.

Con un gemido, Rylie aparta la boca y me mira con las gafas torcidas. Con delicadeza, casi con reverencia, alargo la mano y se las quito, y su sonrisa me tatúa la felicidad en el corazón. Vol-

298

viéndonos a mover, Rylie me sujeta por las caderas y terminamos de entrar en el baño; me levanta unos centímetros y me sienta en el borde del lavabo.

—Este vestido lleva toda la puta noche volviéndome loco —murmura, clavando una mirada asesina sobre la tela translúcida que me cubre las piernas. Pasa las manos por el finísimo tejido mientras me besa el cuello, me da un mordisco en la clavícula y a continuación me lame en ese mismo sitio.

—A ver, en realidad no es un vestido. Es un dos piezas —explico entre jadeos—. Un bustier y una falda.

Rylie se detiene, forzando una expresión neutra en sus ojos velados por el deseo, con los músculos tensos y los labios húmedos e hinchados de tanto besarme.

—Eva —dice con un tono uniforme, aunque hay cierto deje de advertencia en su voz, como si se le estuviese acabando la paciencia—. Te adoro, pero no te imaginas cuánto me la sopla ahora mismo la terminología exacta de tu ropa.

Me río de la inmensa frustración que muestra en su voz. Rylie se percata de mi regocijo, y hay un hambre tan desesperada y salvaje en su expresión que la risa se me muere en la garganta y el aire me abandona en un suspiro entrecortado.

Rylie agarra la falda y me la sube por los muslos.

—Sujeta el como se llame esto —refunfuña, cogiéndome la mano y cerrándome los dedos alrededor de la tela remangada.

—Es gasa; se va a arrugar —protesto con poca convicción, por pura inercia. Porque sé que le encanta.

—Cállate, Eva —gruñe, inmovilizándome la mano que sujeta la tela contra el vientre.

Se deja caer de rodillas, me baja el tanga de un tirón por las piernas y me lo deja enredado en los tobillos. Oigo cómo se rompe una costura cuando me separa los muslos, y la verdad es que me da absolutamente igual, porque los dedos de Rylie se clavan en la piel de mis caderas; su respiración es irregular y tiene los labios entreabiertos mientras se queda mirando fijamente mi centro.

Se le ruborizan las mejillas y el puente de la nariz, y lleva el pelo revuelto por cómo se lo he agarrado hace un momento. Siento el pulso en cada centímetro de mi cuerpo. Tras lo que parece una eternidad, me recorre con la mirada como si quisiera memorizar cada parte de mí, hasta que por fin sus ojos se encuentran con los míos. El único sonido que se oye en la habitación es nuestra respiración entrecortada.

Entonces, con una sonrisa que me desarma, susurra:

—Dios, eres una puta preciosidad.

Y lleva la boca malvada contra mi coño deseoso.

Me arqueo y me golpeo la parte de atrás de la cabeza contra el espejo mientras busco con los dedos algo a lo que agarrarme en la encimera de mármol, con lo que anclarme para poder hacer más presión contra esa boca perfecta. Sin levantar la cabeza, Rylie engancha mis piernas y se las coloca sobre los hombros, con los pies apoyados en su espalda.

Con dos dedos firmes y hábiles, Rylie me penetra, rozando y acariciando un punto que me hace ver las estrellas, olvidar mi propio nombre y gritar el suyo.

No tardo nada en estar gritando, suplicando y haciendo más ruido del que debería, pero me importa una mierda porque Rylie me tiene. Rylie me desea. Me quiere deshecha, perdida, deseosa y diciéndole exactamente lo que quiero.

Me lo dice con los gruñidos contra mi clítoris sensible, con la presión de su mano libre sobre mi muslo, con el sonido áspero y exultante que le sale del pecho cuando nota cómo me cierro alrededor de sus dedos. El deseo es como apretar un tornillo, que se hunde cada vez más en cada célula de mi cuerpo hasta que me sacudo contra su boca, ola tras ola de placer que hacen zozobrar mi cuerpo.

Con algo parecido a la devoción, Rylie besa mi centro palpitante durante las réplicas y apoya la mejilla en mi muslo mientras yo me desplomo contra el espejo del baño, sin fuerzas y satisfecha hasta un punto casi blasfemo. Va besándome hacia arriba: la pierna, luego el brazo, el cuello y la mandíbula, hasta que saborea mis labios con besos suaves y mimosos.

—Ahora me toca a mí —digo, sin saber muy bien de dónde saco las fuerzas en mi estado aturdido para ir a por él.

No se me escapa el nuevo rubor que le sube a Rylie por las mejillas.

—Tranquila, gatita —susurra, interceptándome la mano y entrelazando los dedos con los míos. Me levanta el brazo para que lo rodee por detrás del cuello.

Frunzo el ceño: viejas inseguridades de relaciones pasadas que se resisten a morir. ¿Es que...? ¿Acaba de darme uno de los mejores orgasmos de mi vida y no me desea lo suficiente como para correrse él también? Rylie debe de percatarse del pánico en mi cara, porque abre mucho los ojos y lleva la boca contra la mía en un beso desordenado y sucio, como si quisiera grabar su deseo en mi piel.

—Te juro que siempre te deseo —jadea contra mis labios.

—Pues tómame —digo, con la voz temblorosa.

Se aparta apenas un par de centímetros, apoya la frente en la mía y cierra los ojos. Entonces suelta una risa áspera y algo avergonzada.

—Es que... me he pasado un poco de deseo mientras te lo hacía.

Lo miro atónita durante unos instantes, con los ojos tan cerca de los suyos que me pongo bizca mientras intento procesar lo que acaba de decir. De pronto, me echo hacia atrás y, deleitándome, centro la atención en su entrepierna: el contorno de su erección, que ya va perdiendo firmeza, sigue siendo visible bajo los pantalones ajustados, y una mancha oscura confirma sus palabras.

La madre que me parió. Rylie Cooper se corre con solo comer coño.

Le agarro la cara y lo beso con fuerza, y los dos nos echamos a reír. Con un cuidado infinito, Rylie me baja del lavabo y no tiene prisa en desnudarme, besando cada centímetro de piel recién expuesta. Me doy la vuelta entre sus brazos y hago lo mismo con él. Alarga un brazo, abre la ducha y deja que se caliente el agua; un vapor denso nos envuelve cuando entramos.

301

Nos abrazamos bajo el agua caliente y sus manos me recorren en círculos suaves mientras me susurra palabras bonitas y cariñosas al oído; yo apoyo la mejilla en su pecho y memorizo el latido de su corazón. Nos lavamos como si fuéramos un solo ser, sin separarnos más de lo imprescindible. Solo cuando el agua empieza a enfriarse, salimos a regañadientes y nos secamos. No tardamos nada en ponernos los pantalones de chándal, y yo le robo disimuladamente una de sus sudaderas.

Rylie se queda mirándome un momento con su ropa puesta, con los labios entreabiertos y un brillo en los ojos. No logro descifrar del todo su expresión porque se vuelve tímido y se pasa los nudillos por la boca para esconder una sonrisa encantada.

—Espabila —le digo, empujándolo hacia la cama.

Rylie cae entre las sábanas sin oponer resistencia y me arrastra consigo. Me acomoda apoyada en el cabecero y se tumba con la cabeza sobre mi regazo, y yo me recreo en el placer sencillo de jugar con su cabello espeso, deslizando los mechones por la piel sensible de entre mis dedos.

Sin que tenga que pedírselo, Rylie enciende la tele y pone el episodio de mi *true crime* favorito por donde lo dejamos.

Todo es así de simple. Así de fácil. Así de perfecto.

Una parte de mí quiere echarse a llorar ante el miedo súbito e impactante de perder esta paz tan sencilla que he encontrado con Rylie, igual que la he perdido con todos los demás. Aunque, pensándolo bien, nunca la había tenido de verdad con nadie.

Me niego a dejar que gane ese miedo. Rylie ha vuelto conmigo. No puedo vivir con el temor constante de perderlo por segunda vez y no disfrutar de estos momentos perfectos por culpa de esa angustia. Así que lo abrazo aún con más fuerza, le tomo la mano y le beso la yema de cada dedo, seguida del centro de la palma, y después me la llevo al corazón, y dejo que la reconfortante serenidad de la televisión me arrulle hasta quedarme dormida entre sus brazos.

Capítulo 22

El despacho de Landry, en la planta cuarenta y dos, no es precisamente un lugar donde yo me sienta a salvo. A ver, vale que nunca antes me habían invitado a subir tan arriba en las oficinas de Soundbites (prefieren tenerme en el sótano, en esa humedad pegajosa generada por los perritos calientes), pero aun así, a medida que el ascensor va subiendo, la aprensión me va creciendo por dentro.

Y sé que es absurdo. Landry lo entendió perfectamente. Comprendió mis motivos cuando hablamos en la gala benéfica, aunque William no estuviera en la misma sintonía. Si acaso, esta reunión debería ser una conversación estratégica para ver cómo redirigir nuestra nueva colaboración hacia otras vías. No tendría que estar nerviosa; debería sentir alivio porque esté dispuesta a seguir hablando y a llegar a un entendimiento aún más claro. Pero, aun así, siento un goteo de temor en mí cuando salgo del ascensor y le doy mi nombre al asistente de Landry. Hay algo en el leve movimiento de sus labios y en ese destello en sus ojos que indica que sabe de mí mientras teclea en el ordenador, avisando a Landry de mi llegada, que me pone los nervios de punta.

Me siento en una de las sillas de respaldo recto frente a los despachos de dirección y no puedo dejar quieta la pierna mientras pasan los segundos.

—¿Quieres agua o café? —pregunta el asistente sin mirarme siquiera, dejando muy claro que no me serviría de nada decir que sí.

—No hace falta, gracias.

Vuelve a hacerse el silencio.

—Te has convertido en toda una celebridad en Soundbites, ¿eh? —dice, aún sin apartar la vista de la pantalla. Su voz es suave y afilada como una cuchilla.

—Eh... eso es exagerar un poco, pero sí que mi sección ha tenido bastante repercusión últimamente.

No sé si respira muy fuerte o si es que acaba de reírse de mí.

Por fin me mira de arriba abajo, escudriñándome lentamente. Su sonrisa me hace pensar que ha probado la carne humana y no le ha disgustado.

—A ver, después de la gran revelación de esta mañana, no creo que esté exagerando.

Lo miro sin entender nada.

—¿La revelación de qué?

El asistente inclina la cabeza y se le ensancha la sonrisa. El ordenador emite un pitido y él ni siquiera se molesta en mirar la pantalla.

—Puedes pasar a ver a Landry.

—¿Qué has querido decir? —pregunto, poniéndome en pie con las piernas temblorosas.

Pero el asistente pasa de mí, se pone unos AirPods y sigue trabajando. Siento un impulso urgente de correr al baño y buscar en el móvil para averiguar a qué cojones se refiere, pero no puedo. Con Landry y William, estoy pisando en terreno resbaladizo, así que no puedo hacerlos esperar.

Con la mano temblorosa, llamo suavemente a la puerta y entro en su despacho. Landry no dice nada cuando paso ni levanta la vista mientras tomo asiento frente a ella. No sé si su asistente habrá seguido el ejemplo de ella o viceversa. William está apoyado en las estanterías detrás de su mesa, con la americana colgada de una de las sillas y las mangas de su impecable camisa blanca remangadas hasta los codos. Me observa de arriba abajo con desgana mientras juguetea con el extremo de su corbata negra.

—Buenos días —digo, intentando que mi voz suene agradable, pero se me quiebra como si me hubiera tragado una guindilla.

Por fin, Landry levanta la mirada y me observa con una expresión tan impasible como la de su hijo. Con un movimiento lento y seguro, se recuesta en la silla y entrelaza los dedos frente a ella. El único sonido que se oye en la estancia es el tictac del reloj de pared, carísimo a juzgar por su aspecto, mientras los Doughright clavan en mí sus ojos oscuros.

Cuando la tensión es tal que se me pone la piel de gallina, me aclaro la garganta.

—¿Sigue siendo buen momento para hablar?

William resopla, ajustándose el reloj de lujo, y el corazón se me desboca en el pecho.

Landry asiente en un movimiento lento y contenido.

—Te estaba dando la oportunidad de explicarte primero.

—¿Perdón?

Levanta las cejas, burlona, y mira a William.

—Es un buen comienzo, supongo. Aunque, si yo estuviera en tu posición, lo habría dicho con algo más de convicción y menos tono interrogativo.

—¿En mi posición? —He empezado a sudar; tengo las manos húmedas y pegajosas mientras agarro los bordes de la silla.

—¿Vas a repetir todo lo que digo?

La miro con los ojos muy abiertos, aterrada, tratando de formar una frase mientras me noto la garganta cerrada y la lengua demasiado hinchada como para articular palabra alguna.

—No… no entiendo muy bien lo que está pasando.

La expresión de Landry combina aburrimiento y mal humor, y se frota la frente con los dedos, suspirando.

—Voy a dejar claras unas cuantas cositas, señorita Kitt —dice William, apartándose de las estanterías y apoyando las manos sobre el gran escritorio antes de inclinarse hacia mí—. Tienes algo llamado trabajo. Y yo también. Y mi trabajo consiste en ser tu jefe. ¿Me sigues?

305

Me horroriza darme cuenta de que estoy asintiendo con la cabeza.

—Bien. Empezaba a preocuparme que hasta eso fuera demasiado complejo para ti. —Me dirige una sonrisa gélida—. Tu trabajo, en esencia, consiste en ganar dinero para esta empresa. Y la mejor forma de hacerlo es que te vistas con tus trapitos a la moda, sueltes unos cuantos comentarios sarcásticos y te metas perritos calientes en la boca para atraer a los espectadores masculinos. Tu trabajo también consiste en hacer lo que yo te diga. Y te dije que siguieras adelante con lo de Rylie Cooper. ¿Por qué? Para que la empresa gane dinero. ¿Aún me sigues?

La fuerza de su ira tranquila parece dejar sin aire la estancia, y me estoy mareando por lo mucho que me cuesta respirar.

—Pero, al parecer, has decidido que estás por encima del trabajo por el que te pagamos —continúa en voz baja—. Has desobedecido nuestras instrucciones en favor de tus valiosos sentimientos. Y no solo eso, sino que nos has mentido, Eva. Me has dejado en ridículo y, para más inri, en un lugar público. ¿Tienes idea de lo desagradable que es que una empleada me replique en un acto benéfico al que he donado una cantidad ingente de dinero en nombre de la empresa que dirijo?

El calor me inunda las mejillas y el corazón me golpea el esternón con tanta fuerza que temo desmayarme.

—Lo siento —consigo decir, medio ahogada—. Lo siento muchísimo. No era mi intención. No he querido faltar al respeto. No...

—Pero lo has hecho —interviene Landry. No levanta la voz ni me habla con dureza; simplemente rezuma decepción—. Todo esto, desde las mentiras hasta tu descaro en la gala, pasando por tener una sórdida aventura con una persona con la que tenías un acuerdo profesional y permitir que interfiriera en tu trabajo, ha sido una falta de respeto.

—Lo siento —repito, con lágrimas en los ojos. Landry se fija en ellas y aprieta los labios con un gesto compasivo, pero en el rostro de William asoma un destello de satisfacción—. Entiendo vuestro punto de vista y lo siento. Nunca fue mi intención que pasara nada con Rylie, lo juro. Pero hemos empezado a sentir cosas de verdad y…

—Sentir cosas de verdad, ¿eh? —William no hace el gesto de las comillas con los dedos, pero igualmente da esa sensación—. Qué bonito y qué cursi. Me alegro mucho de que vayáis en serio y de que compartáis armario y todo. Pero permíteme que te recuerde que esto es el mundo real. Aceptaste ser totalmente transparente, y es lo que te pedimos. Claro está, si es que te queda algo de ética periodística y aspiras a labrarte un nombre.

—Claro que tengo ética periodística —sollozo, a punto de ponerme de rodillas para suplicar clemencia.

Sé que soy un pececillo en un océano inmenso, que soy una mindundi, pero no puedo perder este trabajo; no puedo perder esta oportunidad de hacer algo de verdad con mi vida. Me he aferrado mucho al único sueño que he tenido jamás como para verlo hacerse añicos así.

—No hay nada que desee más que forjarme una larga e importante carrera en el mundo del periodismo —digo, volviéndome hacia Landry—. Pero la sección de cultura popular no es lo mío. Perdón por haberlo estropeado todo, pero prometo que, si se me da la oportunidad de ejercer mi pasión en algo que me interese, algo que me importe de verdad, puedo dar mucho más de mí. Te juro que lo voy a enmendar.

—Ay, Eva, no te estás enterando de nada, ¿verdad? —La voz de William es mordaz, y su sonrisa, un cuchillo al rojo vivo que me atraviesa cuando deslizo la mirada hacia él—. Estás despedida.

Mi expresión de desconcierto lo hace reír.

—Dios mío, ¿no lo sabías? ¿De verdad pensabas que esta iba a ser una conversación normal sobre tus mentiras y que ibas a marcharte tan campante? —Su risa es fría y hueca—. Deja de creerte la titiritera cuando, en realidad, somos nosotros quienes movemos los hilos.

—¿Por… por qué hacéis algo así? —Me hormiguean los labios y un zumbido agudo me llena los oídos mientras intento asimilarlo todo—. ¿Por qué me hicisteis creer que iba a ser una conversación civilizada?

Su cara de asco me hace estremecerme.

—Ha sido únicamente tu ingenuidad la que te ha hecho creer que esto iba a ser otra cosa que no fuera un despido más que merecido. Nos has mentido. Has demostrado que no podemos sacarte rédito económico. Así que estás despedida.

—No se lo puedes permitir —suplico, extendiendo las manos hacia Landry en señal de rendición—. Por favor. De mujer a mujer, tienes que entender mis motivos, ¿no?

La expresión de Landry pasa de compasiva a abiertamente incrédula. Niega con la cabeza y suelta una carcajada fría igualita a la de su hijo.

—Por favor, no hagas que esta situación sea más embarazosa de lo necesario.

—Landry, por favor. Dijiste que veías potencial en mí. Que te veías reflejada. Te lo puedo demostrar. Por favor, no me despidas.

—Por Dios, ¿qué quieres que haga? —pregunta, torciendo el gesto. William resopla—. ¿Que me ponga a corear «chicas al poder» con el puño en alto? Esto es un negocio, señorita Kitt. ¿No te entra en la cabeza? En este mundo, no hay sentimientos ni escrúpulos ni culpa sobre si estás o no a la altura de lo que hace falta para progresar. Has demostrado que tú no lo estás y nosotros hemos demostrado que sí. Y por eso nosotros dirigimos la empresa y tú vas a acabar en la cola del paro. Pero no te preocupes, que Recursos Humanos te va a enviar el acuerdo de despido, en el que se te recuerda que no puedes divulgar información privada de la empresa. Seguro que te sirve de ayuda mientras buscas un nuevo trabajo. Igual están contratando en TMZ.

Los miro fijamente, con el rostro empapado en lágrimas. William vuelve a fijarse en el reloj y Landry clava la vista en el ordenador.—¿Estáis...?

—Estás despedida —espeta Landry, sin dejar margen para la discusión.

Me precipito hacia la salida.

—Ha sido un auténtico placer trabajar contigo, Eva —dice William con sequedad justo antes de que la puerta del despacho se cierre tras de mí.

Me quedo allí parada un momento, mientras todo me da vueltas y se me nubla la vista. Voy a vomitar, a desmayarme, a caerme al suelo. Me llega desde lejos, pero distingo una carcajada disfrazada de tos por parte del asistente de Landry.

No sé cómo, mientras todo por dentro se me viene abajo y se desploman los cimientos de mi identidad, consigo llegar a los ascensores y entrar sin caerme de rodillas a llorar.

Permanezco rígida mientras el ascensor desciende hasta la planta baja. ¿Cómo voy a arreglármelas después de esto? ¿Adónde voy? ¿A casa? ¿A hacer qué? ¿Qué voy a hacer en el vacío inmenso de la vida que ahora tengo por delante?

Me vibra el móvil en el bolso justo cuando cruzo por última vez la majestuosa entrada del edificio. Aturdida, lo saco sin procesar la avalancha de notificaciones que me aparece.

Montones de llamadas perdidas de Rylie. Y de Ray. Y de Aida. Y también mensajes suyos.

¿Dónde estás?

¿Estás bien?

No te preocupes.

Tiene solución.

En serio, dime si estás bien.

¿Cómo lo saben? La vergüenza se me clava en el pecho, amenazando con abrirme en canal, costilla a costilla. ¿De verdad era la única que no se había dado cuenta de que me iban a despedir esta mañana?

Me vibra el móvil con otro mensaje. Este es de Rylie.

> Eva, cariño, dime dónde estás y si estás bien. Mi equipo está investigando lo que ha pasado, pero tenemos que hablar. Quiero ir a verte.

¿Su equipo? ¿Qué tendrá que ver su equipo con mi despido?

En ese preciso y horrible instante, recuerdo lo que me dijo el asistente de Landry antes de entrar. Con los dedos temblorosos y las manos tan sudadas que se me cae el móvil al suelo dos veces, busco mi nombre y el de Rylie. Aparece una serie de publicaciones e historias recientes, y todas las miniaturas muestran la misma imagen.

A pesar de que sé lo que va a pasar cuando pulse en el vídeo, que me va a destrozar, lo hago.

Somos Rylie y yo, junto a los ascensores del precioso hotel. Su cuerpo está acorralándome contra la pared, y yo arqueo la espalda y empujo, desesperada, con la cadera para ceñirme contra él. Rylie me besa como si fuera a devorarme. Y yo gimo de necesidad porque quiero que lo haga. Luego me guía al interior del ascensor y yo, ávida, soy incapaz de dejar de tocarlo.

Una cámara ha captado ese momento tan privado.

Y se ha viralizado en internet.

Capítulo 23

El plan es atrincherarme en mi piso, borrar todas las aplicaciones y poner el móvil en modo avión durante al menos una semana. Me haré un ovillo en la cama y lloraré por haber sido subnormal y haber echado a perder mi carrera. Gritaré contra la almohada, rabiosa y avergonzada, porque algo tan íntimo y personal esté circulando por grupos y mensajes directos y, por lo poco que me permití bichear en el camino de vuelta a casa, dejándome como una zorra que se acuesta con quien haga falta para llamar la atención.

El plan es ignorarlo todo y a todos, incluido Rylie, hasta que pueda volver a mirarme al espejo sin querer romper el cristal.

Pero el puto Rylie Cooper tiene un don especial para reventar todos mis planes, y apenas me concede unas horas de confinamiento voluntario antes de llamar a mi puerta.

—Sé que estás en casa, Eva —llega su voz amortiguada desde el pasillo.

Le di una llave la semana pasada con la que puede entrar en el edificio y, aunque le agradezco que no la haya usado para colarse en mi piso, le agradecería mucho más que me dejara sola con mis miserias.

—Vete —respondo con la voz rota, a un par de metros de la mirilla. No soy capaz de mirarlo. La soledad se me enrosca alrededor y me acuna contra su pecho mientras se alarga la distancia entre él y yo.

—Déjame entrar.

—Va a ser que no, gracias.

—Joder, Eva. No me hagas esto. No me alejes de ti.

Una lágrima traidora me cae por la mejilla. ¿Cómo voy a mantenerme entera si no lo alejo todo lo que pueda? ¿Cómo voy a ahogarme en mi propia vergüenza si no es aislada? ¿Pretende que deje que sea testigo de algo así?

Sin embargo, hay cierta desconexión entre mi razón y mi cuerpo, y las piernas temblorosas me arrastran hasta la puerta. Me detengo frente a ella y alargo una mano trémula; las yemas de mis dedos rozan la madera, pero dejo caer el brazo junto al costado. Se instala un silencio pesado que se alarga y se deforma tanto que me pregunto si Rylie se habrá marchado ya. En parte deseo que sea así, pero a la vez me destrozaría. Apoyo la frente en la puerta y se me escapa un sollozo breve y seco que no puedo contener.

—Por favor, Eva —llega la súplica quebrada de Rylie—. Cariño, déjame entrar.

No debería. Soy un desastre. Todo es un desastre. Nunca me había sentido tan hecha polvo. No puedo dejar que me vea así.

Grito en silencio mientras veo cómo mi mano se desplaza hacia el cerrojo. Lo hago girar a la izquierda y el chasquido del pestillo al soltarse retumba a mi alrededor. Doy unos pasos atrás, trastabillando. No puedo hacer más. No puedo abrir esa puerta. No puedo mostrarle voluntariamente y de una forma tan nítida mi ineptitud.

Los latidos del corazón, irregulares, me aporrean cada articulación. Con un giro decidido del pomo, se abre la puerta. Rylie se queda ahí parado un instante, apenas un paso dentro del piso, con el rostro marcado por el estrés y los ojos cargados de cansancio. No queda rastro de su chispa habitual; le he absorbido toda la energía.

—Vas disfrazado de moratón —susurro, recorriendo con la mirada sus pantalones granates y la sudadera añil en la que pone CLUB SUPREMO DE REMO EXTREMO DE FILADELFIA.

—Gracias. —Amaga una sonrisa y cierra la puerta—. Supongo que pega con cómo me siento.

Ha regresado el silencio, denso y pesado, y me arrastra consigo.

—Lo siento —digo por fin, con la necesidad de romper la quietud, en un último empujón hacia la superficie antes de hundirme del todo. Me fijo en las líneas tensas de su cuello, en la mandíbula apretada, incapaz de mirarlo a los ojos.

—¿Lo sientes?

Asiento, y se abre paso dentro de mí un cansancio que me cala hasta los huesos.

—Sí. Lo siento.

—¿Por qué?

Suelto un bufido hosco mientras repaso a toda velocidad mi archivo mental de autodesprecio.

—Por todo. Por el primer vídeo de mierda en el que te abroncaba. Por presentarme en tu casa cuando sabía que era una pésima idea. Por hablar con Landry y William de la forma menos profesional posible durante la preciosa velada de tu amiga. Por el vídeo que se ha filtrado de nosotros. Lo siento.

Rylie guarda silencio, asimilando la magnitud del desastre en el que nos he metido.

—Me han despedido —añado, bajando la mirada al suelo, avergonzada—. Por si la cosa no podía ir a peor.

—Ojalá lo hubieras dejado antes.

Levanto la vista hacia Rylie y es un error. Sus ojos color acero me atrapan, me enganchan. Su expresión está llena de frustración y desdén.

—Tampoco es que sea la mejor candidata para cualquier puesto de trabajo —digo, con una voz plana pero empapada de desprecio hacia mí misma—. Para lo único que valgo es para comer perritos calientes y ser una borde.

—Para. —El estallido de ira en la voz de Rylie me hace encogerme; frunzo el ceño y doy un paso atrás, pero él me sigue.

—No, para tú —respondo, por costumbre y por no tener a mano una réplica decente.

—No, para tú —repite, dando otro paso más.

Cuadro los hombros y avanzo hasta quedarme frente a él.

313

—Todo es un desastre y es culpa mía. No me digas que pare cuando solo estoy diciendo la verdad.

—Estás delirando —dice, con las mejillas sonrojadas y las aletas de la nariz dilatadas por la respiración.

—No, el que delira eres tú —replico, con la rabieta de una cría—. Esto solo va a dejarte mal a ti: yo solo soy una mindundi aspirante a *influencer* que quiere aprovecharse de ti, de tu éxito y de tu puñetera amabilidad.

Me voy a quedar con el calificativo de puta, de trepa. Internet ya ha demostrado ser implacable y esto es un caramelito para la sección de comentarios. Verá lo que dicen de mí y se cansará de defenderme. No puedo pedirle que aguante el temporal cuando está claro que va a arrasar nuestro hogar.

Rylie esboza una mueca de incredulidad.

—Lo último que me importa ahora mismo es cómo va a dejarme a mí.

—Creo que deberíamos cortar.

—Eso ya lo sé.

La calma de su voz me hace pedacitos y me obliga a parpadear una y otra vez para que no se me caigan las lágrimas. Me apresuro a recomponer el gesto, a ponerme una máscara neutra para que no perciba mi dolor.

—Genial. Me alegro de que estés de acuerdo. Así te será más fácil arreglar la situación.

Rylie niega con la cabeza, y observo los surcos profundos que se le marcan entre las cejas y alrededor de la boca.

—Yo no he dicho eso.

—Pero es lo que querías decir.

—No, qué va.

Quiero replicar, pero me interrumpe, agarrándome de los hombros con una presión firme.

—Quería decir exactamente lo que he dicho, Eva. —Me zarandea con suavidad, y se afloja el nudo de lágrimas que tenía detrás de los ojos—. Sé que crees que deberíamos cortar —continúa—. Sé que piensas que la situación se ha complicado muchísimo y que lo más fácil sería separarnos y lamernos las heridas en privado, para que tú puedas añadir otra capa, otro muro más, alrededor de tu corazón. Pues mala suerte. Yo me niego.

Me quedo mirándolo boquiabierta.

—¿Te niegas?

Rylie se encoge de hombros y se le asoma al rostro un atisbo de sonrisa.

—Sí, me niego. Tú podrás decir que crees que deberíamos cortar, pero es una decisión que tenemos que tomar los dos, y yo te digo que no. Voy a darte tu espacio y tiempo. Voy a darte lo que necesites, siempre que lo necesites de verdad y no lo hagas para cumplir tus propias profecías de decepción. Pero no voy a aceptar que lo dejemos. Lo siento.

Me zafo de su agarre y retrocedo a trompicones hasta el otro lado del salón, dejando el sofá como una barrera entre los dos. Lo miro con una mezcla de asombro e irritación.

—Pues no veas lo que me jode lo que acabas de decir.

El semblante de Rylie pasa por varias emociones difíciles de leer antes de optar por un ligero buen humor.

—Mira, Eva, siento ser yo el que te lo diga, pero ahora mismo lo que más me jode a mí es tu cabezonería. Así que supongo que estamos en paz. Eso sí, mi decisión no va a cambiar. No vamos a dejarlo.

Balbuceo, buscando un último recurso, el que sea, que haga entrar en razón a este hombre.

—Te pido por favor que tengas dos dedos de frente. Nuestra fase de luna de miel duró menos de dos semanas y ya estamos discutiendo otra vez. Esto ha sido un experimento social condenado al fracaso desde el principio. Así que no seas tan cabezota y déjalo.

—Te quiero, diablilla —dice Rylie, avanzando hacia mí con relámpagos en los ojos.

El pulso se me desboca y el pánico me comprime el corazón y me tensa los músculos con el instinto de huir. Rylie rodea el sofá. Miro a mi alrededor con desesperación, pero yo sola me he acorralado en una esquina.

315

—¿Me has oído? —dice, sin detenerse hasta que está justo frente a mí. Alza las manos y me sujeta la cabeza con una delicadeza firme—. Te quiero.

—Para —exijo, aferrándome a la tela de su sudadera. No sé si quiero empujarlo o atraerlo más.

—No. —Su voz es un gruñido—. Te quiero, y no hay nada que puedas hacer para impedirlo, así que más te vale aceptarlo.

—Me niego.

Las lágrimas me resbalan por las mejillas. Me horroriza darme cuenta de que le he puesto las manos en las caderas.

Noto la risa de Rylie como un soplo suave contra la mejilla, eléctrico y tranquilizador a la vez.

—Me da igual.

Me roza los labios con los suyos en una caricia apenas perceptible y me inunda una dulzura cálida. Protestas sin sentido se me escapan de los labios, pero él las acalla con un beso aún más firme, y yo me abro a él. Me tiembla el cuerpo mientras me sujeta, dándome estabilidad.

—Te quiero —repite.

—No deberías.

Rylie se aparta un poco para mirarme, y me da vergüenza la fuerza con la que me aferro a él. Y entonces caigo en la cuenta de que él también me está sujetando igual de fuerte, con una mano apoyada en la curva de mi espalda y la otra secándome las lágrimas de la mejilla.

—Eres la persona más inteligente y fiera que conozco. Nunca he estado tan descolocado como desde que me dejaste entrar en tu vida. No tengo ni idea de qué barbaridad vas a decir o hacer a continuación, y me das miedo cuando sacas tu peor versión, cosa que no me viene nada mal. Y, joder, te quiero. Quiero pasarme todos los días viendo lo cabrona que eres conmigo. Si antes de morir me preguntaran qué haría si tuviera una hora o un minuto más de vida, elegiría pelearme contigo. Discutir contigo. Besarte, abrazarte, estar contigo. Haría cualquier cosa por pasar un segundo más a tu lado. Y lo elegiría todas y cada una de las veces. Porque sé que tú también me quieres.

Aspiro el aire con dificultad entre sollozos y apoyo la cabeza en su pecho. Rylie me abraza contra sí y me mece con delicadeza.

—Me da miedo quererte —confiesc medio ahogada—. Me da miedo sentir tanto y arriesgarme a perderte. Arriesgarme a que te des cuenta de que no valgo la pena.

—Eva, amor mío. He tenido seis años para olvidarme de ti y concluir que no mereces la pena. Si me dieras seiscientos años más, estaríamos en las mismas. Soy todo tuyo. Es normal que tengas miedo. Yo seré el doble de valiente hasta que logres tener esa confianza. Esa confianza en mí. —Me besa la sien—. Déjame demostrártelo. —Luego, la punta de la nariz, que no deja de moquear—. Déjame cuidarte. —Me roza los labios con suavidad y cariño—. Déjame quererte.

Estoy agotada emocionalmente, vacía hasta la última célula. Pero poco a poco, como una bruma que me recorre las venas, me llena una nueva sensación. Es luminosa y cálida, y me genera una sensación de ligereza en el pecho. Tardo un instante en darme cuenta de que es esperanza.

Con un suspiro tembloroso, busco sus labios y lo beso, lo saboreo, me recreo en la chispa eléctrica que nace con cada nuevo roce de nuestras respectivas bocas. Un murmullo grave vibra en su garganta, y me mueve hasta que quedamos pegados, mi espalda contra la pared. A regañadientes, rompo el beso, y los dos respiramos con dificultad.

—Aunque va contra mi naturaleza darte lo que quieres —susurro—, tu insistencia ha acabado por vencerme.

Noto la sonrisa de Rylie contra la mía, mientras me enreda las manos en el pelo. Su risa áspera es mitad alivio, mitad sentido del humor.

—Creo que las sudaderas también me han ayudado un poco a conquistarte.

Me río antes de volver a echarme a llorar. Esta vez de desahogo, con profundas oleadas de consuelo que me recorren los músculos mientras me aferro a él con más fuerza.

—No me has dejado otra opción que enamorarme de ti, ¿verdad?

Rylie asiente, rozándome la frente con la suya, y atrapa mi boca con un beso tierno.

—Te quiero muchísimo —murmuro contra su piel mientras sus labios dibujan un rastro cálido por mi cuello y mi clavícula—. No tengo ni idea de cómo seguir, pero voy a intentarlo con todo lo que tengo.

Rylie vuelve sobre mi boca, con las gafas torcidas, y se nos choca la nariz cuando nos lanzamos a por más. Es un lujo poder quererlo así, despacio, sin prisas, como si tuviéramos todo el tiempo del mundo.

Sus palabras son una promesa contra mi piel:

—Y solo con eso basta.

Capítulo 24

—¿Y ahora qué hago? —pregunto a la mañana siguiente, acurrucada en la cama con Rylie. Juego distraídamente con el vello de su pecho, y no es hasta que desplaza mi mano con suavidad contra los latidos de su corazón cuando me doy cuenta de que, por los nervios, estaba empezando a tirarle de los pelos.

—¿Con el trabajo? —murmura, acercándome más a su costado y dándome un delicado beso en el pelo.

—Con el trabajo. Con mi identidad. Con mi sustento... Ya sabes, esas cosas tan sencillas por las que la gente casi nunca se angustia.

—No sé yo si es muy sano tener tu identidad tan ligada al trabajo.

—Sí, vale. Pero tú sin gafas no ves tres en un burro, así que no sé yo si debería aceptar consejos vitales tuyos.

Rylie suelta una risa indulgente, cuyas vibraciones me acarician la mejilla.

—Si lo del periodismo no sale bien, siempre puedes probar como *coach*. Eres pura delicadeza y motivación.

Sonrío y le doy un beso en el pectoral antes de morderle suavemente.

—Podrías ser *freelance* durante una temporada —propone Rylie al cabo de un momento. Me traza dibujos al azar por el brazo, haciéndome caer en una agradable somnolencia en la que, sorprendentemente, empiezo a tener en consideración la idea—. Tú misma dices que tu cuenta de Babble está teniendo más

319

movimiento. A lo mejor puedes ver cómo monetizarla o usar los artículos que mejor hayan funcionado como propuestas para otros medios.

Suelto un largo suspiro por la nariz, con ganas de discutir, de señalar todos y cada uno de los fallos idealistas de su plan. Pero igual… igual tiene razón. Igual me las puedo arreglar. Tendría que apretarme mucho el cinturón y tirar de los pocos ahorros que tengo, pero al menos es un plan inmediato que no me hace querer gritar hasta desaparecer.

Estoy reuniendo el valor para reconocer que me lo estoy planteando cuando llaman al timbre y nos explota la burbuja en la que nos encontrábamos.

Me incorporo de golpe, con el pecho encogido mientras el cerebro se me acelera pensando quién puede ser. ¿Qué clase de salvaje se presenta en casa de alguien sin avisar… aparte de Rylie? Y… ejem… de mí, a veces.

—¿Quieres que vaya yo? —pregunta Rylie, todavía con voz de dormido, mientras yo ya estoy apresurándome a levantarme de la cama.

—¿Quién es? —pregunto con cautela, pulsando el botón del interfono.

—Soy yo. ¿Por qué tienes el móvil apagado? —La voz de Aida me inunda de alivio, y todo mi peso cae sobre el botón de abrir para dejarla pasar. Unos segundos después, entra en mi piso como Pedro por su casa.

—Ah, hola —dice con total naturalidad, quitándose el abrigo—. ¿Qué tal todo? ¿Alguna novedad?

Ni siquiera soy capaz de mirarla con cara de pocos amigos: me hundo entre sus brazos abiertos y las lágrimas vuelven a brotar con fuerza.

—Cuéntamelo todo —murmura Aida, pasándome la mano arriba y abajo por la espalda—. Luego yo tengo algunas cosas que decirte.

Me acompaña hasta el sofá y le cuento lo del despido y el posterior descubrimiento del vídeo con Rylie. Está todo tan re-

320

ciente, tan en carne viva, que cada palabra es como hurgar en la herida. Por primera vez en mucho tiempo, me hago un ovillo con la cabeza apoyada en el regazo de Aida, desahogándome por completo mientras ella me consuela con paciencia y cariño.

—Lo siento muchísimo —susurra, apartándome de la mejilla un mechón de pelo empapado por las lágrimas—. Es horrible. No te lo mereces.

Lloro aún más.

—¿Qué era lo que tenías que contarme? —consigo decir por fin, cuando respiro a trompicones y ya apenas me quedan lágrimas detrás de los ojos hinchados.

Con delicadeza, Aida me ayuda a incorporarme y se recoloca para que quedemos sentadas frente a frente, con las piernas cruzadas en el sofá. Al mismo tiempo, reparamos en Rylie, que está de pie en el umbral de mi habitación, con una de mis camisetas enormes y unos pantalones de pijama que le dejan ver bastante tobillo.

—Hola —dice Aida, inclinándose para dar una palmadita al asiento de la silla libre—. Seguro que a ti también te interesa.

Rylie se sienta, acercando la silla hasta poder apoyarme la mano en la nuca y darme un masaje para que me relaje un poco.

Aida se aclara la voz, pensando por dónde empezar.

—Se me hacía todo raro, sobre todo por el *timing* —dice, mirándome con los ojos entrecerrados—. Supongo que fue una corazonada, pero algo no me cuadraba: Landry estaba tan tranquila en la gala y, de repente, se filtra un vídeo.

Por el rabillo del ojo veo asentir a Rylie, y Aida continúa.

—No conseguía quitarme la sensación de que algo fallaba, así que le pedí a uno de los técnicos de Soundbites que investigara un poco en su tiempo libre...

—¿Te hizo un favor un friki? —pregunto, torciendo el gesto con incredulidad. A Rylie se le escapa una risa ahogada.

Aida frunce el ceño.

—Pues claro que no. Le prometí tres meses de gastos de envío gratis en comida a domicilio si me ayudaba. El caso es que

321

Brett analizó el vídeo original que se subió a las redes y algunos de los medios de comunicación que lo publicaron primero. Se puso a hablar de mil detalles técnicos que me dejaron la cabeza como un bombo, pero lo importante es que rastreó la IP de quien filtró el vídeo, y llevaba hasta Soundbites.

La miro sin expresión en el rostro. Lo único que tengo que ver yo con las ciencias es que mi belleza es de ciencia ficción.

Aida hace un gesto para restarle importancia a mi confusión.

—En resumen: alguien de Soundbites publicó el vídeo original y se lo pasó a varios medios para asegurarse de que se difundía.

—Perdona un momento: ¿estás insinuando que William grabó el vídeo y lo filtró? —pregunta Rylie, retirando la mano de mi cuello, con una mezcla de asco y rabia en el rostro como nunca le había visto.

—O Landry —dice Aida—. ¿Quién si no en Soundbites iba a hacerlo?

—A ver, no tengo la lista completa, pero tampoco es que yo fuera una empleada especialmente querida allí —le recuerdo.

Aida pone los ojos en blanco.

—Sí, vale, pero fíjate en la hora. Se publicó a las cinco y cuarto de la mañana. ¿Sabes cuánta gente hay en Soundbites a esas horas?

Siendo yo alguien que no pisa la oficina hasta bien pasadas las nueve, no sé si es una pregunta retórica.

—Muy poca, tía —dice Aida, rozando ya la frustración porque no le sigo el ritmo—. Así que le pedí a mi colega Randy, el de seguridad...

—¿Quién coño es Randy, el de seguridad? —pregunto, molesta porque no estoy entendiendo nada de la historia.

La mirada de cabreo que me dedica Aida podría hacer llorar a cualquiera.

—Big Randy. Sabes quién es Big Randy. El del turno de noche.

Asiento, recordando al hombre alegre y amable que tantas veces he visto en el mostrador cuando me quedo trabajando hasta tarde. Siempre se disfraza de Papá Noel en la fiesta de Navidad de la empresa.

—En fin —continúa Aida, acelerando—. Le pedí que me hiciera un favor y revisara los registros de entrada…

—¿Y te hizo ese favor?

—Big Randy le haría favores a cualquiera. Pues adivina quién fue una de las pocas personas que fichó antes de que se publicara el vídeo. William.

—Hostias —susurra Rylie, con la voz áspera—. ¿De verdad crees que…?

—Perdón, pausa. —Me enderezo y levanto las manos—. Esta es una acusación muy gorda a estas horas de la mañana. ¿Desde cuándo eres una especie de superespía tecnológica, Aida?

Esta me dedica una mirada hastiada.

—Desde que intento pasarme unas horitas pensando y comprobando datos antes de hundirme en la futilidad de la autocompasión.

—Creo que nunca habías dicho nada con lo que me sintiera tan poco identificada.

—No me sorprende, Eva —dice Aida, con los ojos muy abiertos y el gesto animado.

—El listón está por los suelos, pero ¿de verdad lo ves capaz de caer tan bajo? —La expresión de Aida lo dice todo—. Vale, sí, puede que él sí, pero ¿tú crees que Landry se lo permitiría?

Ayer me trató como una mierda, pero me cuesta creer que mi ídolo, esa mujer que es una leyenda viva por abrirse paso en un mundo dominado por los hombres, pudiera hacerme algo así.

—Deja de pensar que tiene la más mínima buena voluntad o intención hacia alguien que no sea ella misma o su hijo. Tenía muchísimo que ganar si salía bien lo vuestro. Ha enchufado a William en la empresa y el éxito de su hijo es un reflejo directo del suyo propio. Fue ella quien impulsó la idea, prometió cifras enormes de interacciones y de ingresos y vio cómo esas previsiones no solo se cumplían, sino que se superaban. Cuando dijiste que no ibas a seguir jugando, ella y su hijo tenían muchísimo que perder: dinero y credibilidad profesional ante otros directivos y miembros del consejo. No me extrañaría nada que le hubiera dado un pin y una palmadita en la espalda por filtrar el vídeo.

Me muerdo los carrillos y niego con la cabeza.

—¿Sabes cuál fue el primer medio en informar sobre vuestro vídeo? —pregunta—. Soundbites. El primero en publicarlo y hacerlo circular. Y adivina: los demás vídeos tuyos también han recibido un subidón gracias a toda esta publicidad.

El silencio me pesa como una losa sobre los hombros mientras intento encajar todas las piezas. Me froto las sienes; está empezando a dolerme la cabeza.

—Landry no haría algo así. —La mujer a la que tanto admiraba tendría la decencia de ahorrarme semejante humillación, ¿no?—. No me haría pasar por esto solo por una palmadita en la espalda y unos beneficios que, al final, se acabarían agotando, ¿verdad?

La mirada de Aida y Rylie son respuesta suficiente.

—Mañana voy a presentar mi dimisión —dice Aida mientras yo sigo procesándolo todo, con la cabeza hecha un lío imposible de desenredar—. He pensado en aguantar hasta que ella o William me despidieran para poder pedir el paro, pero, aunque esto sea remotamente posible, he decidido que no aguanto más. Además, los putos juegos mentales de William y Landry son insoportables: correos indescifrables y pasivo-agresivos cuestionando mi rendimiento, cuando todos sabemos que soy la puta ama en lo que hago. No puedo seguir viviendo así. Estoy tan estresada que la mayoría de los días me cuesta pensar con claridad.

Asiento, apretando los dientes mientras me asaltan recuerdos muy concretos. Aunque antes del incidente no había trabajado tan de cerca con Landry, sé de sobra que la dirección de Soundbites en general practica una especie de novatada constante: llamadas nocturnas, comentarios hirientes, miradas de decepción... Todo va desgastándote poco a poco hasta que Landry decide hacerte polvo.

—No es nada personal —dice Aida, con un tono que pretende ser tranquilizador.

De algún modo sí que lo es. No es que Landry ni el resto de los jefazos nos hayan elegido de entre todos los trabajadores para torturarnos por ser especiales. Pero, por otro lado, es aún peor pensar que somos juguetes reemplazables a los que estiran, pinchan y deforman hasta que nos tiran.

—Nos tratan como basura. En la sección de moda incluso han montado un grupo en el que todo el mundo comparte capturas de pantalla de los peores e-mails y mensajes. Quien recibe el comentario más cruel gana una copa gratis al final de la semana.

Me echo hacia atrás, indignada.

—Me da la sensación de que me he quedado sin un montón de copas gratis por no estar en ese grupo.

Aida me sonríe con cariño.

—Tampoco es que seas precisamente la persona más accesible en cuestiones de compañerismo, cariño.

Touché.

—Vale, me alegro de que todos estemos sufriendo por lo mismo, pero ¿qué hacemos con este asunto?

—Podrías demandar —propone Rylie, como si la mera idea de buscar en Google cómo se hace no fuera la experiencia más abrumadora y agotadora que se me ocurre—. Por despido improcedente o algo así.

—Esto es Estados Unidos. Aquí te pueden despedir prácticamente por lo que sea si tu jefe tiene suficiente poder.

—No si antes te han estado acosando e intimidando —responde Rylie, encogiéndose de hombros con tristeza—. Perdón, solo intento ayudar.

—¿Crees que ha sido eso lo que ha estado pasando? —pregunto, mirándolo fijamente mientras me da vueltas la cabeza—. ¿Acoso laboral?

Rylie me mira como si tuviera monos en la cara.

—He visto con mis propios ojos cómo William te obligaba a leer cosas terribles que decían de ti en internet y a grabarlo. Y tenemos pruebas bastante contundentes de que filtró un vídeo privado que tú no consentiste que se grabara. ¿De verdad no te parece acoso?

—Aunque todas esas cositas juntas sí que pueden considerarse una situación de acoso, sé que mucha gente diría que es solo rumorología —dice Aida, con pragmatismo y una voz derrotada.

Rylie se gira del todo hacia mí y me pone las manos en los hombros.

—Nosotros sabemos que no son rumores, Eva. Tiene que saberlo todo el puto mundo.

—¿Te refieres a…?

Rylie asiente despacio. Con certeza. Es un pilar en medio de una vida que se me derrumba.

—Si alguien puede hacerlo, esa eres tú.

Lo miro, con el corazón latiéndome de forma irregular y la sangre ardiéndome en las venas de camino a cada músculo. Lo que está diciendo es una locura. Es disparatado. Es un riesgo enorme para la poca dignidad que me queda y para una autoestima que ya va en caída libre.

Rylie me escudriña el rostro, percibiéndolo todo.

—Te apoyaré hagas lo que hagas, pero sé que eres la mejor persona, quizá la única, capaz de hacer justicia.

Él cree en mí.

Joder, yo también creo en mí. La idea es muy atrevida, radical, gigantesca en comparación con todo lo que me he permitido sentir hasta ahora. Rylie no se mueve, ni siquiera respira, mientras yo lo miro, reuniendo ideas a toda velocidad, encajando piezas sueltas, trazando un plan. Un ataque.

Sin apartar la mirada de sus ojos plateados, digo:

—Aida, ¿crees que podrías meterme en ese grupo?

Capítulo 25

UN MES DESPUÉS

La exempleada de Soundbites Media Eva Kitt ha recopilado los sobrecocedores testimonios de varios denunciantes de la empresa que sufrieron acoso laboral y hostigamiento por parte de directivos, en especial de la fundadora, Landry Doughright, y de su hijo, William. Además, Soundbites ha emitido un comunicado oficial en el que afirma que ha recurrido a terceros independientes para investigar las acusaciones, incluida la de que William Doughright filtró fotos y vídeos privados de una empleada para generar ruido mediático y tráfico hacia la web...

Mi reportaje salió en *The Times* hace dos días y enseguida se hicieron eco en *The Washington Post,* CNN, *USA Today* y varias cadenas locales. Incluso he recibido un correo que dice que puede que *The Today Show* emita un segmento sobre la investigación en curso.

Dios, qué bien sienta la venganza.

—¿Te dio miedo escribir el artículo? —me pregunta Rylie mientras estamos acabando de grabar el pódcast. Le he concedido una entrevista exclusiva porque, a veces (muy de vez en cuando), puedo ser una novia estupenda. Estamos retransmitiendo el episodio en directo, con la interacción por las nubes.

Me muerdo el labio, pensándome bien la respuesta.

—No me daba miedo contar la verdad, pero sí las repercusiones personales que podía tener sobre mí.

—¿A qué te refieres?

Le lanzo una mirada ligeramente burlona.

—Se viralizó un vídeo nuestro besándonos y la inmensa mayoría de los comentarios se dedicaban básicamente a insultarme por besar a mi novio y a decir que cualquier éxito profesional que tenga es porque me he acostado con quien tocaba. Un artículo sobre un entorno laboral hostil basado en la misoginia y en mi propia experiencia no parecía precisamente un buen tema del que hablar.

Rylie asiente, y le brillan los ojos de orgullo al mirarme.

—Estoy de acuerdo. Muchas de las respuestas a ese vídeo o bien me felicitaban a mí por estar con alguien como tú, o bien te machacaban a ti por tener un momento de intimidad con alguien.

Resoplo.

—No te felicitaban por estar con alguien como yo. Era, simple y llanamente, una conversación de machirulos especulando sobre qué tal follo.

—Justo —dice Rylie, frunciendo el ceño—. Fue asqueroso.

—Ya te digo.

—Entonces ¿por qué lo hiciste? ¿Por qué te arriesgaste a escribir ese reportaje?

Se me encoge el corazón al repasar mentalmente las últimas semanas: la carrera bestial por averiguar todo lo posible, el horror que me retorcía las entrañas cuando descubrí hasta qué punto Landry y otros directivos habían ido arrasando con todo en la oficina durante años, machacando a la gente con tal de demostrar su autoridad. La ansiedad desbocada ante la posibilidad de no llegar a tiempo para ayudar, de no conseguir que se escuchara su historia y que no se pudiera hacer nada.

Y entonces pienso en Rylie: en su presencia tierna y entusiasta durante cada segundo del proceso. En el roce de sus pulgares en mis mejillas cuando lloraba de frustración. En la forma en

328

que me masajeaba con cariño los hombros y el cuello mientras yo trabajaba hasta bien entrada la madrugada, escribiendo e investigando en una búsqueda desesperada por encontrarle sentido a tanto dolor.

—Lo hice porque quería apoyar a otras personas que estaban pasando por la desmoralización absoluta de trabajar para alguien que las trata como si no fueran seres humanos. Como sociedad, nos hemos acostumbrado demasiado a deshumanizar a la gente y a utilizarla como máquinas de producir a las que se puede exprimir hasta que se rompen. —Respiro hondo, sin apartar los ojos de los de Rylie. Veo el brillo de cariño en su mirada mientras me deja espacio para seguir—. Por fin sentí lo que es que te apoyen de forma incondicional y que te animen a exigir algo mejor para ti, y quise abrir ese camino para que otras personas pudieran conseguir lo mismo.

Rylie me dirige una amplia sonrisa llena de adoración, y siento mariposas en el estómago.

—¿Y qué va a ser lo siguiente para la indomable Eva Kitt?

Me río, en un sonido suave, casi susurrado, que hace dos meses me habría dado vergüenza, pero que ahora me resulta tan indulgente como una tarta de chocolate. Y la sonrisa que le arranco a Rylie es aún más dulce.

—Pues no lo sé —respondo con sinceridad, mirando de reojo el móvil que he dejado en modo silencio sobre la mesa. Desde que salió el artículo, no dejan de llegarme notificaciones: invitaciones a programas, amenazas legales y mensajes dolorosamente sinceros de gente que se ha visto reflejada en la historia. Incluso me han llegado algunas ofertas de trabajo, y hasta un agente literario preguntando si me interesaría que me representara para un libro de ensayo basado en mis textos de Babble—. A lo mejor hago un pódcast.

La sonrisa de Rylie es eléctrica y me atraviesa con una descarga de alegría.

—Oye, podrías ser la copresentadora. Me vendría de puta madre la ayuda.

—Seguro que aportaría ese punto de simpatía que te falta.

Se ríe tan fuerte que tiene que tapar el micro. Aún cubriéndolo con una mano, con la otra se tapa la boca para que no se le vea en cámara mientras me susurra:

—Me gustas tanto que no me cabe en la cabeza que le puedas caer mal a alguien.

«Te quiero», articulo con los labios, sin molestarme en ocultarlo de quienes estén mirando. Todo el mundo debería saber la suerte que tengo por querer a un hombre como él.

Ambos sentimos la chispa entre nosotros y cerramos la entrevista sin demasiado estilo pero con un montón de sonrisas robadas. Con un chasquido definitivo, Rylie apaga la cámara y el móvil. Yo hago lo propio, descartando con ligereza los cientos de notificaciones antes de dejar la pantalla en negro. De eso ya se ocupará mañana la Eva del futuro, que tendrá un camino profesional que no es ni de lejos tan sombrío como pensaba, aunque sí igual de aterrador. El miedo ya no pesa tanto porque tengo a Rylie a mi lado.

Cruza la habitación hacia mí, con una sonrisa torcida que le ilumina la cara momentos antes de darme un beso. Me abraza con fuerza, y los dos vibramos con la magnitud de lo que acabamos de hacer, de todo lo que he dicho de una forma tan pública.

—Estoy la hostia de orgulloso de ti —susurra Rylie contra mi cuello, recorriéndolo con los labios—. La hostia de feliz de haberte conocido.

—Joder, Rylie, intenta no escatimar tanto en halagos.

Se ríe y traza un arduo recorrido por mi mandíbula y, a continuación, por mi frente.

—Soy yo la que ha tenido suerte de haberte conocido —digo con un suspiro, desbordada de placer. Es cursi, estoy enamorada y me la sopla todo salvo el hombre que me demuestra cuánto me adora con sus palabras y sus acciones.

Al final acabamos separándonos para coger aire, y nos reímos como adolescentes que se tocan por primera vez. No sé por qué, pero tengo claro que esta sensación no desaparecerá nunca.

—Entonces... —dice Rylie, con una sonrisa tímida y las mejillas sonrosadas—. ¿Te apetece que tengamos la sexta cita?

Frunzo el ceño y aprieto los labios, que aún me hormiguean por sus besos.

—¿Y saltarnos la cuarta y la quinta? Vaya morro.

Rylie me toma la cara entre las manos y se ríe mientras me frota la nariz con la suya, llenándome de calor, de luz y de un deseo tan intenso que solo puede suavizar la promesa de una vida entera juntos.

—Tranquila, gatita, que te daré todas las citas que quieras. Solo tienes que pedirlo por favor.

—Ser amable no es lo mío.

Rylie me mira, con un brillo de esperanza en los ojos, que reflejan todas las sensaciones que me inundan mientras contemplo al hombre que amo.

Me besa otra vez, despacio al principio y luego con un hambre y una urgencia que ninguno de los dos consigue frenar. Ansia, consuelo, esperanza y deseo giran a nuestro alrededor y nos acercan más. Rylie se separa, compensando mi gemido de protesta con unos besitos rápidos por las mejillas.

—Y así es como yo te quiero —susurra, y vuelve a besarme.

Se putoacabó

Agradecimientos

Nunca me lo había pasado tan bien trabajando en una obra como con esta, y estoy inmensamente agradecida por seguir teniendo la oportunidad de escribir libros. Gracias a mi editora, Eileen Rothschild, por creer en mi trabajo y confiar en mi proceso, independientemente de cuántos correos desquiciados e incoherentes te mande. Gracias a mi equipo editorial de SMPG (Char, Alyssa, Kejana y Brant) por haberme dado ánimos hasta cruzar la línea de meta. Un enorme agradecimiento a Layla Yuro por la paciencia infinita con mis innumerables errores gramaticales. Prometo no volver a cometerlos (aunque me tranquiliza saber que estarás ahí para cazarlos cuando se me escape alguno). Gracias infinitas a mis agentes, Claire Friedman y Jess Mileo. Apostasteis por mí cuando estaba en mi peor momento y le habéis insuflado una nueva vida a mi proceso creativo. Dicho sin rodeos, os aprecio un huevo.

Jenifer Prince, una vez más, me has dado la mejor cubierta de la historia de la humanidad. Tu arte me inspira sin descanso. Kerri Resnick, muchísimas gracias por ese buen ojo que tienes para el diseño y por convertir esta belleza en un libro real y tangible.

Mamá, gracias por reírte siempre de mis chistes incluso cuando no tienen ninguna gracia y por estar siempre dispuesta a rajar a la mínima. Soy la amenaza que soy gracias a ti. <3

Un agradecimiento enorme a mis agudas y sensibles lectoras. Vuestras opiniones y vuestra dedicación han sido imprescindibles para dar forma a estos personajes. Gracias a Megan Stillwell y Serena Kaylor por decirme que no cada vez que preguntaba si un chiste se pasaba de la raya. Gracias a Elizabeth Everett, Ali Hazelwood y Libby Hubscher por darles la razón a Megan y Serena cuando acabé haciendo la misma pregunta a más gente, y por convencerme de forzar el chiste incluso un poquito más. Si alguien tiene alguna queja del libro, diré que es culpa vuestra. Gracias a Jessica Joyce y Ava Wilder por la primera lectura y por cogerme de la mano durante todas las crisis emocionales que he tenido con este libro. Gracias a Saniya y Emily por apoyarme cuando se me ocurrió la primera idea y por darle tantas vueltas conmigo. Vuestro entusiasmo y vuestro humor han sido una motivación increíble.

Quiero reconocer y subrayar que no sería ni de lejos la autora que soy en la actualidad si no fuera por vosotros, mis maravillosos lectores. Ya seáis libreros, bibliotecarios o recomendadores de libros, vuestro apoyo y el que compartáis mi obra con más gente es lo que ha hecho que esta carrera sea sostenible, y ese es el mayor regalo que he recibido (y recibiré) jamás. Mi objetivo principal siempre ha sido escribir libros que hagan sentir bien a quienes los leen, y el aluvión de cariño que habéis mostrado hacia mis personajes hace que ese sueño se haya cumplido por mil. No sé qué más podría pedir.

Y, por último, gracias a mi querido marido. Cuando nos conocimos, yo era una punki de pelo rosa que no te dio tregua durante una clase de primero y que acabó pidiéndote que fuéramos amigos, a lo que tú respondiste: «No, que eres muy rara». Solo me hizo falta un mes para ablandarte. Doce años después, sigo asombrándome de lo especial que es poder pasar la vida con alguien que me quiere tal y como soy, sudaderas incluidas.